T0025739

BESTSELLER

César Pérez Gellida nació en Valladolid en 1974. Es licenciado en Geografía e Historia por la Universidad de Valladolid y máster en Dirección comercial y marketing por la Cámara de Comercio de Valladolid. Ha desarrollado su carrera profesional en distintos puestos de dirección comercial, marketing y comunicación hasta que, en 2011, decidió trasladarse con su familia a Madrid para comenzar una carrera profesional en la escritura. Ese año irrumpió con fuerza en el mundo editorial con *Memento mori*, que cosechó gran éxito y por la que obtuvo el Premio Racimo de literatura 2012. Constituía la primera parte de la trilogía Versos, canciones y trocitos de carne, que continuó con *Dies irae* y se cerró con *Consummatum est*. Se le otorgó la Medalla de Honor de la Sociedad Española de Criminología y Ciencias Forenses 2014 y el Premio Piñón de Oro como vallisoletano ilustre. Hasta ahora ha escrito trece libros, que le han consolidado como uno de los escritores de novela negra más importantes de España. *Nos crecen los enanos* es su último lanzamiento.

Puedes contactar con el autor a través del medio que prefieras:
www.perezgellida.es
 CesarPerezGellida.Oficial
 @cpgellida
cesar@perezgellida.es

Biblioteca
CÉSAR PÉREZ GELLIDA

Astillas en la piel

DEBOLS!LLO

Papel certificado por el Forest Stewardship Council®

MIXTO
Papel procedente de
fuentes responsables
FSC® C117695
www.fsc.org

Penguin
Random House
Grupo Editorial

Primera edición en esta colección: enero de 2023
Primera reimpresión: diciembre de 2022

© 2021, César Pérez Gellida
© 2021, 2023, Penguin Random House Grupo Editorial, S. A. U.
Travessera de Gràcia, 47-49. 08021 Barcelona
Diseño de la cubierta: Chevi Diseñarte
Imagen de la cubierta: © Grantotufo | Dreamstime.com (Castillo), © Shutterstock (Zapatos negros),
© Pixabay (Converse), © Coolwallpapers (Colegio)

Printed in Spain – Impreso en España

ISBN: 978-84-663-6016-6
Depósito legal: B-20.207-2022

Compuesto en Mirakel Studio, S. L. U.

Impreso en Liberdúplex
Sant Llorenç d'Hortons (Barcelona)

P 3 6 0 1 6 6

A Hugo, por llenar mi corazón.
A María, por vaciarlo.

Hay astillas que conviene no extraer jamás,
estén clavadas donde estén

ÁLVARO VÁZQUEZ DE ARO

1. VERTICAL (CINCO LETRAS): FACULTAD DE HACER ALGO

C/Santiago, 3, Valladolid
Sábado, 30 de noviembre de 2019, a las 10.35

Odio que griten. Me altera.

Nadie va a oírle. Ya debería haberlo asumido, pero sigue obcecado en producir estériles sonidos que nacen y mueren en la corbata de lana negra que le he metido en la boca.

Que insista en esa mezquina actitud me envilece.

Me irrita que no sea capaz de aceptar su suerte con cierta dignidad. Y tanto es así, que a punto he estado de hundirle el cuchillo en el estómago hasta la empuñadura como si me lo estuviera follando. Me excito solo con pensarlo, pero no es así como quiero acabar con él.

Tengo que sosegarme.

Inspiro profundamente, cuento hasta diez y me inclino para hablarle al oído.

—¿Todavía no te has dado cuenta de que gritar no te va a servir de nada?

Sé que no va a responderme, pero me divierte que me mire con esos ojos bovinos, como si todavía existiera alguna posibilidad de que me apiadara de él.

Jodido idiota.

Me resisto a terminar con él; sin embargo, llevo más de veinticuatro horas despierto y noto un picor imposible de aliviar en la cara oculta de los globos oculares. Es francamente molesto. Casi tanto como escuchar la variedad de sonidos guturales y demás ruiditos lastimeros que es capaz de emitir. Estoy muy cerca de superar mi capacidad de aguante, y en estas condiciones el riesgo que asumo es demasiado elevado. Cualquier mínimo error podría tener consecuencias nefastas.

Y yo no cometo errores.

Muy a mi pesar, tengo que ir pensando en rematar la faena.

Me acuclillo para asegurarme de que las ataduras siguen bien firmes, dando por hecho que se va a contorsionar en la silla cuando llegue el momento. Su cuerpo desnudo desprende un olor nauseabundo. Puedo distinguir las partículas odoríferas amoniacales propias de la orina que ha absorbido la alfombra, las trazas metálicas de la sangre que cubre su piel, pero sobre todo percibo el característico y repugnante olor a cebolla rancia que rezuma del miedo.

—¿Dónde está esa sonrisa tuya que te llenaba la cara de oreja a oreja? ¡Deja de lloriquear de una vez, hombre! ¡Ten un poco de dignidad!

Ni caso.

Tortazo.

Entonces reacciona frunciendo el ceño y atravesándome con la mirada en un corajudo acto de rebeldía que le dignifica.

—¿Vas a sacar ahora la casta? Un poco tarde... Además, ya estamos terminando, pero antes de irme necesito asegurarme de que has entendido los motivos por los que voy a matarte.

Más gemidos quejumbrosos. Me aburre, aunque hasta cierto punto es comprensible. Siempre he pensado que lo peor de morirse es ser consciente de ello. El pánico a dejar de existir es lo que genera el sufrimiento. Lo paradójico es que solo llegamos a conocernos de verdad cuando tomamos conciencia de que nuestras vidas se acaban.

Una anagnórisis agónica al final del camino, y el suyo llega hasta aquí.

—No te estoy preguntando si estás o no de acuerdo, solo quiero saber si... ¡Bah! ¿Sabes qué? Me la trae muy floja si has comprendido o no mis razones.

Al mirarlo de nuevo me asalta una idea. Leí que fue una práctica que se puso de moda a principios de siglo en los bajos fondos del Reino Unido para marcar de por vida a los miembros de las bandas rivales. Me cuadra. Cómo odiaba yo esa sonrisa suya de suficiencia despótica, de superioridad tiránica.

Necesito hacerlo.

—Vas a salir precioso en las fotos de la Policía Científica —le advierto antes de colocarme a su espalda.

Le inmovilizo la cabeza agarrándolo por la frente, le coloco el filo del cuchillo en la comisura de los labios, tiro hacia atrás con fuerza y la mejilla se rasga dejando al desnudo las piezas dentales. Precioso. Cuando me dispongo a repetir la operación me percato de que estoy teniendo una erección brutal y siento que me invade la necesidad de masturbarme. Invierto unos instantes en sobreponerme antes de hacerle el segundo corte que completa la sonrisa.

Ahora sí.

—Si pudieras verte...

El desgraciado ha forzado tanto la voz que ya solo puede expresarse a través de los lacrimales.

—A mí también me embarga la emoción, pero se nos agota el tiempo, compañero.

En mi fuero interno no hay debate sobre cómo acabar con él. El estrangulamiento es, sin lugar a dudas, la mejor manera de sentirse partícipe del proceso, pero hacerlo con guantes es como follar con condón. Me los quito frente a él y vuelvo a colocarme a su espalda. Reconozco que decepciona bastante no encontrar oposición alguna al rodearle el cuello con el brazo.

Solo quejidos y lamentos.

—¡Vamos allá! —me animo.

Tan pronto como ejerzo algo de presión, una chispa se prende en la nuca, recorre la médula espinal en sentido descendente y hace que me estallen los cuerpos cavernosos. Rendido ante el ímpetu de mi propia naturaleza, me dejo arrastrar por esa vigorosa corriente que se alimenta de la vitalidad que estoy a punto de arrebatar. Aprieto los dientes y gruño como si quisiera evitar lo inevitable, e inconscientemente incremento la fuerza. Como dos amantes veteranos, alcanzo el cénit al notar cómo su cuerpo se relaja por completo. El orgasmo arrasa con lo poco racional que queda en mí y, en un arrebato atávico, me hago de nuevo con el cuchillo para clavárselo en la espalda a la vez que eyaculo a borbotones dentro de los calzoncillos. Cuando el placer físico desaparece, me inunda una incómoda sensación de abatimiento.

Vaciado por completo, me arrodillo para recuperar el aliento.

Cuando por fin me incorporo y examino mi entorno, me doy cuenta de que el despacho se ha convertido en un matadero. Y eso que me había conjurado para actuar con total pulcritud. Es evidente que cuanto más se empeña uno en ser certero, más se va alejando del acierto.

Hora de irse.

Las prisas nunca convienen, mucho menos ahora. Me aseo como corresponde, me visto y dedico el tiempo que requiere cerciorarme de que todo encaje en la reconstrucción de los hechos que quiero que haga la policía. Solo me quedan dos pinceladas para terminar el cuadro, pero antes de salir invierto unos segundos en almacenar cada detalle en mi memoria.

Cuando por fin abandono el lugar, dejo caer la medalla junto a la alfombrilla de la entrada y desciendo los cuatro pisos por las escaleras con cuidado de no cruzarme con nadie.

Ya en el exterior, mientras camino en busca de una papelera cercana donde arrojar el cuchillo que quiero que encuentren, procuro controlar el flujo de energía que circula a través de mi sistema nervioso. Me cuesta. La intensidad es tan brutal que no puedo evitar estremecerme al entender por fin que el auténtico poder se manifiesta a través del placer. Y el más poderoso de los placeres es ese denso y viscoso que ahora mancha el interior de mis calzoncillos.

Todo cobra sentido.

Algunas horas antes.

2. HORIZONTAL (CINCO LETRAS): OBLIGACIÓN MORAL O MATERIAL

Urueña, Valladolid
Viernes, 29 de noviembre de 2019, a las 16.52

La densidad de la niebla, acerada, pertinaz, se impone a la escasa convicción con la que los rayos de un sol acobardado tratan de abrirse paso. De este modo, las empedradas calles del pueblo, tan desdibujadas como desiertas, adquieren un aspecto fantasmagórico, y lo único que captan mis tímpanos es el aullar histérico del viento en su intento de escapar de ese laberíntico trazado urbano. No es noviembre un mes para andarse con dudas y miramientos a la hora de encontrar un destino, y menos aún si este se localiza en mitad de la fría meseta castellana.

Blanca oscuridad, frío extremo, vivo silencio.

Emplazada en lo alto de un páramo, Urueña se asoma vanidosa entre los montes Torozos para ejercer su posición dominante sobre la comarca de Tierra de Campos. A pesar de pertenecer a la provincia en la que yo nací, lo único que sé sobre ella es que ostenta el título honorífico de Villa del Libro gracias a que, con apenas doscientos habitantes, cuenta con nueve librerías. Interesante. Y quizá por ello, por estar tan ligada a mi oficio, me cueste reconocer que no había vuelto desde que tenía ocho o nueve años, tal vez menos, por lo que apenas guardaba imágenes de Urueña en mi memoria. Se dice que esta población conserva en muy buen estado tanto parte de la muralla como su casco histórico, ambos de origen medieval, cuestiones que me importan más bien poco cuando ni siquiera sabría decir qué demonios he venido a hacer aquí.

Desde la explanada donde he aparcado me separan apenas trescientos metros de la librería donde me ha citado Mateo; no obstante, consciente como soy de los nocivos efectos que puede causar la cencellada en mi garganta, procuro abrigarme a conciencia antes de salir del coche. Para una persona normal la tarea resultaría poco más que incómoda por lo reducido del espacio; para mí, sin embargo, por mucho que haya aprendido a valerme con la mano izquierda, ponerme el abrigo y la bufanda supone casi un reto digno de alabanza. La frustración que me genera no lograrlo a la primera la expulso por la boca renegando del instante preciso en el que me doblegué ante la insistencia de Mateo.

Lo cierto es que no he sabido negarme.

Tengo la sensación de que no tenía ninguna alternativa.

También es cierto que podría haberme inventado cualquier historia —no en vano crear ficción es mi especialidad— y, al ser ya viernes por la tarde, estaría viendo la vida pasar desde el otro lado del ventanal de mi precioso ático de la calle Velázquez, o debatiéndome entre llamar a cualquiera de las SS —Sonia y Susana— para salir a cenar esta noche, beberme una botella de vino en condiciones y dar rienda suelta a mi imaginación. Sonia es preciosa por dentro y por fuera, de conversación interesante y francamente divertida, pero tiene dos hijos y, aunque con gusto le haría otros dos, no estoy dispuesto a comprometerme con ella más allá de lo que está establecido en el manual del buen follamigo. Como mucho del amigovio. Susana, en cambio, es muy fácil de manipular y en la cama es de esas que no te dejan en paz hasta que le han abierto todos los chakras. Es bastante más arriesgada que Sonia y yo estoy en una etapa de mi vida en la que, si tengo que elegir, prefiero la creatividad sexual que el buen humor. Hace mucho que lo convencional dejó de excitarme.

Pero hoy no hay SS que valga porque no he tenido lo que hay que tener para decirle que no a Mateo. Y no será por falta de argumentos. Solo el hecho de tener que conducir doscientos y pico kilómetros, así, de repente y sin saber por qué, me habría bastado como razón de peso. Pero no. Algo me impedía oponerme. Quizá fuera porque la llamada me pilló desprevenido, o puede que se debiera a que encontré su tono de voz herrumbroso y eso me dejó bloqueado. Noqueado, más bien. El caso es que me dejé contagiar por lo aparentemente alarmante de la situación, aunque, en realidad, eso de empatizar con las emociones ajenas no puede decirse que sea mi especialidad. No lo es, pero resulta que Mateo es el único amigo que conservo de la infancia.

El único amigo que conservo.

—Álvaro: te juro que no te lo pediría si no fuera cuestión de vida o muerte —insistió él por enésima vez.

—Te recuerdo, por si no lo tienes presente, que vivo en Madrid desde hace unos cuantos añitos. ¿No tienes a nadie más cerca de quien tirar?

—Sí, podría, pero no es un tema de cercanía. Tienes que ser tú. No puede ser otro cualquiera. La cosa está relacionada con nosotros dos y con nadie más. Bueno, con más gente, pero no puedo recurrir a ellos. Ni quiero. Ya sé que parece una locura, pero lo entenderás todo cuando estés aquí y lo veas con tus propios ojos.

—¿De verdad que me vas a hacer viajar hasta ese pueblo de mala muerte sin decirme a qué coño voy?

—Álvaro, por favor, no me obligues a repetírtelo más veces: no tengo a nadie de quien tirar. Como ves, las cosas no han cambiado mucho desde entonces.

La aparente ambigüedad de la frase se circunscribe a una etapa muy concreta. Esa que se prolongó durante los dos cursos escolares que coincidimos en aquel maldito internado de la sierra de Guadarrama. Años más tarde también estudiaríamos Derecho juntos en la Universidad de Valladolid, pero yo sé muy bien que se refiere a la etapa anterior, que es, con diferencia, el período de toda mi condenada existencia del cual conservo peores recuerdos.

Y por desgracia los más intensos.

A Mateo le sucede lo mismo, con la diferencia de que él lleva toda una vida intentando identificarlos uno a uno para poder exterminarlos. Ingenuo, ya tendría que saber que no se fabrica munición para ello. Yo, en cambio, tengo asumido

que hay algunas imágenes que son inmunes al olvido. Perennes e inmortales por muy inexorable que sea el paso del tiempo. Y justo aquí radica la gran diferencia que existe entre Mateo y yo. A Mateo el pasado le sigue atormentando, y cuando esas sombras regresan se manifiestan mediante severas migrañas que le hacen desconectarse de la realidad. Un mecanismo de defensa que consiste en aislarse por completo como si esa fuera la única manera de dejar de sufrir. Yo, en cambio, he aprendido a aprovecharme del pasado para alimentar mi presente —torturado, eso sí— con el único propósito de rellenar páginas y más páginas. Es la única forma que tengo de atrapar mis vivencias y que estas no pierdan intensidad cuando son atraídas por ese gigante agujero negro que es el paso del tiempo.

Muchas veces me he preguntado qué habría pasado si Mateo y yo hubiéramos intercambiado los papeles que nos tocó interpretar durante aquel aciago curso en el internado, y puede que justo ahí radique el motivo por el que en mi subconsciente sigo considerando que tengo una deuda pendiente con él. Una deuda que, aunque nunca me he atrevido a reconocer, siempre he tenido claro que algún día me tocaría saldar.

Quizá esta sea mi oportunidad de hacerlo.

—¿Y tiene que ser esta misma tarde? —Quise cerciorarme a pesar de que intuía la respuesta.

—Tiene que ser esta tarde.

—¡Joder! Pues ya es mala suerte porque te prometo que tengo un problema con el coche. Algo eléctrico, y no me lo devuelven hasta el lunes.

—Venga, no me fastidies. Alquila uno y yo me hago cargo si ese es el problema.

—El dinero no es un problema para mí, capullo. Puedo usar el de Rafa, mi vecino, que está fuera toda la semana y cada vez que se ausenta unos días me deja las llaves por si se vuelve a inundar el garaje. La última vez... Bueno —resumo—, lo que sea. Ahora bien, ¿podrías explicarme a qué se debe la urgencia?

—Debería habértelo pedido antes, pero no me he atrevido hasta que ha llegado el último día.

—¿El último día para qué?

—Más bien para quién.

—Pero ¿de quién estamos hablando? Venga, Mateo, no me hagas conducir dos horas comiéndome la cabeza.

Silencio.

—Álvaro, por favor, te lo explicaré todo, hasta el más mínimo detalle, cuando te vea.

—Al menos dime qué mierda me voy a encontrar allí, por estar prevenido.

—No, precisamente por eso. No quiero que te predispongas para lo que te vas a encontrar. Necesito que te lo encuentres de frente y solo entonces decidas si quieres o no ayudarme.

—¿Ayudarte a qué?

—¡Ayudarme y ya! ¿Recuerdas el día que nos conocimos tú y yo? —me preguntó en un tono menos dramático.

—Claro, lo hemos hablado mil veces. Casi me partes la tocha.

—Ese día fuiste tú el que insistió en ayudarme.

—Supongo que me diste mucha pena.

—Pues hoy soy yo quien te lo pide porque no puede ser nadie más que tú. Por favor, Álvaro, no me hagas más preguntas. Te aseguro que lo entenderás todo en cuanto vengas. Confía en mí.

—Joder, Mateo... No sé de qué coño va...

—¡Toma una decisión! —me interrumpió irritado—. ¡La que sea, pero deja de tratarme como siempre y dime qué vas a hacer!

—¿A qué coño te refieres con eso?

—¡A que siempre me trataste como un paleto! ¡Un incapaz!

—¿Eso piensas?

—Sí, eso pienso. Te he dicho que no tengo a nadie más a quien recurrir y si no puedo adelantarte nada por teléfono por algo será. Necesito ayuda y solo tú puedes dármela, pero si tanto te cuesta me olvido de todo y punto.

Durante varios segundos hice funambulismo sobre el inestable alambre que separa el sí del no a pesar de que hacía tiempo que ya me había decidido.

—Me voy a la ducha. Envíame la maldita ubicación.

En cuanto logro abrigarme y abro la puerta del coche recibo el gélido sopapo del invierno castellano que tan bien conozco. Es una bienvenida que, por esperada, no deja de ser desagradable. Así, con los cinco dedos marcados por las gotículas de agua congeladas, resoplo hastiado al tiempo que me abro paso en esa omnipresente albura empeñada en tapizarlo todo bajo su manto helado.

Una cencellada así no hace prisioneros.

La pantalla del móvil me indica que tengo que seguir recto por esta calle y en las condiciones lumínicas y atmosféricas en las que me encuentro no me planteo otra cosa que no sea obedecer servilmente. El sonido de mis pasos se amplifica al rebotar en las fachadas de piedra y ladrillo de las casas de dos alturas. A lo lejos, una luz macilenta que parece escurrirse de un solitario farol adosado a la pared baña de tonos pajizos el final de esta suerte de embudo pétreo. Aún no me he cruzado con un ser vivo, animal o persona, y en mi fuero interno lo agradezco. Lo agradezco casi tanto como cuando noto que el espacio se ensancha en lo que parece conformar una plaza. Con la vista al frente, la cabeza gacha y las manos refugiadas en el interior de los bolsillos del abrigo, aprieto el paso para enfilar la callejuela que según el mapa me debería llevar directo hasta la librería. En ese momento, no sé bien por qué, hago una búsqueda en mi memoria para tratar de encuadrar temporalmente la última vez que coincidí con Mateo. En la imagen más reciente que me devuelve mi cerebro veo a Mateo vestido de traje y corbata, por lo que de inmediato caigo en la cuenta: la boda de Felipe de la Fuente, otro compañero del internado.

Hace cinco años.

La maldita boda.

Esa boda a la que nunca debí ir. Esa a la que fui con novia y regresé sin ella. Esa a la que fui teniendo dos manos funcionales y de la que volví solo con una. La secuencia fue:

enésima discusión con Carla, ingesta masiva de alcohol y muy mal ojo a la hora de elegir la forma de regresar al hotel. De regresar solo, por cierto, dado que Carla hacía un par de horas que había desaparecido. Me subí en el coche equivocado —un Mercedes Clase C de color blanco—, conducido por el tipo equivocado —Joserra—, uno de los muchos primos que tenía el novio y que destacaba por ser un auténtico soplapollas. De esos a los que solo les hacen falta dos minutos para demostrar que se han ganado a pulso el título. Mi infortunio fue que Joserra se alojara en mi mismo hotel y que no contaba con muchas más alternativas, puesto que éramos muy pocos los invitados que nos manteníamos firmes junto a la barra. Joserra, empeñado en demostrar que no me había equivocado al juzgarlo, se despistó en la primera curva y se salió de la carretera como el auténtico soplapollas que era. Por suerte no iba demasiado rápido y los cuatro pudimos contarlo, pero yo me llevé la peor parte al romper la ventanilla con el brazo derecho y seccionarme el nervio cubital. La lesión me causó una parálisis severa desde el codo hasta la mano y, en consecuencia, con el paso de las semanas y los meses, provocó que los dedos se me fueran doblando y retorciendo sin que pudiera hacer nada por evitar que mi mano se convirtiera en una garra. Desde entonces y hasta que resolví convertirme en la persona que soy ahora, no pasó ni un solo día sin que dejara de desearle la peor de las suertes a Joserra. Sin embargo, estar de baja mientras asistía a la dolorosa y estéril rehabilitación me proporcionó un tiempo con el que nunca antes había contado; tiempo para pararme a pensar en mi futuro, en mis proyectos nunca abordados, en mis sueños nunca cumplidos. Y de entre todos ellos, el principal, el que había perseguido desde la adolescencia, lo tenía perfectamente identificado: escribir. Siempre quise emular a Hammett, Leonard, Mankell, Thompson, o, mejor aún, convertirme en el Stieg Larsson español y vender millones de ejemplares, forrarme con los derechos audiovisuales de mis novelas y, a ser posible, vivir para disfrutarlo.

Yo leía de forma compulsiva desde los diez años, pero nunca me había atrevido a escribir, puede que por pudor o, más bien, por el miedo al fracaso. Solo pensar en exponerme al gran público me causaba auténtico pavor, pero el hecho de tener que asumir que estaba condenado a convivir con esa garra para el resto de mis días me hizo replantearme mi existencia. ¿Qué mayor fracaso había que no atreverse a intentarlo? ¿Qué tenía que perder? Por aquel entonces yo era un gris empleado de una asesoría jurídica para empresas de medio pelo que solo aspiraba a que llegara el fin de semana para refugiarse en el alcohol y ocasionalmente en la coca. Ese trabajo de ganapán, igual que mi vida, estaba muy lejos de hacerme sentir orgulloso. Necesitaba un método, pero, sobre todo, necesitaba creer en mí mismo y paradójicamente todo ello cambió gracias al auténtico soplapollas de Joserra. O, para ser exactos, cuando decidí ajustar las cuentas con él y dejar constancia de ello en negro sobre blanco. Lo siguiente fue asumir de una vez que no iba a ser capaz de lograr recuperar la mano derecha, por lo que me conjuré hasta rozar la obsesión en convertir la izquierda en mi mano diestra. Y aunque no fue fácil, con el paso del tiempo como aliado y grandes dosis de paciencia como artillería, ningún enemigo se tornó imbatible y cualquier meta me resultaba alcanzable.

Un objeto me saca de forma repentina de mis pensamientos al doblar la esquina. Es en el intento por esquivarlo cuando me percato de que se trata de una persona.

O similar.

—¡¿Qué cojones haces, tío?! —se queja el otro, malhumorado, al tiempo que recoge el cigarro del suelo. Con la mano izquierda se lo coloca en la comisura de la boca y le da dos caladas seguidas para exprimir al máximo lo que sea que esté fumando y que está a punto de pasar a la categoría de colilla.

—No te he visto, lo siento —me disculpo.

—¡A tomar por el culo, payaso! —me replica a la vez que se sacude la guerrera verde plagada de parches. Luego me mira como si me estuviera perdonando la vida y emprende la marcha musitando palabras que no alcanzo a entender.

Sorprendido, me limito a contemplar cómo se aleja. Su lento y patojo caminar denota que ha bebido más de la cuenta y que en su interior hay calor suficiente como para combatir el frío de fuera.

—Jodido comemierda —murmuro en cuanto lo engulle la cencellada.

Al doblar la esquina identifico al fin el letrero del negocio y, sin pensármelo dos veces, me dispongo a entrar apremiado por una ráfaga de viento glacial que se cuela por alguna fisura abierta entre la bufanda y mi piel. El sonido del móvil me obliga a abortar la operación.

Es Rosa, mi agente. La misma Rosa con quien había quedado en mantener una videoconferencia a las cuatro de la tarde. La misma videoconferencia que ya he aplazado dos veces por motivos de escaso, escasísimo, calado.

Forzado a atenderla, bufo antes de poner el dedo en el icono verde y deslizarlo hacia la derecha.

—Rosa, lo siento, pero me ha surgido un lío del que no he podido escapar.

—¿Un lío? ¿Estás bien?

—Sí, sí, no te preocupes. Es algo personal.

Usar esa palabra siempre me funciona cuando quiero evitar preguntas incómodas.

—Vale. Hablamos el lunes si lo prefieres, solo dime si has visto las propuestas de diseño de portada que nos ha enviado la editorial francesa.

—Sí, ¿no te contesté?

—No.

—Pensé que sí. No me gustan.

Silencio.

—¿Ninguna?

—Ninguna. Escribo novela negra, no novela romántica de corte gótico.

—Marie me dice que allí es lo que funciona y a la gente de tu editorial les encaja la del cementerio.

—¿Con quién has hablado?

—Con Mónica y con Gonzalo.

—¡Tócate los cojones! ¡¿Me vas a decir que la del cementerio no te parece una portada de película de vampiros amables de esas que emiten después de comer en Antena 3?!

—Sí, la del cementerio es horrible, pero la del callejón y el farol..., ¿no te parece inquietante?

—Si la acción se desarrollara en el Londres de finales del siglo pasado, puede; pero lo que de verdad «me inquieta» es que no encuentren una propuesta más actual. Deberían largar a todos los creativos a la calle. A esa calle siniestra del farol, por ejemplo.

—Bueno, entonces ¿qué les digo?

—Que larguen a los creativos a la calle siniestra del farol.

—Por lo que más quieras, Álvaro, que Marie necesita presentarla internamente la próxima semana.

—Es que lo que no termino de entender es por qué no la publican con la misma portada que aquí. Si en España ha funcionado, en Francia también. Si me estuvieras hablando de Zambia, pues lo mismo lo entiendo, pero esa gente vive al otro lado de los Pirineos.

—Está en el contrato que firmamos, Álvaro, no es algo que podamos discutir ahora.

—Ya. Los malditos contratos.

—Sí, esos en los que ponen cifras que se convierten en ingresos bancarios que terminan en tu cuenta.

—¡Y en la tuya!

Silencio.

—Perdona, no quería hablarte así —rectifico—. Es que estoy de muy mala leche y estoy congelado de frío.

—¿Quieres que te llame dentro de un rato?

—No. Dentro de un rato estaré metido de lleno en el lío que te mencionaba antes. Hagamos una cosa: diles que nos quedamos con la de la calle siniestra, pero que quiten el farol ese decimonónico y que busquen una fuente algo más moderna para el título, para mi nombre y listo.

—De acuerdo. Cuando me la pasen te la envío.

—Gracias, Rosa. Buen fin de semana.

—Igualmente.

—Putos gabachos —remato justo después de terminar la llamada.

Sin darme cuenta, me he vuelto a alejar de la librería y algo desesperado levanto la vista buscando desahogar la mirada más allá de los confines de la muralla. Arrobado, compruebo que la niebla se ha tragado los campos de cultivo y la única nota de color la aportan algunas trazas de ese rojo arrebol que suelen anunciar la llegada del ocaso. Por suerte no me cuesta encontrar el camino de regreso a la tienda y, sin hacer más cábalas que las que tienen que ver con escapar del frío, empujo la puerta. «Acogedor» es un término que se queda muy corto para expresar lo que siento cuando esta se cierra a mi espalda. Y no es solo por el notable aumento de la temperatura, no. Se debe a la confortable sensación que reina en esa atmósfera inmarcesible que solo se respira en las librerías de viejo y que hacía años que no experimentaba. Está mucho más cerca de lo embrionario que de lo racional. Son las moléculas aromáticas que se desprenden de la degradación natural del papel las que se encargan de comprarme el billete de ida hasta los días en los que acompañaba a mi abuelo Fermín en su incansable búsqueda de una primera edición de *Zumalacárregui*, la primera novela de la tercera serie de los Episodios Nacionales de Benito Pérez Galdós. Ese en concreto era el único tomo que le faltaba de una colección heredada y que, recuerdo a la perfección, se había publicado en el año 1927. Dado que mi padre no mostró interés alguno en continuar con la tradición tras el fallecimiento del abuelo, me encargué yo de hacerlo, eso sí, más a través de internet que de forma presencial, aunque con idéntica fortuna que él: nula. Años más tarde, cuando me arrolló el éxito editorial, no volví a pisar una librería —ni las modernas ni las antiguas—, a excepción de las que incluía la responsable de prensa de mi sello editorial en la gira de promoción. Tengo que reconocer que lo que menos me gusta del éxito es la falta de privacidad, un mal que trato con altas dosis de aislamiento. No puedo evitar cerrar los ojos y olfatear el aire que me rodea para reencontrarme con el predominante olor a madera húmeda. También soy capaz de distinguir otras fragancias, algunas avainilladas, otras florales, e incluso matices que relaciono con almendras crudas machacadas.

—Es por la lignina —oigo decir.

Billete de vuelta.

Un hombre achaparrado con barba de político decimonónico me sonríe tras unas gafas idénticas —o eso me parece a mí— a las que lucía Michael Caine en *Pulp,* el clásico policiaco de los años setenta. A pesar de que viste una bata blanca se atisba su silueta tipo damajuana, de vientre tan voluminoso como redondeado. Calzado cómodo, de ese horripilante que solo se ponen las personas que trabajan muchas horas de pie y a las que no les importa hacer el ridículo en público. A bote pronto le calculo sesenta años a pesar de que no presenta muchas arrugas en esa tez fina que parece estar a punto de romperse en los pómulos y en la frente. Sus ojos, de un azul casi artificial, me observan con curiosidad pubescente.

—¿Perdón?

—El olor, digo. Se debe a la lignina, una molécula que está presente en la celulosa y que se descompone con el paso del tiempo, como casi todo.

—Sí, sí, ya sabía —digo por decir. Hay algo entrañable en él, pero a través de eso que llamamos sexto sentido percibo una sensación extraña que me aconseja mantener cierta aséptica distancia.

—¿Y bien? ¿Le puedo ayudar en algo?

—Solo estaba echando un vistazo.

—¿Algún interés en particular?

—En realidad estoy esperando a un amigo.

El hombre da un paso atrás sorprendido, además que me hace temer por un instante que me haya reconocido.

—¿En serio? ¿Me quiere hacer creer que un viernes cualquiera de noviembre van a entrar dos clientes en mi librería?

El librero premia su ocurrencia con una sonora carcajada y luego se sacude la bata como si se hubiera manchado con su propia risa.

—¿Es de aquí? Su amigo, me refiero.

—No.

—Vaya. Dos foráneos la misma semana, increíble —teatraliza abriendo mucho los ojos.

—¿No le funciona el negocio?

—Yo no he dicho eso. Digo que no es normal ver caras nuevas en temporada baja. Mucho menos con este clima que nos castiga hoy. Bueno, ahora que lo pienso, ni caras nuevas ni conocidas...

—¿Entonces?

—Internet, amigo mío. Así sobrevivimos por aquí. Estamos especializados en etnografía e historia de la zona, arquitectura, paleontología, música tradicional, arte, cultura popular, lingüística... Y, cómo no, alguna que otra edición antigua que si no tengo me ocupo de conseguir. Cuento con clientes repartidos por todo el país, y también en el extranjero. Mire, esta misma mañana he preparado un paquete que se va para Módena, Italia.

—Ajá —digo sin demasiada efusividad.

—Es de un profesor de Historia Medieval que está enamorado de nuestra muralla. Ya sabe: apreciamos más las cosas cuanta más distancia nos separa de ellas.

—Sí, puede ser. A mí, particularmente no me despierta demasiado interés, la verdad, aunque entiendo que tiene que haber público de todo tipo.

—¿Y qué es lo que le despierta a usted el interés? No, espere, permítame que lo adivine. A ver, a ver... Sí, la historia negra que encierra esta muralla.

Sorprendido, elevo las cejas y las mantengo suspendidas durante unos instantes.

—He acertado, ¿eh?

—Bueno, digamos que sí me atrae entender el comportamiento del ser humano. Usted lo ha dicho antes: lo artístico, lo cultural, la naturaleza..., precioso todo. Pero ¿qué hay de la otra parte?

El hombre compone un gesto adusto y luego asiente.

—Que no esté tan a la vista no significa que no haya quedado constancia —argumenta—. Urueña tiene su leyenda negra, por supuesto. Como la del cautiverio al que fue sometido el conde Pedro Vélez tras ser sorprendido trajinándose a la prima carnal del rey de Castilla, Sancho III. Al parecer, el monarca tenía viejas rencillas pendientes con su vasallo y se valió de la bella dama para que esta lo sedujera y así pillarlo *in fraganti* con las calzas por las rodillas y el jubón desabrochado.

El comentario me hace sonreír.

—Bien jugado por parte del monarca —comento.

—La sentencia rezaba así, a ver si la recuerdo...

El hombre eleva la mirada como si las palabras que busca estuvieran escritas en el techo, mientras juega con un anillo de oro de esos espantosos tipo sello y que lleva en el dedo anular de la mano derecha.

—«No le den cosa ninguna donde pueda estar echado, y de cuatro en cuatro meses le sea un miembro quitado hasta que con el dolor su vivir fuese acabado». Supongo que no acabaría el año —bromea.

—No, supongo que no, aunque se sorprendería de lo que tardan algunas personas en morir.

Ahora es el librero quien no sabe qué decir.

—No se asuste, hombre, lo sé por mi trabajo.

—¿Es usted médico, enterrador o asesino a sueldo?

—No, pero mis padres querían que lo fuera. Médico —aclaro—. Un prestigioso médico que siguiera la tradición familiar. La saga de los Rodríguez Vaz...

Me callo en cuanto me percato de que no me conviene pronunciar mi segundo apellido paterno. No en este lugar, a pesar de que no he visto ni creo que vea ninguna novela mía.

—Es usted un hombre lleno de misterios, pero no seré yo quien le trate de tirar de la lengua. El pasado de las personas es como el culo: todo el mundo tiene uno y solo a veces está limpio.

—Me guardo la cita.

—Toda suya. Acompáñeme, por favor —me invita con aire seductor—. Ahora que empiezo a conocerle creo que tengo un par de volúmenes que podrían interesarle. Uno de ellos trae ilustraciones de muy buena calidad. Si le apetece, puede echarles un vistazo en lo que llega su amigo.

—Le sigo —digo al tiempo que consulto mi reloj. Han pasado once minutos de las cinco de la tarde, once motivos por los que Mateo me tendrá que dar explicaciones.

—¿Es un Breitling?

—Tiene buen ojo.

—Hace tiempo me dio por los relojes, pero es un vicio caro que no me puedo permitir.

—No lo sé, fue un regalo —le digo omitiendo que lo recibí de mi editorial cuando superé el medio millón de ejemplares vendidos con mi primera novela.

—Vaya, menuda suerte.

—Sí —convengo al tiempo que recorro visualmente la tienda.

El local tiene forma de ele invertida y no existe ni un solo centímetro cuadrado de pared que no esté ocupado por una estantería repleta de libros desde el suelo hasta el techo. De repente me asalta un pensamiento.

—Oiga: ¿podría usted conseguirme un ejemplar que ando buscando desde hace años?

—Si existe yo lo encuentro, otra cosa es que lo pueda adquirir.

—¿Por?

—Porque hay veces que el interés se desvanece con el precio que se ha de pagar por satisfacerlo.

—Ah, bueno, el dinero no será un problema.

—Hombre, no me diga eso porque entonces le multiplico mi margen por dos.

—O por tres si quiere, si me lo encuentra.

El librero se gira y me mira fijamente con voraz interés. De repente me recuerda a Anthony Hopkins en el papel de Hannibal Lecter.

—Le escucho.

—*Zumalacárregui*, de Galdós, edición de 1927 de los Episodios Nacionales.

—No sé, doy por hecho que será una de esas ediciones complicadas de narices de conseguir por alguna razón, y que no será usted el único interesado en hacerse con ella. Lo intento, pero no le garantizo nada.

—Con eso me vale.

—Bien, las que le mencionaba antes deben de andar por aquí —elucubra mientras recorre los lomos de decenas de ejemplares con la mirada.

—¿Puedo preguntarle cómo sabe dónde encontrar lo que busca? —Me interesa tras darme por vencido en mi intento de adivinar algún criterio de colocación coherente.

—Esa es la pregunta del millón. Digamos que lo sé porque los he colocado yo. A alguien que no viva en mi cabeza podría darle la impresión de que no siguen ninguna lógica, pero... ¡Mire, ahí están los dos juntitos! Codo con codo. Son ese del lomo azul con letras amarillas y el de su derecha —me indica, entusiasta.

—*El castigo físico en la Baja Edad Media* y *La criminalidad y los métodos de represión social en la Castilla feudal* —leo. El segundo tiene un grosor de corte enciclopédico.

—Esos mismos. Si alarga el brazo, no necesitaré recurrir a la escalera y mis rodillas se lo agradecerán eternamente.

Eso implica sacar las manos de los bolsillos, lo cual no tenía previsto, por lo menos la derecha. Sin darme cuenta chasqueo la lengua.

—Bueno, no se preocupe, ya me encargo yo —interpreta él con acierto.

—No es que me moleste, es por esto.

La garra.

—Vaya, lo siento, yo...

—No querría que ese tocho me golpeara en la cabeza al tratar de cogerlo con una mano.

—¡No! Nadie me creería y terminaría dando con mis huesos en la cárcel —bromea el librero al tiempo que va en busca de una escalera con tres peldaños. Se toma su tiempo para colocarla y, con sumo cuidado, alcanza la cima. En el momento en el que me entrega el segundo suena el timbre del teléfono.

—¿Ya son las cinco y cuarto?

—En punto. —Compruebo.

—Es François, un librero de Aviñón, que además es cliente y diría que hasta amigo, y que me aburre todos los viernes a esta hora para contarme sus penas. Discúlpeme, pero el deber me llama, nunca mejor dicho. Puede sentarse en ese sofá —me indica—, que es la mar de cómodo. Yo estaré en la trastienda. Si necesita algo, solo tiene que darme una voz.

—Nada, usted a lo suyo.

—Por aquí todos me llaman Teo —se presenta ofreciéndome su mano izquierda. Es innegable que el tipo cuenta con dotes telegénicas.

—Álvaro.

Al estrechársela noto esa fría capa de sudor que tanto rechazo me produce y aunque hago todo lo posible por no exteriorizarlo, el librero modifica la expresión en cuanto se percata de lo efímero que ha sido el contacto.

—Puto asco, joder —musito entre dientes tan pronto como lo veo desaparecer tras una cortina de raso.

Me dispongo a leer la información sobre el autor de uno de los ensayos cuando un sonido capta mi atención hacia el escaparate. Alguien que está al otro lado me hace aspavientos con los brazos. Amusgo los ojos y lo identifico no sin esfuerzo por lo cambiado que está.

Se trata de Mateo.

O lo que queda de él.

Cinco años son muchos, pero no son tantos para el deterioro físico que aprecio. Además, creo recordar que la última vez que hablamos me contó que no le iba nada mal. Es más, me sorprendió comprobar lo bien que había encauzado su vida en el plano profesional, y eso que en la universidad no demostró ser un destacado estudiante, precisamente. Más por falta de entusiasmo que por incapacidad, he de decir. Es cierto que bastante mérito tenía haber llegado ahí viéndose obligado a superar lo que le tocó vivir en el internado. De hecho, invirtió solo dos años más de la cuenta en licenciarse en Derecho y lo cierto es que nunca mostró interés alguno en ejercer como abogado. Por eso, cuando me contó lo que ganaba diseñando crucigramas, autodefinidos, sopas de letras y esas chorradas para diversas publicaciones, me pareció un chiste. Una broma de mal gusto. Y yo, tragando mierda en la asesoría de ocho de la mañana a seis de la tarde. Ahora, a juzgar por lo que veo, el éxito y el fracaso han decidido cambiar de bando, y cuando esos dos impostores deciden marcar las vidas de las personas, resulta complicado huir de su feliz o desdichado embrujo.

Su actual apariencia, famélica como si estuviera consumiéndose por algún tipo de enfermedad terminal, es fiel reflejo de la desdicha.

El año que viene ambos vamos a entrar en la cuarentena, pero es evidente que no con el mismo pie. Casi no le queda rastro alguno de su embetunado color de pelo y una barba escarchada a jirones se suma al deslucido atuendo que viste, cuyo valor no dista mucho del que llevaba el comemierda con el que me acabo de dar de bruces en la calle.

Le hago un gesto para que entre, pero él niega de forma vehemente con la cabeza y me indica que vaya yo a su encuentro. Me parece raro, pero salgo al exterior sin darle mayor importancia a su reacción, y conforme voy recortando la distancia con Mateo van apareciendo más y más arrugas en un rostro nada vivaz. Su tez macilenta le otorga un aspecto que casi me genera rechazo; sin embargo, transcurridos unos segundos de mutua y aséptica observación, nos abrazamos regalándonos golpes y meneos como lo harían dos primates antes de despiojarse.

Mateo, que porta una mochila de excursionista a la espalda, tirita, aunque no parece que sea por el frío.

Es miedo lo que se está licuando en sus lacrimales.

—Mateo, ¿estás bien?

No contesta. Se limita a vigilar el espacio que nos rodea. Si no lo conociera como lo conozco, juraría que está bajo los efectos de alguna droga.

—Lo siento. Llego tarde —balbucea—. En realidad llevo aquí fuera un buen rato... Pensé que podría. Creí que sería capaz de entrar, pero cuando te he visto ahí hablando con él como si nada... Lo siento —repite al tiempo que intenta respirar abriendo mucho la boca, como un pez fuera del agua.

—Trata de tranquilizarte, hombre —le animo agarrándolo del hombro.

—No puedo. Necesito aire. Pensé que conseguiría entrar, pero no puedo —insiste—. No puedo —repite una y otra vez mirando hacia el interior de la librería.

—Vale, tranquilo.

Justo entonces me veo en la necesidad de sujetarlo para evitar que pierda la verticalidad. Tras dar unos pasos alejándose de la tienda, Mateo inclina el tronco hacia delante y se apoya en sus rodillas. Inspira por la nariz y espira por la boca cual parturienta primeriza.

—¿Mejor? —me intereso.

—Sí, creo que sí. Vamos a dar una vuelta.

—¿Con este frío? ¿Estás loco?

—Serán solo unos minutos, por favor, me vendrá bien un poco de aire.

—Venga. Movámonos —claudico al tiempo que me subo el cuello del abrigo y me enrosco la bufanda alrededor del mío.

Pensativos, caminamos uno junto al otro por las estrechas callejuelas que serpentean en dirección a la muralla. No hay intercambio de palabras; entre nosotros, solo el frío.

—¿Se puede saber qué demonios te ha pasado? —le pregunto en tono inquisitivo.

Mateo se planta frente a mí. Una mueca que pretende ser amable precede a otra bien distinta, real, alimentada solo de amargura.

—No lo has reconocido, ¿verdad?

—¿A quién tenía que reconocer?

—¡Joder! ¡¿A quién va a ser?! —responde elevando la voz y señalando en la dirección por la que hemos ido—. Es verdad que han pasado muchos años, pero los ojos... ¿No te han llamado la atención sus ojos?

—Te juro que no tengo ni idea de qué coño me estás hablando, Mateo.

—¡Es él, maldita sea!

De nuevo las lágrimas.

—¡Es el Sapo!

Estremecimiento.

Sequedad de garganta.

Estómago completamente arrugado.

Latido.

Latido.

Latido.

3. VERTICAL (SEIS LETRAS): SIN HABILIDAD PARA MOVERSE EN AMBIENTES URBANOS

Colegio San Nicolás de Bari
Noviembre de 1993

Era el pan nuestro de cada día. El pan mío, más bien; día sí, día también.

«Mateo, que te meo; Mateo, que te meto», me decía el muy cabrón.

Darío Gallardo, más conocido como el Joker, se había encaprichado de mí y eso era lo peor que podía pasarle a un novato como yo en un internado como aquel: Colegio San Nicolás de Bari. Lo llamaban así porque cuando puteaba a alguien sonreía igual que el personaje de la película de Batman que tanto éxito había tenido unos pocos años antes. Todos odiábamos y temíamos esa sonrisa.

Cuando mi padre me dio la «fabulosa» noticia de que primero de BUP lo iba a cursar allí, me interesé por informarme sobre el santo que prestaba nombre a la institución y lo cierto es que me gustó saber que su figura había inspirado, por decirlo de alguna manera, la creación del personaje de Papá Noel por su adorable aspecto, pero sobre todo por erigirse en acérrimo defensor de los niños. Pues bien, no llevaba yo ni dos meses en el internado y si algo necesitaba era una bondadosa presencia que me protegiera del Joker. Y todos coincidían en lo mismo: cuando a Darío se le metía alguien entre ceja y ceja, más valía encomendarse a todos los santos del cielo.

El recreo se había convertido en una auténtica pesadilla. Un calvario de veinte minutos que él sabía aprovechar para seguir horadando mi escasa capacidad de resistencia. Como es lógico, hacía tiempo que yo no me dejaba ver por el patio ni por ninguno de los sitios en los que ya me había dado caza en ocasiones precedentes. El baño del pasillo verde en el que se ubicaban algunos de los despachos de los profesores solía estar muy poco concurrido, por lo que me pareció un lugar estupendo para desaparecer ese día. Así, en cuanto sonó el timbre me apresuré con la esperanza de que nadie me viera escabullirme, pero tuve la mala suerte de que el profesor de Ciencias naturales nos robara algo de tiempo alargando de manera innecesaria una explicación sobre el sistema digestivo.

El mismo que estaba a punto de colapsar en mi organismo si no nos dejaba salir de una santa vez.

Cuando por fin nos liberó, salí picando espuelas y sin mirar atrás. Al llegar a mi refugio sin novedad, quién sabe si la euforia o el miedo o ambos me hicieron empujar con demasiado ímpetu la puerta de doble hoja tipo cantina del

Lejano Oeste y no contaba yo con que hubiera alguien al otro lado.

—Pero, tío... ¡¿Tú estás tonto o qué te pasa?! —protestó el otro—. ¿Qué coño te pasa? ¡Casi me partes la nariz!

Su cara me sonaba de la otra clase, pero lo único que sabía de él era que le llamaban Súster y era bastante popular porque controlaba el tráfico de revistas porno del internado.

—Te he preguntado qué coño haces tú aquí —insistió agarrándome por los brazos.

La presión sobre los moretones me hizo chillar, reacción que él no se esperaba por exagerada, lo cual hizo que me soltara y que pudiera refugiarme dentro de uno de los baños y echar el pestillo.

Pellizcos. Brutales como lo eran las manos del Joker. Los que me daba en los brazos dolían bastante, pero no tanto como los de los costados. Su perfeccionada técnica —insisto en que no era yo el primero ni sería el último de sus clientes— consistía en pinzar un buen trozo de piel usando el índice y el pulgar, estirar hacia fuera y retorcerlo con todas sus fuerzas mientras sus acólitos me inmovilizaban y me tapaban la boca con sus sucias manos. Tenía que aguantar. La alternativa era pagarle quinientas pesetas a la semana o cascársela. Mi padre me daba mil al mes, así que las cuentas no me salían por ningún sitio, y si te chivabas la cosa se ponía fea. Fea de verdad. Se decía que el curso anterior, a un pobre chaval de su clase que se había ido de la lengua, un tal Fredy, le habían metido el palo de una fregona por el culo y le tuvieron que dar varios puntos. El chico ya no estaba en el internado para desmentirlo o confirmarlo, pero ni falta que hacía cuando lo que todos teníamos claro era que no convenía en absoluto convertirte en el Fredy de turno del curso 93-94.

—Eh, tú, ¿estás bien? —oí al otro lado de la puerta.

Yo, que albergaba la esperanza de que se hubiera marchado, pagué con él mi frustración.

—¡Déjame en paz, jodido cabrón! —le insulté sin motivo a través de la puerta solo para espantarlo.

—Eh, tranqui, tío, que yo solo quiero ayudarte.

—No necesito tu ayuda. Estoy bien; sí, muy bien.

—Sí, claro. ¿Y de quién estás huyendo?

—¡De nadie!

—Pues no lo parece, porque has entrado como un torbellino y casi me partes la cara.

Silencio.

—Perdón.

—Perdonado.

—¿Te puedes ir ya adonde sea?

—¡Eh, que yo estaba antes que tú!

—Sí, pero te estabas yendo.

—Claro, porque yo no tengo que esconderme de nadie. A ver si tengo suerte, déjame pensar... ¿es el Joker o el Babas?

El Babas era otro pieza. Carmelo nosequé, un pelirrojo de tercero de BUP rival del Joker en el negocio de la extorsión, pero, al parecer, con un historial menos apabullante y por ello con menos clientes. Según se decía, Carmelo escupía al hablar, pero lo de la paja no lo trabajaba, y eso según mi criterio era un punto muy a su favor por muy baboso asqueroso que fuera.

—El Joker —confesé al fin.

—Pues te ha sonreído —enfatizó— la suerte. El día que explicaron en Religión qué era la piedad, la misericordia, la clemencia y la compasión, Darío no asistió a clase. Que tengas suerte, te aseguro que la vas a necesitar para librarte tú solo de él. Por cierto, si te quedas mucho tiempo ahí, tú también vas a llegar tarde —se despidió.

Aliviado a pesar de su veredicto, agucé el oído para captar lo que quería escuchar: silencio absoluto. Cuando por fin me decidí a salir de mi autoconfinamiento la pantalla de mi Casio decía que solo disponía de un par de minutos para llegar a clase de Lengua.

Tocaba correr.

—¡Bu!

Parálisis.

Y ahí estaba él con su sonrisa agigantada, su pelo rubio con raya al medio y unos ojos verdosos que me examinaban con esa expresión de quienes están habituados a salirse con la suya.

—¡Me cago en la leche! ¡Me cago en la leche puta, joder! —amplié todavía con la mano en el pecho.

—¿Tú también odias los sustos? Yo no los soporto. Me supera. No puedo con ello. No lo controlo. Una vez, con ocho o nueve años, a mi primo Miguel le clavé un lápiz en la cabeza porque me asustó sin querer. No veas cómo sangraba.

—¿Un lápiz?

—Sí, debía de estar muy afilado, o yo qué sé, pero le preparé un buen estropicio al pobre. Dicen que hay tres formas de reaccionar ante un susto: atacando, huyendo o quedándote paralizado.

—Y tú eres de los que atacan.

—Pues sí, eso parece.

—Es bueno saberlo para la próxima vez.

—Sí, te conviene recordarlo. ¿Ya estás mejor?

—Sí. No. No sé —evalué—. Casi me muero.

—No será para tanto.

—Vamos a llegar tarde.

—No, si acortamos por el gimnasio —me propuso—. ¡Vamos!

—Si nos pillan, nos...

No me dio tiempo a terminar la frase.

La norma decía que solo podía usarse en horas lectivas programadas. No era el caso, pero Súster tenía razón. La mala noticia era que no se veían alumnos por las zonas comunes del colegio, la buena era que eso nos permitía movernos con mayor agilidad. El timbre sonó cuando nos disponíamos a enfilar el pasillo en el que se ubicaban al fondo las dos aulas de primero de BUP.

—¡Mierda! —le oí decir a Súster.

En la puerta, el padre Garabito, director del colegio, acompañado por una cara nueva que sostenía una expresión difícil de interpretar: repelente pero cautivadora. El primero nos hizo una seña con la mano.

—Vaya, vaya... Rodríguez y Cabrera. Han incumplido tres normas —dijo mostrando el mismo número de dedos—. Llegan tarde, llegan corriendo y, si no me equivoco, llegan por la ruta equivocada.

—Era a cara o cruz, padre —se justificó Súster.

—Pues ha salido cruz. Vayan a la sala de estudios. Después de clase los espero a los dos en mi despacho, donde les comunicaré las tareas que les tocan. Por cierto, este es don Teófilo, su nuevo profesor de Lengua española.

Lo primero que me llamó la atención fueron las minúsculas gotas de sudor que perlaban su despejada frente. Cuando por fin me atreví a enfrentarme con su viscosa mirada me topé con unos abultados ojos que parecían estar examinándome por dentro.

—¡Anda! No sabía. ¿Y qué pasa con el padre Ángel? —quiso enterarse Súster, que no parecía estar afectado por el castigo.

—Tenga cuidado con este pájaro, le encanta piar —le comentó el padre Garabito a don Teófilo. Este movió ligeramente los labios, demasiado gruesos y demasiado poco sonrosados.

—Ya sabe: la información es poder —comentó Súster.

—Si hubieran llegado puntuales, se habrían enterado al mismo tiempo que el resto de sus compañeros. Desfilando. —Con el índice indicaba la dirección que debíamos seguir.

La sala de estudios estaba custodiada a perpetuidad por el padre Remigio. De él se decían dos cosas: que había cumplido la centena hacía cien años y que oía aún peor de lo que veía. Y como el hombre era ciego no había problema alguno en sentarse juntos a pesar de que al entrar nos había dejado claro que debíamos colocarnos cada uno en una esquina.

—¿Seguro que no ve nada? —quise asegurarme.

—Menos que una picha vendada.

Tuve que taparme la boca para aguantar la risa.

—Así que el Joker la ha tomado contigo, ¿eh? —me preguntó al cabo.

Asentí y me levanté la camisa del uniforme.

—Jo-der. Al muy cabrón le gusta la carne fresca. ¿Le has pagado ya?

—No.

—Eso es bueno. No lo hagas o te va a dejar sin un duro durante todo el año.

—No le pago porque no tengo dinero, no porque no quiera —confesé—. Me quedan trescientas pesetas para terminar el mes. Se lo he dicho, pero no me cree.

—A Darío le importa una real mierda lo que te quede en los bolsillos. Si no lo tienes, lo consigues.

—¿Y cómo hago eso?

—Es tu problema.

—Ya, pues entonces ¿qué hago? ¡Me va a reventar a pellizcos!

—Pues entonces... ya sabes: te escupes en la mano para que resbale mejor y...

Súster se vale del carrillo para reproducir esa onomatopeya que no quiero oír.

—¡Una puta mierda que se coma!

La intensidad de la risa de Súster sirvió para probar que las habladurías eran ciertas: el padre Remigio tenía serios problemas auditivos.

—Lo de la paja fue idea mía —me confesó bajando el tono.

—Pero ¡¿qué dices?! ¿Es amigo tuyo?

—A ver... Yo a Darío lo conozco desde sexto de EGB. Tú eres nuevo, pero por aquí todos lo hemos sufrido antes o después. A mí me tocó sufrirlo en octavo, cuando repitió por segunda vez.

—¿Ya tiene quince?

—Todavía no, los cumple el 30 de noviembre. Conviene saberse los cumpleaños de tipos así. Es un tarugo de cuidado, pero su padre es un tío importante del Opus, o eso se dice, y si no lo han largado ya es por las donaciones que hace a la institución.

—O sea, que encima de ser un cabronazo es intocable.

—Lo primero es consecuencia de lo segundo. El caso es que a mí me empezó a tocar los huevos a mediados del año pasado. Al parecer, los pellizcos ya no le funcionaban para acojonar a la peña, conque le propuse que añadiera lo de la paja. Luego lo convencí para que me dejara en paz a cambio de que yo me encargara de extender el bulo soltando algunos nombres de quienes ya habían tenido que ensuciarse las manos y, *voilá*, funcionó.

—O sea, ¿que lo de tener que cascársela es un farol?

—Sí, pero como se te ocurra decirlo por ahí te va a hacer lo que a Fredy, pero de verdad.

—¿Eso también es mentira?

—¿A que soy un genio?

—¿Y tú te llevas algo?

—A mí no me hace falta la pasta; con tal de que se olvide de mí, me vale.

—¿Y tú podrías..., no sé, hablar con él?

—¿Sobre qué?

—¿Sobre qué va a ser?

—Ah, ya.

Súster resopló.

—No sé, tío, si se ha emperrado contigo va a ser complicado de narices. Además, ¿yo qué saco de todo esto? Si ni siquiera sé cómo te llamas, chaval.

—Mateo. Me llamo Mateo Cabrera.

—Vale. ¿Y de dónde eres, Mateo Cabrera?

—De Valladolid.

—Coño, yo también. Bueno, de Medina de Rioseco, pero del Pucela a muerte.

—Sí, sí, claro. A muerte —repetí.

—¡¿Sueles ir al Zorrilla?! —me preguntó entusiasmado.

La única vez que había pisado yo el estadio fue porque me había invitado el padre de un vecino, supongo que para que me encargara de entretener a su hijo, que era un auténtico coñazo. Jugaban contra unos que iban con camiseta amarilla y pantalón azul. Me aburrí tanto y pasé tanto frío que me prometí no pasar nunca más por ese suplicio de forma voluntaria.

—Algunas veces —exageré.

—Antes de que me metieran aquí yo iba al estadio todos los domingos que hubiera partido con mis primos mayores, que son socios desde hace mil años. Cómo lo echo de menos. Y bien, Mateo Cabrera de Valladolid, ¿y tú por qué has acabado aquí?

Me encogí de hombros.

—Pregúntale a mi padre. Es comandante del Regimiento de Caballería Farnesio n.º 12 y cree que me falta disciplina.

—¿Y tu madre qué dice?

—No dice nada. Se murió cuando yo tenía siete años de una enfermedad rara y podría decirse que me llevo mejor con mi tío Carlos que con mi padre. Sí, eso seguro.

—Vale, ya sé que eres de Valladolid, que tu padre es un cabrón, que tu tío es de puta madre y que no tienes pasta, pero... ¿y de lo otro, qué?

—¿Qué otro?

—Joder, macho, pues qué va a ser: lo de la paja.

En ese momento salté de la silla como si me acabara de vomitar encima.

—¡¿En serio?!

Súster me aguantó la mirada hasta que no pudo contener más la carcajada.

—Qué cabronazo —susurré, aliviado.

—¡Paleto, que eres un paleto! Yo me llamo Álvaro, por cierto —se presentó.

—¿Y lo de Súster de dónde viene?

—Por el jugador.

—¿Qué jugador?

—Joder, macho, por quién va a ser, por Bernd Schuster —me aclaró señalándose el pelo con los índices.

—No me suena.

—Joder, pues jugó en el Barça, en el Madrid y en el Atlético, tío. ¿Qué más quieres? Dicen que jugando me parezco a él, pero a mí me gusta más Caminero.

—Es que yo soy más de *basket* —dije por decir.

Álvaro relinchó.

—Lo que yo decía: un paleto de los cojones.

—Y tú un puto pelele.

4. VERTICAL (OCHO LETRAS): PARTES, HECHOS O CIRCUNSTANCIAS QUE CONFORMAN UN TODO

Urueña, Valladolid
Viernes, 29 de noviembre de 2019, a las 17.21

Al abrigo de la muralla tengo la sensación —asumo que adulterada por pura necesidad— de que hace menos frío que antes. El mero hecho de que el aire no corretee libremente por aquí ya es de agradecer, aunque mi sangre está congelada desde que Mateo me ha desvelado la identidad del librero. Como almirante de la flota que lidero, la noticia la estoy gestionando de la misma manera que si hubiera recibido un impacto de torpedo en la línea de flotación de mi buque insignia y tuviera la obligación de mantener la calma. He de salvar como sea mi portaaviones, pero aún no tengo ni idea de cómo cerrar esa vía abierta y cada minuto que pasa veo con impotencia cómo se inunda más la sala de máquinas.

Hacía mucho tiempo que no me acordaba del Sapo, pero estoy convencido de que sí sería capaz de reconocer ese olor acre que don Teófilo trataba de camuflar bajo la meliflua fragancia de una colonia empalagosa, del todo vomitiva. En mi caso, tuve que evitar sus impúdicas insinuaciones solo en una ocasión y, gracias a que contaba con una buena armadura, logré salir indemne. Mateo, sin embargo, lo afrontó a pecho descubierto y no tuvo coraje, pericia o lo que fuera que hiciera falta para rechazarlo.

Sucumbió.

Caminamos uno al lado del otro con la cabeza escondida entre los hombros, como si hubiéramos hecho algo reprobable, mirando dónde pisamos para no caer en las peligrosas arenas movedizas del pasado que compartimos: un terreno donde si no te mueves acabas mal y si te mueves acabas igual de mal pero en menos tiempo.

—No te he preguntado, doy por hecho que continúas viviendo en Valladolid —suelto en un torpe intento de agarrarme a cualquier liana.

Mateo tarda en reaccionar como si prefiriera ser tragado por el fango que contestar.

—Sí, pero me mudé de piso cuando me separé de Claudia. Bueno, mejor dicho, cuando Claudia me dio la patada. Ahora vivo cerca de la plaza de las Batallas. Es un apartamento pequeño y tiene menos luz de la que me gustaría, pero para mí solo... Para mí solo, me sobra.

—Una pena lo de Claudia, me caía bien esa chica.

—Pero si la viste solo una vez, y eso fue hace... ¿cuánto? ¿Diez años?

—¿Tanto? Bueno, el caso es que me cayó bien. Y estaba bastante buena. ¿De dónde la sacaste?

—¿No te acuerdas? De una de las fiestas de Medicina a las que íbamos los viernes. Tú te fuiste con una rubia de pelo liso hasta la cadera y Felipe estaba tan borracho que se tuvo que pirar a casa. Yo, no me preguntes por qué, decidí quedarme, y ella andaba por allí pululando.

—¡Anda, joder! Entonces ¿Claudia era esa con la que te pilló tu tío con los pantalones bajados?

—¡Esa era! A Tío Carlos le suspendieron la función de esa tarde y regresó a casa antes de lo previsto. La puerta principal daba directamente al salón y ahí estábamos Claudia y yo dale que te pego. Y sin pantalones —añade Mateo.

—¡Papelón!

—Sobre todo para ella.

—¿Y qué hicisteis?

—Tío Carlos se quedó ahí, todo flipado, pero de inmediato se dio media vuelta y se fue.

—Todo un detalle por su parte.

—Sí, bueno, el polvo se me jodió de todos modos porque Claudia se vistió cagando leches y se piró indignada.

Sincronizamos sendas carcajadas. Noto a Mateo algo más relajado, por lo que resuelvo que a pesar del frío nos conviene seguir recorriendo el pueblo sin rumbo fijo.

—Al día siguiente, Tío Carlos me pidió perdón y me dijo que la siguiente vez que llevara a una chica a casa lo avisara.

—Un crack, tu tío. Igual que hubiera hecho el Comandante, ¿eh?

—Igual le dispara a ella y luego a mí. O al revés. Yo creo que, si no llega a ser por Tío Carlos, termino en un hospital psiquiátrico o en la cárcel.

—Pues no te digo yo que no. ¿Con qué edad te fuiste a vivir con él?

—Cuando murió mi padre, con dieciséis.

—Ah, claro, que fue cuando te sacó del internado. El resto aguantamos hasta el último curso, que fue cuando San Nicolás cerró sus puertas definitivamente.

—Eso es. Lo de mi padre fue en mayo, y cuando terminé ese curso Tío Carlos habló conmigo y me preguntó si quería seguir estudiando allí o en un colegio en Valladolid. Ni me lo pensé.

—¡Qué bonito, hombre! Y que le den por el culo a tu colega Álvaro, ¿no? Ahí me dejaste tirado con Felipe y compañía. Menuda panda.

—Te recuerdo que por aquel entonces Felipe era tu amiguito del alma. Uña y mugre.

—Pero porque tenía pasta —me defiendo continuando con el tono jocoso.

—Sí, sí. La verdad es que me costó entender que te hicieras tan colega del tipo al que le robamos la cámara de fotos que provocó aquella desgracia. Flipante lo tuyo.

En silencio trato de domar la frustración que noto cabalgando libremente por las praderas de mi vanidad. No le falta razón, pero no seré yo quien lo reconozca.

—Ya, bueno, Felipe tenía sus cosas, pero también era divertido. A veces —matizo levantando el dedo índice.

—Sí, eso es cierto. A veces era divertido, pero las veces que no lo era, era in-so-por-ta-ble —califica separando las sílabas—. Yo creo que hasta que no coincidimos en Derecho no le pillé el truco a Felipe. Por cierto, ¿qué sabes de él?

—Que vive como un rey en Mallorca. O en Menorca, no recuerdo. Jamás le faltó de nada al cabrón, pero hay que reconocer que supo llevar bien los negocios de su padre y ha multiplicado el dinero por mil.

—Ya me di cuenta en su boda de que manejaba mucha pasta.

—La maldita boda —matizo.

—La maldita boda. Nunca entendí por qué me invitó —reflexiona Mateo—. Y, bueno, tú, ¿qué? ¿Estás con alguien?

—Siempre que puedo —contesto en tono divertido—. Pero, ojo, sigo soltero y entero.

—Soltero y con dinero —matiza—. Quién pudiera.

—Hay que aprovechar el viento mientras sople a favor.

—Pues en mi caso llevo unos años remando y remando para nada. Porque avanzar, lo que es avanzar, no avanzo.

—Hay veces que es mejor dejarse llevar por la corriente.

—O naufragar.

—¡Venga, no me jodas! Aunque, ahora que te miro, un poco de pinta de náufrago sí tienes. Ahora bien, el éxito o el fracaso con las mujeres es una cuestión más de actitud que de aptitud.

—Y eso lo dice un rubito con ojos verdes y podrido de pasta.

El comentario no me gusta, pero decido tragar bilis y poner el foco de la conversación en un tema más jugoso.

—Oye, ¿qué te pasó con la movida de los crucigramas? Si te iba de puta madre, ¡¿no?!

—Me iba, en efecto, pero la cosa está jodida desde hace tiempo. Y yo no puedo quejarme, que aún mantengo algunos contratos que me permiten pagar el alquiler, porque crucigramistas en España quedamos cuatro. Y no es un decir —asegura.

—¿Quién te iba a decir a ti que tu futuro profesional pasaba por las palabras, eh? Lo tuyo eran los números. Eras el típico cerebrito, macho. ¡Qué agilidad mental la tuya! ¿Recuerdas los concursos de cálculo que hacía el padre Ginés? Flipaba contigo. Bueno, flipábamos todos. ¿Sabías que el hombre murió hace un par de meses?

—No lo sabía. Una pena. Era hirsuto de cojones, pero de los pocos con los que me llevaba bien.

—Hirsuto —recalco.

—Siete letras, de carácter áspero —me suelta—. Respecto a la movida de los crucigramas —prosigue utilizando mis mismas palabras—, te diré que tiene mucho que ver con la capacidad para resolver problemas y la agilidad mental, habilidades ambas muy relacionadas con las matemáticas. Dicho esto, lo que realmente distingue a unos de otros no es el diseño del panel, sino cómo escribes las definiciones, los enigmas, y eso se me daba bien. Hay que ser muy claro y original sin llegar a ser demasiado conciso, no sé si me explico.

—Sé cómo funciona la cosa, pero yo nunca he tenido paciencia para resolver uno. Creo que soy más de sudokus, fíjate.

Mateo me mira como si hubiera blasfemado el día de su canonización.

—¡Bah, no compares! Esa mierda sale del culo de una máquina. Es producto de la inteligencia artificial, lo nuestro es puro ingenio.

—¡Vaya, discúlpeme usted!

—El día que los ordenadores escriban novelas y la gente empiece a leerlas porque se pongan de moda, porque sean más baratas o porque sí, entenderás lo que digo.

—Espero estar muy muerto antes de que eso suceda.

—No lo digas muy alto, no sea que de un día para otro te veas repasando álgebra con el padre Ginés.

—¡Calla, coño! Joder con el humor negro del crucigramista...

—No concibo otro humor que no sea de ese color.

—Ya veo, ya. Entonces ¿qué ha ocurrido con los crucigramas? ¿Se han pasado de moda o qué?

Mateo saca las manos de los bolsillos del anorak, se las frota antes de rascarse la barba y volver a meterlas dentro.

—No creo que sea una cuestión de modas. Lo que sucede es que han dejado de estar presentes en nuestro día a día. Mambrino, que era el padre de todos y que nos dejó hace unos meses, lo predijo hace tiempo: la muerte del papel es la muerte del enigmista. Él sabía bien lo que decía. Cada vez se imprimen menos ejemplares físicos de diarios y revistas, por lo que cada día que pasa enfermamos un poco más. Y está claro que esto ya no tiene cura. Con el tiempo nos haremos más dependientes de internet y nos informaremos exclusivamente a través de los medios digitales. ¿No te resulta extraño ver a alguien leyendo el periódico en papel?

—En un bar, no.

—Dale un par de años o tres.

—Estás muy optimista, ¿eh?

—Realista. Conozco bien mi negocio. Da igual que te especialices en los clásicos, que hagas ajilimójilis perfectos, encrucijadas imposibles, pensagramas rompedores, revoltigramas de todo tipo, o mierdagramas. A la gente se la trae floja. Y a los que me pagan, ni te cuento.

—Ya, pero Pándaro es el más grande.

—No, amigo, no. Mambrino era y será el más grande, yo solo me limité a seguir sus pasos. Bueno, a intentarlo, más bien. Y si alguna vez Pándaro consiguió acercarse a su nivel, eso ya no le importa a nadie.

—Nunca te pregunté por qué elegiste ese nombre para firmar tus crucigramas.

—Pándaro es un personaje de la *Ilíada*. Es un famoso arquero troyano que hiere de un flechazo a Menelao, rompiendo así la tregua con los griegos. Me gustaba esa faceta provocadora porque yo tengo de provocador lo mismo que de seductor.

El comentario me hace reír y Mateo se contagia provocando una gran vaharada que se difumina en el ambiente en cuanto sale de los dominios de su boca.

—Interesante, pero recuerda que los troyanos terminaron palmando.

—La historia de mi vida.

—Entonces ¿cómo se te plantea el futuro?

—Como el de los troyanos, más o menos.

Me río con ganas.

—No, ahora en serio, ¿me tengo que preocupar por ti?

Mateo tuerce la boca.

—Ya he perdido la esperanza de que algún día me salga otro *Guernica*.

—¿Cómo?

Mateo esboza una sonrisa cargada de melancolía.

—Así llamo yo a esos crucigramas que crees que vas a tirar a la basura hasta que, de repente, todo encaja y se convierten en obras de arte. A simple vista nada parece tener sentido, pero al colocar la palabra concreta en el lugar determinado, el caos termina conformando un todo indivisible. Porque una letra, una maldita e insignificante letra, lo cambia todo, amigo.

Esa idea me hace reflexionar unos instantes.

—Entiendo. Y, según tu criterio, ¿que aparezca un *Guernica* depende más de la inspiración o de la suerte?

—De tener la suerte de estar inspirado —bromea—. Ojalá lo supiera. Para mí es un estado de ánimo, y ahora mismo carezco de lo que se requiere para estar a la altura. Voy a tiro hecho, por cubrir el expediente.

—Que no es poco.

—Es supervivencia. Hace un par de años hablé con un colega de profesión que es ludolingüista para...

—¿Ludo qué?

—Un especialista en los juegos de palabras —tradujo—. «A la torre, derrótala». «Allí ves Sevilla» y esas cosas.

—No entiendo.

—Joder, Álvaro, son ejemplos de frases palíndromas, es decir, que se leen de igual modo de izquierda a derecha que de derecha a izquierda.

—Ah, pues vale. ¿Y cómo está el asunto?

—Pues eso, que estábamos hablando para emular lo que en su día hicieron Simon & Schuster y...

—¿Schuster? ¿De nombre Bernhard?

El chiste no funciona como sonaba en mi cabeza.

—No, Lincoln, más bien. Junto con Richard Simon reunieron unos dólares para publicar un libro de crucigramas con el que regalaban un triste lápiz. Y funcionó. Se forraron, pero, claro, estamos hablando de 1920... Nosotros pretendemos desarrollar una app e ir alimentándola con lo mejor de nuestros respectivos repertorios. Teníamos el proyecto bastante avanzado, pero se me cruzó todo esto y de momento está parado.

—¿Se te cruzó? —repito.

—Sí, se me cruzó. Porque yo no lo estaba buscando, joder. Tampoco puedo decir que lo hubiera superado del todo, pero los ocho años de tratamiento psiquiátrico me ayudaron a convivir con ello. Por lo menos había conseguido dejar de sentirme culpable.

—¿Culpable? No me fastidies, hombre. Tú fuiste la víctima, ¿cómo vas a sentirte culpable? Tenías trece años. Trece.

—¡Qué fácil es decir eso! —estalla Mateo—. ¡Me he sentido culpable porque no fui capaz de evitar que ese maldito cabrón me jodiera la vida! ¡Pude haber salido corriendo, por ejemplo, o pegarle una somanta de hostias y dejarlo medio muerto! ¡Eso es lo que tenía que haber hecho, pero no!

Mateo empieza a caminar en círculos haciendo aspavientos con los brazos y golpeándose en la cabeza.

—Por favor, tranquilízate, ¿quieres? —le ruego manteniendo la distancia.

—¡Pude gritar, llorar, o suplicar incluso! Qué sé yo. Algo. Pude hacer muchas cosas, pero... ¡¿sabes lo que hice?!

—Mateo, no hace falta que sigas. Sé cómo termina la historia.

—¡No! No lo sabes porque tú te libraste. Tú siempre terminabas escaqueándote de todo. Te libraste del puto Joker, te libraste del Sapo... ¡Coño, si hasta saliste de rositas cuando le robamos la cámara a Felipe y...

—Pero ¡serás cabrón! —le interrumpo—. ¿Te tengo que recordar por qué tuvimos que hacerlo? Yo no tengo la culpa de que ese maldito degenerado te pillara con las manos en la masa.

—Me pilló, vaya si me pilló. ¡¿Y cuánto terminé pagando por ello?! No tenía que haberte hecho caso. ¡Un plan perfecto, decías!

Una carcajada histriónica subraya la frase.

—¡¿O sea que la culpa de lo que te pasó fue mía?! ¡¿Es eso lo que me quieres decir?!

—¡No! Lo único que quiero hacerte entender es que tú te libraste y yo pagué por los dos. Y, aunque estuviste siempre cerca, nunca te interesaste por preguntarme qué me pasó exactamente. ¡Jamás quisiste saber al detalle qué me hacía el Sapo!

—No me hacía falta. Todavía tengo grabado en la retina el día que te dio una de tus migrañas destructivas y yo estaba contigo. Era terrible verte así: anulado por completo, paralizado, sin poder ver, oír ni hablar. Tú no te viste la cara, parecía que estuvieras a punto de morirte. Y yo sin tener ni la menor idea de cómo ayudarte.

—Las migrañas eran y son solo una más de las muchas secuelas que me quedaron de aquello.

—¡Justo por eso! ¿No te das cuenta? No quería conocer los detalles, pero no por dejadez, sino porque no quería hurgar en la herida. No quería provocarte más daño.

—¡Y una mierda! No querías saberlo porque de alguna forma pensabas que tú también podías haber pasado por aquello, pero me tocó a mí. Por eso nunca me preguntaste. ¡¿Sabes con qué edad conseguí hablar de ello?! ¿Eh? ¡¿Lo sabes?!

Decido no contestar.

—Con veintiséis años. Cuando por fin Paula, mi psicóloga, me convenció de que tenía que verbalizarlo antes de expulsarlo. ¡Veintiséis! Trece años después. Los mismos que tenía cuando pasó. Y te juro que cada vez que intentaba dormir veía la cara del Sapo. Podía olerlo, sentirlo allí conmigo... ¡Dios! ¡Esa primera vez la tengo grabada a fuego en mi memoria porque la he vivido un millón de veces! ¡Un puto millón de veces! ¡¿Entiendes?!

Que me levante así la voz me hace perder los nervios.

—¡Te he dicho que no quiero escucharlo! —le grito.

—¡Pues hoy te vas a joder! —gruñe Mateo, fuera de sí.

Acto seguido me sorprende agarrándome con fuerza por las solapas del abrigo y me empuja hasta que me topo con un enorme bloque de piedra de los que conforman la base de la muralla. Luego acerca tanto los labios a mi oreja que casi puede rozarla. Su acelerada respiración me resulta francamente molesta, pero me conjuro para contener las ganas de darle un rodillazo en las pelotas o un cabezazo en el puente de la nariz y terminar de una vez con la escena. Hay algo en mi interior que me obliga a seguir escuchando. Quizá sea por la necesidad de alimentar la ficción con la realidad, y sé que lo que estoy a punto de oír es una historia muy real y muy cruel. Lo sórdido que nos rodea es gasolina para mis dedos cuando me pongo frente al teclado y, aunque nunca se lo confesaré, son muchas las veces que me he preguntado qué es lo que le hacía don Teófilo durante esas tutorías. Mis novelas se diferencian de otras por los detalles. Los detalles, como en sus crucigramas, lo cambian todo. Son los responsables de que un lector se zambulla de cabeza en sus páginas porque agitan las conciencias de las personas que viven protegidas en sus blindadas burbujas y les revuelven sus delicados estómagos.

Detalles, detalles, detalles.

Mateo manda. Yo me dejo hacer.

—Ese día, cuando me dejó claro que sabía que yo había robado la dichosa cámara de fotos, se colocó a mi espalda y empezó a susurrarme que no me preocupara por nada. Que si me portaba bien con él, me guardaría el secreto porque no veía justo que por ser un cobarde y no enfrentarme al Joker me expulsaran al día siguiente con las consecuencias que ello tendría. Don Teófilo sabía bien que me cagaba vivo solo con oírle hablar de una más que posible expulsión. Me dijo varias veces que solo tenía que confiar en él: «Mateo, ¿confías en mí?; Mateo, ¿confías en mí?;

Mateo, ¿confías en mí?» —repite incesantemente—. Al final no me quedó otra que contestar que sí, y en ese momento, el hijo de la gran puta empezó a desabotonarme la camisa y me acarició el pecho, luego el vientre, sin dejar de repetirme una y otra vez que me relajara, que él sería mi maestro, mi mentor. Recuerdo que yo estaba paralizado por completo mientras me besaba con sus gruesos y húmedos labios, deslizando su repugnante lengua por mi cuello. Quería salir de allí, pero mis músculos no funcionaban. Nada en mí funcionaba. Temblaba, pero don Teófilo no tenía ninguna prisa. Sabía que me tenía atrapado y que nadie iba a interrumpirnos, así que se lo tomó con calma. Solo me hablaba y me hablaba de lo bueno que sería para mí convertirme en su discípulo. De lo fáciles que serían las cosas a partir de ese instante. Porque él me iba a cuidar. Él me iba a guiar por el buen camino y me protegería de lo malo que ensuciaba el mundo. Mientras, yo solo podía pensar en cómo iba a reaccionar mi padre, el reverendísimo comandante de caballería, si me expulsaban del maldito internado, y supongo que debí de desconectar de la realidad porque no me acuerdo del momento en el que él me bajó los pantalones y los calzoncillos y se arrodilló entre mis piernas. ¡No lo recuerdo! Mi cuerpo estaba allí, pero no había nadie dentro. ¡Era como si hubiera salido de mí mismo, como si me hubiera volatilizado de repente! Entonces empezó a tocarme muy despacio, a besarme en las ingles mientras me pedía una y otra vez que cerrara los ojos y me relajara. Que confiara en él. Yo solo quería que aquello terminara de una vez. Deseaba con todas mis fuerzas dejar de olerlo, de notar sus sucias manos manchándome la piel. Necesitaba no volver a escuchar esa voz acaramelada y, aunque estaba completamente bloqueado, sabía que solo había una manera de conseguirlo. Solo había una forma —repite entre dientes—. Cuando por fin se la metió en la boca te juro que me sentí aliviado. Era como si viera el final de un túnel muy largo y muy oscuro. Solo quería avanzar. Salir cuanto antes. Ver la luz. Escapar. No tardaría más de un minuto en correrme, pero fue el minuto más agónico de toda mi condenada existencia. Por eso, cuando terminé... ¡Sonreía! —grita Mateo—. ¡Te juro por mi vida que estaba sonriendo como un puto imbécil, porque había salido del túnel! ¡¿Te lo puedes creer?! ¡Sonreía! —chilla Mateo—. Desde ese día lo veo una y otra vez preguntándome si confío en él. ¡Una y otra vez! Y yo contestando que sí. No puedo borrarlo de mi mente: «Mateo, ¿confías en mí?; Mateo, ¿confías en mí?; Mateo, ¿confías en mí?». ¡Qué hijo de la gran puta!

Colapsa.

—¿Has terminado ya? —le pregunto impostando un tono severo, granítico.

Mateo tarda unos segundos más en soltarme. Es entonces cuando noto que mis mejillas están húmedas por las lágrimas que Mateo ha liberado durante el relato. Me las seco con la manga del abrigo y chasqueo la lengua.

—¿Te has quedado a gusto?

Él se limita a agachar la cabeza.

—¡Contéstame! ¡¿Te has quedado a gusto?!

—Perdona —balbucea.

—¿Para esto me has hecho venir hasta aquí? ¡¿Para hacerme tragar tu mierda a paladas?! ¿Para hacerme sentir culpable de lo que hizo ese maldito cabrón? No, amigo, no. Yo no tuve la culpa de nada. ¡De nada!

—Lo siento, se me ha ido la cabeza.

—¡Eres patético! ¡A la mierda!

5. VERTICAL (CUATRO LETRAS): PERSONAJE ANTAGONISTA DE LOS CUENTOS INFANTILES

Colegio San Nicolás de Bari
Noviembre de 1993

Me sentía muy cerca, diría que justo al borde, de entrar en estado de catalepsia. Era como si de repente necesitara mucho oxígeno y se me hubiera olvidado cómo respirar. Además, ese día había amanecido completamente despejado y hacía bastante calor. Bastante calor para ser principios de noviembre, claro, pero no tanto para que el sudor me escurriera por las sienes de ese modo tan manifiesto. Todo ello no me ayudaba en absoluto a componer la imagen de tío chungo que me había exigido Álvaro, pose que debía mantener durante el encuentro con el Joker.

La clave, me insistió muchas veces, estaba en la mirada.

La mirada del lobo.

El plan pintaba de colores cuando me lo propuso a primera hora de la mañana.

—Mira, tío, esto es muy sencillo: hoy vamos los dos a hablar con el Joker y yo le voy a decir que te deje de tocar los huevos. Que eres mi colega y punto. Y asunto zanjado. Bueno, igual hay que ofrecerle algo a cambio, pero eso ya es cosa mía.

—¿Algo a cambio?

—Sí, claro, algo que compense el hecho de dejarte en paz.

—Algo como qué.

—Algo como algo —aclaró—. Yo qué sé. Ya veremos.

—Pero nada de pajas, ¿no?

—Que no hombre, que no. Menuda perra has cogido con las pajas.

—A hacérselas a otro sí, mira tú por dónde.

—¿Qué pasa, que te la cascas mucho? —me preguntó.

—No. O sí, yo qué sé. ¿Cuánto es mucho?

—Yo los domingos me hago tres como mínimo.

—¿Por qué los domingos?

—Porque tengo más tiempo libre. Me encierro a leer en el baño y alterno capítulo y paja.

—¡Hala! No, yo no. Yo... ¿Qué más da? El caso es que no quiero oír hablar de pajas ni de nada que se le parezca.

—¡Que ya te he dicho que eso es solo para aumentar su leyenda negra, coño!

—Vale.

—Pues eso. Entonces después de comer vamos juntos a la fuente. Darío va allí a fumar con sus colegas porque no los ven desde las ventanas de arriba y con un tío que coloque en la esquina del patio controla si hay moros en la costa. Yo me encargo de hablar y tú solo tienes que venir conmigo y que no parezca que estás cagado de miedo, porque como él se dé cuenta se va todo al garete.

—Venga, vale —acepté, convencido—. ¿Y cómo hago para no parecer cagado de miedo?

—Pues, macho, sin poner cara de estar cagado de miedo. Le miras de vez en cuando a los ojos y le sostienes la mirada. ¿No has jugado nunca a la mirada del lobo?

—No.

—Vale. Es muy sencillo. Nos miramos fijamente y el que antes parpadee o retire la mirada pierde.

—¿Y qué pierde?

—Nada, joder, pierde y punto. Gana el otro.

—Ah, pues menuda chorrada.

—Joder, macho, eres el tío más complicado que he conocido en mi vida. Venga, vamos a probar.

Perdí las tres partidas. Eso de aguantar sin parpadear no era lo mío, pero Álvaro me dijo que me bastaría con aguantarle la mirada al Joker durante cuatro o cinco segundos.

Cuatro o cinco segundos no parecían mucho.

A escasos metros para llegar adonde estaba el Joker fumando con dos de sus acólitos, lo que antes se pintaba de colores lo veía yo en un premonitorio escalado de grises tirando a negro.

—¿Qué pasa, Darío, qué haces? —lo saludó Álvaro.

El Joker se giró, sonrió y nos examinó de hito en hito antes de darle una intensa calada al cigarro y arrojarlo a los pies de Álvaro. Así, para empezar, no daba la impresión de que el gesto fuera muy amistoso, pero él se mantuvo en su sitio y yo también. Bien es cierto que todavía no me notaba yo muy preparado para mirarlo. En honor a la verdad, ni siquiera me notaba con fuerzas para estar allí respirando el mismo aire que él. Me sentía como una gacela que se acerca a pedirle a un león que la próxima vez que tenga hambre se coma una cebra, un ñu o incluso a otra gacela. Lo que fuera, pero no a mí.

—¿Qué coño haces tú con ese, Súster?

—Se llama Mateo Cabrera y es mi colega.

—Mateo Cabrera me cabrea, ¿que no? —soltó dando rienda suelta a su acento castizo madrileño tratando de ser ingenioso. Solo la mitad del público asistente le rio la gracia, eso sí, muy efusivamente. El aludido, es decir, yo, tenía el cien por cien de sus capacidades ocupadas en mantener la verticalidad, y no era tarea sencilla. De momento lo único que había sacado en limpio era una mofa más a las dos clásicas: «Mateo, que te meto» y «Mateo, que te meo».

—Te has confundido de objetivo, tío —prosiguió Álvaro—. Este no tiene un duro; te lo digo yo, que conozco a sus viejos.

—¿Ah, sí? ¿Desde cuándo os conocéis?

—Su padre, que es coronel del ejército, y el mío son amigos. Estudiaron juntos en Valladolid —mintió.

—Ah, que este también es otro cateto de provincias, ¿eh? ¿Cómo era el refrán ese? Nacen tontos y Dios los junta.

—Dios los cría y ellos se juntan —le corregí.

Antes de terminar la frase deseé estar muerto y enterrado. No, mejor muerto e incinerado para que no pudiera violentar mis restos. Me había dejado llevar por los nervios y ya estaba preparado para recibir el primer zarpazo; mortal, eso sí.

El Joker recortó la distancia, inclinó la cabeza y me clavó la mirada de depredador dominante en ese ecosistema al que yo pertenecía y en el que iba a terminar mis últimos días de cateto de provincias. Así y todo, le miré a los ojos y empecé a contar desde cinco hacia atrás.

—Me tienes muy despistado, Mateíto. O los tienes muy bien puestos o eres subnormal profundo, ¿que no? —evaluó dirigiéndose a sus secuaces.

—Lo segundo, fijo —apostilló uno de ellos. Yo no podía estar más de acuerdo con él.

—Eso da igual —intervino Álvaro—. El caso es que no tiene pasta, así que te quiero pedir que te olvides de él y busques a otro.

Darío Gallardo se mordió el interior de los carrillos mientras cavilaba.

—¿Y tú? ¿Cómo andas de pasta, Súster?

—Pelado, como siempre.

—Ya, claro, como siempre —repitió—. Bueno, vamos a ver. Os voy a ofrecer un trato. Yo me olvido del paleto y vosotros me conseguís una cosita que me apetece mucho. La maricona esa de rizos que lleva gafas de pasta es de vuestra clase, ¿no? Federico, creo que se llama.

—No, Felipe. Felipe de la Fuente y está en su clase —precisó Álvaro señalándome.

—Ese es. El caso es que el otro día lo vi haciendo fotos con una cámara cojonuda que según he oído le ha traído no sé quién de Estados Unidos. No necesita carrete ni nada parecido, con lo que puedes hacer las fotos que quieras. El nota tiene toda la pinta de que le sobra el dinero, así que no le dolerá mucho. Y si le duele, que se joda —apuntilló.

—¿Quieres que le robemos la cámara?

Sin modificar su risueño semblante, el Joker chasqueó los dedos y le señaló.

—Las pillas al vuelo, Súster. Al vuelo.

—Eso es una putada, si nos pillan nos largan para casa.

El Joker sacó un cigarrillo del paquete de Ducados, lo prendió y se encogió de hombros.

—Ese es mi precio por el cateto, vosotros veréis.

Yo me disponía a negarme en rotundo, pero, esta vez sí, supe detener a tiempo la producción de palabras en mis cuerdas vocales.

—¿Alguna cosa más, Súster?

—No.

—Pues hala, id a mamarla un rato por ahí. Tenéis una semana, por cierto.

En cuanto doblamos la esquina yo quise decir algo, pero no fui capaz de despegar la lengua del paladar hasta que llegamos a la resi, como llamábamos al edificio donde nos alojábamos los alumnos del internado.

—Pero, tío... ¡¿Cómo demonios vamos a robarle la cámara a Felipe?! —pregunté sin ocultar mi desesperación.

—Tú, tranqui, lo tengo todo controlado.

—No, no... Que yo no te estoy preguntando cómo robarle la cámara, vamos, que no. Es decir, no estás pensando en serio en jugártela, ¿no?

—¿Y qué opciones tenemos? Bueno, más bien tú. Porque te recuerdo que el que tiene el problema con el Joker eres tú. Yo no. Tú —me insistió clavándome el índice en el pecho.

—Que sí, que ya lo sé, pero si nos pillan nos expulsan, y entonces el menor de mis problemas va a ser lo que pueda hacerme el Joker. Tú no conoces al Comandante.

—No, ni putas ganas que tengo. Te he dicho que lo tengo controlado. Mira, yo de robos sé bastante. Solo hay que pensar en un plan y ejecutarlo. Hace poco he leído una novela de Michael Crichton, un genio, que está basada en hechos reales. *El gran robo del tren,* se titula, y...

—Espera, espera —le interrumpí—. ¿Me estás queriendo decir que por haberte leído una novela de unos tíos que roban un tren ya sabes cómo mangar la cámara de Felipe?

—Ya te he dicho que está basada en hechos reales. Pues si ellos pudieron llevarse un botín de doce mil libras de oro, nosotros podremos con una simple cámara, ¿no crees? Lo importante es el plan y yo tengo uno infalible.

—Infalible —repetí poco convencido.

—Vamos, que no puede fallar.

—Sé qué significa, pero no sé si creerte.

—¡Joder! ¡¿Tú sabes cómo hacerlo?!

—No.

—Por tanto, si tú no tienes ni zorra idea..., ¿por qué no escuchas lo que tengo en la cabeza y simplemente lo hacemos?

—Venga, va, te escucho.

Álvaro asintió varias veces, amusgó los ojos y dejó que su mirada flotara errante.

—Felipe es de los que tienen habitación individual, ¿verdad?

—Sí, me suena que sí.

—¿Y quiénes ocupan las de al lado?

En ese momento me miré las palmas de las manos con incredulidad, como si esperara encontrar allí la respuesta.

—¿Y yo qué coño sé?

—Pues eso es lo primero que tenemos que averiguar.

6. VERTICAL (SIETE LETRAS): REMEDIO PARA SER ADMINISTRADO VÍA ORAL

Urueña, Valladolid
Viernes, 29 de noviembre de 2019, a las 18.06

A paso legionario y sin levantar la vista del empedrado, me alejo de allí notablemente contrariado, aunque, si he de ser sincero, no sabría decir qué es lo que me ha importunado tanto para dejar tirado allí a Mateo. Quizá no se deba a una sola razón, sino a un compendio de varias. No soporto que me levanten la voz, me pone muy violento, pero diría que me molesta aún más haber cedido a sus súplicas. Es evidente que presentarme en Urueña sin saber qué me iba a encontrar ha sido un error. Y si algo me ha enseñado la vida es que los errores acarrean consecuencias cuya gravedad suele ser proporcional al tamaño de la equivocación. El hecho de haberme reencontrado con el Sapo ya es en sí mismo más que significativo y, no obstante, me sobrevuela la sospecha de que estoy a punto de demostrar de un modo empírico que cuando algo es susceptible de empeorar, empeora.

El sonido de mis pasos rebota en las fachadas de las casas fantasma que me rodean. Las ventanas iluminadas están en franca minoría frente a las que permanecen aletargadas o quién sabe si definitivamente inertes.

He de reconocer que la reacción de Mateo me ha cogido por sorpresa, pero, analizándolo todo con frialdad, habría que concluir que hasta cierto punto es normal que se alterara de esa manera. Yo tendría que haber sabido calmar a Mateo para evitar que zozobrara en las turbulentas aguas del pasado, esas que ni siquiera aparecen en las cartas de navegación hechas de recuerdos. Así evito tener que enfrentarme a lo que hice.

O, más bien, a lo que no hice.

Pero ¿qué sentido tiene torturarse por algo que no se puede cambiar? Ninguno. Soy muy consciente de que solo puedo intervenir en el presente para mantener el equilibrio sobre esa cuerda floja que es el futuro. Esa es la única manera de no estrellarse contra la dura monotonía; o, peor aún, de librarte de rebotar una y otra vez en la pegajosa red de la memoria, como le sucede a Mateo. Eso es morir poco a poco e implica una eterna agonía de la que solo se puede salir de dos formas: precipitándose al vacío o convirtiéndose en un experto funambulista, como es mi caso.

Sin darme cuenta, conforme mi parte racional ha ido ganando terreno a la emocional, mi ritmo de zancada ha descendido y ahora camino despacio, al paso de un jubilado un martes cualquiera a mediodía. Llevo tanto tiempo pasando frío que tengo la impresión de que me estoy haciendo inmune a las bajas temperaturas. Al llegar a la esquina levanto la cabeza y es entonces cuando me percato de que no tengo ni la menor idea de dónde estoy. Puede que sea un funambulista de la vida, pero en lo relativo a la orientación soy un cero a la izquierda. Además, la cencellada ha pintado de blanco tanto las superficies verticales como las horizontales y esa estética democratización del paisaje urbano me impide identificar elementos diferenciadores que me ayuden a encontrar el camino de regreso. Por muy increíble que parezca, estoy perdido en un pueblo que no llega a los doscientos habitantes y no sé si tengo que seguir recto o debo desviarme por la callejuela que sale a mi derecha para llegar al descampado donde he estacionado el coche. Tampoco se ve un alma en la calle a quien preguntar.

—Manda cojones —musito entre dientes para liberar mi frustración.

—¡Álvaro! —oigo a mi espalda.

Al girarme reconozco la triste figura que se recorta al fondo.

—Perdóname, por favor.

Mateo camina hacia mí tan despacio que no parece que esté en movimiento. Se detiene a un par de metros de distancia, le da la última calada al cigarro y se agacha para aplastarlo contra el suelo. Luego guarda la colilla entre el plástico y el cartón del paquete de tabaco e inspira por la nariz de forma casi agónica, como si le faltara el oxígeno.

—No te vayas —me ruega. Su voz suena afligida y su tono es quebradizo—. Me supera. No puedo con ello. Son los recuerdos. Recuerdos que se me clavan en la memoria y que cuanto más me empeño en eliminar más profundamente se hunden y más daño me provocan.

—Hay astillas que conviene no extraer jamás, estén clavadas donde estén. A tu edad y con el bagaje que arrastras ya deberías saberlo.

Mateo se limita a mendigarme una oportunidad con la mirada.

—Me iría ahora mismo de este maldito pueblo si supiera cómo llegar al coche —bromeo.

La densidad de la niebla congelada que nos separa me impide distinguir con nitidez sus rasgos faciales.

—La orientación nunca fue tu punto fuerte —me dice.

—Ni elegir amigos el tuyo, paleto de los cojones.

Él sonríe y asiente.

—Puto pelele.

Rememorar los insultos que nos regalábamos en el internado nos ayuda a aligerar la tensión.

—¿No hay un miserable bar abierto por aquí cerca? —le pregunto.

—Aquí todo está cerca. Hay un sitio chulo que se llama Los Lagares y donde me tratan muy bien, pero abre más tarde.

—Vamos a morir congelados.

Mateo da una repentina palmada.

—¡Escucha! Tengo una idea cojonuda. ¿Dónde has aparcado?

—En una explanada cerca de...

—Vale, sí. Está aquí al lado. Yo mi coche lo tengo bastante más lejos. ¿Qué te parece si nos refugiamos ahí un rato y te cuento mi plan mientras nos bebemos una cosita que nos hará entrar en calor cagando leches? La llevo aquí atrás —me indica dándose media vuelta para enseñarme la mochila.

La incertidumbre me hace fruncir el ceño.

—¿Una pista? —sugiere Mateo.

—Venga.

—Nueve letras: oriundo de una ciudad castellana con un importante monumento romano en excelente estado de conservación.

—¡Nooo! Segoviano. Whisky Dyc. ¡Prefiero la muerte!

—¡Claro que sí! Por los viejos tiempos.

—Hace siglos que no bebo esa mierda.

—¡Creo que sabría decir cuándo fue la última vez! —dice Mateo, entusiasmado.

—A ver...

—En una fiesta en casa de la chica esa que iba de grunge que te mandó a la mierda por el pedo que te agarraste.

—Rebeca.

—¡Esa!

—Pues no sé si fue la última, pero sí me acuerdo de que me bebí tres o cuatro Dyc cola de un trago. Supongo que para hacerme el chulito delante de ella y sus amigas.

—Bueno, en realidad fue porque había varios tíos del Quesos y uno de ellos te estaba meando el jardín. Ellos empezaron a soplarse las copas haciendo hidalgos y tú, cómo no, no quisiste quedarte atrás.

—¡Es verdad, joder!

—Mi condena es conservar una memoria excelente. Terminaste echando la pota en el sofá. Luego te pusiste a limpiarlo y del pedo que llevabas solo conseguiste extenderlo por todo el salón. Dos chicas más terminaron vomitando mientras tú discutías con la dueña de la casa; hasta que te echó de allí, claro.

—No la volví a ver jamás. Mejor: era un poco boba, la verdad.

—Yo me fui contigo y terminamos en La Maraca Paca, donde casi nos dan de hostias; esta vez, unos del Chami.

—Si no es por el portero, que era colega, nos hacen puré.

—Iban a por ti por algo que les dijiste.

—Vete tú a saber.

—¿Qué pasa? ¿Tienes algo contra los jugadores de rugby o algo así?

—Pues que yo sepa no. Tengo más intolerancia hacia este frío horrible, por ejemplo —digo dando pequeños y repetidos saltos sobre mis punteras.

—Ahora nos calentamos con el Dyc.

—Pero no me jodas, hombre... Tengo en mi salón varias botellas de whisky que valen más que la hipoteca de mi casa y... ¿de verdad me vas a hacer beber Dyc?

—Es Dyc 8. ¡Venga! Si lo estás deseando —me anima.

—No me jodas... —insisto.

Los dedos de los pies ya no los siento cuando nos ponemos en marcha. Por suerte, no exageraba respecto a la distancia y llegamos enseguida al descampado.

—Ese es —le indico.

—Vaya.

—Te recuerdo que he tenido que venir con el coche de mi vecino.

—Pues no le va mal, ¿eh?

—Lo tiene bien cuidado, sí, y él es el culpable de que yo me comprara el mío.

—¿Tú también tienes un Q5?

—No, un Q8.

—Jo-der.

—Lo pillé con el adelanto de la última novela. Según me hicieron el ingreso fui al concesionario. Me rebajaron ocho mil euros.

Mateo se ríe.

—¡Es justo lo que pagué por mi Renault Captur de segunda mano! Yo tardo unos seis meses en facturar eso, un año en cobrarlo. Está lejos de poder considerarse una haiga, pero la verdad es que estoy encantado con él. Me lleva y me trae. Ah, y es naranja.

—¿Naranja? ¿Te has comprado un coche naranja?

—Era el que tenían. Doce mil kilómetros y en aparente perfecto estado.

—¡Joder, qué ganas de dejar de pasar frío! Lo tengo metido en el cuerpo —digo nada más entrar en el coche.

—¡Coooño! ¡Menuda pasada! —evalúa al ver el interior. Acto seguido deja la mochila en el asiento trasero y hace un escorzo para sacar la botella del interior.

—Sí, lo es. Tiene todo lo que podría según el catálogo de la marca —digo al tiempo que arranco el motor y pongo la calefacción—, pero no me preguntes para qué valen todas estas historias, porque no me lo sé. En dos minutos estamos sudando.

—A mí me parece perfecto si es lo que te pide el cuerpo y económicamente te lo puedes permitir, claro. Tío Carlos me enseñó que la mejor forma de llevar la economía particular es siguiendo una norma: las gallinas que entran por las que salen. Es decir, que te gastes solo lo que tengas en el corral.

—Mi problema es que hay veces que no sé las gallinas que entran. No tengo muy controlado el gallinero, la verdad —reconozco continuando con el símil.

—Esa suerte tienes. Muy preocupado no se te ve.

—No, para nada. Del dinero no hay que preocuparse, hay que ocuparse de ganarlo cuando falta y disfrutar gastándolo cuando sobra.

—Me encanta esa filosofía, no te jode —dice Mateo a la vez que desenrosca el tapón de la botella.

—Y a mí, pero no todo el mundo es capaz de cumplirla.

—Hay mucha gente a la que lo único que le preocupa es llegar a fin de mes porque le cuesta un huevo. Esto que te voy a decir no me lo tomes a mal, pero cuando el dinero sobra uno pierde la percepción de lo que cuesta ganarlo.

—Sí, puede ser —reflexiona—. Yo, por ejemplo, ya ni bajo al supermercado.

—¿No?

—No. La señora que limpia en casa se encarga de hacer la compra. Siempre lo he odiado y ahora que me lo puedo permitir...

—¡Pues ole tus cojones, amigo! Brindemos por ello.

—¿A palo seco?

—Vasos, refrescos y hielos no he traído, disculpe usted. Así que a taponazo limpio, como aquel día que nos pusimos tú y yo mano a mano bajo el puente que daba a El Corte Inglés, ¿recuerdas?

—Pues claro.

—¿Haces los honores?

—Coño, coño, coño... ¡Salud!

El licor arrasa con todo a su paso por mi garganta.

—¡Madre mía! ¡Está malo de cojones! —evalúo—. Hale, te toca.

—¡Pufff! *Delicatessen*.

Mateo da unos leves manotazos sobre el salpicadero antes de continuar hablando.

—La pasta no nos llegaba para más. Había que elegir entre los refrescos y el hielo o el whisky —rememora.

—Tal cual. Hacíamos botellón antes de saber que se llamaría así. Normalmente bebíamos vino blanco con limón y lo mezclábamos en la misma bolsa de plástico que nos daban en el súper.

—Sí. Era mucho más barato. Con quinientas pesetas lo hacíamos.

—Y otras quinientas para tomar un par de copas por allí. Total: seis euros el pedo.

—El timo del euro —titula Mateo dibujando en el aire una suerte de rótulo invisible—. Una Nochevieja pasamos de pagar trescientas pesetas por copa a tres euros. Así, sin más.

—Ni menos. Nos pilló en la universidad y vaya si lo notamos en el bolsillo.

—Joder, como que tuvimos que volver al botellón porque no había Dios que saliera una noche de copas.

—¡Qué tiempos! Muchas de aquellas experiencias forman ahora parte de mis personajes.

—¡Lo sé, lo sé! Algunas veces cuando estoy leyendo los diálogos que protagoniza Suso reconozco tu voz.

—Es que no es nada sencillo dotar de entidad propia al personaje para separarlo lo máximo posible de la voz del narrador. Es jodido —apostillo.

—Y ya que sacas el tema... No he tenido oportunidad de decírtelo, pero esta última me ha volado la cabeza por completo. Cada vez escribes mejor —juzga Mateo.

—¿Ya te está afectando el alcohol?

—No, te lo digo en serio.

—Hale, bebe.

Mismo brebaje, idénticos efectos.

—Te lo digo de corazón: los dos primeros me encantaron. Pero este... ¡Buah! Me flipa cómo te metes en la cabeza de Suso, pero, sobre todo, alucino con la forma en la que consigues que los lectores lo amemos siendo un despiadado hijo de puta. ¿Cómo lo haces?

He contestado a esa pregunta tantas veces que podría recitar la respuesta en versos alejandrinos. Además, me gusta explayarme en este punto, pero, dada la situación, a Mateo le preparo la versión reducida.

—Me encantaría poder decirte que es algo novedoso, pero lo cierto es que en el maravilloso mundo de la literatura no existe nada que no se haya escrito antes. Eso de crear villanos y que empaticen con el lector ya lo hizo Shakespeare en el siglo XVII con Macbeth, por ejemplo. Porque mira que es despiadado el tipo: asesina a su anciano padre cobardemente mientras duerme y se cepilla a sus dos sirvientes más leales para cargarles el muerto. Luego mata a su mejor amigo y, para rematar la faena, ordena la muerte de la mujer y del hijo de su enemigo solo para causarle dolor. Y, a pesar de ello, Shakespeare consigue que el espectador lo juzgue como alguien consumido por la ambición de su esposa y cuyos actos parecen encontrar justificación en lo más oscuro y recóndito del alma humana. Este tipo de personaje, entrañablemente odioso —califico—, se repite con Gollum, Darth Vader, el capitán Garfio, o con el mismísimo conde Drácula. Anda que no nos pone cachondos el conde Drácula.

—Nos ha jodido, ¿a quién no le gustaría seducir a las mujeres para alimentarse de su sangre y vivir por toda la eternidad?

—Por supuesto, y eso se debe a que todos llevamos dentro un Macbeth, un conde Drácula o un Suso. Lo que sucede es que, por suerte —recalca—, la ética y, sobre todo, las leyes con sus correspondientes condenas evitan que en la mayor parte de las ocasiones la maldad emerja a la superficie. ¿Verdad que hay veces que te encantaría agarrar a alguien del cuello y apretar y apretar hasta...?

—Muchas. Hace unos minutos, por ejemplo —bromea—. Toma.

Me lo bebo sin rechistar.

—Está cada vez peor —certifico.

—Hasta el cuarto la cosa no mejora.

Me río al ver cómo en su expresión se cincela una mueca de dolor cuando el licor pasa por su garganta.

—Sigue contándome, por favor, me interesa mucho.

—Lo que te decía es que cuando consumimos ficción nos gusta empatizar con ese tipo de personajes que de alguna forma están libres de cargas morales. Y, fíjate lo que te digo, lo mismo da que te genere afecto o rechazo, lo importante es conseguir que el lector conecte con el personaje. Que le interese lo que le pueda suceder en los próximos capítulos, ¿entiendes?

—Sí, claro.

—Porque si el lector, y sucede exactamente igual si hablamos de producto audiovisual con el espectador, deja de vivir la historia a través de alguno o algunos de los protagonistas, se desvincula de los hechos. En otras palabras, que le importa una mierda lo que suceda o deje de suceder. Pues eso es lo que yo he logrado con Suso. Lo que le pase a Suso importa a millones de lectores, y por eso compran mis novelas. No hay más.

—Dicho así, suena sencillo.

—Lo es, pero al mismo tiempo es raro que primero se establezca y luego se afiance un nexo de unión con el público, y más en estos días que vivimos de saturación de historias. Al año se publican miles de novelas, se estrenan series, películas..., y la mayoría de las veces están protagonizadas por personajes que pasan sin pena ni gloria. Son mediocres, y por ello no logran permanecer en nuestro recuerdo el tiempo necesario como para que nos importen sus vidas de ficción. Por eso me empeñé en encontrar la forma de salirme del patrón y te aseguro que en el ámbito de la novela negra el enfoque habitual era casi siempre el mismo. Da igual que fuera un atormentado detective, una valiente inspectora, un intrépido periodista o un comisario borracho, el objetivo principal no cambiaba: descubrir al malvado asesino y atraparlo.

Yo prescindo de esa incógnita desde el principio para que lo importante sea el proceso, no el final. Ojo, la elimino de cara al lector, pero eso no le resta tensión a la trama porque el resto de personajes, huelga decirlo, no conocen su identidad ni sus propósitos.

—Huelga decirlo, uhhh —se mofa.

—A veces se me escapan estos esnobismos, pero tú sigues siendo un paleto de los cojones.

—Y tú un puto pelele.

Nos reímos. Recordar su risa natural y espontánea me resulta gratificante.

—Oye, me alegro de que al final te haya servido haber leído tantas novelas policiacas durante tu adolescencia. Recuerdo los fines de semana que no querías salir de la residencia porque estabas con alguna historia de Agatha Christie o de Stephen King.

—Esos son los que tú recuerdas, pero leía a otros muchos autores.

—Además del arsenal de revistas porno que manejabas.

—Además. La biblioteca del internado era bastante buena. Y sí, por supuesto que me han servido, pero, sobre todo, para saber lo que no tenía que hacer. No me malinterpretes, no porque todo lo demás lo considere una mierda. Para nada. Sin embargo, ellos ya tienen un nombre, un estilo propio y un espacio ganado en la cabeza del lector. Yo tenía que encontrar el mío. Diferenciarme. Ese era el reto. Crear un nombre asociado a un estilo único con el que ganarme un espacio. Un espacio que ir agrandando con el paso del tiempo.

—¿Por eso publicas como Vázquez de Aro?

—¡Lince, que eres un lince! Rodríguez López... ¿Quién coño se acordaría de Álvaro Rodríguez López? Suena a: «Ya lo he leído todo de ese desgraciado». Y Vázquez de Aro es el segundo apellido de mi padre, así que ni siquiera es un seudónimo.

—Y suena mejor.

—¡Muuucho mejor! —coincido alargando la primera vocal.

—En resumidas cuentas: que la clave ha sido dar con un protagonista como Suso.

—Sí y no. Dar con el perfil del protagonista, aunque sea un malvado villano es importante, pero la clave reside en la capacidad para interpretarlo. Si no eres capaz de meterte en su piel, todo lo anterior no es más que palabrería. Papel mojado.

—¡Joder! ¡Eso dice Tío Carlos, que, por cierto, es tu fan número uno! ¡Cuando se lo cuente va a flipar! Siempre que hablamos de ti él me insiste en que tu secreto es ese, que interpretas a Suso de puta madre y que eso hace que la gente se crea al personaje.

—Pues viniendo de tu tío es todo un halago. Por cierto, ¿qué tal está?

—Pues ya muy mayor, el pobre. Le dio un susto el corazón hace años y ya no se sube a los escenarios. Lo echa mucho de menos, pero no vive mal en su casita de Laredo. La semana pasada hablé con él y me contó que se había enamorado de una mujer escocesa. A ver cuánto le dura esta vez el enamoramiento...

—Joder, pues ya tiene ganas con... ¿cuántos años tiene?

—Sesenta y dos.

—Un crack. Dale recuerdos de mi parte cuando hables con él.

—Lo haré. Bueno, tú sigue contándome.

—Pues eso, que para interpretar al personaje tienes que ser capaz de salir de ti mismo y meterte en la cabeza de otra persona. Otra persona que se comporta de forma distinta, claro. Y eso requiere mucha concentración, algo de talento y..., por qué no decirlo, ayuda —añado.

—¿Ayuda?

—Ayuda profesional. Te voy a confesar algo que nunca he contado. A finales del 2017, cuando empecé a escribir *En el umbral del anochecer*, me di cuenta de que me estaba alejando de Suso, que cada vez me costaba más encontrar su registro. Estaba desesperado. Después de darle muchas vueltas decidí probar con un especialista en tratar trastornos de la personalidad y así fue como contacté con la doctora Velasco.

—O sea, ¿que tú también vas al loquero?

—Sí, pero no. Voy, pero no para psicoanalizarme a mí. Voy por Suso.

—¿En serio?

—Muy en serio. Y la verdad es que Paz ha hecho que lo comprenda mucho mejor. Ahora no me supone un esfuerzo meterme en su cabeza y eso, como tú has dicho antes, se nota. Y se agradece, porque hay muchos días que paso más tiempo siendo Jesús Ángel Santamaría, alias Suso, que Álvaro Rodríguez López.

—Incluir Jesús, Ángel y María para un cabronazo que es un asesino en serie es enrevesado de cojones, como lo es el padre de la criatura. Otro chupito.

No hay rastro de entonación interrogativa en la frase.

—También podría haberlo llamado José María de la Iglesia, Chema, y habría funcionado igual —digo antes de tragar.

—No jodas, hombre. ¿Chema, como el panadero de Barrio Sésamo? Ni de coña.

El comentario, o puede que los primeros efectos del whisky, me provoca una carcajada.

—Tienes razón: Suso mola más.

—Suso tiene una legión de seguidores siendo un cabronazo de mucho cuidado.

—Igual que Macbeth, sí, un cabronazo al que justificamos en nuestro subconsciente porque se cepilla a personas que, en la cabeza de la gente de a pie, restan.

—Bueno, di mejor que no suman, porque el mendigo al que quema vivo en el cajero ya me dirás tú qué mal hace.

—En la mente de Suso, sí. Mucho. Él tiene que levantarse a currar a las seis de la mañana todos los días y se mete cientos de kilómetros cada día para intentar vender su catálogo de cosméticos a encargados de tiendas que lo tratan como el culo. Traga porque tiene que tragar. Su trabajo es una mierda, pero lo necesita para llevar un sueldo a casa y mantener a su familia. Encontrarse con un mendigo que está dormido y que tiene un billete de cinco euros ahí tirado lo consume por dentro. Y eso, lo reconozcamos o no, llega a muchas personas porque ellas también están hartas de matarse a trabajar y que a otros se lo regalen. Por eso empatizan con Suso aunque ellos no fueran capaces de hacer lo mismo que él.

—Joder, amigo. Es que esa escena le pone los pelos de punta a cualquiera. Lo bien que describes el olor a quemado de los piojos que anidan en su sucio pelo; los alaridos que da cuando nota que se le derrite la piel... Acojonante.

—Interpretación, amigo —justifico a medias.

—Te felicito. ¿Y qué hay de eso que he leído en algún medio sobre que te has entrevistado con algunos psicópatas e incluso con algún asesino en serie en la cárcel?

—Es cierto. Y me sirvió para entender cómo es el proceso. Para comprender cómo una persona normal puede convertirse en un monstruo.

—Ya, supongo que no sucede de la noche a la mañana.

—Bueno, pues te sorprenderías. Hay casos y casos. En ocasiones es un hecho, digámoslo así, accidental el que se encarga de despertar esos instintos que estaban ahí aletargados en determinados individuos cuya apariencia y comportamiento son del todo normales. O lo que los demás entendemos como normales. Uno de los tipos con los que me entrevisté y que estaba recluido en un centro psiquiátrico me regaló un símil que me hizo comprenderlo de inmediato. Él se comparaba con un tigre que ha nacido y se ha criado en un zoo. El animal nunca ha tenido que cazar porque lo han alimentado diariamente con carne de vacuno fresca. Pero eso no quiere decir que haya perdido su instinto como depredador. Si a ese tigre lo devolvieran a su hábitat natural, en cuanto se sintiera atenazado por el hambre volvería a cazar. Y nadie tendría que enseñarle porque lo lleva impreso en su código genético, ¿entiendes?

—Buen ejemplo, sí señor. Entonces... ¿tú crees que todos nacemos con la predisposición de matar?

—Eso me lo explicó muy bien la doctora Velasco en su día: todos estamos capacitados para hacerlo en determinadas circunstancias, pero otra cosa bien distinta es que podamos matar a sangre fría y sin motivo aparente. Eso sí está al alcance de muy pocos.

Mateo asiente y se me queda mirando con aparente devoción, como si estuviera degustando mis palabras.

—¡Pues menos mal!

—Sí, menos mal —repito con énfasis después de tragar—. Y aun así todos los días nos encontramos con casos que nos ponen los pelos de punta: madres que ahogan a sus hijos en la bañera; maridos que acuchillan a sus esposas delante de sus hijos y luego intentan suicidarse; niños que raptan, violan y asesinan a otros niños; estudiantes armados hasta los dientes que entran en sus institutos y se cepillan a todo perro pichichi; tarados que irrumpen en una mezquita con semiautomáticas y vacían sus cargadores; musulmanes que decapitan a prisioneros occidentales con un cuchillo jamonero; o, por ejemplo, como el caso reciente del adolescente en Madrid que mató a su madre, la descuartizó y guardó sus restos en varias fiambreras para comérsela poco a poco. Y todo ello sin meternos en el maravilloso e inabarcable mundo de los asesinos en serie.

—Como el tarado ese de Augusto Ledesma.

—Bueno, ese de tarado tenía poco.

—¿No se te ha ocurrido escribir una novela sobre él?

—Bah, eso sería un fracaso seguro. La gente ya sabe cómo empieza y cómo termina la historia.

—Ya, claro. La verdad es que asusta pensar en lo que somos capaces de hacer.

—Yo lo que digo siempre es que hay muchas veces en que la realidad no cabe en la ficción. En ocasiones tengo que recortar las escenas porque los lectores no se las creerían.

Mateo frunce el ceño.

—Ahora no te pillo.

—Yo tengo acceso a mucha información de hechos reales que utilizo para mis novelas, pero he de..., cómo decirlo, dulcificarlos. Sí, eso es, los edulcoro para que resulten creíbles para el lector.

—Ah, vale, vale. Precioso todo.

—Sí, precioso y divertido, porque, lo creas o no, la violencia en la ficción es un ingrediente indispensable si lo que pretendes es hacer algo interesante pero, sobre todo, divertido.

—Te creo, te creo. De hecho, brindemos por ello, por la violencia —propone Mateo rellenando el tapón.

—Por lo que tú quieras, pero yo me planto con este.

—Eso ya lo veremos. ¡Salud!

—¡Buah! Voy a bajar un poco la calefacción que me están entrando ya los sudores —digo realmente sofocado.

—Oye, ¿te importa que fume? —me pide—. Llevo ya un buen rato sin mi dosis de nicotina.

A pesar de lo mucho que me molesta, accedo.

—Fuma, cabrón, pero baja la ventanilla que no quiero que aquí dentro apeste a tabaco.

—Gracias.

Mateo prende un cigarrillo, le da dos caladas seguidas y retiene el humo en sus pulmones antes de expulsarlo por la rendija.

—Dios, qué ganas tenía.

—¿Fumas mucho?

—Lo había dejado, pero...

—Ya. Has vuelto.

—Con más fuerza que nunca —completa—. Seis letras: dicho de una persona dependiente de alguna sustancia nociva para la salud.

—Adicto.

—¡Bravo! —aplaude Mateo—. Oye, ¿tú te acuerdas cuando me llamaste por teléfono para decirme que por fin te iban a publicar? —rememora.

—Fuiste al primero al que se lo dije.

—No te cabía un piñón en el culo, macho.

—Cuando cumples un sueño que te parecía inalcanzable pasa eso.

—Ya. Vaya tela. En aquel momento te importaba una mierda si vendías quinientos o quinientos mil.

—Te prometo que me sentía así.

—No esperabas que fuera un bombazo.

—No, ni yo, ni mi agente, ni mucho menos mi editorial, que salió con cinco mil ejemplares en la primera edición. *La sombra de la costumbre* sorprendió a todos, pero fue el boca a boca lo que hizo que se vendiera tanto. En seis meses llegamos a treinta mil ejemplares y eso, hoy en día, se considera un exitazo. Solo entonces es cuando llamas la atención de los medios, empiezas a hacer entrevistas, y cuando por fin sales un par de veces en televisión..., ¡boom!, pasas de vender trescientos a la semana a tres mil. Y luego cinco mil. Y así hasta el medio millón de ejemplares que llevamos acumulados solo del primero.

—Casi nada. ¿Y del segundo?

—*Los que ya no gritan* creo que son casi trescientos mil, más o menos. Y el otro día Rosa, mi agente, me dijo que de *En el umbral del anochecer* llevamos ya cien mil y pico en poco más de un mes.

—¡Qué burrada! Oye, y, si no es indiscreción, todo eso... ¿en cuánta pasta se traduce?

—No sabría decirte con exactitud porque no solo recibo dinero por la venta de ejemplares, también por las traducciones y por la cesión de derechos audiovisuales. Así que no podría precisar. Por suerte, todo lo controla Rosa, pero es más de lo que puedo gastar. De momento —apostillo.

—Me alegro mucho, de verdad.

—Gracias. Ahora bien, todo esto es flor de un día. Lo mismo el siguiente no gusta y hasta nunca. Los lectores se olvidan de ti en cero coma, y las editoriales ni te cuento.

—Pues aprovecha.

—Eso hago, puedes estar seguro. Me privo de muy pocas cosas y cuando lo hago es por motivos de salud. El cuerpo da para lo que da, estés forrado de pasta o no.

—Sin duda.

Mateo da otras dos caladas seguidas, abre la puerta para apagar la colilla en la acera y la guarda junto a la anterior. Me llama la atención su civismo, pero evito hacer ningún comentario al respecto por no aparentar ser lo contrario. Luego desvía la mirada a través de la ventanilla, pensativo. El sol ha empezado su viaje hacia el ocaso y cada minuto que pasa la niebla gana en espesura y se oscurece como si quisiera aprovechar el languidecer del día para resultar más siniestra. Me percato entonces de que los contornos que definían las formas del exterior se han ido difuminando poco a poco y apenas se distinguen las casas que conforman el perímetro urbano del pueblo.

—Ahora mismo me cambiaría por ti sin dudarlo —suelta Mateo.

—Eso a toro pasado es muy fácil decirlo, amigo. Igual hace cinco años no pensabas lo mismo —le digo mostrándole la garra—. Nadie me ha regalado nada y eso lo puedo decir muy alto.

—No, ya lo sé. En realidad, lo que quería decir es que en este momento me cambiaría casi por cualquiera.

—Hay mucha gente en este condenado mundo en el que vivimos que lo está pasando mal, muy muy mal. Fatal. Así que ten mucho cuidado con lo que deseas.

Mateo toma aire por la boca y lo suelta por la nariz al tiempo que afirma con la cabeza.

—Yo sé lo que digo. Estoy convencido de que si hoy no consigo solucionarlo, esto terminará consumiéndome. Me está pudriendo por dentro y no me atrevo a enfrentarme a ello. No soy capaz. Es como si llevara años padeciendo un maldito cáncer y, de repente, acabaran de descubrir la cura, como si con tomarme una píldora bastara y no tuviera cojones para metérmela en la boca, ¿entiendes?

—Pues no, Mateo, la verdad es que no sé por dónde vas.

Él se sirve un taponazo más, traga el licor y aprieta los dientes.

—Mi problema, mi maldito cáncer, se llama don Teófilo y ahora, después de sufrir años y años, me entero por casualidad de que existe un tratamiento para librarme de su recuerdo. Y resulta que es tan sencillo como meterse una píldora en la boca y... ¡Zas! Curado.

—Nunca es tan fácil.

—¡Exacto! ¡No lo es! ¡Es justo lo que necesito que entiendas!

—Pero ¿el qué? ¿Qué es exactamente lo que tengo que entender?

—Que tú eres mi píldora.

7. HORIZONTAL (DIEZ LETRAS): PRESENTIMIENTO

Colegio San Nicolás de Bari
Noviembre de 1993

Estaba a punto de sufrir un colapso nervioso. Con la mirada fija en el ladrillo que tenía a escasos cinco centímetros de los ojos, me empezó a invadir la incómoda sensación de que me había metido en un lío del que no iba a ser capaz de salir.

No me equivocaba.

—En el peor de los casos te partes los tobillos, cagón —me había dicho Álvaro unas horas antes.

Y lo mismo tenía razón, pero, encaramado en aquel alféizar, con mi peso salomónicamente mal repartido entre los dedos de los pies, confiaba en que la tubería a la que estaba abrazado a unos seis metros del suelo aguantara. Unos seis metros de altura no eran muchos ni pocos, pero sí suficientes como para romperme los tobillos, las rodillas, la cadera, las tres y, por qué no, la columna vertebral. Qué caprichoso y exquisito es el miedo cuando se alía con los malos presentimientos. De nada sirve la experiencia para combatirlo. ¡Anda que no me había jugado yo veces los piños! Todas esas escapadas furtivas de la casa de mis abuelos cuando me castigaban siendo yo en aquellos años un chaval desenvuelto y arriscado. Lo hacía descolgándome por la ventana del baño hasta una terraza a la que alguien había bautizado como «La cagarraza» porque era donde esas condenadas ratas con alas, pernoctaban y, cómo no, liberaban sus sucias cloacas. Una vez allí saltaba al techo de un cobertizo ubicado en el jardín de la parte posterior sin tener jamás un percance que lamentar. Todo ese bagaje de nada valía frente a la posibilidad de caer al vacío y pasar el resto de mi vida en una silla de ruedas. Con solo pensarlo me sudaban las manos y, en el contexto en el que me encontraba, insisto, encaramado en un alféizar a unos seis metros de altura, no me convenía en absoluto. No. Para nada. Casi prefería pensar en una muerte instantánea que tener que dar explicaciones a mi padre de cómo había sido tan estúpido como para dejarme convencer por un desconocido y arriesgar mi vida para robar una maldita cámara de fotos de esas que no necesitan carrete.

Pensar en mi padre tampoco me ayudaba.

En honor a la verdad no tenía demasiadas razones para temerlo como lo temía, pero desde siempre su figura me causaba el mismo efecto que la criptonita a Superman. Y eso que yo de superpoderes sabía más bien poco. Era un hombre severo, sí, pero apenas recurría a la amenaza ni a la violencia excepto en ocasiones puntuales. Ni falta que le hacía. El primer recuerdo que guardo de él fue cuando me comunicó que mi madre había muerto.

—Tu madre ha muerto —me dijo.

Así, sin más.

Ni menos.

Parco en palabras, muy castrense todo.

Ella llevaba un tiempo ingresada en el hospital y como él pasaba día y noche allí, yo me trasladé provisionalmente a casa de Tío Carlos. Estábamos comiendo cuando se presentó, me dio la noticia y se marchó. Y allí me quedé yo, con mis siete años, abrazado a Tío Carlos y llorando sin comprender muy bien por qué me sentía tan hueco por dentro.

Así era Francisco José Cabrera, el Comandante, mi padre. Tras el funeral —en el cual lo que más me impactó fue que no soltara una sola lágrima—, nunca más se volvió a hablar de la muerte de mi madre. En cierta ocasión, Tío Carlos me confesó que había fallecido como consecuencia de una enfermedad rara que los médicos no supieron tratar y que mi padre los culpaba a ellos de no haberla salvado. Los años siguientes no fueron fáciles. El Comandante envejecía a razón de un lustro por mes, y su carácter, agrio por defecto, se avinagró en exceso. El pelo empezó a platear por las sienes y, en un par de parpadeos, las canas, como los hunos, conquistaron todo el territorio capilar. Así, sin concesiones. Conmigo solo hablaba de disciplina, de valores como el honor, la lealtad, la camaradería y, aunque jamás lo verbalizara, estoy seguro de que le habría encantado que yo siguiera sus pasos e ingresara en el ejército. A poder ser en el Ejército de Tierra, y ya, por pedir, bajo su mando en el Regimiento de Caballería Farnesio n.º 12. Para su desgracia, eso del uniforme no iba conmigo, y él lo intuía. Era como si no aceptara el fracaso que yo representaba, y, claro está, en el plano afectivo estaba a mil años luz de lo que cualquier hijo espera de un padre.

Así las cosas y con el fin de mantener el equilibrio sobre ese alféizar, traté de borrar de mi mente tanto la posibilidad de caerme como la imagen de mi padre, ocupando ese espacio con la retahíla de vacuos consejos que me había regalado Álvaro esa misma mañana de domingo durante el desayuno.

—Yo lo he hecho una docena de veces y el secreto está en olvidarte de que estás caminando por la fachada de un edificio. Solo agárrate fuerte, mira bien dónde pisas y avanza.

Pero ahí, justo en esa premisa, residía mi problema: en avanzar. Porque ello implicaba moverse y no parecía que mi sistema motor estuviera muy dispuesto a ello.

—No pienses, solo actúa —me insistía esa mañana.

—Oye, y si es tan sencillo como dices, ¿por qué no te encargas tú de esa parte y yo de la otra? O, mejor aún, ¿por qué no te encargas tú de todo?

Su mirada arrastraba una negativa rotunda.

La «Operación Cámara», como había sido bautizada por Álvaro, dio comienzo el sábado a las 10 a. m., hora zulú. Constaba de dos fases, una preparatoria y otra de acción. De la primera se había encargado él. Previamente habíamos averiguado los nombres de los ocupantes de las habitaciones contiguas a la de Felipe. Un tal Sergio de Granada y otro al que llamaban Supermario porque debía de parecerse en algo al personaje del videojuego. Nos habíamos decantado por el segundo atendiendo a razones de peso que Álvaro no tuvo a bien compartir conmigo y que, siendo sincero, poco o nada me importaban. A la hora señalada daban comienzo las actividades deportivas y culturales de los sábados y la elegida por Supermario era fútbol sala. Aduciendo un repentino dolor en la rodilla, Álvaro quedó exento ese día, pero, en lugar de permanecer en su habitación como establecía el reglamento, aprovechó la ocupación general para colarse en los vestuarios, localizar las pertenencias del objetivo y realizar un molde de la llave de su cuarto utilizando un bloque de plastilina. Luego esperó hasta las doce del mediodía, en el horario en el que se nos permitía acercarnos al pueblo, y se dirigió a la zapatería, que, además de poner suelas y hacer arreglos, hacía copias de llaves. No era lo habitual, pero Álvaro conocía al hijo del dueño y, aunque el precio se duplicaba, cumplió con su labor sin hacer preguntas. La fase de acción recaía en mí y esta vez era la misa del domingo el momento elegido para ausentarme alegando sufrir un terrible dolor de estómago, colarme en la habitación de Supermario, salir por la ventana para llegar a la de Felipe por el exterior, llevarme la cámara y regresar por la misma ruta pero a la inversa.

Pan comido.

Fue en este fleco del plan cuando le propuse un atajo, más que nada por ahorrarme el trago por el que estaba pasando en ese instante y que ya intuía que no me iba a gustar.

—¿Y qué tal si haces el molde de la llave de Felipe y así nos evitamos, me evito —corregí—, el paseíllo por la fachada?

—Pero ¿tú eres tonto o te lo haces? ¿Qué te crees que es lo primero en lo que he pensado?

—Pues no sé.

—Lo que pasa es que Felipe forma parte del grupo de canto. Y por muy zumbados que estén creo que son capaces de cantar «*Ave Maria gratia plena*» con sus llaveros en el bolsillo, ¿no te parece?

—Ah, vale. Es que yo no sabía que...

—Exacto. Tú no tienes ni pajolera idea de nada, pero yo sí. Así que limítate a escuchar y a cumplir. Y punto.

Y eso hice.

Y en ese punto me encontraba: tratando de adiestrar el impulso de arrojarme al vacío solo por la comodidad de acabar con aquel agónico sufrimiento. Me habría gustado romper a llorar si hubiera servido de algo.

El caso era que, entre todas las opciones y alternativas que yo tenía o creía tener, quedarme ahí, inmóvil cual gárgola de catedral, no estaba entre las que eran aconsejables. Sobre todo porque en los veinticinco minutos que quedaban para que mis compañeros salieran de la capilla, los cuatrocientos cuarenta ojos de los doscientos diez alumnos y once profesores que permanecían en el colegio durante el fin de semana —descontando los dos inservibles del padre Remigio— me iban a cazar encaramado a la fachada.

Tenía que hacer algo.

Tenía que hacer algo de inmediato.

Y lo primero que hice fue desviar la mirada hacia mi izquierda para calcular la distancia que había hasta esa contraventana a la que, pensé, podría agarrarme. Pero, claro, para ello debía mover los pies, y eso eran palabras mayores.

—Vamos, Mateo, no seas gallina —me animé—. Olvídate de que estás caminando por la fachada de un edificio. Solo agárrate fuerte, mira bien dónde pisas y avanza.

Tener el convencimiento de que el bochorno de ser objeto de mofa generalizada iba a dolerme mucho más que una posible caída funcionó y algunos segundos más tarde me encontraba en las dependencias de Felipe sin saber muy bien cómo demonios había llegado hasta allí. La siguiente pregunta que me hice fue dónde guardaría yo un objeto de tantísimo valor. Tampoco es que hubiera demasiados sitios donde esconderla, por lo que empecé por el armario, seguí por la cómoda y continué por la mesilla tratando de no revolver demasiado. Agua, agua y más agua. Probé entonces bajo la cama con poca confianza y ninguna suerte y, cuando la desesperación empezaba a hacer mella en mi escasa fe, la localicé colgada del perchero de la entrada como si tal cosa.

—Gracias, Dios —murmuré a pesar de que tenía el convencimiento de que Dios no me había ayudado en absoluto.

Me disponía a abandonar el lugar cuando me detuvo una corazonada.

¿Y si?

—Me cago en la leche, Álvaro —añadí como si lo tuviera delante al comprobar que la puerta, al contrario de lo que establecía la norma del colegio, no estaba cerrada con llave.

Lo que no podía esperar era que ese golpe de suerte se fuera a convertir en el episodio más desafortunado de mi vida. De haberlo sabido, habría preferido que todo el internado me hubiera pillado saliendo por la ventana con la cámara robada, caerme al vacío, romperme la crisma dientes incluidos y, por supuesto, ser expulsado de aquel infierno.

Es más, de haberlo sabido, habría preferido plantarme frente a mi padre y anunciarle oficialmente que nunca iba a vestir de uniforme.

Pero, claro, ¿cómo podía yo saber lo que habría de suceder si seguía bajando las escaleras?

8. HORIZONTAL (SIETE LETRAS): ALGO IRREGULAR O QUE SE SALE DE LO COMÚN

Urueña, Valladolid
Viernes, 29 de noviembre de 2019, a las 19.15

Vale, ya pillo el símil de las pildoritas, pero, dime: ¿cómo coño puedes estar seguro de que se trata de él? —le cuestiono.

Una mueca incrédula, de niño acusado injustamente, precede a sus palabras.

—¿Recuerdas la última vez que nos vimos?

—Cómo olvidarlo. Ese día cambió mi vida —digo mostrándole la garra.

—Exacto, en la boda de Felipe.

—La maldita boda de Felipe —especifico—. Cuando fui a despedirme de él, yo estaba tan borracho que casi le confieso que fuimos nosotros los que le robamos la cámara.

—Le hubiera importado una mierda, te lo aseguro, aunque la que montó en su día fue mundial. ¡Menudo Cristo!

Menos mal que el Joker supo esconderla bien, porque si la llegan a encontrar en el registro ese que hicieron... Pfff. Pero sí, tienes razón: estuviste bastante patoso ese día.

El comentario, sin llegar a dolerme, me escuece. Me escuece porque no le falta razón.

—Estaba pasando por una mala época con Carla y el maldito champán saca lo peor de mí.

—El champán y lo que no era champán. Que yo te vi metiéndote mierda en el baño, lo que pasa es que no te dije nada.

—Fueron un par de tiros y ya. Era una ocasión especial y yo tenía ganas de fiesta a pesar de que Carla ya me había dicho que no podíamos seguir así.

—Así, ¿cómo?

—Distantes. Yo trabajaba mil horas, llegaba tarde a casa y la verdad es que no me apetecía una mierda hacer nada que no fuera tumbarme en el sofá y agarrar el mando de la tele. Ella, que salía de currar a las cinco de la tarde, me proponía continuamente hacer cosas y... algún día accedía, pero la mayoría de las veces me negaba a moverme. Lo que le pasaba a Carla es que solo tenía un par de amigas y en Madrid no es tan sencillo verse a diario. Se aburría y a mí me terminó agobiando. Al margen, en la cama tampoco nos iba demasiado bien. Ella era de las que necesitan muchos preliminares y a mí me daba y me da bastante pereza ponerme con los besitos y las caricias, la verdad.

—Sí, os noté muy fríos a los dos. A ella muy borde y a ti indiferente. Igual no te diste cuenta, pero tú y yo hablamos muy poco. No es un reproche, pero fue así. Tú ibas acompañado, yo solo. Tú eras medio colega del noventa por ciento de los invitados y yo, como mucho, conocía a los siete que estaban conmigo en la mesa y que se pasaron toda la cena contando anécdotas del maldito internado. Total, nueve personas contigo y el novio.

—La mayor parte de los invitados no te sonaban porque era la gente con la que se movía Felipe en la universidad y a la que tú no tragabas. Y que sepas que si Felipe te invitó fue porque yo se lo sugerí.

—Ya, ya, no hace falta que me lo restriegues, no soy idiota. Bueno, al lío, que nos desviamos del asunto: ¿te acuerdas de quién era uno de los invitados de la época del internado?

—A ver...

—Necesitas otro chupito para hacer memoria.

Trago. Ya ni siquiera me rasca la garganta.

—Es que menuda cuchipanda que se juntó allí. Estaban: el Gato, Ángel el Rubio, Fran, Tomy, Carlitos y... No sé, ¿quién más?

—Y Darío Gallardo —me revela Mateo.

—¡Hostias! ¡Es verdad! ¡El puto Joker!

—¡El puto Joker! Te juro que al principio no lo reconocí.

—Yo tampoco. Con esa melenita que se había dejado de cantautor fracasado, la barba perfectamente arreglada y, por supuesto, los veinte kilos que se había quitado.

—Abogado penalista, el muy cabrón. ¿Te lo puedes creer? ¡Penalista! Pero ¡si con trece años estaba hecho todo un delincuente!

—Y con menos. Lo estuve evitando toda la boda. Solo me acerqué una vez a vuestra mesa y en cuanto lo reconocí, me trasladé al comedor del internado y lo vi dando rienda suelta a esa ansia viva con la que jalaba, el asqueroso. ¿Te acuerdas?

—Pues claro. Parecía que lo acababan de soltar de la cárcel y lo habían dejado en la puerta de un McDonald's.

—Movía la boca como un jabalí masticando chicle.

Mateo suelta una carcajada. Me gusta verlo reír.

—La verdad es que no me apetecía nada de nada enfrentarme de nuevo a su maquiavélica sonrisa ni oírlo fanfarronear sobre cómo nos tenía a todos puteados en el San Nicolás. Hasta donde yo sé, no le debe de ir nada mal, por cierto.

—Para nada. A mí no me quedó más remedio que escucharle; según nos contó a todos, estuvo trabajando unos cuantos años en no sé qué bufete del copón bendito enfrente del Bernabéu. Pero, agárrate que ahora viene lo mejor: ¿recuerdas que nos consideraba unos paletos por ser de Valladolid?

—Lo de paleto lo decía por ti.

—Vale, me lo llamaba a mí. Porque ser de Medina de Rioseco es como haber nacido en el corazón de Montmartre, no te jode —compara con sorna—. A todos los que éramos de fuera de Madrid nos consideraba de provincias.

—Sí, tienes razón.

—Pues resulta que el Joker conoció a una chica en la Complutense que es su actual esposa y que terminó sacando la plaza para el juzgado de paz de... —Mateo imita el redoble de tambores—. Tordesillas.

—¡No me fastidies, hombre!

—¡Boom! ¡A provincias! Ahora viven allí, pero él tiene su señor despacho en el centro de Valladolid. En el número 3 de la calle Santiago, para más señas.

—Tócate los huevos.

—Pues sí. Y tienen tres niñas. Tres —recalca mostrándome el mismo número de dedos.

—Mira, por ahí le ha venido la desgracia.

—¡Qué va! Si me contó que está superenamorado de su mujer y que estaban buscando el cuarto. Eso sí, me insistió en que solo descansa los domingos, y a veces ni eso, porque está hasta arriba de trabajo. Te prometo que lo estaba escuchando y no daba crédito.

—Pero... ¿estuviste mucho tiempo hablando con él?

—Ahí quería yo llegar, amigo. Estuve más de dos horas.

Oír eso me hace fruncir el ceño y ganar algo de distancia.

—No sabía que teníais tanto *feeling*.

—No, ni yo. Pero entre que estaba un poco bastante tirado y que el tipo tenía la lengua engrasada y la cartera suelta... Es más, podría decirse que hoy estamos tú y yo aquí sentados gracias a él.

Esto último me hace tragar saliva.

—¿Te pasa algo?

—Nada. Bueno, sí, qué coño me va a pasar. Esa mierda —señalo la botella de Dyc— que no paras de darme y que ya me está afectando.

—Pues controla, no vayas a potar en el coche como en casa de la grunge aquella y tengas que pegarle fuego al Audi Q5 de tu vecino.

—Tú tranqui. Venga, suéltalo de una vez.

—A ver por dónde empiezo…, joder, no es nada fácil. Bueno, el caso es que estábamos hablando de mis crucigramas y mis mierdas y, de repente, va el tío y me dice que siente mucho lo que me pasó en el internado. Yo, al principio, pensé que me pedía disculpas por todo lo que me hizo, el muy…

—Nos hizo —le corrijo.

—Sí, lo que quieras, pero a unos más que otros, ¿no?

—Ahí tienes razón.

—Da igual. Esa no es la cuestión. Enseguida me di cuenta de que no se refería al arte de la extorsión, sino a don Teófilo.

—¿A don Teófilo? ¿Y qué coño tiene él que decir del Sapo?

—Te cuento la versión corta. Recuerdas que al final de ese curso saltó el escándalo de don Teófilo, pero nadie nos dijo ni llegó a saberse el porqué. Simplemente nos comunicaron que abandonaba la institución y que de las dos semanas de curso que quedaban se encargaba el padre Garabito.

—Sí, lo recuerdo a la perfección. Menudas dos semanas infernales que nos dio.

Mateo me atraviesa con la mirada ante mi desafortunado pero intencionado comentario.

—Vamos a ver. Que sí, que fue una suerte y un gran alivio que largaran a ese hijo de la gran puta —argumenté tratando de enmendar la plana—, pero eso no quita para que Carapito nos la pegara parda como si mereciéramos un castigo o qué sé yo.

Por los aspavientos que hace no parece que lo haya convencido.

—Pero ¡¿qué coño dices?! A mí, particularmente, me pareció una bendición del cielo no tener que ver su cara de cerdo repugnante nunca más.

—Vaaale. Te pido disculpas por el comentario. Tienes toda la razón. Me he ganado un chupito como penitencia.

—Que sean dos.

La botella está más cerca de verse medio vacía que medio llena.

—Bueno, sigo. A don Teófilo le dan la patada, pero no nos dicen por qué y ese verano para mí termina una pesadilla y empieza otra distinta: la de la culpabilidad. Te vas a reír, pero mi psicóloga dice que el sentimiento de culpabilidad en realidad no existe; existe la responsabilidad. Porque asumir que eres culpable implica aceptar una condena o, mejor dicho, una penitencia. Es un concepto que se sacaron los que inventaron las religiones para convertirlo en una creencia y tener a sus feligreses atemorizados, pero ya sabes eso de que una creencia no es simplemente una idea que la mente posee, es una idea que posee a la mente.

—Pues no, no sabía, pero me la anoto.

—No es mía, es de... No recuerdo ahora. Volviendo al asunto, me la suda si existe o no la culpabilidad, porque lo cierto es que yo me sentía como una mierda. Una auténtica piltrafa humana y, como ves, aunque con altibajos, la cosa me dura hasta hoy, pero eso ya es parte de la segunda temporada de la serie —bromea—. El caso es que cuando seguimos hablando del temita y me di cuenta de que Darío se refería al Sapo le pregunté sin rodeos, y sin rodeos me respondió que yo no había sido el único que había sufrido abusos.

La revelación me pilla por sorpresa, con lo que me ahorro tener que fingir.

—¡Hostia! No fastidies.

—Lo que oyes. No me dio nombres por respeto a los afectados, pero me dijo que él conocía otros cinco casos como mínimo.

—Cinco. ¿Y cómo se enteró?

—Por su padre, que pertenecía a la junta directiva.

—Cierto. Por eso se libraba de todas las que mangaba el muy cabrón.

—Sucedió estando ya fuera del internado. Un día salió el tema de don Teófilo y su padre le dijo que uno de los chicos había acudido al padre Garabito con algún tipo de prueba o algo similar. Y..., al parecer, el padre Garabito se puso a rascar en su pasado y contactó con otras instituciones en las que había estado y en varias le dijeron que había sospechas de un comportamiento anómalo en don Teófilo.

—«Un comportamiento anómalo», ¿eh? Bonita forma de describirlo... Bastardos.

—Lo eran, amigo. Nadie quería ver manchada la reputación de su colegio por un pederasta de tres al cuarto. Imagínate, si llega a trascender, la repercusión que tendría para esas instituciones que pretendían representar los valores cristianos, de la familia y bla, bla, bla.

—Una hecatombe —defino.

—Tal cual.

—O sea, que el Sapo venía ya con una trayectoria preciosa, aun así lo contrataron y cuando se encontraron con el problema tomaron la misma determinación que los precedentes: taparlo con la máxima discreción.

—Eso es. Pero ahí no termina la cosa.

—¿No?

—No. Ahí empieza. Porque resulta que uno de esos alumnos se puso en contacto con Darío, que ya estaba ejerciendo en el bufete ese del copón bendito, con la intención de demandar al Colegio San Nicolás y a don Teófilo, por supuesto. Vaya, que tuvo las pelotas que nos faltaron al resto y estaba decidido a sacarlo todo a la luz, costara lo que costara. Darío se puso manos a la obra y recopiló mucha información que a la postre no sirvió de nada porque su cliente estaba enfermo de cáncer y murió antes de que terminara la investigación.

En ese instante me viene un rostro a la mente.

—¡Manolo Fuentes! ¡Manolín! Murió de un melanoma hace seis o siete años, quizá más.

—Sí, eso pensé yo también, pero no me lo confirmó. Creo que da un poco igual quién fuera, ¿no?

—La verdad es que sí —convengo procurando ocultar lo mucho que me intriga.

—Darío me contó que estaba seguro de que su cliente quiso hacerlo porque sabía que no iba a durar mucho y no le importaban las consecuencias. Sea como sea, la posible demanda murió con él, y todo lo que había averiguado lo podía tirar a la basura o dejar que cogiera polvo en un cajón por siempre jamás. Y eso es lo que pasó hasta que me vio en la boda. El alcohol funcionó como mecha para que se atreviera a acercarse a mí, contármelo todo y que me explotara en la cara.

—Vale, ya me imagino por dónde va la cosa.

—Pues sí. Después de la maldita boda quedé con él en su señor despacho de la calle Santiago y me dio una copia de toda la investigación, eliminando, eso sí, los nombres de los afectados.

—¿Y qué había de interesante?

—Espera, espera, no te anticipes. La boda fue en mayo y Darío y yo nos vimos a mediados de septiembre, lo recuerdo bien porque fue pasadas las ferias. Pues bien, no me atreví a leer una sola página hasta dos años más tarde.

—¿En serio? ¿Y eso?

—Joder, Álvaro, ¿te lo tengo que explicar otra vez? Porque tenía miedo de que pasara lo que me ha pasado: que abriera viejas heridas que no estaban del todo cicatrizadas y que empezaran a sangrar de nuevo.

—Vale, sí, perdona. Pero, coño, es que no estoy metido dentro de tu cabeza, compréndeme también tú.

Mateo levanta ambas palmas en señal de paz y traga saliva.

—Y déjame que te pregunte algo —aprovecho—: ¿explica esto que después de la boda tú y yo fuéramos perdiendo el contacto progresivamente?

—Puede. En realidad, lo que me pasó fue que decidí aislarme. No tenía nada contra ti, o sí, yo qué sé, pero el hecho de revivirlo todo no me ayudó en absoluto.

—No pretendo tirarte más mierda, pero te confieso que me sorprendió mucho que estando yo como estaba de jodido por lo de mi mano no te interesaras por mí.

—En su día traté de pedirte perdón por ello, pero no hubo forma de dar contigo.

—Claro, porque cuando asumí que mi mierda la tenía que masticar y tragar yo solo, mandé todo y a todos —remarco— a la mierda. Pero, perdona, que te he cortado. Sigue.

—Dos años —retoma—. Dos malditos años con todos sus meses y semanas. Y un día que estaba preparando cajas para hacer la mudanza me topo con esos papeles en el mismo cajón donde los guardé y, no me preguntes por qué, me da por leerlo todo de cabo a rabo.

Mateo se concede un respiro y deja que su mirada huya a través de la ventanilla durante unos segundos que a mí se me hacen eternos.

—La parte más importante era, por supuesto, la que recogía las revelaciones de su cliente y..., joder, el método que relataba era calcado al que siguió conmigo. Don Teófilo también tenía un motivo para extorsionarlo a él, en este caso una revista porno de gais.

—¡No jodas!

—Sí jodo, sí. Al parecer en casa del denunciante la homosexualidad estaba penada con la muerte.

—No sabía yo que Manolín fuera marica, aunque es verdad que nunca se casó —elucubré.

—No sabemos si era o no Manolín, pero eso no es lo importante. El tema, visto lo visto, era que si el cabrón del Sapo te pillaba alguna gorda, le sabía sacar provecho para satisfacer sus perversiones. Le hacía lo mismo que a mí: tocamientos, pajas, mamadas...

—Depravado hijo de puta...

—Me petó la cabeza. No, más bien me envenenó. Fue poco a poco, semana tras semana, mes tras mes. Yo trataba de darle la espalda, pero, al no existir un antídoto, seguía extendiéndose muy despacio hasta que, viendo que iba a terminar conmigo, decidí dar un paso adelante a principios de este año.

—Un paso adelante —repito antes de agarrar el whisky y beber directamente de la botella.

—Este es el resumen: cuando lo expulsaron del colegio, don Teófilo se fue a vivir a México un tiempo y aunque no se dice a qué se dedicó durante los más de diez años que estuvo por allí, no parece que trabajara en ninguna institución de enseñanza y, si lo hizo, no fue con su verdadera identidad. Lo que sí se sabe es que en el año 2002 regresa a España, en concreto a Cuéllar, para hacerse cargo de una herencia de su abuela por parte de madre: un piso de ciento cuarenta metros en el centro de Cuéllar, dos locales comerciales en Segovia capital, más de setenta mil euros en metálico y, atención, una casa molinera en Urueña. En uno de los locales monta una librería y alquila una casa en el mismo bloque de viviendas. Y hasta aquí llegaba la investigación del bufete de Darío.

—Que tú te has encargado de completar —me adelanto.

Mateo abre de nuevo la ventanilla como si le faltara aire dentro del habitáculo y aprovecha para encender un cigarro.

—Así es —reconoce—. Bueno, más bien la agencia de detectives que contraté y que averiguó que entre 2004 y 2009, Teófilo Sáez del Amo se encarga de vender todas las propiedades de Cuéllar y se traslada a vivir aquí, a Urueña. Rehabilita la casa y, finalmente, en 2010 se hace con el traspaso de la librería que ahora regenta, aunque, como habrás podido imaginar, no necesita vender libros para subsistir. Y hasta hoy. Aquí en el pueblo lo conocen como Teo, y por lo que he podido averiguar no mantiene muy buena relación con los vecinos. Al contrario, se lleva como el culo con algunos, sobre todo con otros libreros, pero también ha tenido encontronazos con más personas. Vamos, el típico huraño cascarrabias al que nadie soporta.

En ese instante me asalta una duda.

—Pero ¿cuánto tiempo llevas por aquí?

—Hoy se cumplen doce días.

—Joder, chaval.

—Sobre el papel he venido a hacer un estudio de la comarca para la Diputación de Valladolid, eso es lo que he ido contando por ahí y es lo que saben en el pueblo acerca de mí. Doce mañanas en las que me he conjurado para enfrentarme a él y doce noches que me he acostado con el rabo entre las piernas. Y pueden seguir pasando los días, las semanas y los meses, que no creo que reúna el coraje que necesito para poder plantarme delante de él y soltarle toda la mierda que llevo dentro. Hoy ha sido la vez que más cerca he estado de entrar en la librería porque estabas tú dentro, pero ya has visto el efecto que me ha provocado.

—Ya he visto, ya.

—Sí, pero lo que ha detonado mi llamada es el pánico que sentí ayer al ver el cartelito que tiene pegado en el cristal de la puerta de entrada.

—¿Cartelito? No me he dado cuenta.

—Si no te fijas, pasa totalmente desapercibido. Pone que cierra desde hoy hasta el 18 enero. Carmen, la camarera de Los Lagares, que es quien me ha puesto al día de todo lo que ocurre en el pueblo, me ha contado que don Teófilo se marcha una temporada a México, donde cree que tiene algún negocio que otro, y que después volverá con la intención de traspasar la librería, vender la casa e instalarse en algún sitio cerca del mar. Es decir, que podría perderlo de vista y eso es algo para lo que no estoy preparado. Te juro que no pienso en otra cosa. No me deja pegar ojo y, cuando consigo dormir, raro es el día que no sueño con esas escenas. Tengo que poner fin a este infierno o me voy a terminar reventando la cabeza contra la pared porque ya no lo soporto más.

—Por eso la urgencia.

—Por eso tiene que ser hoy.

—Vale, muy bien. Entendido, pero... ¿me quieres explicar qué es lo que tienes pensado hacer? He llegado hace... —consulto mi reloj— casi tres horas, y todavía no tengo ni idea de para qué me has hecho venir. Soy tu píldora, perfecto, lo asumo y lo admito, pero... ¿Para qué?

—Es que antes de nada quería contarte cómo había llegado hasta aquí para que manejaras toda la información.

—Vale, pues ya sé todo lo que tenía que saber. Ahora dime de una santa vez qué tienes en la cabeza.

Mateo alterna intensas caladas con largos tragos de Dyc hasta que me ofrece la botella.

—No quiero más —le digo, tajante—. Suéltalo.

—Mi problema, como te he dicho, es que no me atrevo a plantarme delante de él, presentarme y decirle que sé quién es. Necesito asegurarme de que me está escuchando, y para ello el encuentro tiene que ser en algún lugar neutral, no en su librería, donde puede interrumpir alguien en cualquier instante o, simplemente, echarme a la calle. ¿Me sigues?

—Te sigo, aunque no sé adónde.

—Si me dejas, te lo explico. Lo que se me ha ocurrido es que vuelvas a la librería, te presentes como Vázquez de Aro, escritor superventas del momento, y le digas que tú y tu socio estáis interesados en invertir en un negocio por aquí. Que te has enterado de que él está pensando en dejarlo y que te gustaría mantener una conversación con él en algún sitio más tranquilo. Él va a querer escucharte, seguro, por el hecho de ser quien eres y porque le interesa. Entonces le dirás que has quedado a cenar en el Mesón Villa de Urueña con tu socio y que le invitas a cenar para tratar el asunto. Él te va a torcer el morro seguro, porque, según Carmen, no soporta a ningún hostelero de por aquí. Y menos al del Mesón Villa de Urueña. Don Teófilo siempre come y cena en casa, así que si logras despertar su interés, lo suyo es que te diga que nos reunamos en su casa. Ideal para cantarle las cuarenta a la cara. ¿Imaginas? ¡En su jodida casa!

Resoplo.

—¡¿Qué problema ves?! ¡No te estoy pidiendo que salgas por una ventana de un tercer piso y camines por el alféizar! ¡Te estoy pidiendo que me ayudes a acorralarlo para que yo pueda darle la estocada que me libere de una puta vez de su recuerdo! ¿Lo entiendes? ¡A ver, dime qué problema hay en eso!

—Tranquilízate. Se me ocurren varios, Mateo, varios. En primer lugar, por ejemplo, que don Teófilo podría tener planes para hoy que no contemplen cenar con un extraño, pero también podría darse que, una vez allí, sentados los tres en su salón o donde coño sea, te bloquearas como te has bloqueado estos doce días, y me veo tomando yo las riendas de todo sin saber muy bien qué debo hacer.

—¡Eso no va a pasar! Te vuelvo a repetir que estoy seguro de que si estás a mi lado no me voy a acojonar. ¡Lo sé!

—Vale, digamos que sí, que le echas un par de huevos y le sueltas lo que le tengas que soltar. ¿Y me puedes decir cómo hacemos para que no llame a la policía a las primeras de cambio?

Mateo da una palmada y la ceniza salta al salpicadero. Se empeña en limpiarlo extendiendo una mancha gris que no hace sino ponerle aún más nervioso.

—Déjalo ya, no pasa nada, es solo ceniza. Tranquilízate.

—Vale, vale. Escucha: ahí atrás, en la mochila, traigo los documentos con la investigación del bufete. No creo que al Sapo le apetezca demasiado que se los entregue a la Guardia Civil. Y también lo amenazaré con repartir un par de copias por los bares y restaurantes del pueblo para que, cuando regrese de México, todos sepan que es un pederasta y ya puede olvidarse de vender la casa y la librería. En cuanto a lo otro, no hay nadie que yo conozca con mayor poder de persuasión que tú, Álvaro. Estoy absolutamente seguro de que serás capaz de convencer a ese cabrón de que nos interesa el negocio. Y tú mismo lo decías antes: el éxito está en saber meterse en la cabeza del personaje. Interpretar. Ahí está tu talento, ¿no?

Asistir a su descarado intento de manipulación me hace gracia.

—Pero ¡qué cabronazo eres!

—No te lo pediría si no lo necesitara de verdad. Yo solo no puedo, pero si te tengo a mi lado me sentiré con fuerzas para mirarlo a la cara y decirle que soy Mateo Cabrera, aquel chaval de trece años del que estuvo abusando durante un curso completo y todo lo que ello supuso para mí. Necesito que sepa que me jodió la vida pero que sigo de pie. Que lo he encontrado y que tengo pruebas que demuestran lo que hizo y que en cualquier momento puedo ponerlo en conocimiento de la policía, de sus vecinos..., de quien sea. Quiero sentir su miedo y hacerle sufrir como él me hizo sufrir a mí, aunque solo sean unos minutos. Estoy convencido, y mi terapeuta también, de que si consigo enfrentarme a él, sacarlo todo, me voy a curar. De otra forma me voy a seguir pudriendo a fuego lento hasta que no haya nada dentro de mí por lo que merezca la pena vivir.

Los siguientes segundos transcurren en completo silencio.

—En resumen: que quieres agarrarlo por las pelotas y retorcérselas hasta ver cómo se le salen disparados los globos oculares de las cuencas y estallan contra la pared.

—Básicamente.

—Pues haberlo dicho desde el principio, paleto de los cojones.

A Mateo se le humedecen los ojos.

—Puto pelele.

9. VERTICAL (SIETE LETRAS): PRINCIPIOS Y HÁBITOS DIRIGIDOS A MANTENER EL ASEO

Colegio San Nicolás de Bari
Noviembre de 1993

Con cada escalón que bajaba, la línea cóncava que lucía en mi cara se iba agrandando. No era para menos. La captura que llevaba colgada del hombro alimentaba mi sonrisa y aún disponía de varios minutos para llegar a mi habitación antes de que terminara la Eucaristía del domingo. Muy posiblemente ese había sido el acto más arriesgado y heroico que había protagonizado con éxito —y puede que también sin él— a lo largo de mis trece años de vida, pero de lo que no tenía ninguna duda era que había sido el más estúpido. Y eso, aunque pudiera resultar contradictorio, lo tenía muy presente a pesar de la euforia que recorría mi cuerpo.

Con la atención puesta en dónde colocaba los pies, en lo único que pensaba en ese momento era en llegar cuanto antes a mi cuarto y esconder el botín. Me disponía a darle la orden a mi organismo de quemar las últimas reservas de adrenalina para completar de una vez el último tramo de escaleras cuando me di de bruces con él.

—¡Vaya por Dios! —exclamó don Teófilo tras recuperarse del inesperado impacto.

—¡Uy, disculpe, disculpe! No le he visto.

Unos abultados ojos de un azul electrizante me examinaban de hito en hito. Era la suya una expresión divertida, curiosa, muy alejada de la que correspondía en ese instante.

—A ver, a ver... ¿Se puede saber dónde está el incendio? —preguntó examinando el entorno de un modo insultantemente teatral.

—Perdón, es que iba mirando al suelo para no tropezarme y no le he visto. Le pido disculpas, don...

Mientras se me alargaban los puntos suspensivos sin que su nombre me viniera a la cabeza notaba cómo mis mejillas iban adquiriendo una tonalidad carmesí.

—Teófilo —completó.

—Eso —confirmé yo como si fuera necesario.

—En relación a lo sucedido no es necesario que me lo relate porque yo estaba aquí mismo y he sido testigo directo de los hechos. Y ya me ha pedido disculpas tres veces. Lo que me pregunto es qué hace usted que no está en misa como todo el mundo.

Me concedí unos segundos antes de contestar. No podía fallar.

—Verá, don Teófilo. Resulta que hoy me he levantado muy revuelto del estómago y he pedido permiso para no asistir al oficio. El caso es que hace un rato me han entrado las ganas de tomar un poco el aire y he subido un segundito a la terraza de arriba para respirar. Y ha debido de funcionar porque ya me encuentro mejor. Sí, mucho mejor.

—Nadie lo diría a juzgar por el sudor que le empapa la frente y el cuello. No soy médico, pero diría que tiene fiebre.

—Sí, bueno, es posible. Por eso bajaba tan rápido, para meterme otra vez en la cama, descansar y no perderme las clases de mañana.

Don Teófilo ladeó la cabeza como si quisiera que las palabras que acababa de escuchar fueran a parar a una determinada parte de su cerebro. Luego chasqueó los dedos y me señaló con el índice.

—Cabrera, ¿verdad?

—Sí —reconocí.

—Nunca olvido un apellido cuando el instinto me dice que no debo olvidar un apellido. Espero que se recupere y pueda asistir a mi clase del lunes. No me gustaría que se le atragantara el análisis sintáctico porque el curso podría ponérsele muy cuesta arriba.

—No, mañana seguro que estoy recuperado del todo.

—Estaré.

—¿Cómo dice?

—Mañana es un adverbio temporal que nos indica el momento en que se realiza la acción del verbo. En este caso, el día que sigue inmediatamente al de hoy. ¿Hasta ahí estamos de acuerdo?

—Sí, claro —contesté con firmeza.

—¿Y usted diría que mañana es un tiempo pretérito, presente o futuro?

Aunque me sabía la respuesta, no quise precipitarme.

—Futuro.

—Eeequilicuá —confirmó alargando la primera vocal—. *Ergo,* si se trata de un tiempo futuro, el tiempo verbal que le corresponde no es el presente de indicativo, sino el futuro imperfecto de indicativo..., ¿que es?

La cosa se complicaba.

—¿Mañana...?

Tenía que jugármela.

—Estaré.

Don Teófilo apretó los labios y aplaudió tres veces al tiempo que asentía con la cabeza.

—Aprende usted rápido, señor Cabrera.

—Gracias. Bueno, mañana le veo; le veré —corregí de inmediato—. Mañana le veré en clase.

—Por supuesto. Por cierto: no estaría de más que aprovechara la tarde para lavar la ropa.

Siguiendo la dirección de su dedo índice comprobé que tenía el jersey del uniforme completamente manchado, supongo que de la porquería que tenía la tubería a la que había estado aferrado tanto tiempo.

—Vaya, pues sí que lo tengo sucio, sí —reconocí—. Luego lo soluciono.

Don Teófilo proyectó los labios hacia delante un par de veces e hizo un sonido bastante desagradable con la boca, convirtiendo en bueno el apodo con el que le habían bautizado tras la primera jornada lectiva.

—¿Sabía usted que en la Antigua Grecia los atletas rehusaban el aseo personal para evitar perder su olor corporal?

Yo me limité a negar con la cabeza.

—Pensaban que la piel se debilitaba con el baño y que era más propio de las mujeres y de los hombres poco masculinos. Los romanos, sin embargo, eran mucho más pulcros con la higiene. De hecho, a los baños públicos no solo tenían acceso las clases acomodadas, sino que le estaba permitido entrar casi a cualquiera excepto a los esclavos, claro está, a quienes se les prohibía el uso de las termas. Durante la Edad Media dimos un importante paso atrás en este sentido. Y buena parte de la culpa la tuvo la Iglesia —continuó bajando la voz—, que desaconsejaba este hábito al relacionarlo con las prácticas sexuales y los excesos de quienes llevaban un modo de vida licencioso. Ello favoreció el contagio de distintas enfermedades que se propagaban con mucha facilidad, dado que la población empezó a concentrarse en los primeros núcleos urbanos. Figúrese, señor Cabrera, qué olor invadiría esas calles carentes de alcantarillado o de cualquier otro tipo de servicio de limpieza. ¡Agua va!

—No me lo quiero ni imaginar —comenté yo procurando ocultar la alteración que me provocaba ser consciente del valioso tiempo que me estaba haciendo perder.

—Pero eso no era ni mucho menos lo peor, no. Lo peor era que cuando apareció la peste y empezaron a morir por millares, los galenos de la época consideraron que la higiene debilitaba la piel, sobre todo los baños calientes, que abrían los poros facilitando el hecho de caer enfermos. Qué locura, ¿verdad? Así que, durante cientos de años, cientos —recalcó—, el baño corporal fue algo del todo casual y exclusivo para la aristocracia, que, lógicamente, estaba fuera de peligro al no tener contacto con el resto de la población infectada, ni las ratas ni los insectos...

—Claro, claro.

—Pero no vaya usted a pensar que se duchaban todos los días. La reina Isabel I de Inglaterra, por ejemplo, dejó escrito que ella y los integrantes de la corte debían bañarse una vez al mes, fuera o no necesario. Una vez al mes no parece mucho, ¿no?

—Yo soy de los que se ducha a diario, por la noche para más señas, pero a veces también por la mañana —apunté.

Don Teófilo sonrió de un modo un tanto lascivo, como si en ese momento me estuviera viendo enjabonarme mis partes íntimas.

—Eso está muy bien. En el mundo árabe, al contrario de lo que se ha dicho siempre, tampoco es que fueran mucho más aseados, aunque sí es cierto que se lavaban las manos, la cara y los pies antes de rezar cinco veces al día, y eso ya era algo muy a favor. La cosa no mejoró hasta el siglo XVIII, y relativamente, porque lo que hacían era camuflar el olor corporal con ungüentos y perfumes, pero higiene, lo que es higiene, poca. Sin embargo, ya se sabe: cuando todo el mundo apesta, nadie huele mal.

En ese punto dejé escapar una risa tonta, nerviosa, que nacía en lo más profundo de mi agitado estómago y que provocó que a don Teófilo se le agriara el semblante.

—En resumidas cuentas, señor Cabrera, que hasta bien avanzada la Edad Contemporánea, la higiene personal no se convirtió en sinónimo de salubridad y, por suerte, no parece que la situación vaya a cambiar. Así que haga usted el favor de cuidarse mucho en este aspecto, incluida su ropa.

—Por supuesto.

—Excelente. Bueno, pues que se mejore entonces, señor Cabrera.

—Muchas gracias, don Teófilo.

Me disponía a bajar los once peldaños que me separaban de la libertad; sin embargo, había algo en su expresión que me decía que aún era pronto para cantar victoria.

No tardé en comprobarlo.

—Por cierto, por cierto: ¿qué tal le han quedado?

—Perdone, pero ahora no le entiendo.

—Le preguntaba acerca de las fotografías, dando por hecho que es a lo que ha subido usted a la terraza. Porque supongo que no ha sacado esa cámara tan excelente solo para que le diera el aire, ¿verdad?

—No, no, claro. Solo he hecho un par de ellas o tres. Estoy aprendiendo —improvisé.

Don Teófilo se pasó la lengua por los labios como si estuviera saboreando la mentira que acababa de oír.

—Muy bien. Pues ya me las enseñará porque yo en mis años mozos también era aficionado a la fotografía y algo sé.

—Ajá —exclamé.

—Lo dicho: que se mejore, señor Cabrera.

No recuperé el aliento hasta que cerré la puerta de mi habitación y tiré la maldita cámara sobre la cama. Fue entonces cuando me percaté de lo mal que olía, como a cebolla pocha, revenida.

Y así fue como descubrí a qué huele mi miedo.

10. HORIZONTAL (SIETE LETRAS): COSA SOEZ, DE ESCASO VALOR

Urueña, Valladolid
Viernes, 29 de noviembre de 2019, a las 19.46

Para meterse en la cabeza de otro lo primero que hay que hacer, sí o sí, es salir de la tuya, ¿entiendes?

El día es más noche que día cuando salgo del coche tras escuchar por enésima vez el plan que ha pergeñado Mateo, si es que a eso que se proyecta en su cabeza se le puede considerar como tal. Me molesta el exceso de entusiasmo irracional que subyace en su primigenia idea de venganza. No me cuesta, sin embargo, aceptar como legítimo, casi como un derecho, el deseo de resarcimiento, pero yo sé muy bien que no hay nada dulce en el sabor que deja. Más bien al contrario, es acerbo aunque adictivo y deja un regusto amargo en el paladar que solo el paso del tiempo consigue disolver.

Nunca del todo, por suerte.

—Solo tienes que meterte en la cabeza del personaje y ser convincente —me ha repetido hasta la saciedad—. Tú eres alguien interesado en comprar algo que a él le interesa vender, ¿qué puede salir mal?

Todo. De hecho, por experiencia sé que el resultado que se obtiene de un plan imperfecto suele ser la imperfección, y me molesta sobremanera que Mateo le quite valor a la dificultad que implica salir de uno mismo. Lo dice como si estuviera al alcance de cualquiera. No, para nada. Requiere preparación y, sobre todo, concentración. Interpretar es un arte. Pocos podrían decirlo mejor que yo, que lo he llevado al extremo con Suso. Porque ahora Suso y yo somos uno. Una única persona con objetivos dispares. Somos parte de un todo indivisible, un ente compacto, granítico. Ni siquiera tengo que actuar. Solo necesito quitarme la careta de escritor para convertirme en él, pero lo que me está pidiendo Mateo es diferente. Diría, incluso, que es diametralmente opuesto. Él quiere que sea Vázquez de Aro y que consiga que la pieza muerda el anzuelo. Así, sin más. ¡Pim, pam, pum! El problema es que no llevo el cebo adecuado ni soy la caña oportuna, pero así y todo pretende que meta en el cesto la pieza más cotizada del río. Lo que Mateo no sabe ni se imagina es que no hay cosa que me irrite más que meterme en la piel de alguien a quien odio. Porque a Vázquez de Aro, escritor, lo odio desde el mismo día que lo concebí. La gestación fue tan traumática e insatisfactoria que en un estado volitivo consciente habría preferido que hubiera nacido muerto, y sin embargo, todos lo adoran. Es un hecho. Sobre todo mis editores. Y mi agente, por supuesto. Adoran a Vázquez de Aro, ese impostor, cuando tendrían que venerar a Suso. Suso es la llave del éxito, pero eso solo lo sé yo. Ahora entiendo que Mateo no me desvelara sus propósitos hasta que me ha tenido delante, porque si me lo llega a contar por teléfono no habría acudido ni bajo amenaza de muerte. No obstante, ya que estoy aquí y que ha quedado patente que él no va a ser capaz de recuperarse emocionalmente del daño ocasionado por el Sapo, tampoco me parece mal del todo darle una lección a ese depravado malnacido. Quizá incluso saque algo de provecho para alguna de mis futuras novelas, quién sabe.

Atropellado por mis propios pensamientos, he llegado casi por accidente a la librería. Me echo el aliento en las manos y me las froto con vehemencia como hacen las moscas cuando se posan a descansar antes de lanzarse al vuelo e importunar a otros seres vivos. No siento tanto frío como antes, lo cual, deduzco, debo agradecer al whisky que circula por mis venas. No se oye ruido alguno y más allá del rango de alcance luminoso del letrero todo es oscuridad. No parece un lugar muy apropiado para hacer más análisis, pero aun así me concedo un par de minutos para preparar el primer argumento que voy a utilizar ante la más que evidente primera pregunta de don Teófilo. Ahora sí, me fijo en el cartel al que aludía antes Mateo y miro a través del cristal.

El Sapo no está en la charca.

No a la vista.

—Venga, chaval —me animo antes de entrar.

Una vez dentro, afino el oído.

Silencio.

Me disponía a avanzar cuando una voz me detiene en seco.

—¡Aquí arriba!

—¡Joder!

El librero me sonríe con descarada malicia desde lo alto de una escalera sin ninguna intención de ocultar una conducta zangolotina que me irrita soberanamente. Si hubiera tenido a mano algo arrojadizo y puntiagudo, ahora yo tendría un problema grave.

—Disculpe usted, no pretendía asustarle. Creí que me había visto.

Miente, claro está, pero ya he aprendido a no dejarme llevar por mis inveterados instintos primarios en situaciones como esta. Con las manos detrás de la espalda me pellizco la garra como método de contención. No siento nada, pero de alguna manera me sirve para canalizar mis impulsos.

—Pero ¡cómo lo voy a ver si está camuflado ahí en las alturas! —replico ya licuada la inquina con media sonrisa en los labios—. ¡Madre de Dios, casi se me sale el corazón por la boca!

—Le pido perdón, le aseguro que no era mi intención —insiste al tiempo que desciende de la escalera con precaución.

—Ya se me pasa. Es que los sobresaltos los llevo muy mal.

—Antes se marchó usted sin decir nada.

—Sí, me llamó mi amigo.

—¡Ah, cierto, cierto! —dice componiendo un gesto amable, mueca que no parece tener en absoluto bajo control—. Ese amigo suyo al que estaba esperando. Entonces... ¿ha regresado por alguno de los ejemplares que le enseñé?

—Pues no, lo siento. Déjeme que le explique: el motivo que me ha traído hasta Urueña es otro. No sé por dónde empezar —cavilo en voz alta.

El hombre cruza los brazos a la altura del pecho y frunce el ceño adoptando una pose defensiva que me invita a imaginármelo sin barba y sin gafas para encajar las facciones que tengo delante con las que guardo en mi memoria. Es evidente que el paso del tiempo nunca hace prisioneros.

—Le escucho, le escucho.

—Empezaré por presentarme. Me llamo Álvaro. Álvaro Vázquez de Aro —completo.

Don Teófilo proyecta los labios como antaño a la vez que se rasca la papada y juguetea con los pelos de la barba.

—Es posible que le suene mi apellido.

—En efecto, así es, pero no sé de qué.

—Ya. Pues siendo usted librero me habría gustado que lo hubiera asociado en el acto con...

—¡Ah, claro, claro! Vázquez de Aro. ¡Santo Dios! Claro que sí, hombre, el autor superventas. Hace poco he leído una entrevista suya en no sé qué periódico. ¿O era en una revista? Vázquez de Aro. ¡Qué honor!

Ahora no sabría distinguir si está exagerando o no.

—¡El escritor del momento! —califica levantando ambas manos—. Lamento decirle que aquí sus novelas no acaparan el top de ventas, pero igualmente le doy la enhorabuena por sus éxitos.

El picor que siento en el orgullo alimenta mi garganta.

—Bueno, si les diera una oportunidad, lo mismo le sorprendían porque, a no ser que las tenga escondidas en algún sitio, por aquí no veo ninguna.

El Sapo se humedece los labios con la lengua y me sonríe.

—Como verá, no trabajo las novedades editoriales. Ni falta que hace. Me las comería todas con patatas. To-das —enfatiza separando las sílabas—. Una tras otra. Antes de esta tuve una librería en el centro de Segovia y ahí sufrí en mis carnes lo que supone tener que comprar todo el catálogo de cada una de las editoriales. ¡Y venga novedades! Cada semana me llegaban decenas de novelas que iban para estrellas y terminaban estrelladas. «Que si este es el nuevo Ken Follett» —dice impostando la voz—. «Que si vamos a hacer una campaña de marketing impresionante». «Que si no los tienes vas a dejar de ganar no sé cuánto». Y así semana tras semana. Una tortura. Y luego se cumplía de ciento en viento. Terminé harto de todo ello y lo mandé al infierno.

—Ya, bueno, los escritores no hemos inventado el sistema. Más bien somos víctimas de él porque si la novela no se vende inmediatamente, ustedes la devuelven en un abrir y cerrar de ojos.

—¡Y tanto! Es imposible tener espacio para todos los títulos. Imposible. Y de los cuatro títulos que despuntan al año no se mantiene el negocio, se lo aseguro.

—Pero algo ayudan, ¿no?

—Algo, pero ayudaría más que no se publicara tanta novelucha de tres al cuarto y cuidaran más lo que llega a los lectores.

—Vaya, no sé cómo tomarme eso.

—No se dé usted por aludido, para empezar, porque no he tenido oportunidad de leer su obra. Lo único que digo es que con la crisis muchos se han encontrado en sus casas con mucho tiempo libre que no merecían y han tenido la feliz idea de sacar esa novela que todos llevamos dentro. Y..., maldita sea, ojalá se hubiera quedado ahí, porque... ¡Válgame Dios, cuánta mediocridad!

—Es labor de las editoriales decidir lo que se publica y lo que no. Todo el mundo tiene derecho a intentar cumplir sus sueños.

—Permítame que disienta. Yo, cuando era joven, soñaba con ser concertista de piano, pero resulta que el don de la música no estaba entre mis atributos por lo que no me quedó otro remedio que dedicarme a otra cosa.

—¿Siempre ha sido librero?

—No, en otra vida fui maestro de escuela. Lengua española y literatura.

Una sonrisa se agiganta en mi boca.

—Así que profesor, ¿eh? ¿Y no sería usted uno de esos escritores frustrados que...?

—¿Yo? —se señala sin dejarme terminar—. Para nada. Respeto mucho su profesión como para mancillarla con mis letras. Por eso me cuesta tanto entender que de un tiempo a esta parte cualquier cara conocida, cara guapa, por supuesto —acota levantando los dedos índices—, léase: presentadora o tertuliana de turno, cocinero famoso o exfutbolista, publique sus insulsas memorias o una novela basada en su dura infancia. Un insulto a la inteligencia. Bazofia pura. Al final, en mi librería de Segovia terminé comprando solo lo que leía y que, de alguna forma, superaba mi listón de calidad literaria.

—Su listón es su listón. El de otro seguro que es diferente.

—Por supuesto, pero resulta que el dueño de la librería era yo.

—Pues es usted una *rara avis* porque ya le digo yo que el resto de libreros del planeta no le hacen ascos al dinero que les entra en sus cajas registradoras proveniente de vender eso que usted llama bazofia.

—Por supuesto que no. Estamos como para hacer ascos a los euros, aunque provengan de la bazofia. Lo que digo es que si a tus lectores los alimentas con pienso, más pronto que tarde se cansarán de masticar mierda. Sin embargo, si los alimentas con jamón de jabugo, los tendrás todos los días a tu puerta pidiéndote más.

—Mire, ahí no le voy a quitar la razón.

—¡Equilicuá!

Oír esa expresión hace que se me congele la sangre. Me traslada directamente al aula del Colegio San Nicolás y veo al Sapo junto al encerado señalándome con la tiza en la mano.

—Me alegro de que por fin coincidamos en algo, pero no piense que por eso voy a comprar sus novelas —bromea confiando en que su raquítica risa produzca un efecto contagioso.

—Créame, el motivo de que yo esté aquí esta tarde no tiene nada que ver con mis libros.

—Sí, ya me imagino —dice quitándose las gafas y apretándose los lacrimales—. Soy todo oídos.

Por momentos se empieza a parecer más al Sapo que recuerdo.

—Mi amigo —arranco algo timorato—, ese del que le hablé antes, es, en realidad mi socio. Es decir, es amigo y socio. O socio y amigo, lo mismo me da que me da lo mismo.

—No debería, pero bueno.

—Digamos que primero somos amigos y luego socios. Trabaja en la Diputación de Valladolid y lleva unos cuantos días en Urueña para hacer no sé qué historia, la verdad. Tampoco sabría decir cómo, pero el hecho es que se ha enterado de que es posible que quiera cerrar el negocio.

—Es posible, sí —reconoce sin ningún entusiasmo—. ¿Y bien?

—Resulta que mi socio está empeñado en regentar una librería como esta.

Don Teófilo no oculta su sorpresa.

—¿Ah, sí? ¿Y eso por qué?

Esa pregunta no me la esperaba.

—Pues él se lo explicaría mejor, pero yo creo que lo ha deseado siempre. Es como un sueño para él —adorno.

—Trabajar aquí está muy lejos de parecerse a un sueño, porque doy por hecho que le interesa para trabajar él, ¿no? Porque para pagar empleados no da, se lo aseguro.

—Sí, sí. Eso quiere.

—¿Me está diciendo que un funcionario está dispuesto a dejar la comodidad que supone recibir un salario todos los meses por venir aquí de lunes a sábado y morirse del asco?

En este pueblo no abundan los lectores, créame, así que hay muchos días que no entra ni un alma. Yo, como le dije antes, mantengo el negocio gracias a las ventas que hago a través de mi página web, pero actualizarla da bastante trabajo.

—Sí, ya supongo.

—Le aseguro que el día a día se hace muy tedioso. Por eso sigo sin comprender qué es lo que le llama tanto la atención a su socio.

—Yo se lo explico. Para empezar, trabaja para la Diputación, pero no es funcionario y está harto de patearse los pueblos haciendo lo que sea que haga, que tampoco es que lo controle yo mucho, si le soy sincero. Lo que sí sé es que mi amigo es un auténtico apasionado de la literatura y este tipo de librerías le parece la quintaesencia de los libros. Yo no lo llego a entender del todo, pero es lo que él quiere y...

—Muy bien —me interrumpe—. Es lo que él quiere. Pero ¿qué pasa con lo que quiere usted? ¿Está dispuesto a poner dinero en un negocio que no da dinero?

—Eso ya es asunto mío. Por suerte, no supone un problema para mí y nada me haría más feliz que poder ayudarle. Ya sabe: «Poderoso caballero es don Dinero».

Don Teófilo eleva las cejas, sorprendido, y adopta una postura teatral. Luego se aclara la garganta y declama:

—«Madre, yo al oro me humillo. Él es mi amante y mi amado, pues de puro enamorado, anda continuo amarillo. Que pues doblón o sencillo hace todo cuanto quiero. Poderoso caballero es don Dinero».

Cuando termina, aplaudo con fingido entusiasmo.

—Un profesor que tuve nos la hizo aprender y todavía la recuerdo. Es probable que olvide antes mi nombre que un verso de Quevedo. La educación de antaño era otra cosa —valora con notable esplín.

—Sí, y va a peor. No sé yo si muchos alumnos universitarios sabrían identificar al autor de esos versos.

—Góngora resucitaría de la alegría si le oyera decir eso.

—Sin duda. Hace no mucho leí que cuando Góngora perdió su fortuna y Quevedo se enteró, este compró la casa en la que vivía aquel solo por el placer de cobrarle el alquiler, y en cuanto falló un mes lo desahució para poder contarlo por ahí.

—Sí, Quevedo era un mal enemigo, muy rencoroso y pendenciero. Nunca le perdonó a Góngora que se refiriera a él como «Qué bebo». El problema de Góngora era el ego. Él gozaba de fama mucho antes que Quevedo y le molestaba que un niñato le retara con un estilo diametralmente opuesto al suyo.

—El ego de los escritores: si yo le contara... En fin —zanjo al tiempo que evalúo si es momento propicio para darle la puntilla.

—Es usted un gran conversador.

Es el momento.

—Oiga, se me estaba ocurriendo ahora... ¿Qué le parecería si mantenemos una reunión con mi socio y hablamos de don Dinero?

Don Teófilo se rasca de nuevo la papada y se queda mirando a un punto suspendido en alguna parte del espacio que hay a mi espalda, absorto en la nada, como si estuviera esperando a que se abriera un portal a otra dimensión.

—Permítame que le confiese algo —retoma tras unos cuántos segundos de desconcertante espera—: yo tampoco necesito el dinero, pero cuido mucho de que no me falte. De hecho, si no me he jubilado antes es porque, a pesar de que la gente de por aquí es muy cerrada, me encontraba muy a gusto. A mi edad no necesito demasiados amigos y con tener pareja para jugar al mus los domingos por la tarde me basta y me sobra. El problema es que mi artrosis va en aumento y el médico me insiste en que tengo que moverme a diario. Moverme a diario —repite abriendo los brazos y dando un giro de trescientos sesenta grados—. Entre estas cuatro paredes poco puedo yo moverme y cada día que pasa me duelen más las rodillas. Encima, como ya habrá comprobado, el clima castellano no es que invite a salir mucho a pasear por ahí. En resumidas cuentas: que tengo mirado un apartamento cerca de Castellón, un sitio muy tranquilo y con un clima muy favorable para vivir lo que me quede sin tener que depender de nadie, no sé si me explico.

—Perfectamente.

—También le digo que tengo apalabrado el traspaso con el concejal de Cultura del Ayuntamiento. Se trata de una familiar de él, su cuñada, creo. Según me confirmó la semana pasada, estaría dispuesta a pagar lo que pido y...

—¿Podría saber de cuánto estamos hablando?

Don Teófilo compone una sonrisa seráfica que no termina de armonizar con su lobuno semblante.

—No, por supuesto que no. Tampoco es cuestión de ponérselo tan sencillo, ¿no le parece?

11. VERTICAL (SEIS LETRAS): SEÑAL DE AFECTO HACIA OTRA PERSONA

Colegio San Nicolás de Bari
Noviembre de 1993

No era capaz de despegar la lengua del paladar. Sentado sobre la cama, trataba de controlar la frecuencia cardiaca inspirando profundamente por la nariz, reteniendo el aire en los pulmones durante diez segundos y soltándolo muy despacio. La técnica me solía funcionar, pero esa vez había algo que estaba fallando: el fuerte olor a cebolla pocha que desprendía mi piel era repugnante, y solo el hecho de respirarlo era un claro indicativo de que aquello iba a salir mal. Necesitaba quitarme esa ropa y darme una ducha purificadora, pero antes tenía que encontrar un lugar para esconder la cámara de fotos que acababa de robar.

La habitación la compartía con Ricky, un chaval regordete de un pueblo de Burgos con el que mantenía una relación cordial, que en aquellos días era sinónimo de distante. En otras palabras: que no mantenía ningún tipo de relación. Me convenía mucho que fuera así, ya que las malas lenguas lo señalaban como ese tipo de persona con querencia a difundir chismes y bulos sin medir las consecuencias. Yo detestaba a esa gente desde que en el anterior colegio alguien fue diciendo por ahí que me seguía meando por las noches, lo cual, sin ser del todo falso, tampoco era cierto. Solo me pasó una época, justo después de que muriera mi madre, y yo siempre lo justificaba pensando que era mi manera de llorar mientras dormía. Solía llorar por la noche para que mi padre no me viera, porque, aunque no me decía nada, yo notaba que le molestaba verme. Para él era un signo de debilidad irrefutable y ello menoscababa la hombría que se le supone al hijo de siete años de un respetado comandante que pertenecía al glorioso Regimiento de Caballería Farnesio n.º 12. Así que decidí no llorar nunca en su presencia y, en todo caso, cuando no podía aguantar más, me iba a la cama, me abrazaba a la almohada y me dejaba llevar por el desconsuelo licuando la amargura. Desconozco quién fue el malnacido que se inventó aquella historia acerca de mí, pero el hecho fue que me costó un año entero que me dejaran de llamar «Memeo» en vez de Mateo. Por aquel entonces comulgaba yo con la idea de que uno no aprende que la violencia no es el camino correcto hasta que una mosca se le posa en las pelotas, dogma en el que dejé de creer en el instante en que me enteré de quién era el encargado de poner motes en la clase. Romperle las gafas a Lolo en la fiesta de fin de curso y delante de todo el mundo fue un acierto.

Con los chismosos era mejor mantener cierta asepsia para no darles motivos con los que difundir mentiras y al mismo tiempo no proporcionarles información con la que pudieran airear verdades bochornosas.

De este modo, siguiendo las normas establecidas, Ricky y yo nos habíamos dividido el espacio de forma salomónica, aunque yo cedí a la hora de elegir los muebles y él no desperdició la ventaja para quedarse con los mejores cajones, baldas y demás. Por tanto, y a pesar de que reconozco que lo primero que se me pasó por la cabeza fue guardarla en zona ajena por si hacían alguna redada, lo descarté enseguida al no tener nada contra mi compañero —al menos que yo supiera— que justificara tal vileza. Entonces me vi a mí mismo revolviendo el cuarto de Felipe y descartando uno tras otro los lugares en los que acababa de estar buscando la cámara. En el baño no existía ninguna posibilidad y la desesperación en aumento me obligó a buscar una escapatoria mental en el exterior. El aire dentro había alcanzado la categoría de irrespirable, por lo que deduje que debía renovarlo de inmediato como medida cautelar si no quería terminar desmayándome. Tan pronto como abrí la ventana, una ráfaga de viento fresco me acarició la cara aligerando la crispación que se había adueñado de mis músculos faciales. Y, como si mi mente se hubiera despejado de una manera casi milagrosa, me dejé seducir por una idea que pasó de ser disparatada a genial en cuestión de décimas de segundo. A metro y medio de distancia de la fachada emergía vigorosa una encina cuyas ramas no alcanzaba yo a tocar ni alargando el brazo, hándicap que tampoco era insalvable si contaba con la pericia suficiente como para enganchar la correa de la cámara en una de ellas. Era perfecto: la frondosidad de su copa se encargaría de ocultar el botín de posibles miradas tanto desde el suelo como desde las habitaciones contiguas a la nuestra. Solo tenía que elegir una lo bastante gruesa que resistiera el peso del artilugio. En ello estaba cuando oí una sucesión de golpes que me paralizaron el corazón.

Alguien estaba llamando de manera incesante a mi puerta.

Inmóvil y con el cuerpo del delito en las manos, di la orden de suspender todas mis funciones vitales como si, estando sumido en modo hibernación, pudiera hacer desaparecer mi cuerpo del espacio que ocupaba. Porque si había un espacio que no quería ocupar en ese instante era aquel.

Tres golpes de nuevo.

—Mateo, ¡¿estás ahí?! —preguntó una voz.

Una voz que se parecía mucho a la de Álvaro me devolvió el latido primero y el rubor después. Aun así, no tener la certeza absoluta me hizo sacar mi faceta más conservadora.

—¿Eres tú?

—Abre de una puta vez —susurró malhumorado.

No fue de inmediato, pero finalmente reaccioné y cuando entró cerré de un portazo.

—Pero tío, ¡¿a qué mierda huele aquí dentro?! ¿Y ese careto? ¿Se puede saber qué te pasa?

De las tres preguntas, decidí responder a la última por despojarme de la ira que me estrujaba por dentro.

—¡¿Que qué me pasa?! ¡Eso me pasa!

Mi dedo índice apuntaba al objeto robado.

—¡La tienes! ¡Ole tus pelotas, colega! —me felicitó sellando el parabién con un manotazo en la espalda—. ¿Ves como estaba tirado?

—Mira, no me toques los huevos, ¿eh? ¡Tirado, dice! Después de jugarme la vida encaramado a la fachada resulta que la puerta de la habitación de Felipe estaba abierta.

Álvaro se descojonó vivo de la risa.

—¡¿En serio?!

Más risas de esas que no se contagian. Me hervía la sangre.

—¡Vaya! Ni siquiera se me pasó por la cabeza la posibilidad de que...

—Pero ¡es que eso no es lo peor que ha pasado! —chillé.

Álvaro, asustado, dio un paso atrás para ganar un metro de distancia.

—Lo peor es que mientras bajaba las escaleras me ha pillado el Sapo, me ha dado la chapa con la evolución de la higiene a través de la Historia y me ha preguntado que dónde iba con la cámara y tal. Yo le he dicho que era mía, pero en cuanto Felipe vaya al director y se lo cuente..., ¿qué crees que pasará? ¿Eh? ¡Dime!

—¿La evolución de la higiene a través de la Historia? ¿Y eso qué mierda es?

—¡Y yo qué sé! ¿Has escuchado lo otro? ¡Se ha fijado en la cámara!

—Ya, ya... ¡Menuda cagada! Bueno, veamos, déjame pensar...

—¡¿Pensar en qué?! ¡Hay que devolverla cagando leches!

—Pero ¿tú estás tonto o qué te pasa? Ya está todo el mundo por ahí. Te cazarían en un minuto. ¿Y ya te has olvidado del Joker? De cero a diez..., ¿cuántas ganas tienes de llevarte un tortazo de Darío? Porque te aseguro que la siguiente vez que te vea del primer bofetón te tira la cara al suelo.

Me vi mirando mi propia cara hecha un guiñapo sanguinolento sobre el asfalto del patio.

—Vamos a pensar con la cabeza, no con el culo —siguió Álvaro—. Por cierto, ¿qué ibas a hacer con ella?

—Estaba tratando de esconderla ahí fuera para que no me pillaran —le indiqué con la mano.

—Ahí, ¿dónde? —quiso saber, escéptico.

—En el árbol.

—¿En el árbol?

—Sí, mira. Colgada de una de esas ramas.

—Lo que decía: estás tonto perdido.

—¿Por?

—Vale. Imagínate que tienes la enorme fortuna de conseguir colgarla. Perfecto. Y luego ¿cómo la vuelves a pillar? ¿Con el palo de una escoba? ¿Y si llueve? ¿Y si la tira el viento? ¡Menudo planazo el tuyo!

Sin darme cuenta empecé a caminar sin rumbo por la habitación.

—Vale, entonces ¿qué propones?

—Quitarnos el marrón cuanto antes. Voy corriendo a mi habitación a por una mochila, la metemos dentro, se la damos al Joker y asunto solucionado.

—Muy bien. ¿Y qué pasará cuando el Sapo se entere de que a Felipe le han robado su maravillosa cámara de fotos y junte las piezas?

—Que lo negarás todo.

Le había oído perfectamente, pero no daba crédito a su propuesta.

—¿Cómo dices?

—Pues eso. Que lo demuestre. En este país las cosas funcionan así. Uno es inocente hasta que otro demuestra lo contrario.

—Pero ¿no has escuchado lo que te he dicho antes? ¡Que me ha visto con ella!

—Deja de gritar, coño. Te repito que no puede probarlo, ¿entiendes? A ver, que te lo explico. Imagínate que un tío entra en una gasolinera con una pipa y se lleva la caja. Por su forma de actuar, atuendo y demás, la policía sabe que se trata de Josele el Chorragorda, incluso saben dónde vive y todo, pero no pueden detenerlo ni hacerle nada de nada porque no pueden demostrar que ha sido él. Podrían llevarlo a comisaría a interrogarlo y tal, pero saben que su mujer dirá que estuvo con ella esa noche. Necesitan alguna prueba de peso, pero no tienen nada, así que Josele el Chorragorda, haciendo honor a su mote, vuelve a quedar libre.

—Pero... ¿quién es Josele el Chorragorda? —pregunté yo, más confundido que alterado.

—No sé, nadie, joder, que me lo acabo de inventar.

—Ah, vale. ¿Y el tío de la gasolinera no lo puede identificar o qué?

—No, porque iba con un pasamontañas, hombre.

—¿Y si iba con un pasamontañas cómo saben que lo ha hecho Josele el Chorragorda? —cuestiono yo dándome varios golpes en la cabeza y elevando las cejas varias veces.

—Ya te lo he dicho, por cómo actúa, lo que hace y lo que dice. De todos modos, era un ejemplo para que entendieras que a la justicia no le vale con saber quién ha cometido el delito, tienen que poder demostrárselo al juez.

—Sí, vale, eso lo entiendo, pero aquí no creo que tengan que demostrarlo. Bastará con que el Sapo le diga al padre Garabito que me vio con la cámara el día que desapareció y listo.

—Entonces tú lo negarás y él no va a poder demostrar que fuiste tú porque ya se la habremos dado al Joker si es que dejas de hacer preguntas estúpidas de una santa vez.

Resoplé.

—No sé yo... Hace poco vi en la televisión que se cumplían no sé cuántos años del atraco al Banco Central de Barcelona. Ese que retransmitieron por televisión, ¿sabes cuál te digo?

—Sí, claro. ¿Y qué tiene eso que ver?

—Que el tipo iba encapuchado y lo metieron en la cárcel treinta añitos...

—Joder, macho, pero no me compares una cosa con otra. Que al Rubio lo pillaron ahí mismo, intentando escapar entre los rehenes como una rata. No es lo mismo.

—Ya, sí, el caso es que a quien ha visto el Sapo es a mí y como se líe parda con esto seguro, seguro, pero fijo —y concreté elevando el tono—, que me va a acusar a mí.

—¿Te lo vuelvo a repetir? Que sí, que el Sapo puede decir lo que le dé la real gana, pero es imposible que lo demuestre. Mira —dijo agarrándome la cara con ambas manos—, tú vete metiéndote en la ducha en lo que yo voy a por mi mochila y vengo. Tardo cinco minutos, ¿vale?

—Venga, vale —claudiqué yo a la vez que me despojaba del polo blanco del colegio y lo arrojaba al suelo.

—¡Cinco! ¡Y alegra ese careto, joder, que lo has hecho de puta madre!

Con la palma extendida y en el aire, Álvaro esperaba que se la chocara, pero yo necesitaba ir un paso más allá y lo abracé con fuerza.

Un ruido nos obligó a mirar hacia la puerta y, sin darnos tiempo a separarnos, nos topamos con la perpleja mirada de Ricardo Arias, alias Ricky.

12. VERTICAL (DIEZ LETRAS): CONJUNTO QUE RESULTA DE CORTARSE DOS O MÁS SERIES DE RECTAS PARALELAS

Urueña, Valladolid
Viernes, 29 de noviembre de 2019, a las 20.41

La cencellada se ha obcecado en engullir la villa completa sin necesidad de masticar. Al salir de la librería apenas distingo qué demonios tengo delante y la ausencia de ruidos me sigue resultando muy perturbadora. Vuelvo a recurrir a la estéril y absurda técnica de esconder la cabeza entre los hombros y camino raudo tratando de no equivocarme de itinerario hasta mi coche, donde me espera Mateo, que, casi con total seguridad, estará consumido por la incertidumbre. Puede que no sea buen momento para chequear el móvil, pero llevo demasiado tiempo sin hacerlo. Compruebo que tengo una perdida de Sonia y siete mensajes de WhatsApp de Susana. Descarto devolver la llamada e invertir media hora en explicarle qué demonios hago en Urueña. Al echar un vistazo a los mensajes de Susana me encuentro con varias fotos de esas picantonas que tanto le gusta enviarme. Al principio las guardaba, pero debo de tener al menos treinta, de las cuales solo un par me ponen cachondo de verdad. Por suerte para mí, Susana tiene mucho más talento follando que arte para la fotografía, así que elimino los archivos dando por hecho que otro habrá sabido sacar más partido de ellos. Un par de minutos más tarde diviso el coche y mientras me acerco repaso mentalmente lo que le voy a decir.

En cuanto abro la puerta el olor del tabaco me abofetea la cara.

—Pero ¡¿qué cojones...?! ¿No te dejé bien claro que podías fumar pero con la ventanilla abierta? ¡¿Cómo coño puedes respirar ahí dentro?! ¿Cuántos cigarros te has fumado?

—Y yo qué sé. Los que necesitaba —dice sin dejar de tirarse de los pelos de la barba.

—Qué asco, joder. Parece un *after* de los de antes a las diez de la mañana. Me va a costar el copón bendito que se vaya este olor... Mi vecino me va a matar.

—Venga, ya será menos. Cuéntame.

Aunque Mateo trata de que no sea tan evidente, se nota a la legua que la tensión le está devorando las entrañas.

—Vamos fuera, ahí no puedo respirar y hay que airear el coche —le digo.

—¿Fuera? ¡¿Con el frío que hace?!

—Prefiero morir congelado que asfixiado.

—¡La madre que te parió! —protesta mientras se abriga.

—Venga, así me enseñas la mitad del pueblo que me falta.

—Álvaro, por favor, déjate de chorradas y dime qué coño ha pasado con el Sapo —me exige rodeando el capó para llegar hasta mí.

Puedo sentir su mirada clavada en mis ojos furtivos y, a pesar de que me apetecería hacerle sufrir un poco más, decido apiadarme de Mateo con dos palabras.

—Ha picado —resumo.

—¡¿De verdad?!

—Puedes estar seguro.

Aún invierte unos segundos en procesar la noticia, pero enseguida cierra el puño izquierdo y lo celebra en silencio como si hubiera ganado el punto que le da la victoria en Roland Garros. Luego me mira y se arroja a mis brazos.

No me queda otro remedio que recibirlo y corresponderle. El sonido de las palmadas que retumban en nuestras espaldas es lo único que rompe el silencio sepulcral que reina en Urueña.

—¡Lo sabía, joder, lo sabía! —repite eufórico.

—Pues por el careto de acojone que tenías hace un ratito nadie lo diría.

—Ya, bueno, los nervios...

—Claro, claro. Lo que sea, pero vamos a movernos.

Mateo prende otro cigarro.

—Por allí llegamos a la puerta del Azogue —me indica señalando en dirección a una amenazante masa gris que dormita paciente como si estuviera aguardando el momento propicio para engullirnos—. Oye, ¿funcionó lo del mesón?

—Funcionó —confirmo.

—Lo sabía —insiste—. Eres un fenómeno.

—Pues déjame que te diga que no me ha hecho falta desplegar mis habilidades para la persuasión, porque enseguida me ha propuesto él ir a cenar a su casa. Por cierto, al dueño del mesón, un tal Severino, me lo ha puesto a caer de un burro, como a todo Dios.

—Ya me dijo a mí Carmen que se lleva mal con la mitad del pueblo y que con la otra mitad no tiene trato.

—Literalmente me ha asegurado que le queda a él mucho mejor el pincho de lechazo que a ese ladrón, y que el vino que tiene es una auténtica porquería. Y que, ya que vamos a hablar de negocios, mejor que sea con un vino en condiciones.

—No seremos nosotros los que le llevemos la contraria, ¿verdad? ¿A qué hora?

—En una horita más o menos. Me ha dado las indicaciones, dice que no tiene pérdida.

—Tranqui, sé dónde vive. Pero... ¿cómo ha sido? No ahorres detalles.

—Pues eso: cuando le he contado que tengo un socio interesado ha empezado a babear y después de poner a escurrir al bueno de Severino me ha soltado que tiene una bodega en la que podemos estar muy cómodos sin que nadie nos escuche. Al parecer no quiere que se sepa que ha hablado con nosotros del traspaso de la librería porque, según me ha dicho, vete tú a saber si es cierto o no, tiene cerrado el negocio con una pariente del concejal de Cultura.

—Nos importa una mierda.

—Pues sí, pero te lo cuento todo para que estés al loro cuando lo tengamos delante. Yo me he tenido que salir mucho del guion. Me he presentado, he roto el hielo charlando acerca del mercado editorial y esas chorradas, y cuando he visto la ocasión le he soltado la bomba. Le he hablado de ti y...

—¿De mí? —me interrumpe frunciendo el ceño.

—Tranquilo, hombre, relájate. Ni siquiera le he dicho tu nombre. Solo que estás interesado porque estás harto de tu trabajo. Nada más.

—Vale, vale. Perdona, es que todavía estoy algo alterado —dice dándole dos caladas seguidas al cigarro.

—No pasa nada. Él podrá ser un superdepredador con los insectos de su charca, pero si lo sacamos fuera de su hábitat natural y lo sorprendemos, fijo que termina en tu buche.

La comparación parece hacerle gracia.

—Me acojona solo con pensarlo. En fin. Oye, no me has dicho qué ha significado para ti verlo de nuevo. ¿No tenías un nudo en el estómago por si te reconocía?

—¿Tú crees que después de tantos años queda en nosotros algún rastro de los niños que él recuerda? Cero. Yo no le reconocí. También ha cambiado mucho, aunque cuando se ha quitado las gafas y le he podido ver esos ojos suyos tan azules..., esa mirada fría y lasciva... En algún momento pensé que se me iba a insinuar el muy cabrón repugnante.

—Me sudan las manos solo de pensarlo.

Mateo carraspea y me agarra del brazo para que me detenga justo delante de la puerta de una pequeña iglesia.

—Te agradezco en el alma que estés haciendo esto por mí. De verdad. Creo que esta noche voy a ser capaz de enfrentarme a él, mirarlo a la cara y sacar de una vez todo lo que he guardado aquí dentro tanto tiempo.

—Seguro que sí. Encima en su propia casa. Va a ser como jugar la final de la Champions en casa de tu eterno rival y ganarle cero a cinco. Vamos a movernos, que se nos enfrían las pelotas. ¡Joder con Urueña! Ni un alma por las calles.

—A diario es así, pero los sábados y los domingos tiene mucha animación. Llegan bastantes autobuses, y como no hayas reservado con tiempo, no te sientas en ningún sitio.

—Yo no podría vivir en un lugar como este. Demasiada paz y, de repente, demasiada guerra.

—Yo creo que terminaría acostumbrándome.

—Oye, pues si te interesa le hacemos una oferta de verdad por el traspaso de la librería y por la casa —bromeo.

En ese instante, una figura que surge inesperadamente de la niebla nos asusta a los dos. De inmediato reconozco su errático caminar y su guerrera verde llena de parches. Va tan entretenido hablando consigo mismo que ni siquiera nos mira. Deambula sin rumbo como un alma en pena, pero a mí más que pena me genera rechazo. Asco, hablando en plata.

—Otra vez este asqueroso. Su puta madre —musito entre dientes.

—Es el Loco Eusebio. Tiene antecedentes psiquiátricos y muy mala leche, pero es inofensivo —apunta Mateo.

—Coño, ¿y tú eso cómo lo sabes?

—Carmen, la de Los Lagares, me habló de él hace unos días. Por aquí lo conoce todo el mundo. Era militar... ¡No, legionario! —corrige al momento—. El caso es que el fulano se pasa todo el día soplando por ahí hasta que no puede más y se va a dormir a una antigua nave de piensos abandonada que está a las afueras del pueblo. Nadie sabe qué le ata a Urueña, lleva deambulando por aquí toda la vida.

—Será porque aquí lo tratan bien y si un pájaro dispone de alpiste no tiene necesidad de echar a volar.

—Pues algo de eso hay porque cuando algún vecino se quiere deshacer de cualquier cosa, tipo un sofá o un colchón, lo van a buscar para que se lo lleve él.

—Joder, ¿y todo eso te ha contado la tal Carmen esa?

—Como te digo, llevo un tiempo por aquí...

—Bueno, entonces ¿qué? ¿Le hago una oferta en firme y te trasladas a vivir a Urueña? —retomo al tiempo que reanudamos la marcha.

—Paso. No creo que yo pudiera aguantar un par de días bajo el mismo techo en el que ha vivido el Sapo. ¡Qué ganas tengo de verlo sufrir! ¿Cómo crees que reaccionará?

—Negándolo todo, evidentemente.

—Ya, claro. Esa estrategia rara vez funciona. Lo sé por experiencia. Y en su caso, si se pone muy tonto, le saco las pruebas que consiguió el bufete de Darío y el dosier que me entregaron los de la agencia y te digo que se lo hace encima.

—O lo seguirá negando, vete tú a saber. Qué más da.

—Bueno, yo creo que no da lo mismo —se opone él—. Si lo reconoce todo, será más sencillo, ¿no crees?

—Puede ser, pero podría ponerse nervioso al sentirse acosado y echarnos de allí a las primeras de cambio.

—A mí no me va a echar, puedes estar seguro.

Eso me suena demasiado agresivo. Esta vez soy yo quien se detiene.

—Oye, colega, ¿no estarás pensando en hacer ninguna locura, verdad?

—¿A qué te refieres?

—A que si se pone burro tú te pongas cabestro y esto termine como el rosario de la aurora.

—No, no, tranquilo. Te aseguro que no voy a joderme la vida por ese despojo humano. Lo que pretendo es soltar lastre, no cargar con más mierda el resto de mi existencia. Ahora bien, eso no quiere decir que si nos larga de su casa no vaya a oír antes lo que tengo que decirle.

—Vale. Eso sí. Le sueltas lo que le tengas que soltar y nos piramos.

Silencio.

—He dicho que le sueltas lo que le tengas que soltar y nos piramos.

—¡Que sí, coño! Que ya te he dicho que no pienso hacerle nada aunque se lo merezca. ¿Cuándo me has visto a mí comportarme violentamente?

—Siempre hay una primera vez para todo.

—Yo nunca he comido jalapeños porque no soporto el picante y paso de sufrir.

—Vale, sí, lo que tú digas, pero quiero que me lo jures.

—Pero ¿estás tonto o qué te pasa?

—Júramelo.

Mateo me mira incrédulo.

—¿En serio?

—Muy en serio.

Entonces deja pasar unos segundos como si así fuera a conseguir que se me olvide el asunto. Le apremio elevando las cejas y manteniéndolas en esa posición hasta que termina cediendo, eso sí, tras un largo resoplido.

—Te lo juro.

No me resulta del todo convincente.

—¿Qué es lo más sagrado que tenéis los crucigramistas?

—¿A qué te refieres?

—Me has entendido perfectamente. Para los escritores lo más sagrado son nuestros personajes, ¿para vosotros los enigmistas?

—Supongo que la cuadrícula. Sí, la cuadrícula es sagrada.

—Pues júramelo por la cuadrícula.

—La madre que te parió.

—Venga.

—Te lo juro por la cuadrícula.

—Espera, que no te estaba mirando a los ojos.

—¿Eres bobo o qué te pasa?

—Júramelo por la cuadrícula.

—Se me están congelando las pelotas.

—Pues júramelo por la cuadrícula de una santa vez.

—Te lo juro por la puta cuadrícula.

Invierto unos segundos en considerar si puedo o no confiar en él. Lo último que necesito es verme involucrado en una agresión a un anciano por muy pederasta que haya sido en el pasado.

—Vale. Te creo. Ahora júramelo por el alma sagrada de... ¿cómo se llamaba el padre de todos los crucigramistas?

Mateo agita la cabeza como si quisiera despojarse de la incredulidad.

—¿Mambrino?

—Ese. Júramelo por Mambrino.

Tarda en reaccionar.

—Que te den, puto pelele.

—Paleto de los cojones. Tira, anda, tira —lo animo.

—Escucha: si nos metemos por esa calle salimos de la muralla y un poco más allá, como a medio kilómetro fuera del pueblo, está la casa del Sapo. ¿Quieres verla?

—Preferiría tomarme unas cañas —le respondo con sinceridad—, pero ya que estamos...

En cuanto nos apartamos del robusto y eficaz abrigo que ofrece la muralla, el viento, que ahora corretea libre de obstáculos, se cuela a curiosear entre las oquedades de nuestra ropa. Evitamos abrir la boca para no ofrecerle una cavidad más por la que infiltrarse. La iluminación, antes escasa, brilla por su ausencia, y solo algunas farolas del alumbrado público salpican el paisaje con destellos pajizos que resisten heroicamente a la oscuridad.

—Si escribiera novela de terror, te prometo que me inspiraría en este precioso y condenado pueblo —comento.

—Podría decirse que esta es casi la última calle de la parte trasera de Urueña —me informa Mateo—. La propiedad no debe de valer mucho por estar fuera del casco histórico; si es que puede hablarse de casco histórico, claro. Ahora bien, metros tiene para dar y tomar. Más allá solo hay naves industriales, la mayor parte abandonadas, un par de almacenes y campo. Hectáreas y hectáreas de campo. Cereales con cojones. Mira, la casa es esa que hace esquina. —Señala con una mano que vuelve a meter rápidamente en el bolsillo del anorak.

—Por lo menos tiene un farolillo que alumbra la fachada. ¡Este frío es insoportable! ¡Se te mete en los huesos!

—Pues venga, acelera —me apremia.

—Pero si voy a ritmo de récord olímpico en marcha atlética.

Mateo se ríe.

—Paseo de Oriente —leo sobre la fachada—. Lo de «paseo» lo veo un tanto pretencioso.

—Pues sí. Aquí empieza la finca —dice y señala con un ademán de la cabeza—. Y llega hasta esa puerta metálica verde de allí, que es la entrada de la nave de al lado que tiene pinta de estar a punto de venirse abajo. Y enfrente lo único que tiene son tierras. Las habitaciones que den a esa fachada deben de estar congeladas.

—No pienso quedarme para averiguarlo. Él me habló de una bodega, supongo que la tendrá bien acondicionada.

—Eso espero.

—Razón tenía el Sapo cuando me dijo que íbamos a estar muy tranquilos.

—Es una gran ventaja para nosotros porque cuando quiera pedir auxilio no le va a oír ni Dios —bromea Mateo—. Así podré arrancarle todas las uñas, una a una, sin prisas.

—Estás con el humor subido, ¿eh?

—Son los nervios, no me hagas ni puto caso.

—Ya, más te vale.

Las ganas de dejar de pasar frío me hacen consultar el reloj.

—Quedan unos cuarenta minutos. ¿Estará abierto el garito ese?

—¿Los Lagares?

—Ese.

—Supongo que sí.

—Pues si te parece nos calentamos por dentro y por fuera y así regresamos con las energías renovadas para rematar la faena.

—Genial. Por allí llegamos antes —indica con la mirada.

El sonido de nuestros pasos vuelve a ser lo único que rompe el silencio atronador que domina dictatorialmente el lugar.

—Oye —retoma Mateo—, antes no te dije nada, pero cuando te he abrazado, ¿sabes qué me ha venido a la cabeza?

—Sorpréndeme.

—¿Recuerdas el día que robé la dichosa cámara?

—Claro. Pasaron muchas cosas ese domingo.

—Desde luego. Si la boda de Felipe cambió tu vida, la mía cambió ese domingo.

—La maldita boda.

—Pues mi maldita boda fue ese domingo maldito —asegura elevando la mirada al cielo e inspirando por la nariz.

—Si no te llegas a cruzar con don Teófilo en las escaleras, todo habría sido distinto.

—Sí. Ojalá me hubieran encontrado la cámara y expulsado. Estoy seguro de que mi padre me hubiera molido a palos, pero habría esquivado a ese cabronazo y mi vida sería muy diferente —y añade—: Estuviste muy cuco entregándosela a Darío, así matábamos dos pájaros de un tiro.

—Eso creíamos, pero mira... Al final las cosas no salieron como habíamos planeado —rememoré.

—Si pudiera volver atrás en el tiempo...

—La paradoja de Hitler —comento.

—¿Cómo?

—Es una chorrada, pero lo que viene a decir es que si pudieras viajar al pasado y lograras matar a Hitler, evitando así la Segunda Guerra Mundial, el Holocausto y bla, bla, bla, en tu presente no habría existido y por consiguiente no hubieras tenido la necesidad de viajar en el tiempo para asesinarlo. Pues en tu caso sería lo mismo.

Mateo me mira incrédulo mientras mastica mis palabras.

—Venga, no me jodas.

—Toda paradoja conlleva una contradicción que no puede explicarse desde la razón.

—Me la suda. Si pudiera volver atrás en el tiempo te aseguro que no robaría la cámara de fotos de Felipe. Y ese domingo maldito, que era lo que te quería decir antes de que soltaras la gilipollez esa de la paradoja, al margen de toparme con ese cabrón en mi huida, se produjo otra desgracia. Mira que es difícil tener tanta mala suerte en un solo día, joder.

—Mi editora dice que el último escalón de la mala suerte es el primero de la buena, pero lo que no dice es cómo coño distinguir cuándo se acaba una y empieza la otra.

Mateo, nervioso, saca otro cigarro y se lo coloca en la comisura de los labios. Luego, sin esconder la ansiedad que le embarga, se palpa los pantalones por fuera en busca del mechero como si este fuera a estallar en cualquier momento.

—También dicen que la buena suerte no hay que buscarla, que es ella la que te encuentra. Y mira, si es así, la muy cabrona no quiere saber nada de mí.

—Solo buscan la buena suerte quienes jamás la han tenido y si la encuentran, como no la reconocen, no saben saborearla.

—Sea como sea, ese día para mí fue aciago.

—Porque la mala suerte rara vez viaja sola. Ahora bien, y no te cabrees, pero no caigo en cuál puede ser esa otra desgracia a la que te refieres —le confieso con sinceridad.

Por fin encuentra el mechero. Aun así tarda unos segundos en volver a la realidad antes de prender el cigarro.

—Ricky nos pilló dándonos un abrazo.

—¡Ah, sí, joder! ¡Ni me menciones a ese comemierda!

—Nunca mejor dicho, porque se alimentaba de la mierda ajena. No le hacía falta ser testigo de los hechos para crear un bulo, así que cuando nos vio a nosotros y encima a mí sin camiseta... ¡Para qué más! ¡Bombazo! El lunes ya noté yo miradas extrañas, murmullos y risitas.

—Era un mentiroso de mucho cuidado.

—Fue diciendo que nos había pillado morreándonos y que tú estabas desnudo por completo, ¿recuerdas?

—Pues claro. Y más cosas. A mí me llegaron a preguntar que si era verdad que nos había pillado mientras me hacías una mamada.

—Sí, eso también se decía por ahí —corrobora Mateo con cierto aire melancólico.

—Pero bueno, bajo mi punto de vista, en el escalado de la mala suerte, no es comparable con el hecho de que el Sapo te pillara con las manos en la masa.

—¿Y si don Teófilo me eligió como víctima perfecta por creer que, como se decía por ahí, yo era maricón perdido? Es que durante muchos años me he hecho la misma pregunta y no he encontrado respuesta: ¡¿por qué me tocó a mí?!

—Yo creo que darle vueltas a eso es torturarse sin sentido porque no lo averiguarás nunca.

—Pues ahora que mencionas eso de torturar... Lo mismo cuando le haya arrancado tres o cuatro uñas le da por sincerarse y nos lo cuenta todo. Vete tú a saber. Tengo un listado precioso de personas a las que ajustar las cuentas y con alguno me tenía que estrenar.

Esta vez le tiro un manotazo que Mateo esquiva con suma agilidad.

—¡Me estás empezando a hinchar las pelotas ya con la bromita!

—¿Lo de la gotita en la cabeza tú crees que funcionaría?

Eso me hace reír de verdad.

—Es mucho más eficaz lo del trapo húmedo y el caldero de agua —aporto.

—No sé en qué consiste esa movida.

—Joder, macho, qué poco cine has visto. Se maniata al sujeto, se le mete un trapo en la boca y se le echa agua para provocar un efecto similar al ahogamiento. Debe de ser bastante jodido.

—Me gusta. Me lo anoto, pero quizá esa me la guarde para cuando te convenza de hacer una visita a Darío y darle su merecido.

—¡Genial! Aunque yo te voy a dar una idea mejor: la pera de la angustia. Lo leí en una novela hace poco. Lo usaba la Santa Inquisición para obtener confesiones. Era un artilugio conformado por cuatro especie de pétalos que se iban abriendo poco a poco. Tenía forma de pera, de ahí su nombre, y se introducía en el orificio correspondiente según el «delito» —recalqué dibujando unas comillas en el aire— que hubiera cometido la víctima: en la boca si era blasfemia, en la vagina si se trataba de infidelidad y ¿a que no adivinas por dónde si era sodomía?

—¡Buff! Putos animales.

—Sí, sí, pero ya te gustaría a ti usarla con el jodido Joker, ¿eh?

—No sabría por dónde metérsela, la verdad. Lo mismo necesitaba un par de ellas.

—Lo mismo. Oye, solo por curiosidad, ¿es muy largo tu listado?

—Infinito.

—Puto imbécil...

En cuanto doblamos la esquina Mateo se para en seco.

—Pero ¡no me jodas!

—¿Qué pasa?

—Que está cerrado —señala él—. Tiene las luces apagadas.

—¡Menuda mierda!

—Carmen llevaba resfriada un par de días. Lo mismo ha empeorado y no ha podido abrir.

—¿Y no hay otro?

—El mesón, pero está en la otra punta del pueblo. ¿Segoviano en el coche?

Claudico.

—Segoviano.

13. VERTICAL (OCHO LETRAS): FUNCIÓN ESENCIAL DEL OJO

Comandancia de la Guardia Civil, Valladolid
Lunes, 2 de diciembre de 2019, a las 12.40

Un ser humano parpadea, en condiciones normales, entre quince y veinte veces por minuto. Es decir, cada tres o cuatro segundos.

En condiciones normales.

No es el caso del teniente Balenziaga, jefe del Grupo de Homicidios de la Unidad Orgánica de la Policía Judicial adscrita a la Comandancia de la Guardia Civil de Valladolid. La labor que está realizando le obliga a disminuir drásticamente esa frecuencia.

Cuando suena el timbre del teléfono de sobremesa, el de la Benemérita lleva cuarenta y cuatro minutos y catorce segundos sin quitar la vista del monitor de diecisiete pulgadas que tiene delante. Durante ese lapso lo único que ha movido son los párpados y el dedo índice de su mano derecha.

Ambos movimientos no están sincronizados, pero sí se repiten más o menos con la misma frecuencia: cada doce segundos.

Aún no han transcurrido ni veinticuatro horas desde que estuvo allí y lo que han captado sus retinas le ha impactado tanto que muchas de esas imágenes ya las tiene archivadas a perpetuidad en su memoria. Por esta razón, Bittor Balenziaga no necesitaría ver de nuevo los ochenta y dos archivos JPG que contiene la carpeta que los de criminalística han bautizado con el nombre de «Urueña», la localidad donde han tenido lugar los hechos. Sin embargo, la realidad le dice que cuando termine de recorrer el escenario del crimen será la tercera vez que lo haga esa mañana. A ese ritmo de doce segundos por imagen, el investigador invierte dieciséis minutos y veinticuatro segundos en completar el visionado de la carpeta, lo que implica que en ese momento acumula casi cincuenta minutos sin haber quitado la vista de la pantalla. No es ni mucho ni poco. Es lo que es.

Un parpadeo.

Un clic.

Doce segundos.

Un parpadeo.

Un clic.

Está convencido de que es lo que necesita hacer para avanzar en el caso que le ha caído porque, siendo honesto, tendría que reconocer que no tiene ni la más remota idea de qué es lo que ha podido ocurrir en esa vivienda localizada en el término municipal de Urueña. Esa casa de la que salió el domingo con el estómago totalmente revuelto y que ahora está recorriendo de modo virtual con solo apretar el botón izquierdo del ratón cada doce segundos.

Un parpadeo.

Un clic.

El teniente adapta sus ciento ochenta y cuatro centímetros y noventa y tres kilos de humanidad a la silla y toma aire como si de este modo se preparara para subir la escalera que comunica la planta baja con la superior. Las mayores acumulaciones de sangre están localizadas en el lado derecho de los peldaños, mientras que en el izquierdo apenas se aprecian algunas proyecciones y salpicaduras que sin duda vienen del lado opuesto. Eso podría ser indicativo del lugar donde se localizaba la herida o heridas por las que sangraba, pero de todo ello espera obtener respuesta cuando tenga en sus manos el informe completo de criminalística.

Un parpadeo.

Un clic.

Arriba, más rastros de sangre, mucho desorden y nada más. Abajo está lo interesante, si es que pueden calificarse así las decenas de fotos de la víctima. Sin embargo, sigue revisando con suma atención todas y cada una de las imágenes por si esta vez logra capturar eso que se le está escapando. Porque algo tiene que haber, de eso está convencido. Bittor es un hombre de procedimiento y mal no le ha ido hasta la fecha, por lo que no piensa romper con su método: pico y pala.

Un parpadeo.

Un clic.

Doce segundos.

14. HORIZONTAL (NUEVE LETRAS): RESOLUCIÓN DE UNA INSTANCIA JUDICIAL

Colegio San Nicolás de Bari
Noviembre de 1993

L o estaba buscando desesperadamente, pero no había manera de dar con Álvaro. Necesitaba contárselo.

Localizar su rubia melena entre las decenas de chavales que se hacinaban en el campo de fútbol durante el recreo no era una tarea sencilla. Mucho menos cuando me escocían los ojos por lo poco que había dormido esa noche. Sentía un millón de finas agujas clavadas por dentro. Arena en cada parpadeo. Solo el hecho de que me mantuviera en pie podría considerarse un milagro. Era evidente que la falta de descanso y la tensión acumulada a lo largo del día anterior me estaban pasando factura.

Tras regresar a la habitación con la mochila y hacerse cargo del botín, Álvaro localizó a Darío y le entregó la cámara, no sin antes asegurarse de que el Joker cumpliría con su parte. Y así fue. Lo que ninguno de los dos esperábamos era la clase de revuelo que armó Felipe cuando la echó en falta, sacando el máximo partido del peso que sus padres tenían en la institución.

Si se hubiera tratado de un huracán, los expertos no habrían sido capaces de encajarlo en ninguna categoría.

Tanto fue así que a las ocho de la tarde el padre Garabito convocó en el gimnasio a todos los internos y apeló a su honestidad cristiana para que el culpable devolviera la cámara antes de que acabara la jornada. Afortunadamente, Darío no se sentía demasiado influenciado por el cristianismo, por lo que se mantuvo firme en su propósito de quedarse con ella, y pocos mejor que él sabían cómo esconder lo que no quería que otros encontraran. Estaba claro que se había encaprichado de la dichosa cámara de fotos. El alivio que implicaba que no dieran con ella apenas si pude saborearlo, dado que, cuando me estaba preparando para meterme en la cama y me iba a cepillar los dientes, pude ver en el espejo la cara de Ricky. En ese instante supe que algo había cambiado. Era la suya una expresión cimentada en el recelo, pero, al mismo tiempo, edificada en todas sus alturas por el odio, en la aversión máxima que sentía hacia mí tras haberme pillado abrazándome con Álvaro. Idéntica hostilidad a la que volví a percibir en las miradas de algunos compañeros con los que me crucé a la mañana siguiente, tanto durante el desayuno como al transitar por los pasillos del colegio.

Era muy inquietante y, sin embargo, nada de eso me preocupaba.

Lo que realmente ocupaba mi cabeza era que a tercera hora de la mañana me tocaba clase de Lengua española y literatura con don Teófilo, y que solo pensar en la posibilidad de que me delatara delante de todos me provocaba ganas de ir al baño. No fui capaz de levantar la cabeza del cuaderno ni una sola vez a lo largo de los quince primeros minutos de clase, y después me dediqué a contar hacia atrás los que quedaban para que sonara el timbre. Agónico. Subí a los cielos cuando por fin llegó ese instante, pero descendí a los infiernos al escuchar la voz de don Teófilo.

—¡Señor Cabrera, un momento, por favor! —me llamó abortando en el acto mi torpe intento de fuga.

El inmediato entumecimiento de mi sistema motor me impedía girar la cabeza.

—Le estoy hablando, señor Cabrera —insistió.

Cuando por fin reaccioné —no me quedaba otro remedio—, me temblaban las piernas y me tiritaba el alma.

—Anote: este jueves a las 17 horas en mi despacho.

—¿Para qué, si puede saberse? —me atreví a preguntar contra todo pronóstico.

—Tutoría. Sin más. Puede usted marcharse.

¿Y eso qué significaba? ¿Era bueno o malo? ¿Por qué no me había interrogado sobre la cámara? ¿Podría tratarse de una casualidad?

Esas fueron las primeras preguntas de las docenas que se formulaba mi aturdido cerebro. Necesitaba respuestas y solo Álvaro podía ayudarme.

Eso si es que lograba encontrarlo, claro.

—¿Qué coño haces ahí parado como un idiota, bujarrón? —me gritó un chaval cuya cara ni siquiera me sonaba.

«Esperando a la zorra de tu madre», le contesté yo mentalmente.

—¡¿No te das cuenta de que nos estás fastidiando el partido?!

Lo cierto era que no. No me había percatado de que me encontraba en medio de la cancha, parado, idiotizado, como bien había observado el chaval. Justo en ese instante me vino a la cabeza que los lunes Álvaro solía aprovechar el recreo para ir a la biblioteca y cambiar el libro que acostumbraba a devorar cada semana. Quedaban once minutos para regresar a clase, por lo que debía darme prisa. Tardé cuatro en llegar y medio más en localizarlo frente a la estantería de novela policiaca.

—¡Álvaro! —le susurré.

—¡Hombre, ¿cómo tú por aquí?! Mira, todos estos ya los he leído, y ahora estoy dudando si pillar este de Chandler o este otro de Hammett: *El halcón maltés*. Es una de esas novelas que se consideran imprescindibles, pero hicieron una peli que protagoniza Humphrey Bogart y, como es un tío que le encanta a mi madre, me ha tocado verla al menos un par de veces o tres. Me la sé desde el principio hasta el final. Siempre tengo la opción de pillar uno de Agatha Christie, pero últimamente me pasa que me anticipo a lo que va a suceder. No sé, tío, no sé. Soy un indeciso de mierda. Lo mismo me llevo una de Le Carré, lo que pasa es que son todas de espías y voy a terminar un poco hasta las pelotas de tanto KGB, tanta CIA y tanta leche bendita.

Yo quería interrumpirlo, sabía que debía hacerlo, pero algún engranaje de mi cerebro no funcionaba y eso provocaba que mis sistemas de comunicación estuvieran bloqueados.

—Además, me molesta que a los rusos los pinten de malos malísimos y a los norteamericanos e ingleses de buenos buenísimos. No sé, no sé. Coño, ¿y esta de Stephen King? *El fugitivo* —lee—. No la conozco. La última que leí de él fue *Cujo* e iba de un san bernardo gigantesco al que le muerde un murciélago y pilla la rabia. No veas la que prepara, chaval. Oye, estás sudando como un pollo, ¿qué te pasa? ¿Tú también tienes la rabia o qué?

El chiste, si es que se trataba de un chiste, no causó el efecto que él esperaba.

—Don Teófilo me ha citado el jueves en su despacho —le informé al fin.

Álvaro ladeó la cabeza.

—¿Sí? ¿Y para qué?

—Y yo qué sé, pero supongo que para nada bueno.

—¿No te ha dicho nada?

—Tutoría, eso me ha dicho.

—Pues ya está.

—Joder, pues creo que es para estar muerto de miedo.

—Bueno, tampoco es para tanto, hombre.

—¿No te parece mucha casualidad?

—No, para nada. Si sospechara de ti ya te habría llevado de la oreja delante del padre Garabito.

—Pero ¡¿cómo no va a sospechar, tío?! Me ve con la cámara justo el día que se monta el cirio. ¿Tú crees que es tonto del culo o qué?

—Hombre, muy listo no parece. Y te vuelvo a repetir lo mismo: no tiene ninguna prueba.

—No, ninguna: me vio bajando del piso donde está la habitación de Felipe al mío aprovechando que todos estabais en misa...

—Las pruebas circunstanciales no sirven. Sin una confesión no pueden demostrar nada, así que depende de ti. Mantente firme si te pregunta.

—Ese es el problema: que como me pregunte me voy a cagar por la pata abajo. Te juro que estoy pensando en ir donde el padre Garabito ahora mismo y confesarle que fui yo sin decir nada de ti.

Álvaro abrió mucho los ojos, me agarró por la pechera y me arrastró hacia una esquina.

—Pero ¡¿tú estás loco?! —exclamó en voz baja—. Escúchame bien: para empezar, la cámara ya no está en tu poder por lo que tu padre tendría que pagarla, y cuesta un ojo de la cara. De tu cara —precisó—. Si involucras a Darío, te va a dar una paliza que te va a reventar el otro ojo y vas a desear estar muerto, luego dirá que fui yo el que se la di y, después de eso, nos expulsarán a los dos. Que no tío, que no. Ni se te ocurra cometer esa locura.

Yo, sobrepasado por la situación, solo quería llorar.

—¡¿No te das cuenta de que si me lleva delante del padre Garabito ni siquiera le voy a poder demostrar que llevaba otra cámara?!

Álvaro dio una palmada como si acabara de atrapar alguna idea brillante que revoloteaba a su alrededor.

—¡Claro! ¡Ya está! ¿Cuándo dices que tienes la tutoría con el Sapo?

—El jueves.

—El jueves, el jueves... —repitió al tiempo que consultaba en su memoria—. Perfecto. Por la mañana a segunda hora yo tengo laboratorio. Trinco la que tienen allí y te la doy. Y si te pregunta, dices que la habías tomado prestada para probarla y punto. Que quieres ser fotógrafo desde pequeño y que aprovechaste el domingo para entrar en el laboratorio y... ¡Joder, no hace falta ni que la coja! Dirás que la dejaste en su lugar y punto.

—Pero... ¿qué cámara es esa? —quise saber yo, desconcertado y a la vez esperanzado.

—Hay varias. Están en un armario y hay alguna que podría decirse que es parecida. ¡¿Cómo va a probar el Sapo que llevabas la de Felipe y no la otra, eh?! ¡De ninguna forma! Como mucho, te van a castigar por entrar en el laboratorio sin permiso y llevarte una cámara que algo más tarde devolviste. Una semana en la sala de estudios con el padre Remigio y fin de la historia.

—¿Seguro?

—¡Segurísimo!

—¿Y no será mucha casualidad que justo el mismo día que le roban la suya a Felipe yo tomara prestada la del laboratorio?

—Me cago en la puta, macho, deja de poner trabas a todo. ¡Confía en mí! Si haces lo que te digo, todo saldrá bien, ¿vale? Solo tienes que ser convincente y listo.

—Convincente, claro. Qué fácil resulta decirlo.

—Te recuerdo que el que estaba con el agua al cuello con el Joker eras tú. Yo solo he tratado de ayudarte y también estoy pringado, así que no me toques más las pelotas. —Su argumento era irrebatible—. Venga, cambia la cara, que pareces una momia. Que nadie te note el acojone que tienes, ¿vale? Deberías estar contento por haberte librado del Joker.

No volverá a pellizcarte. ¿Qué digo? ¡Si ni siquiera se acercará a ti! Para él ya es que ni existes, ¿entiendes?

—Vale.

—Y ahora lárgate, que vas a llegar tarde a clase y yo todavía tengo que decidirme. Y no te metas en más líos porque no siempre voy a estar yo ahí para sacarte, paleto de los cojones.

Y con un par de palmaditas en la espalda, mi amigo dejó el asunto visto para sentencia.

Mi sentencia.

15. VERTICAL (NUEVE LETRAS): ÚSESE PARA EXPRESAR ASENTIMIENTO O CONFORMIDAD

Urueña, Valladolid
Viernes, 29 de noviembre de 2019, a las 21.54

Tres por barba. Esos han sido los chupitos de Dyc a palo seco que nos hemos metido en el cuerpo bebiéndolos directamente desde el tapón de la botella. Debe de ser cosa de hechicería porque me han sabido mejor que un Macallan Ruby servido en vaso de whisky de cristal de Bohemia. Mateo no le ha quitado ojo al reloj digital del coche y se ha fumado dos cigarros, eso sí, con la ventanilla bajada. Aunque trata de esconderlo, su alterado estado de nervios es más que evidente. Yo no he querido coartar su necesidad física de aspirar nicotina y he evitado hacer ningún comentario que pudiera alimentar su nerviosismo. Sin embargo, conforme se acerca la hora noto que estoy empezando a contagiarme de la tensión que se respira en el habitáculo y el silencio que va creciendo entre nosotros me incomoda cada vez más.

—Bonaparte tiene que estar preguntándose dónde coño me he metido —suelto yo.

Mateo me mira con extrañeza.

—¿Todavía no te he hablado de Bonaparte?

—No.

—Es mi gato egipcio.

—Esos son los que no tienen pelo, ¿verdad?

—En realidad sí tienen, pero es casi imperceptible. Es una raza de laboratorio a la que introdujeron una mutación genética para que mantuviera ese aspecto suyo tan particular, como de jeroglífico. Le puse ese nombre porque cuando me lo regalaron me dijeron que era un cachorro recién nacido, pero el muy cabrón ya tenía dientes.

—¿Y?

—Joder, como Napoleón, que nació con todos los dientes y que, dicho sea de paso, estaba obsesionado con todo lo egipcio. De hecho, se dice que pasó una noche en la cámara del rey y que eso le cambió el carácter para los restos.

—Napoleón nació con dientes —repite Mateo con poco entusiasmo—. Me lo anoto para un crucigrama.

—El caso es que cuando me lo enseñaron se parecía más a una cría de rata mojada que a un futuro felino, y yo creo que por eso me encariñé del bicho.

—No te veo yo cuidando de un gato, la verdad.

—Pues, al contrario de lo que podría parecer, esta raza tiene un carácter muy afectuoso y les encanta estar con sus dueños. Está siempre en la misma habitación que yo reclamando cariño y cuando estoy escribiendo me hace mucha compañía. Ahora mismo diría que es el ser vivo al que más quiero sobre la faz de la tierra.

—A tu gato.

—A mi gato Bonaparte, sí.

—Pues eso no dice mucho de ti.

—¿Por? No tengo hijos ni una relación estable, ¿por qué no puedo querer a mi gato sobre todas las cosas?

—Y yo qué sé. Imagino que no hay ninguna razón. Realmente me la sopla bastante. Ya son las diez.

Me quedo con ganas de contestarle como es debido, pero decido darle unas palmadas en el muslo y sonreír.

—Vamos a esperar unos minutos para no darle la sensación de que estamos ansiosos. La puntualidad está sobrevalorada —comento yo—. El otro día leí algo acerca de la puntualidad británica que me llamó la atención. Al parecer, ser puntual se puso de moda durante la época victoriana y tenía que ver con el hecho de que no serlo solo podía justificarse por carecer de reloj de bolsillo, *ergo,* por pertenecer a un estrato social no pudiente.

—O sea, que llegar tarde era de pobres —resume él.

—Exacto.

—Pues algo debe de tener de cierto porque yo nunca he llevado reloj. Me molesta. Además, hoy por hoy no creo que sean necesarios para saber la hora. Estamos rodeados de relojes y ese en concreto —enfatiza señalando al del salpicadero— dice que tenemos que ir a hablar con un hijo de la gran puta.

—¿Estás bien?

—Estoy como un flan, pero si seguimos aquí metidos va a ser peor, así que pongámonos en marcha.

—Vale. Si te parece, déjame llevar a mí el peso de la conversación, y cuando te sientas cómodo para atacar, ordenas cargar a la caballería pesada y punto.

Mateo asiente con gesto adusto y, antes de salir del coche, coge la mochila que contiene la carpeta con los documentos. Durante el trayecto, ambos caminamos ligero, protegiéndonos del frío como podemos y sin cruzar una sola palabra, como si el hecho de hablar nos fuera a debilitar. Frente a la puerta intercambiamos miradas de complicidad, aunque en la suya me parece detectar algún componente más que, francamente, me resulta imposible de descifrar.

—Y qué, ¿vas a apretar el timbre o lo llamo a voces? —bromeo para tratar de quitarle hierro al asunto.

—Llama tú, por favor.

Durante el tiempo que mantengo pulsado el timbre Mateo inhala aire y lo retiene en los pulmones. Un crujido metálico precede al pitido ronco que nos invita a empujar una puerta.

—Bienvenido. Al final del pasillo está el salón —nos informa el propietario de la casa a través del telefonillo—. Antes de llegar, a la derecha, encontrará unas escaleras que bajan a la bodega, justo enfrente de una puerta que, a la izquierda, lleva a la cocina. Yo ando liado aquí abajo. Por cierto, hágame el favor de bajar cuatro o cinco leños, están apilados junto a la chimenea del salón. Así me ahorro el paseo.

—De acuerdo —le contesto.

Mateo me toca en el hombro varias veces y con más fuerza de la razonable.

—Oye, seguro que sabe que vienes acompañado, ¿verdad?

—Segurísimo. Se le habrá pasado. Cierra y tranquilízate, por favor.

La luz del final del pasillo nos hace avanzar sin cuestionarnos nada, como dos polillas atraídas por una bombilla. Se nota que el sistema de calefacción no es capaz de contener el frío que se cuela por las ventanas, deficientemente aisladas con carpintería de aluminio; sin embargo, la diferencia de temperatura con el exterior es tan notable que por un momento me alegro en el alma de estar allí. La decoración es la que se puede esperar en una casa de esas características habitada por un hombre de la edad de don Teófilo: un bodegón aquí, una marina allá, objetos inservibles por doquier, gotelé en las paredes, alfombras tipo persa y visillos tras las cortinas.

—Los troncos —señalo.

—Hay encina y roble —aporta Mateo—. ¿Tres y tres?

—Muy ecuánime.

Cargados con la madera bajamos los escalones con la prudencia de quien no sabe bien dónde pisa. El olor a bodega y a humedad se hace más intenso en el último tramo.

—Ya estamos —musita Mateo tratando de animarse.

El haz de luz de una bombilla desnuda que se descuelga del techo baña las relajadas facciones del anfitrión, quien, vestido con ropa de andar por casa, levanta un vaso de vino junto a la boca del horno. Con la otra, enguantada, maneja una pala larga de madera.

—¡Sean bienvenidos a mi humilde morada! —teatraliza—. Pueden dejar la madera por ahí —nos indica con la mirada—, me parece que al final no la voy a tener que utilizar, pero siempre es bueno tenerla a mano por si acaso.

—Gracias. Este es mi socio, Mateo.

—Encantado. Yo soy Teo. Me va a disculpar —le dice mostrándole la palma de la mano—, pero he tenido que limpiarlo a fondo por dentro. Hacía tiempo que no lo utilizaba y he pensado que quizá fuera una buena ocasión para asar un bicho. Sírvanse un poco de ese vino. Es cosechero, pero está bueno. Para la cena he abierto uno en condiciones y ya está respirando en ese decantador —identifica sobre la encimera—. Bueno, eso dando por hecho que les guste el vino...

—Nos gusta —asevero acercándome a la mesa. Mateo, tal y como hemos acordado, adopta un papel secundario, aunque, a decir verdad, no parece que hubiera sido necesario pactarlo habida cuenta de la crispación que se ha adueñado de su semblante.

—He metido el lechazo hace unos tres cuartos de hora, así que vamos a tener que esperar un poco para hincarle el diente. Si les parece bien, corto un poco de queso y algo de lomo para ir domesticando el estómago.

—Ese queso tiene una pinta estupenda —digo a bote pronto a la vez que sirvo dos vasos de vino.

—Es de Peñafiel. Así que Mateo, ¿eh? —comenta—. Cada vez que oigo ese nombre me acuerdo de Mateo Morral. ¿Sabe quién le digo? —le pregunta mientras se lava las manos en un fregadero que está suplicando que lo sustituyan por uno más moderno.

—Sí —contesta abrumado—: el anarquista que atentó contra Alfonso XIII.

No ha titubeado. Buena señal.

—Exacto. El día de su boda, para más señas. Hace unos años leí que no se suicidó como siempre se había dicho. Al parecer, el orificio de bala que presentaba en el pecho no se lo pudo hacer él mismo. Nunca sabremos cómo murió el hombre, pero seguro que no fue del modo que venía escrito en los libros de historia. Usted, que está acostumbrado a inventar finales de novela, ¿qué cree que pudo pasar?

Antes de contestar pruebo el vino y lo paladeo como si fuera el combustible que hiciera funcionar mi imaginación.

—Alguien lo mató porque sabía demasiado —resumo.

—Un clásico.

—Seguro que había más gente metida en el ajo y por eso lo quitaron de en medio —continúo—. Fue el de la bomba camuflada en un ramo de flores, ¿verdad?

—Ese mismo. Murieron veintitantas personas y hubo más de cien heridos, pero los monarcas, tirando de la fortuna que acompaña a los de sangre azul, salieron ilesos. Los cables del tendido eléctrico desviaron la trayectoria del artefacto y cayó entre la multitud. Una masacre. Luego el tipo salió huyendo y se lo encontraron muerto en una finca a las afueras de Madrid que, atención, atención, era propiedad del conde de Romanones, ministro de la Gobernación y que, casualidades de la vida, se había ausentado del desfile por encontrarse indispuesto.

—Pues ya tiene ahí su sospechoso.

—Sin duda, pero, fíjese qué cosas pasan, esa familia era por aquel entonces la más poderosa de España. Así que salió de rositas.

—Suele ocurrir. Me faltaría la trama amorosa para cerrar la novela.

—*Best seller* asegurado. Por cierto, antes no me atreví a preguntarle algo en la tienda y no querría quedarme con las ganas.

—Dispare.

—De poder elegir, ¿qué preferiría usted: ser aclamado por la crítica y vender lo justo para vivir, o que la crítica lo machacara y llenarse los bolsillos?

—¿Una intermedia no se puede?

Don Teófilo sonríe con malicia.

—No.

—Entonces me quedo con la segunda opción, pero déjeme que le argumente por qué. Si tengo, como usted dice, los bolsillos llenos, puedo concederme el tiempo que sea necesario para formarme como escritor y planificar mi carrera con calma. Sin embargo, si tengo la necesidad de publicar para poder vivir de ello, va a ser muy complicado que pueda dedicarme a pensar en la manera de mejorar mi calidad de escritura.

—Es un buen argumento. Pero si la crítica es muy mala, ¿no teme que fuera muy complicado remontar? Es decir, ¿no cree que en el mundo de la literatura haya lápidas imposibles de levantar?

—No sé si imposibles, pero muy complicadas sí. De todos modos, permítame que le diga que la crítica, entendida como el conjunto de las opiniones que provienen de personas que, se supone —remarco—, saben de lo que hablan, muchas veces es negativa solo por el hecho de que una novela llegue de forma masiva al público generalista. Es como si eso en sí mismo ya constituyese una prueba irrefutable de escasez literaria. Y no tiene por qué ser así. De hecho, al revés no sucede casi nunca.

—Ahora no le entiendo.

—Que una novela venda cuatro ejemplares de mierda y aun así la crítica se fije en ella y la ponga por las nubes.

—Muy cierto. Por tanto, usted, que está considerado un superventas, ¿está pensando en concederse un tiempo para mejorar su calidad literaria?

—Si le digo la verdad, no lo he pensado. Al margen, yo soy de los que están convencidos de que, como en el resto de oficios, el camino a la perfección es el de la repetición; por lo cual, cuanto más mueva mis dedos sobre el teclado, menos kilómetros me quedarán para llegar a la meta.

Don Teófilo esboza una sonrisa, inclina ligeramente la cabeza y asiente.

—Puedo estar de acuerdo, pero en el campo de las artes se requiere talento. De nada sirve intentar pintar un bodegón una y mil veces si no se es capaz de dibujar una manzana, ¿no cree?

—La cuestión es si será capaz de aprender a dibujar una manzana.

—En mi caso, yo diría que no.

—En su caso no lo intentaría porque no cree en sí mismo, y eso es sinónimo de fracaso.

Salta a la vista que mi comentario no le ha hecho ninguna gracia.

—No puedo sino darle la razón, mi estimado amigo. Pero dejémonos de confabulaciones y otras derivas, que lo mismo estamos aburriendo a su socio.

Mateo se limita a hacer un gesto condescendiente antes de refugiarse de nuevo en mi mirada. Aunque no aparenta estar nervioso, es evidente que necesita más tiempo para aclimatarse, por lo que fabrico una pregunta genérica con la que poder dilatar la conversación.

—¿Se habitúa uno a vivir en un pueblo tan pequeño?

—A todo se habitúa uno, lo que pasa es que se tarda menos si es por devoción que por obligación.

—Me apunto la frase.

Don Teófilo se mete un trozo de queso en la boca y lo mastica al tiempo que echa un vistazo al interior del horno. Acto seguido, apura su copa y se la rellena.

—El invierno se hace duro, pero durante el resto del año se puede disfrutar bastante de un entorno como este. Yo he vivido muchos años en grandes ciudades y uno termina convirtiéndose sin darse cuenta en un miembro anónimo del enjambre, forzado a adaptarse al ritmo que impone la masa. Lo individual no tiene cabida, y cuando te quieres dar cuenta de que has perdido toda la esencia que te hacía único, ya es demasiado tarde.

—Yo en Madrid no me siento así. Me siento uno más, pero mantengo mi anónima identidad en todo momento.

—Dese tiempo, amigo mío, dese tiempo. Aquí en el pueblo se vive muy tranquilo. Cada uno marca su ritmo y nadie se preocupa por lo que hacen o dejan de hacer los demás, por lo que dicen o dejan de decir. Aquí todo se sabe y nada importa. Aparentemente —añade levantando el índice.

—Sí, eso sin duda es un punto a favor —coincido.

—Pues claro que lo es.

Ahora don Teófilo se dirige a Mateo.

—¿Y usted está pensando en trasladarse a vivir aquí o solo está interesado en el negocio?

Tarda en reaccionar.

—No lo sé aún. Para planteármelo, primero tendríamos que llegar a un acuerdo, ¿no?

De forma repentina, el Sapo se queda mirando a Mateo como si fuera a proyectar su lengua y a zampárselo como si tal cosa. Por unos segundos temo que lo haya reconocido, pero enseguida me busca con sus fríos ojos azules.

—Su socio es un tipo de pocas palabras y le gusta ir directamente al grano, ¿eh? Por mi parte, estupendo.

Don Teófilo toma asiento en la cabecera de la mesa y se aclara la garganta como si quisiera que las palabras que se dispone a pronunciar a partir de ese instante tengan un mayor calado.

—En el año 2010 me hice con el traspaso de la librería por dieciocho mil euros. Como verán, no se trata de una cantidad prohibitiva y, a pesar de que el negocio se ha revalorizado, me atrevería a decir que de un modo sustancial —añade elevando los dedos índices como si quisiera acotar esa parte de la frase—, me conformo con recuperar esa cantidad. Como le dije en la tienda, la cuñada del concejal de Cultura me ha hecho una oferta por veinte mil euros y, en principio, la he aceptado.

Ahora fabrica una pausa dramática para alimentar la tensión.

—Sin embargo —continúa—, no hemos firmado ningún documento, y aunque no tengo nada contra la señora, he averiguado que tiene casa en Urueña, por lo que el negocio que pretendo no sería tan redondo. Usted vive en Valladolid, ¿no es así?

—Sí —contesta Mateo, escueto.

—Y si llegamos a un acuerdo para el traspaso, ¿se ha planteado trasladarse a Urueña o piensa jugarse la vida yendo y viniendo todos los días? —le pregunta con claro dejo capcioso.

Mateo me mira como si pudiera hallar la respuesta en mis ojos.

—Vamos, que se quiere deshacer de la librería y de su casa en la misma operación —traduzco.

—Eeequilicuá —corrobora de esa manera tan particular.

La muletilla hace que Mateo se estremezca visiblemente.

—¿Pasa algo? —le pregunta don Teófilo, extrañado.

—No, nada, nada —contesta—. ¿Se puede fumar aquí?

El Sapo eleva el mentón como si estuviera olfateando algo que no termina de encajarle. Tras unos instantes, responde.

—No hay problema. Subo a por un cenicero y ya de paso bajo el pan, que me lo he dejado en la cocina y cierro la puerta con llave, que nunca se sabe.

Don Teófilo se agarra con fuerza al pasamanos para ayudarse a subir los peldaños.

—Yo aprovecharé para ir al baño.

—Ahí tiene un aseo —me indica—. Vuelvo enseguida.

Cuando regreso aliviado me encuentro a Mateo sujetándose la cabeza con las manos.

—¿Estás bien? Siento haberte dejado solo, pero tenía que mear. Te juro que estaba a punto de reventar.

—¡Maldito hijo de la gran puta! —murmura él entre dientes.

—Tranquilo, lo estás haciendo muy bien —le aseguro.

—¿Tú crees? Al principio no podía ni respirar.

—Yo no me he dado cuenta, así que él tampoco.

—¿De verdad?

—Te lo prometo. Te he notado muy callado, pero nada más.

—Me dan ganas de saltar sobre él y hacerlo trizas con las manos.

—Ya me imagino, pero le vas a hacer más daño de la forma que hemos pensado.

—Lo sé, lo sé. Estoy convencido de ello. Ahora cuando baje déjame hablar a mí. Le seguiré el rollo con lo de la casa para ver si soy capaz de soltarme y, si todo va bien, me lanzo.

—¿Estás seguro?

—Sí. A eso hemos venido, ¿no? Que estés aquí me da fuerzas.

—Yo no voy a moverme.

—Sí, lo sé, sin ti no podría hacer esto. Voy a poder, ya lo verás. Lo voy a arrinconar y a noquear —se conjura él.

—Con que no te dé una de tus migrañas me conformo —digo con dejo chistoso.

—¡No me jodas! Espero que no, porque...

—Ahí viene —le advierto en voz queda.

A don Teófilo se le ha endurecido el semblante y casi podría decirse que sus ojos son más pequeños y más oscuros.

—Aquí tiene. Yo me quité del vicio a los treinta y es de las mejores cosas que he hecho en la vida.

—Yo lo llevo intentando un tiempo —responde Mateo sacando el paquete del bolsillo—. Quizá tenga algún consejo que darme.

—La única manera que existe para dejarlo es necesitar dejarlo. Los que solo querrían dejar de fumar fracasan en días, los que desean hacerlo vuelven más pronto que tarde, pero los que lo necesitan de verdad, lo dejan. Yo necesitaba dejarlo, así que lo dejé.

—¿Y puedo preguntarle por qué? —se atreve justo después de encender uno.

—Por un trabajo. Me contrataron en un internado y allí dentro no se permitía fumar. Era consciente de que iba a sufrir buscando las mil y una formas de encenderme un condenado cigarrillo y corté por lo sano.

Rezo para que Mateo no se precipite.

—¿Así que era usted profesor?

—En mi anterior vida, sí, pero, créame, no tiene nada de interesante —zanja—. Yo, si me lo permiten, voy a servirme una copa de este otro vino. Con el queso y este pan hecho con masa madre es un auténtico manjar. ¿Les apetece?

—Estaba deseando probarlo —intervengo apurando mi vaso.

—Para este vino necesitamos copas a la altura. Están en esa alacena de ahí. Si me hace el favor.

—Por supuesto. ¿Y no nos va a desvelar qué vino es?

El Sapo se toma su tiempo para servir las tres copas y completar la liturgia de cata.

—Es Juan Gil, un Jumilla excelente. Uva monastrell, potente en el paladar, pero bastante suave en la garganta.

—Ni idea —admito a la vez que lo hago bailar en la copa y olfateo su aroma. Reconozco matices frutales de las cerezas y cierto toque de regaliz, pero prefiero omitir mis pensamientos por si acaso don Teófilo es un experto y nos desviamos del tema—. ¿Tú lo conocías? —le pregunto a Mateo.

Este, absorto en el contenido de su copa, no responde.

—¿Me has oído? —insisto.

—Sí, perdona, perdona —reacciona—. Me había quedado pillado pensando en la posibilidad de trasladarme a Urueña y, si antes lo veía remotamente posible, ahora, no me preguntes por qué, lo veo más que factible. Quizá sea buen momento para hablar de las condiciones de venta de esta vivienda —le dice a don Teófilo sin titubear.

El Sapo eleva las cejas, sorprendido, y compone un gesto triunfal.

—Me complace oír eso —verbaliza.

—Antes de hablar de números, brindemos —propone Mateo sujetando el vaso de vino que ni siquiera ha probado.

—Pero, hombre, mejor con el otro —le digo yo.

—No, no. A mí me educaron a la vieja usanza y, como dice mi tío: «Hasta que no se termina lo que hay en el vaso, no hay caso». ¡Salud!

Mateo me mira de una forma extraña mientras bebo y, sin entender muy bien por qué, noto cómo se activan mis alarmas.

Algo se me está escapando.

16. VERTICAL (SIETE LETRAS): NO TERMINA DE DEFINIR SUS ACTITUDES U OPINIONES

Colegio San Nicolás de Bari
Noviembre de 1993

Que el paso del tiempo era inexorable lo tenía muy presente, pero que era una percepción relativa y arbitraria fue algo que entendí en esos días a pesar de no estar capacitado para ponerles nombre a esos conceptos. Concretamente lo capté en el lapso que se produjo desde que el Sapo me citara para la tutoría y el instante en el que me vi caminando por el lúgubre pasillo pintado de ese verde nada esperanzador cual cordero conducido al matadero. Para mí, ese intervalo se consumió como un fugaz pestañeo; la mayoría, afortunados ellos, lo percibieron con esa absoluta normalidad que marcaba el lento discurrir de las horas hacia el fin de semana. También aprendí lo caprichoso, arbitrario y cruel que es el paso del tiempo, pero, sobre todo me convencí de que nada puede hacerse por detenerlo y mucho menos todavía por escapar a su férrea dictadura.

Antes o después, si algo tiene que suceder, sucede.

Es cierto que poco bueno esperaba yo de ese jueves 24 de noviembre, pero nada me hacía pensar que me acordaría de esa fecha para el resto de mi vida. Frente a la puerta de su despacho y con la firme intención de alargar al máximo los segundos que restaban hasta las cinco de la tarde, repasaba yo las instrucciones que me había dado Álvaro sobre cómo comportarme en el caso de que aquella tutoría tuviera que ver con la desaparición de la cámara de fotos de Felipe tal y como yo me temía. Cuando llegó el momento y fui a cerrar el puño para llamar con los nudillos, me percaté de que me sudaban las manos, hecho que no me ayudó en mi intención de aparentar la serenidad que necesitaba transmitir como punto de partida. Me las sequé en los pantalones y golpeé la madera.

Tres veces.

Nada.

Por un instante, breve, brevísimo, albergué la esperanza de que se le hubiera olvidado la cita, pero aquello duró el tiempo —demostrando de nuevo lo relativo e inexorable que es— que tardé en escuchar su almidonada voz de batracio dándome permiso para entrar.

—Adelante, señor Cabrera.

Sonreía. Yo no sabía discernir si eso era buena señal o no, pero, desde luego, inquietar, inquietaba. Reinaba la austeridad en aquel despacho cuyo mobiliario se conformaba por una carcomida mesa de trabajo con cajonera independiente, tres sillas de inestable apariencia, una estantería semivacía, un archivador semilleno y un cuadro torcido con la imagen del papa Juan Pablo II. El único punto a favor era el que sumaba el gran ventanal que tenía a su espalda y desde el que se podía ver el perfil dentado de la sierra de Guadarrama. Nunca me había sentido atraído por la montaña, pero en aquel momento hubiera deseado encontrarme allí, deambulando por sus escarpadas lomas o, mejor aún, coronando alguna de esas inalcanzables cimas. Y diría más: si algún ente bondadoso me hubiera ofrecido convertirme en un simple hierbajo arraigado bajo cualquier roca para el resto de la eternidad, habría dicho que sí, aunque mi existencia hubiera terminado en el estómago de la primera cabra montesa que pasara por allí.

—Siéntese, haga el favor, póngase cómodo.

Lo dijo como si acomodar mis posaderas a la vez que trataba de aligerar la tensión que se había apoderado de mis músculos faciales fuera sencillo.

—Bueno, bueno, bueno... —dijo leyendo la primera hoja de mi exiguo expediente—. Así que es usted nacido en Valladolid capital.

—Sí.

—Su padre es militar y su madre falleció hace seis años.

—Así es.

—Lo lamento.

No sabía si lamentaba que mi padre fuera militar o que mi madre hubiera fallecido, pero igualmente le di las gracias y permanecí a la expectativa.

—Es su primer año aquí, por lo que no figuran calificaciones anteriores. Sin embargo, veo que no ha perdido ningún curso. ¿Se considera usted buen estudiante?

—Tanto como eso..., no. Del montón. Ni bueno ni malo —acoté.

—Eso es lo mismo que decir que es un mediocre.

Me concedí un par de segundos antes de lanzar mi réplica.

—No, mediocre, no. Pero tampoco destaco mucho por arriba ni por abajo. El curso pasado suspendí dos evaluaciones de Inglés y una de Pretecnología. Y terminé con tres notables.

—¿En qué asignaturas?

—Matemáticas, Educación física y Ciencias naturales.

—¿Y en Lengua española?

—Bien. No se me da mal del todo.

—Por lo que veo se mueve usted de forma reiterada en el terreno de la ambigüedad, señor Cabrera.

—No sabría decirle. Puede.

El Sapo me examinó durante unos segundos. Diría que trataba de discernir si yo era tan listo como para estar vacilándole sin que se notara demasiado o si era tan tonto como realmente aparentaba.

—¿Por qué ha cambiado de centro educativo?

—Eso mejor se lo tendría que preguntar a mi padre. Es comandante de caballería. Siempre dice que necesito más disciplina y que en mi antiguo colegio nos permitían hacer lo que nos daba la gana.

—¿Y es eso cierto?

—Un poco sí, la verdad.

—Decir: «Un poco sí» implica «un mucho no».

—¿Por?

—Porque si de «sí» hay poco, el resto hasta completar la totalidad, por lógica, es un «no».

—O un «a medias» —musité.

—No hay medias tintas que valgan en el ámbito del comportamiento. O hace lo que le da la gana o no hace lo que le da la gana. Y si su padre dice que sí, algo de razón tendrá.

—Algo —coincidí—. Aunque también podría ser que a veces hiciera lo que me diera la gana y en otras ocasiones me comportara con corrección.

Don Teófilo hinchó las aletas de la nariz, un gesto que yo sabía interpretar a la perfección porque solía preceder a uno de los famosos capones de mi padre. No sé qué técnica empleaba, pero no necesitaba darte con fuerza para lograr que te sintieras como si el cerebro estuviera rebotando dentro del cráneo como una bola en una petaco.

Debía andarme con pies de plomo para evitar que don Teófilo se siguiera encabronando, que era la palabra que utilizaba mi padre para definir ese estado.

—¿Cómo se está adaptando? ¿Ya ha hecho amistades?

—Alguna tengo, pero no es como en el anterior colegio. Allí tenía muchos amigos.

—¿Amigos de qué tipo?

Ahí me pilló.

—Perdone, don Teófilo, no sé si le entiendo. Amigos, amigos. De esos con los que luego puedes quedar para dar una vuelta por ahí, ya sabe.

—¿Qué solía hacer con sus amigos en Valladolid?

—De todo. Pero sin pasarnos —corregí de inmediato—. O sea, divertirnos y eso.

—¿Y cómo se divierten hoy los jóvenes de su edad?

—De muchas maneras. Los días de diario menos, porque nos mandaban deberes y tal, y los fines de semana más. Lo normal, ¿no?

—No sé qué considera usted normal.

—Cumplir las normas, digo yo.

—¿Y las cumple?

—Sí.

—¿Incluso si supiera que no le van a pillar cumpliría con las normas?

Aquello olía a pregunta trampa a la legua. Mi padre me hacía muchas de esas. Tenía que mostrarme firme.

—Pues claro —respondí con la mayor rotundidad que fui capaz de fabricar.

—Muy bien. Ahora pongámonos en el caso de que alguien se saltara las normas. ¿Qué haría usted si se enterara?

—A ver, yo no soy un chivato...

—No, no. Imagine que usted es la autoridad y se entera de que alguien ha transgredido las reglas, ¿cómo actuaría?

—Uy, pues no sé. Digo yo que lo castigaría.

Una sonrisa se agigantó en su boca mientras me señalaba varias veces con el índice.

—¡Eeequilicuá!

—No entiendo.

—Por supuesto que sí. El castigo en psicología se define como una técnica de modificación de conducta cuyo fin no es otro que disminuir o evitar que se repitan determinados comportamientos. ¿Me sigue, señor Cabrera?

—Creo que sí.

—Si en algún momento hubiera algo que necesitara aclarar, no dude en darme el alto, porque a veces me embalo y no hay quien me entienda.

—Vale.

—Estará usted de acuerdo conmigo en que todo estímulo provoca una respuesta. Es lo que entendemos como acción, reacción. En este caso, diremos que todo estímulo motiva un tipo de comportamiento o, lo que es lo mismo, una conducta. Si queremos corregir determinada conducta, tenemos que fomentar el comportamiento positivo, entendido como el que está dentro de las normas que establece la sociedad en la que vivimos y, digámoslo así, fulminar el negativo que es...

—El que no —completé yo de forma escueta pero acertada.

—Exacto. Por tanto, si queremos fulminar comportamientos negativos, no existe otro camino que tomar cartas en el asunto, que es lo que apuntaba usted antes: castigar.

Mi instinto de supervivencia me decía que me estaba dejando acorralar, pero ya tenía bastante con tratar de no perder el hilo de su discurso como para pensar en la manera de evitarlo.

—El castigo es el único modo de conseguir que se cumplan las normas establecidas por una autoridad superior y así regular las relaciones sociales. Si transgredir las normas no tuviera consecuencias, todo el mundo se las saltaría y entonces imperaría la ley del más fuerte. Se impondría el salvajismo. Por eso, para vivir en sociedad es del todo necesario que existan las leyes y, por supuesto, que alguien se encargue de que estas se cumplan. Podríamos hablar del concepto de justicia, pero creo que nos desviaríamos del meollo de la cuestión, ¿no cree?

En ese momento podría haber contestado que sí, o todo lo contrario. También podría no haber contestado, pero de todas las opciones que tenía, la única viable era la que adopté: asentir moviendo la cabeza con determinación.

—Ahora bien, y aquí viene lo que para mí es el quid de la cuestión: viviendo en un mundo civilizado, el castigo debe ser proporcional al delito porque, si nos quedamos cortos no logramos nuestro objetivo, y si nos pasamos podemos provocar que el sujeto ponga en duda el sistema y termine por enfrentarse a él.

—Ah, sí, sí. Eso por supuesto. El castigo debe ser proporcional —afirmé yo, convencido.

El Sapo amusgó los ojos y apretó los labios antes de proyectar su viscosa lengua.

—Y, según su criterio, ¿qué tipo de castigo le impondría usted a alguien que ha robado impunemente una cámara de fotos a un compañero?

17. VERTICAL (OCHO LETRAS): RESPLANDOR VIVO Y EFÍMERO

Urueña, Valladolid
Viernes, 29 de noviembre de 2019, a las 22.55

El olor del lechazo impera en la bodega y noto que mi estómago ha empezado a burbujear, intranquilo, como si se fuera a estrenar en labores digestivas. Mi sexto sentido, sin embargo, sigue zumbando, aunque no soy capaz de identificar el porqué. Puede que se deba a que Mateo todavía no se haya atrevido a poner las cartas bocarriba a pesar de que durante los últimos minutos se ha comportado con absoluta naturalidad, diría que demasiada, y que, no obstante, lo único que ha hecho ha sido alimentar la posibilidad de hacerse con la casa. Si no fuera consciente del propósito real que tiene la cena, diría que está siendo la más cordial y amena que he tenido últimamente, lo cual no quita para que esté deseoso de que Mateo arranque de una vez. Entretanto, he adoptado un rol de falsa escucha activa y me he entregado al

Jumilla que con cada trago ha ido ganando puntos en mi paladar. No quiero pasarme aún más con el alcohol, porque sigo con la intención de regresar a Madrid en cuanto se termine la función.

—Bueno, bueno... Pues yo diría que está listo —observa don Teófilo hundiendo la punta de un cuchillo fileteador en la pata del cuarto trasero.

—Yo, si me hubiera dejado guiar por el olor, habría dicho eso mismo hace media hora —comento por comentar.

—El olor nos engaña, y la vista también, porque los hay que se fían del color y lo sacan antes de tiempo. En realidad todo depende de la pieza. Si es buena, solo necesita agua y sal. Nada de untarlo con manteca ni añadir majaos de ajo y vinagre. El bicho, agua, sal y paciencia.

—Y un buen vino —añade Mateo levantando su copa, de la cual apenas le he visto beber un par de sorbos.

Me sorprende.

—Bien dicho —coincide el anfitrión—. Es mucho más sencillo que el lechazo salga bien que entender el *Ulises* de Joyce.

—¡Vaya por Dios! Ha dado usted con mi talón de Aquiles —intervengo con énfasis, sorprendido.

—¿Su talón de Aquiles?

—No puedo con él. Creo que lo habré empezado al menos una docena de veces y nunca he conseguido terminarlo.

El Sapo deja escapar una risita maliciosa.

—Es que la novela tiene truco. Para sacarle todo el jugo hay que enfrentarse a sus páginas como si se tratara de un retrato cubista. Cada capítulo parece haber salido de la pluma de un autor distinto al anterior, con un estilo de narración propio, una forma de puntuar diferente... Si hasta parecen escritos en épocas dispares. No se trata de una sucesión de acontecimientos, sino de muchos sucesos que, de alguna manera, se conectan entre sí en la cotidianidad de una jornada cualquiera del Dublín de los años veinte.

Su forma de expresarse, atemperada en exceso y de clara inclinación paternalista, me recuerda a su modo de impartir las clases, que conservo en la memoria con detalle.

—La teoría me la sé, pero el problema es que no consigo conectar con los personajes, con lo cual, lo que les pase o les deje de pasar me importa más bien poco.

—Vale. Entonces su problema es que no logra sintonizar la onda de Joyce. El *Ulises* es como una de esas radios antiguas en que había que mover la ruletita hasta el punto exacto en el que se escuchaba correctamente al locutor. Pues bien, en esta novela hay que hacer ese esfuerzo en cada capítulo. No es para nada una lectura entretenida y no creo que el bueno de Joyce estuviera pensando en elaborar una receta que gustara a todos los paladares, como hacen los autores superventas de hoy.

—No sé cómo tomarme eso último —apunto justo antes de arrepentirme de haberme dado por aludido.

—No es para avergonzarse. Hay personas que odian la coliflor y otras a las que les encanta.

—Ya lo dice el refrán: «Para gustos, las coliflores».

Risa por compromiso.

—De cualquier modo, si *Ulises* le pareció compleja, ni le pregunto por *Finnegans Wake*.

—Con esa ni lo he intentado. Dicen que ni los propios ingleses la entienden.

—Es que yo creo que no hay nada que entender. Es una novela sin principio ni final, con una trama no lineal y, para añadir más dificultad, escrita usando un perturbador lenguaje idiosincrásico.

Mateo arruga la frente, sorprendido.

—Un idioma inventado —traduce don Teófilo, que no parece que vaya a dejar pasar la oportunidad de demostrarme sus conocimientos literarios—. Lo hizo a partir de unas cuantas decenas de palabras de idiomas diferentes que combina entre sí y mezcla con términos ingleses para formar juegos de palabras, calambures, alusiones y una infinidad de figuras retóricas que lo vuelven a uno tarumba por completo. También juega con la sonoridad del léxico, por lo que el texto es muy difícil de traducir a ningún otro idioma. Al margen, altera la separación de las sílabas para crear neologismos, acrónimos... En definitiva, un galimatías que solo él podía entender.

—Y yo me pregunto —interviene Mateo—. ¿Para qué sirve escribir algo que solo el autor puede comprender?

—Mira, ahí estoy de acuerdo —apunto.

—Para nada. O para todo. Joyce tardó diecisiete años en escribir esta novela gracias a las aportaciones económicas de algunos amigos suyos. El propio autor reconoció en una carta que su complejidad es totalmente intencionada para hacer que los críticos y expertos tardaran siglos en desentrañar sus enigmas, ya que esta era la única forma de conseguir la inmortalidad.

—El ego de los escritores es inmortal —bromeo.

—Inconmensurable, más bien —me corrige el Sapo sin pretender hacer un chiste con ello—. Yo me arriesgaría a decir que no tenía ninguna pretensión más allá de experimentar con el lenguaje o, como decía un profesor de literatura que tuve, «de vengarse de las palabras torturándolas a su gusto». El propio título se puede interpretar como el velatorio o el despertar de Finnegan. Todo el elenco de personajes lo conforman voces que van mutando, que se hacen irreconocibles como si no pertenecieran a este mundo y sí al de la inconsciencia. A lo onírico.

—Vaya, sí que es usted un experto en Joyce —dice Mateo, que no consigue enmascarar su impaciencia.

—Bueno, es verdad que se trata de uno de los autores que más me han llamado la atención, aunque si lo prefiere podemos hablar de Julio Cortázar, que me cae mucho mejor que el irlandés, pero no quiero que terminen abriéndose las venas en mi bodega.

—Voy a tener que pensarme dos veces esto de convertirme en librero —confiesa Mateo bien metido en su papel—, porque a su lado soy un auténtico ignorante en la materia.

—Según la teoría de su socio, todo se aprende —se opone don Teófilo en plan académico—, solo depende de una buena disposición. Le diré un secreto —prosigue bajando el tono varias octavas—: en esta profesión tiene mucha más relevancia saber tratar al cliente que saber de literatura.

—Tomo nota —dice Mateo—. ¿Hay algo más que necesite saber antes de embarcarme en una locura como esta?

El Sapo se infla como un globo y le da unas palmadas en el hombro.

—Muchas cosas, pero será mejor que saque a nuestro amiguito del horno o se va a convertir en una suela de zapato.

En los platos no quedan más que piel y huesos cuando don Teófilo termina de hablarle del oficio a Mateo. Tras una breve pausa se frota los párpados y se le escapa un bostezo muy poco elegante.

—Me van a disculpar, pero de repente me está entrando un sopor...

Yo, en este punto, ya estoy pensando que Mateo se ha arrepentido, por lo que le lanzo una mirada inquisitiva a la que él responde abriendo mucho los ojos.

—Convendría ir cerrando flecos. Me encuentro bastante cansado. Cansado de verdad —concreto con absoluta sinceridad.

—Vale. Entonces toca meterse en asuntos económicos —sugiere Mateo alimentando mi desesperación—. Si no le he entendido mal, estaríamos hablando de veinte mil euros por el traspaso y noventa mil por la casa. Eso para unos amigos de toda la vida como somos nosotros hacen cien mil euros.

El Sapo se ríe, pero enseguida otro bostezo aún más grosero que el anterior apaga la risa.

—Perdón —dice extrañado como si fuera la primera vez en su vida que se le hubiera abierto la boca—. Cien mil está bien.

Mateo me guiña el ojo, chasquea los dedos y acerca su silla a la de don Teófilo.

—Bien. Pues dado que usted me debe a mí una cantidad similar, yo creo que, para hacer las cosas sencillas, podemos dar el acuerdo por zanjado.

Ahora es don Teófilo el que me mira ansioso tratando de entender lo que Mateo acaba de soltar por la boca. Yo me limito a elevar las cejas y encogerme de hombros.

—No le sigo, lo siento —reconoce todavía con una sonrisa en serio peligro de extinción.

—Claro, hombre, es muy sencillo. Horizontal, trece letras. Cantidad mediante la cual se resarce un daño o perjuicio. ¡Venga, piense!

—No le veo la gracia.

—Porque no es ningún chiste. Solo tiene que prestar atención a la pista que le estoy dando. Más evidente no puede ser. Se lo repito: cantidad mediante la cual se resarce un daño o perjuicio. Y es una palabra de trece letras.

El Sapo me vuelve a pedir explicaciones con la mirada obteniendo el mismo resultado que antes.

—Creo que me estoy empezando a cansar de este jueguecito.

—Échale una mano, Álvaro, porque me parece a mí que si no...

Hago un esfuerzo por envararme en mi silla y más aún por endurecer el semblante.

—¿Indemnización? —respondo al fin.

—¡Premio! Indemnización.

Silencio. Breve. Denso.

—Hace un tiempo —prosigue Mateo— leí un titular que informaba de que una persona había sido condenada a dieciocho años de prisión por cometer abusos sexuales contra una menor de dieciséis años que, además, era su sobrina, y a pagar la cantidad de ciento veinticuatro mil euros para indemnizarla por el daño moral y psicológico ocasionado. ¡Ciento veinticuatro mil! —repite frotándose las manos—. Y yo me preguntaba y me pregunto cómo se llega a esa cifra en concreto. ¿Qué conceptos intervienen?

—Pero... ¿dónde demonios quiere usted ir a parar? —protesta don Teófilo, a quien parece que cada vez le cuesta más mantener la atención.

—¡Si cierra su sucia boca, se lo diré encantado! —le grita Mateo.

Es en ese instante cuando empiezo a notar cierto picor en la cara interna de mis párpados. Una ligera molestia que viene acompañada de cierta torpeza mental como si me acabara de levantar de una larga y pesada siesta de verano.

—Da igual. Lo que trato de decirle es que, dado que no tenemos la posibilidad de contar con la intervención de un juez, doy por buena esa cantidad de ciento veinticuatro mil euros en concepto de indemnización —recalca— por haber abusado sexualmente de mí durante el curso escolar de 1993 y 1994 en el internado San Nicolás de Bari.

El Sapo entrecierra los ojos y con manos temblorosas se quita las gafas.

—¡¿Señor Cabrera?! —se le entiende pronunciar a pesar de que se está tapando la boca con la mano como si estuviera intentando impedir que esas palabras salgan de su boca.

—Ese soy yo —corrobora incorporándose de la silla—: Mateo Cabrera Nogal. Y usted es Teófilo Sáez del Amo, alias el Sapo, profesor de Lengua española y literatura, valiente hijo de puta, depravado asqueroso y...

—¡Salgan ahora mismo de mi casa! —nos exige incorporándose con mucha dificultad de la silla, como si hubiera sufrido un vahído repentino.

Yo estaría encantado de hacerlo si estuviera capacitado para ello, pero noto que cada vez me cuesta más mantener erguida la cabeza. Hay algo que se me está escapando porque no tengo la sensación de haber bebido tanto vino como para encontrarme así de espeso.

—¡No! —chilla Mateo—. ¡Llevo demasiado tiempo buscándole como para perder esta oportunidad!

Don Teófilo, engallado, da un manotazo en la mesa antes de recortar la distancia de un modo desafiante. Lo que acontece a continuación lo proceso en cámara lenta.

—¡Les he dicho que...!

Mateo no le permite terminar la frase. Con el rostro desencajado se abalanza sobre él agarrándolo por el cuello y arrastrándolo unos metros hasta que lo empuja violentamente contra la pared. Don Teófilo se golpea contra el ladrillo y cae al suelo saliendo de mi campo de visión. Quiero impedir que mi amigo cometa una locura, pero ni siquiera acierto a pronunciar las palabras que se me están pasando por la cabeza. Al procurar agarrarme a la mesa con la idea de ponerme en pie, me percato de que mis brazos también se han desconectado y empiezo a dudar de que lo que está sucediendo sea del todo real. Se parece mucho a ese tipo de pesadillas en las que uno asiste a un hecho atroz como espectador sin poder hacer nada para evitar que ocurra.

Y lo que intuyo que está ocurriendo por los cada vez más desgarradores alaridos del Sapo es que Mateo ha perdido el juicio y se está cebando en el suelo con don Teófilo.

—Bueno, bueno, bueno... —oigo decir a Mateo entre jadeos que son fruto del agotamiento a la vez que agarra la mochila y abre la cremallera—. Ahora que estamos todos más calmaditos, vamos a empezar a hablar de cosas serias.

Aunque lo intento, no logro distinguir qué es todo eso que está sacando Mateo del interior y que ha colocado cuidadosamente sobre la mesa, pero juraría que entre los objetos hay uno alargado y acabado en punta que ha emitido un destello plateado. Es entonces cuando noto que me flaquean las piernas y a pesar de que me agarro a la silla para tratar de no caerme lo último que veo es cómo el suelo avanza hacia mí de manera vertiginosa.

Colisión.

18. HORIZONTAL (NUEVE LETRAS): ESPERANZA FIRME QUE SE TIENE EN ALGUIEN O ALGO

Colegio San Nicolás de Bari
Noviembre de 1993

No me contesta, señor Cabrera?

Podría haber seguido la conversación con normalidad como si la cosa no fuera conmigo. Podría, por ejemplo, haber contestado que a alguien que roba una cámara de fotos le castigaría obligándole a compensar al dueño de alguna forma, como, qué sé yo, pagando el revelado de las fotos que hiciera durante un año. Podría, incluso, haberme hecho el tonto y encogerme de hombros como si nunca hubiera oído hablar de ese misterioso artilugio. Pero no. Como el confiado y estúpido insecto que era, el Sapo me había ido arrinconando sin que yo pudiera hacer nada por evitarlo para estar a merced de su infalible lengua.

Solo tenía que decidir cuándo lanzar su ataque.

—Le voy a confesar algo —retomó después de humedecerse los labios—: pensé que, en el plazo que le di desde que el lunes le cité hasta hoy, la cámara de fotos aparecería milagrosamente, pero, mire por dónde, me equivoqué. Quería darle la oportunidad de remediar el lío en el que se ha metido y...

—¡No sé de qué me está hablando! ¡Yo no he robado ninguna cámara! —reaccioné.

Quizá lo hice algo tarde, pero al fin y al cabo estaba siguiendo la estrategia que Álvaro había establecido: negarlo hasta la extenuación.

—¡Le aconsejo que no intente tomarme por el pito de un sereno porque no se lo pienso consentir! ¡¿Olvida usted que le vi con ella el mismo día que desapareció?!

—No era esa cámara, era otra. Era una que cogí prestada del laboratorio y que ya he devuelto, así que...

No lo vi venir.

Dicen que los sapos son capaces de proyectar su lengua a una velocidad cinco veces superior a la del pestañeo de los humanos. Yo no sé lo que tardó en estirar el brazo y darme un bofetón, pero lo cierto es que hasta que no se me giró la cara no me di cuenta.

E inmediatamente llegó el picor.

Un picor lacerante.

—Le he dicho que no se le ocurra insultar mi inteligencia. Si sigue por ese camino, le aseguro que no habrá vuelta atrás.

La última frase me hizo pensar que quizá aún existiera una posibilidad de salir vivo de aquella.

—Le voy a hacer una serie de preguntas. Si me miente una sola vez, y le aseguro que lo sabré al instante, le llevaré de una oreja al despacho del padre Garabito. ¿Me ha entendido?

Todavía con la mano cubriéndome la mejilla, asentí.

—¿Dónde está ahora la cámara de fotos?

Me habría gustado poder tragar saliva si hubiera tenido saliva que tragar.

—No lo sé. Quiero decir, sí lo sé, pero no la puedo recuperar porque ya no está en mi poder.

—Es evidente que usted no ha podido hacerlo solo. ¿Quién o quiénes le han ayudado?

Fue entonces cuando tuve la certeza de que la situación solo podía empeorar para mí y las primeras lágrimas empezaron a deslizarse por mis mejillas.

—Verá, don Teófilo, yo no quería, pero él me obligó a hacerlo. Darío me dijo que si no robaba la cámara me iba a hacer la vida imposible. No sé si sabe quién es Darío...

—¡Sé perfectamente quién es! —me interrumpió—. Darío es un matón de tres al cuarto. Pero usted es aún peor porque prefirió sucumbir a las amenazas de un macarrilla que hacerle frente o denunciarlo ante algún profesor. La responsabilidad sigue siendo suya, así que no trate de descargarla en otra persona.

—Sí, pero tenía miedo de que...

—No lo llame miedo, llámelo por su nombre: ¡cobardía! Usted ha tenido la oportunidad de elegir su camino, de escoger entre enfrentarse a un problema o dejarse arrastrar por él. Es la falta de arrojo lo que le ha llevado a transgredir las normas. ¡Y, hasta donde yo sé, ni siquiera los cobardes están exentos de cumplir con las leyes establecidas!

Don Teófilo hizo una pausa, desvió su mirada hacia el techo y se recostó en su silla como si estuviera pensando en la mejor forma de degustar el insecto que acababa de atrapar.

—En la mitología griega, Ares es el dios olímpico de la guerra. Es hijo de Zeus y de Hera y representa la valentía, la fuerza y la virilidad. Durante la batalla, Ares se muestra siempre cruel e implacable, pero lo hace porque necesita esconder algo. Algo que muy pocos conocen. Algo que avergonzaría a todos los dioses del Olimpo, principalmente a su padre. Necesita esconder su cobardía —desveló con aire misterioso—. Así es: Ares, el dios de la guerra, es un cobarde como usted. Sabe que solo sale victorioso cuando está acompañado por su hermana Atenea, diosa de la sabiduría y la estrategia en el combate. Por eso aprovecha el fragor de la batalla para esconderse tras ella, porque teme salir herido y, peor aún, teme salir derrotado. Por eso todos detestan a Ares, por su cobardía. Ese es su castigo: el desprecio de todas las deidades. ¿Se da cuenta? Hasta un dios como Ares recibe el castigo que merece. Usted es un simple mortal, señor Cabrera, y, como ya habrá podido deducir, nada ni nadie va a impedir que sea castigado. ¿Asume usted esta circunstancia?

Asentí porque no podía hacer otra cosa distinta que asentir.

—Muy bien. Ese es el primer paso para corregir malos hábitos. Sin embargo...

Don Teófilo alargó aquellos puntos suspensivos una eternidad.

—Hay algo que me preocupa. Me preocupa mucho la proporcionalidad de la que antes hablábamos. ¿Sabe a qué me refiero?

Yo me limité a sostenerle la mirada. Las lágrimas que anegaban mis ojos provocaban que su contorno se difuminara con el idílico paisaje de montaña que tenía a su espalda.

—Sin duda necesita un correctivo, pero no estoy seguro de que merezca que le expulsen del colegio con lo que ello conlleva. No es proporcionado. Por lógica perdería el curso completo porque, a estas alturas, no le van a aceptar en ningún otro centro educativo, y más con este vergonzoso antecedente que quedará reflejado en su expediente. Y no quiero pensar en cómo va a procesar su padre el hecho de que su hijo se haya convertido en un vulgar delincuente. ¡Uff, no quiero ni imaginármelo! El bochorno que va a provocarle no lo olvidará jamás. Conozco bien al tipo de personas como su padre: siempre rectas, moralmente intachables, impolutas en todos los aspectos de la vida. Va a ser muy desproporcionado. En exceso.

Fue entonces cuando bajé la cabeza y me dejé llevar por el llanto. Y él, siendo coherente con su predicadora naturaleza, aprovechó mi flaqueza para envolverme con su lengua chorreante, atraerme hacia su enorme boca y tragarme entero.

—Escúchame, Mateo: lo último que te conviene en la tesitura en la que te encuentras es derrumbarte, y las lágrimas no son más que un signo de debilidad. No te va a funcionar. Dar pena nunca funciona, créeme.

Ni siquiera me di cuenta de que se había levantado de su silla, había rodeado la mesa, se había colocado detrás de mí, me tuteaba y me hablaba en un tono dulce que nada tenía que ver con el que había utilizado hasta el momento.

—Puede que ahora te sientas algo confundido, pero te aseguro que todos, todos sin excepción, en alguna etapa de nuestra vida hemos necesitado a alguien que nos guíe. Alguien que de verdad quiera lo mejor para nosotros y conozca el camino. Yo soy ese alguien, Mateo. Quiero ayudarte a convertirte en mejor persona, pero tienes que confiar en mí. La confianza es lo que une a las personas; es lo único que de verdad nos une porque todo se reduce a una mera cuestión de confianza. Déjame ayudarte.

Casi podía escuchar sus jugos gástricos justo antes de que posara las manos sobre mis hombros con viscosa suavidad.

—Mateo, ¿confías en mí?

19. HORIZONTAL (SIETE LETRAS): QUIEN QUEBRANTA UN COMPROMISO DE LEALTAD O FIDELIDAD

Urueña, Valladolid
Viernes, 29 de noviembre de 2019, a las 23.07

Venga, hombre, despierta —oigo.

El proceso lo conozco.

Las palabras que pronuncia Mateo llegan a mis tímpanos provocando una vibración que las convierte en ondas sonoras para que puedan viajar como impulsos nerviosos hasta el cerebro. Allí, concretamente en el hemisferio izquierdo, serían procesadas con normalidad, pero es evidente que hay algo que me impide reaccionar en consecuencia. Me noto sumido en una duda perpetua y sin ser capaz de discernir con certeza entre lo real y lo onírico. Es igual que esas veces que te despiertas después de un sueño y durante unas décimas de segundo sigues conectado a esas vivencias a pesar de ser del todo consciente de que no son reales.

Por todo ello, en este momento no sabría precisar si Mateo acaba de atarme a una silla de igual modo que me ha parecido ver que ha hecho con don Teófilo, a quien puedo distinguir frente a mí pese a que la sangre que le cubre el rostro no facilite el proceso de reconocimiento facial. Está consciente, pero se nota que le cuesta mantener la atención.

—¡Vamos, joder, reacciona de una puta vez!

Sentir el escozor de dos fuertes bofetones me invita a pensar que, en efecto, lo que estoy experimentando se corresponde a la realidad. Lo que no consigo es comprender el porqué.

—Necesito que te despejes, no quiero que te pierdas nada, amigo mío —me pide en un tono que suena mucho más cercano y afable—. Enseguida se te pasarán los efectos sedantes e hipnóticos del cóctel de benzodiazepinas, pero tienes que poner un poquito de tu parte, ¿vale? Míralo, qué carita de acojonado tiene. Él está más entero, pero, claro, ha bebido mucho menos vino que tú y no está tan intoxicado. El alcohol siempre ha sido tu perdición —certifica usando un tono condenatorio. Luego se mesa la barba como quien acaricia un gato.

Percibo algo diferente en el semblante de Mateo. Ya no queda ni rastro del pesar que lastraba su mirada. Donde antes había hielo ahora hay fuego. Algo dentro de mí me está pidiendo que me rebele contra el abuso que estoy sufriendo, pero mi instinto me hace ser prudente. Una situación como esta no me conviene nada. Nada en absoluto, sobre todo cuando tiene pinta de ofrecer un desenlace muy goloso para la crónica de sucesos.

—Lo primero que voy a hacer, querido amigo, es pedirte disculpas por haberte engañado. Os necesitaba a los dos. De hecho, te necesitaba más a ti que a él, en breve comprenderás por qué. A este despojo humano lo tenía más que controlado y podría haberle dado lo suyo hace tiempo, pero sin ti la cosa se quedaba a medias. Sin tu participación era como una victoria sin consecuencias, ¿entiendes? Una vez escuché decir que si uno no consigue disfrutar plenamente del sabor que deja la victoria, esta termina confundiéndose con la derrota. Y yo tenía la sensación de que, sin ti, esto —especifica abriendo los brazos en cruz— me habría sabido más a derrota que a victoria. Será una cuestión de paladar.

Ahora camina por la bodega, calmado, con aire reflexivo. Sé que debería hacer algo pero no sé qué.

—Por dónde empezar... Sí. Verás: lo que te he contado acerca del informe del bufete de abogados de Darío y del detective es mentira. Toda la investigación es cosecha mía. De mis santas pelotas. Me ha llevado años, eso sí, pero no busqué ni necesité la ayuda de nadie porque el final que siempre tuve en la cabeza me obligaba a ser discreto. La discreción es vital, absolutamente vital.

Don Teófilo balbucea algo ininteligible. Mateo se gira hacia él.

—Tranquilo, enseguida estoy contigo, pedazo de mierda, pero antes tengo que explicarle a mi amigo Álvaro qué está pasando aquí.

No me gusta cómo ha sonado la palabra «amigo». No me gusta en absoluto.

—Dentro de poco todo habrá acabado. Tienes que confiar en mí como confié yo en ti en su día, ¿recuerdas? —le pregunta señalándole con el cuchillo—. Por supuesto que sí.

Al volverse de nuevo hacia mí puedo sentir un escalofrío que me recorre la espalda.

—Paula, mi psicóloga, fue la que me dio la idea de hacerlo así. Ella me insistía en que debía enfrentarme a esos recuerdos que tanto me atormentaban porque si les daba la espalda, se harían cada vez más grandes y, en consecuencia, más difíciles de superar. Lo que te conté de que tardé veintiséis años en hablar de lo que me pasó también era mentira. El mismo año que dejé el maldito internado logré reunir las fuerzas necesarias para contárselo todo a Tío Carlos, eso sí, haciéndole jurar que nunca se lo diría a mi padre. ¡Jamás! Y así fue. Y sin que el Comandante lo supiera, empecé a acudir a una especialista. Con el primer doctor no llegué a generar el vínculo que necesitaba para soltarme, supongo que por culpa mía, el caso es que no hicimos ningún avance significativo. Sin embargo, con Paula enseguida conseguí...

—Suéltame, desgraciado —le vuelve a interrumpir don Teófilo.

—Te he dicho que cierres el pico —le repite sin molestarse siquiera en girarse.

—Te estás equivocando de persona. Suéltame, por favor —implora el Sapo.

Esta vez Mateo sí se vuelve hacia él, encolerizado.

—¡Cállate, maldito hijo de puta! No se te ocurra volver a abrir la boca o te doy mi palabra de que te hundo el cuchillo en tus asquerosas entrañas.

No me gusta cómo ha sonado. Conozco el tono. Lo conozco muy bien y se corresponde con el que se usa para justificar una acción futura más que para amedrentar. Además, su respiración, lenta y acompasada, no se ajusta al ritmo que debería mantener en una situación así. Tendría que estar en tensión, pero, muy al contrario, se le ve del todo relajado, como si lo que está haciendo fuera parte de su rutina. Tampoco me gusta el tono que utiliza conmigo.

—Te decía que con Paula enseguida logré conectar. O ella conmigo, lo mismo me da que me da lo mismo. Y desde el principio logramos avances muy significativos. Me ha ayudado mucho, muchísimo, en todo este proceso. No sé qué habría sido de mí sin ella, aunque, como podrás imaginar, no le he contado nada acerca de esto, claro.

No sé a qué se refiere con «esto», pero tengo la sospecha de que no voy a tardar demasiado en averiguarlo.

—Ella me enseñó a enfrentarme a mis recuerdos y lo cierto fue que, en la medida en la que pude mirar de frente al pasado, esas imágenes cada vez me provocaban menos daño. Aprender a dominarlo hizo que aquellos fueran años en los que me comportaba como una persona normal. No lo era, lo sé y lo tenía asumido, pero conseguía actuar como si lo fuera. Por eso durante la universidad tú no notaste nada extraño. ¿Pensabas que lo había superado? Menuda resiliencia la mía, ¿eh? Me encanta esa palabra. Once letras: capacidad de adaptación de una persona ante una situación adversa. O, mucho mejor aún, ¿creías que lo había olvidado todo? ¿Enterrado en la memoria así, sin más? No, amigo, no. Me temo que eso no es posible. Hay que saber convivir con esos recuerdos, y Paula, como te digo, me enseñó a generar auto-confianza. Confiaba en mí sobre todas las cosas y ello me dio fuerzas para afrontarlo todo, incluso la muerte de mi padre, que asumí como algo natural. Doloroso, sí, pero natural. Me sigues, ¿verdad?

Me limito a asentir con la cabeza. Creo que sería capaz de decir algo, pero, más allá de la protesta, no tengo nada interesante que aportar. Prefiero mantenerme a la expectativa. Ganar tiempo. Sí, eso es, necesito más tiempo para realizar un diagnóstico y acertar en la toma de decisiones. Además, me sigue costando mucho enfocar bien y veo los contornos poco definidos, como si todo formara parte de un cuadro impresionista.

—Y tanta confianza tenía que, a pesar de los consejos de Tío Carlos, decidí ir a la boda de Felipe, donde sabía que podían abrirse las heridas del pasado. Tanta, tanta, que ni siquiera tuve que hacer acopio del coraje para acercarme al cabronazo de Darío. Estaba muy cambiado. Y muy borracho —añade levantando el dedo índice, jocoso—. Quizá fue eso lo que me animó a entablar conversación con él. Se alegró de verme, ¿puedes creerlo? ¡Me dio un abrazo y me invitó a una copa! ¡Acojonante! Luego empezó a hablarme de su familia, de su exitoso trabajo en el bufete, de cómo se arriesgó cuando decidió ponerse por su cuenta... En definitiva, de todo eso que se dicen las personas que hace mucho que no se ven y que ni siquiera pueden considerarse amigos. El cabrón estaba bastante pasado y cuando llevábamos un buen rato hablando, de repente se le humedecieron los ojos y le empezó a temblar la voz. ¡Yo estaba flipando! ¡¿Te imaginas ver al puto Joker, por mucho que hubiera cambiado, llorando delante de mí como una cosa tonta?! Eh, ¿te imaginas?

—No, no me lo imagino —contesto. Las palabras, pronunciadas de forma muy deficiente, salen aletargadas de mi boca. Está claro que todavía estoy bajo los efectos de lo que nos ha puesto en el vino. Necesito más tiempo.

—No me extraña. El tipo insistía en pedirme perdón y yo, tonto de mí, creía que se debía a las putadas que me había hecho. Pero no —añade negando con un movimiento de cuchillo—. No era por eso. Quería pedirme perdón por...

—¡Por favor, suéltame! —lo vuelve a interrumpir el Sapo.

—¡Que cierres la boca te he dicho, maldita sea!

—¡Suéltame, por lo que más quieras!

Mateo inspira profundamente por la nariz como si estuviera aspirando paciencia, paciencia que retiene en los pulmones al tiempo que ladea la cabeza unos grados sin dejar de mirar al Sapo. Con cierta dificultad veo cómo levanta el cuchillo y dibuja una equis en el aire. Tengo que forzar la vista para ver cómo un líquido cardenalicio y viscoso empieza a teñir su camisa en sentido descendente. Don Teófilo se examina incrédulo antes de soltar un alarido cargado de dolor y retorcerse en la silla.

—Si sigues así, solo conseguirás romperte algo —le informa usando un tono neutro—. La próxima vez que me interrumpas te juro que te mato.

Sé que de alguna forma debería intervenir y, sin embargo, permanezco a la expectativa. No lo hago por miedo, sino por incapacidad, aunque, por otra parte, no puedo evitar estar muy interesado en asistir a un desenlace que se prevé muy poco favorable para don Teófilo.

Mateo aguarda pacientemente a que deje de gritar. Algo después, don Teófilo solo balbucea y gimotea tratando de contener el dolor en silencio.

—Bueno, lo que te iba diciendo: Darío quería pedirme perdón, pero no por los motivos que yo pensaba. ¿Sabes por qué?

Acerca su cara a la mía.

—Por supuesto que lo sabes, ¿eh? Venga, no seas tímido, cuéntale a don Teófilo qué hiciste durante una de esas tutorías que manteníamos en su despacho.

—Necesito ir a un hospital —balbucea el Sapo—. ¡Llevadme a un hospital! —exige desgañitándose.

Mateo resopla de puro hastío, se gira, da un par de pasos al tiempo que se cambia el cuchillo de mano y se inclina sobre él.

—¿Al hospital, eh? ¡Claro que sí! Por supuesto. Tú tranquilo, todo acabará pronto. ¿Confías en mí?

El otro no responde.

—Contesta, hijo de puta. ¡¡Confías en mí?!

Hay algo embetunado en la voz de Mateo que se alienta del miedo que rezuma don Teófilo por cada uno de sus poros.

—¿Confías en mí? —insiste.

Tras unos segundos de indecisión, timorato, niega con la cabeza.

—Haces bien.

La hoja del cuchillo desaparece en el abultado vientre del Sapo, movimiento que repite en cinco ocasiones. En la última tira hacia arriba del mango mientras le susurra algo al oído. Asisto a la escena con cierta asepsia, como si fuera parte de un metraje de ficción que ya sé cómo termina y, sin embargo, me causa estupor. Don Teófilo no grita, o por lo menos yo no lo oigo a pesar de que tiene la boca casi tan abierta como los ojos, que dan la impresión de estar a punto de salirse de las cuencas. Instantes después deja caer la cabeza hacia la izquierda hasta reposarla sobre su hombro como si se acabara de quedar dormido. Un prolongado pero poco escandaloso lamento, acompañado por un borbotón de color púrpura sella un acústico y cromático desenlace que bien podría cerrar el último acto de una trágica obra de teatro.

Mateo, que asiste desde una privilegiada primera fila a los últimos estertores del Sapo, alarga el brazo para limpiar la hoja del cuchillo en la pernera del pantalón beis del anfitrión. Luego se da media vuelta y clava su enajenada mirada en la mía.

—Sangra como un cerdo. Como el cerdo que era. ¡Menudo asco! —se queja.

Me gustaría decir algo, pero justo cuando envío la orden de producirlo, esas palabras se esfuman de mi todavía empantanado cerebro. Es como si no fuera capaz de retenerlas, lo cual me genera cierta frustración que, incapacitado como estoy por el efecto de las sustancias psicotrópicas que circulan libremente por mi sangre, tampoco sé muy bien cómo gestionar. Niego con la cabeza, pero no sé por qué.

—¿No? ¿A qué te refieres con ese no? ¿Que no se merecía un final así? Venga, hombre, no me jodas. ¿Me vas a decir ahora que este depravado asqueroso merecía vivir? ¡Le he hecho un favor al mundo! —proclama elevando la voz—. Hoy, este repugnante planeta es algo mejor gracias a mí. ¿No notas el aire más limpio? ¿Cuántos niños habremos tenido que soportar el roce de sus manos y el fétido olor de su aliento mientras nos besaba? ¡¿A cuántos habrá jodido la vida como me la jodió a mí?! ¡Responde, tú que todo lo sabes! ¡¿A cuántos?!

Hago un esfuerzo por evitar que la frase que estoy a punto de fabricar vuelva a perderse y tan pronto aparece en mi mente la verbalizo con rabia.

—¡Me lo juraste! ¡Me lo juraste por la cuadrícula! —logro gritar.

Lo inesperado e hilarante de la respuesta le provoca una carcajada que Mateo utiliza para liberar la tensión acumulada.

—¡Tienes razón! Lo juré, lo juré. Pero...

De nuevo las risas.

—Pero es que no sabía ni qué decirte cuando te empeñaste en que te jurara que no iba a hacerle daño. Fue lo primero que se me pasó por la cabeza, la verdad. La puta cuadrícula..., qué cosas. No, amigo, no. Esto lo llevo planeando mucho tiempo como para echarme atrás por una estúpida promesa. Además, tú mismo lo dijiste antes. ¿Qué me contestaste cuando te pregunté si todos estamos capacitados para matar?

Mateo desvía la mirada mientras rebusca en su memoria.

—Algo así como que cualquiera podría hacerlo en determinadas circunstancias. Pues mira, mis circunstancias determinadas son estas: un pederasta hijo de puta que me jodió la vida cuando tenía trece años, trece —enfatiza—, y con el que he tenido la inmensa fortuna de cruzarme de nuevo para hacer que haya un pederasta menos sobre la faz de la tierra. ¿Lo entiendes? ¡¿Eh?! ¡Dime que lo entiendes! —me grita Mateo, ahora sí, muy alterado.

Me encantaría poder decirle que es un imbécil de talla mayúscula y que acaba de cometer la mayor estupidez de su vida, pero siento que he agotado toda mi capacidad verbal y que la somnolencia vuelve a aparecer con vigor renovado.

—Quizá necesites descansar un poco. Sí, yo creo que es lo mejor, porque cuando vuelvas a despertar te voy a pedir que hagas memoria. Necesito que viajes conmigo al día que te confesé qué me estaba haciendo este bastardo y a ti se te ocurrió una solución. Una fabulosa e infalible solución. ¡Sabes de qué día te hablo, ¿verdad?! Tengo que entenderlo para tomar una decisión al respecto. Tu vida va a depender de ello. De que me expongas las razones que te llevaron a hacer lo que hiciste, a convertirte en lo que eres. Sí, porque eso es lo que tú eres, amigo mío.

Se gira, mira al techo y me apunta con el brazo.

—Siete letras: aquel que quebranta el compromiso de lealtad o fidelidad que le une a una determinada causa o persona. ¿Adivinas?

Escucho perfectamente pero me niego a dar crédito a sus palabras. El sopor es cada vez más insoportable y, abrumado como estoy por la situación, consiento que los párpados caigan por su propio peso. Antes de dejarme arrastrar por los efectos sedantes del cóctel de fármacos del que no consigo librarme, oigo la solución al enigma.

—Traidor.

20. VERTICAL (SEIS LETRAS): EFECTO DE MITIGAR AFLICCIONES

Colegio San Nicolás de Bari
Diciembre de 1993

A dos días de que llegara Nochebuena y nos marchábamos a nuestras casas hasta la segunda semana de enero, mi existencia podía compararse con una suerte de vía crucis que gravitaba en torno a los jueves, que era el día que tenía concertada la tutoría semanal con don Teófilo. Si de lunes a miércoles el terror y las náuseas eran las emociones que se manifestaban con más fuerza, de jueves a domingo lo que me consumía era el odio que sentía hacia mí mismo por no encontrar el modo de enfrentarme a él. Asumir que uno es un maldito cobarde no resulta sencillo. No. Ser del todo consciente de que estás arruinando tu vida por no tener la valentía de enfrentarte a tus demonios y no hacer nada por evitarlo te termina comiendo por dentro.

Pero mi demonio particular no vestía una túnica negra, sino un recién planchado uniforme del Ejército de Tierra.

La opción de denunciar la situación implicaba que el Comandante acabara enterándose de que su hijo había consentido que un tipo le comiera la polla una vez por semana, lo cual, como posibilidad, estaba absolutamente descartada. Su respuesta a tal afrenta abarcaba desde que me diera una paliza que me dejara con parecidas funciones vitales a las de una ameba bajo los efectos del alcohol hasta que le volara la cabeza a don Teófilo con la reglamentaria y terminara sus días en prisión, donde, casi con total seguridad, renunciaría a que su hijo lo visitara por castrense dignidad, que es lo mismo que decir por sus santos cojones. Solo con pensarlo se me erizaban los pelos de la nuca como si acabara de personarse ante mí el mismísimo Lucifer al frente de toda su cohorte.

En aquellos días yo tenía mucho más miedo a decepcionar al Comandante que a enfrentarme a sus cuernos de macho cabrío, y eso que apenas me había puesto la mano encima en un par de ocasiones. De una de ellas, eso sí, todavía podía escuchar el sonido del cinturón cortando el aire. Fue cuando se me ocurrió mandarlo «a tomar por el puto culo» —literal—, tras castigarme sin salir dos semanas por haber olvidado un par de calcetines usados bajo la cama. A veces, en un ridículo intento por relativizar la cuestión, me ponía en la tesitura de que fuera yo quien le estuviera chupando la verga a ese cabrón, y visualizando cómo reaccionaría mi padre, siempre llegaba a la conclusión de que lo único que cambiaría es el orden de a quién masacraría primero, a mí o a don Teófilo.

El caso fue que después de dos sesiones en las que el libreto se había desarrollado del mismo modo —breve charla de bienvenida, arenga motivadora, bajada de pantalones y eyaculación—, tocaba afrontar la tercera en apenas un par de horas. Mi aspecto físico, de normal poco envidiable, había empeorado mucho y raro era el día que conseguía terminarme lo que me ponían en el plato. Frente a unas nada apetitosas patatas a la importancia me encontraba yo tratando de enajenarme del barullo que se adueñaba del comedor a mediodía, preguntándome cuál sería la vía más rápida para terminar con mi sufrimiento: arrojarme al vacío desde la azotea del tercer piso o abrirme las venas con el cuchillo deficientemente afilado que sostenía en mi mano. Y en esas estaba cuando Álvaro se sentó a mi lado y me dio un sonoro golpe en la espalda.

—Pero, tío, ¿dónde coño te metes? Te estuve buscando el sábado para escuchar la jornada.

—¿Qué jornada?

Me miró como si aquella fuera la primera vez que me veía en su vida.

—Jue, colega, pues cuál va a ser: la jornada de fútbol.

—Ah, esa. Claro, claro.

—Nos metimos en el cuarto de los Larreta y allí estuvimos toda la tarde. Perdió el Madrid.

—¿Contra? —me interesé no sé por qué.

—La Real. Épico.

—El Real perdió contra la Real —enuncié intentando emular el titular de un diario deportivo. El intento no pasó de ahí.

—Nadie llama Real al Madrid —me corrigió.

—¿No? ¿Y eso por qué? ¿De dónde es la Real?

—De San Sebastián.

—¿Y por qué a la Real no le llaman el San Sebastián igual que al Real Madrid le llaman el Madrid?

—Pues no sé.

—No sabes, ¿eh?

Me mofé en un tono inquisitivo.

—Pues no. Lo único que sé es que al Real Madrid todo Cristo le llama el Madrid o el Real Madrid y a la Real la conocen como la Real o la Real Sociedad.

—Pues es una gilipollez como la copa de un pino.

—Lo será, pero es así.

—Bueno, las cosas son así hasta que dejan de serlo.

—¿Qué cosas?

—Las cosas, en general.

Álvaro dudó y tras cavilar unos segundos resolvió cambiar de tercio de manera radical.

—Bueno, lo que te venía diciendo: que hace mogollón que no nos vemos.

Tenía razón. Los días sucesivos a mi primera tutoría me había ocupado de mantenerme alejado de todo el mundo en general y de él en particular. Me limité a contarle que milagrosamente don Teófilo no me había mencionado para nada el asunto del robo de la cámara y, aunque resultara difícil de creer, el hecho era que en muy poco tiempo en el internado se dejó de hablar de ello como si jamás hubiera ocurrido. Me había conjurado para no contar nunca a nadie lo que pasaba en ese despacho —como si de ese modo fuera a ser menos cierto—, y ni siquiera la única persona a la que podía considerar un amigo estaba exenta de esa norma impuesta por mí.

—Ya, es que últimamente no me encuentro muy bien.

—No hace falta que lo jures. Pareces un cadáver andante. ¿Has pasado por la enfermería?

—No.

—¿Por?

—Porque no me hace falta.

—¿Ahora eres médico o algo así? Si me acabas de decir que no te encuentras bien.

—No me siento bien, pero no es necesario pasar por la enfermería.

—Joe, chaval, eres más raro que un perro verde. Tú mismo. Escucha: sabías que los hermanos Larreta mueven el cotarro de las apuestas por aquí, ¿no?

—No.

—Pues ya lo sabes. El caso es que los cabrones se quieren apostar con los que somos del Pucela que el Athletic termina la liga entre los cinco primeros y que el Valladolid desciende.

—Ese es el de Madrid o el de Bilbao —quise aclarar yo.

—El de Bilbao, ellos son de allí.

—Pero es mejor el otro, ¿no?

—Este año andan bastante mal.

—¿Cuál de los dos?

—El de Madrid.

—Me la sopla, la verdad.

Álvaro bufó de pura exasperación.

—¿Me vas a dejar que te lo cuente o no?

Silencio.

—Gracias. Nos hemos jugado cinco talegos. Si se cumple lo que ellos dicen se lo llevan todo, si se cumple una de las dos, repartimos, y si no aciertan ninguna nos llevamos nosotros los cinco verdes.

—Pues muy bien.

—El tema es que lo he hablado por teléfono con mi primo, que chana de fútbol que no veas, y me ha dicho que el Pucela no baja este año ni de coña. Que el Lleida, el Logroñés y el Rayo son mucho peores que nosotros, así que ahí nos aseguramos no perder. ¿Me sigues?

—Sí.

—Fonfo también me dice que...

—¿Quién es Fonfo?

—Mi primo, tío, ya te lo he dicho.

—No me has dicho cómo se llama.

—Se llama Alfonso, pero lo llamamos Fonfo.

—Vale.

—Pues eso: que Fonfo no ve tan fácil que el Bilbao quede...

—¡Anda! —lo interrumpí de nuevo—. ¿Al Athletic sí que se le puede llamar el Bilbao pero a la Real no se le puede llamar el San Sebastián?

Álvaro se mesó su rubio cabello en un acto de acopio de paciencia.

—Joder, Mateo, macho, ¿quieres dejar de una vez el temita ese de los nombres? ¿Qué más da cómo se llamen o se dejen de llamar los equipos? A lo que quiero llegar es a que nos hacen falta seiscientas pelas para cubrir la apuesta de los hermanos Larreta. ¿Qué dices?

—Sobre qué.

—La madre que te parió, tío. Digo que si las tienes.

—Sí, creo que sí —dudé.

—Vale. Vamos avanzando. ¿Y te animas?

—Puede, pero no me apetece apostarlas así porque sí.

—No, no... tú me las dejas a mí, no las apuestas. Las apuesto yo, ¿entiendes?

Algo me decía que Álvaro me estaba haciendo el lío.

—Tú no arriesgas nada —prosiguió—. Es un préstamo, sin más.

—Mis huevos, sin más. Si ganas, te quedas con la pasta y yo no veo un duro; si pierdes, tú te quedas sin la pasta y yo también.

—Que no, hombre, que si ganamos te lo devuelvo al momento y si perdemos...

—Si te he visto no me acuerdo —completé.

—¡Qué desconfiado eres, colega! Si perdemos, te juro que te devuelvo hasta la última peseta, pero, vamos, que fijo que no vamos a perder. De eso estoy seguro. Si no lo estuviera, no apostaría. Vamos a ganar, fijo.

—Bueno, eso lo dices tú y tu primo Fonfo. Pero si ganas yo sigo sin ver un duro...

—Tú por narices debes tener sangre judía, cabrón. Mira lo seguro que estoy de que vamos a ganar que si nos llevamos la pasta te doy doscientas calas.

—Cuatrocientas más las seiscientas que puse. Total mil.

—Me cago en la leche puta...

En ese instante, don Teófilo pasó frente a nosotros con su bandeja y se sentó un par de mesas más allá. No podría decirlo con certeza, pero doy por hecho que de la ya de por sí paupérrima escala cromática que pintaba mi cara salieron huyendo un par de tonos.

—Jue, macho, si te parece poco podría llegar a las cuatrocientas, pero no me pidas más porque... ¿Qué te pasa? ¿Estás bien?

Álvaro notó que me costaba respirar y que el sudor empezaba a perlar mi frente.

—Tengo que salir de aquí —dije azorado.

A tenor de cómo fue su reacción, aquello debió de sonar a súplica.

—Espera, te acompaño. Vamos afuera, necesitas que te dé un poco el aire.

En el exterior, el invierno acababa de dar un puñetazo en la mesa para demostrar que había llegado a instalarse por aquellos lares durante un tiempo indeterminado. Íbamos sin abrigar como correspondía, pero, paradójicamente, la baja temperatura del exterior hizo que el calor regresara a mi maltrecho organismo como si temiera ser represaliado por el frío. Durante unos minutos caminamos uno al lado del otro sin mediar palabra. Y aquel patio libre de molestas miradas me pareció un lugar excelente para abrir la jaula donde había encerrado toda mi vergonzante cobardía. Apoyado con ambas manos en una pared, me entregué a la tarea de desahogarme en completo silencio, lo cual causó mayor efecto en Álvaro que si lo hubiera hecho berreando y gritando como el cuerpo me pedía que hiciera.

—Mateo, tío, ¿me quieres contar qué demonios te ocurre?

La misma pregunta, formulada de muchas maneras diferentes, no obtenía respuesta, por lo que Álvaro me agarró por los hombros, me giró y consintió que me refugiara en sus brazos. Allí, aprovechando que su jersey azul de cuello pico me pareció lo suficientemente acolchado para amortiguar mi llanto, terminé de derrumbarme por completo.

—Estás hecho una auténtica mierda. ¿Se puede saber qué demonios te ocurre? ¿Otra vez el puto Joker?

Negué con la cabeza.

—¿Entonces? No puedo ayudarte si no me lo cuentas.

Creo que resistí un par de intentos.

—El Sapo, es el Sapo.

—¿Don Teófilo? ¡¿Qué pasa con él?!

Antes de contestar me sequé las lágrimas y el líquido que se escapaba de mis fosas nasales con la mano y de ahí al pantalón.

—El hijo de puta me está obligando a...

—¿A qué?

Yo no era capaz de completar la frase.

—¿A qué te está obligando, Mateo?

—A eso —dije mirándome la bragueta.

Álvaro lo pilló a la primera.

—¡Hostia! ¡¿Te está obligando a hacerle pajas o...?!

—¡No! Al revés, me las hace él a mí.

—Pero... ¿y por qué te dejas?

En ese punto estallé.

—¡Joder! —grité—. Porque me ha amenazado con contar lo de la cámara. Lo sabe. Y aunque no pueda probarlo le da lo mismo. El padre Garabito lo creerá y me expulsarán de inmediato.

—Pero ¿no hiciste lo que te dije?

—¡Lo intenté, pero no coló y, aparte del bofetón que me arreó, me amenazó con llevarme al despacho del director si volvía a negarlo!

—¡Qué hijo de puta! Vale, trata de tranquilizarte un segundo. Respira. Eso es. Respira —insistió aclimatando el tono de voz.

Cuando me vio en disposición de hacerlo, Álvaro empezó su interrogatorio.

—¿Desde cuándo?

—Desde el primer día que acudí a la tutoría.

—Pero si me dijiste que...

—Te mentí porque me daba vergüenza hablar de ello.

—Ya. Vale. Lo entiendo. ¿Y dónde lo hace? ¿En su despacho?

—Sí, durante las tutorías a las que tengo que ir todos los jueves.

—Hoy es jueves.

—¡¿Te crees que no lo sé?!

—Me cago en su puta madre. Puto Sapo asqueroso.

Acto seguido, Álvaro introdujo las manos en los bolsillos y se puso a caminar en círculos.

—¿Qué haces? —quise saber.

—Estoy pensando.

—¡Déjate de historias! Lo de robar la cámara fue idea tuya y mira.

—Oye, no seas cabrón, que yo no tengo la culpa de que ese cerdo la haya tomado contigo. Además, yo le habría dado dos hostias y a correr.

—Ya, tú no tienes el padre que tengo yo.

—Por eso o por lo que sea. Qué más da. Déjame pensar. Tiene que haber un modo de que te puedas librar de él. Tiene que haberlo... ¿Dónde tiene el despacho?

—Arriba. Es el último del pasillo verde.

Álvaro se quedó mirando a un punto fijo suspendido en algún lugar más allá de mi cabeza.

—¿Y el de al lado?

—Es un cuarto de limpieza. Creo.

—Pero ¿tiene ventana?

—Tendrá. Sí, claro que tiene. Es como el resto del edificio.

—Tendría que comprobar si tiene alféizar, pero si es así lo tenemos chupado.

—Suéltalo de una vez.

—Entrar en el cuarto de limpieza es cosa mía, son puertas viejas y con un cuchillo cualquiera puedo mover el pestillo. Le pido la cámara a Darío y cuando estés dentro yo salgo por fuera y os hago unas fotos a través de la ventana. Cuando se las enseñes, se le van a quitar las ganas de... De todo —especificó—. ¡Hijo de perra asqueroso!

—¿Fotos? Pero ¿qué dices, tío? ¡Una mierda!

—Luego las destruyes o haces con ellas lo que quieras. Son la prueba de que don Teófilo es un depravado y te pueden servir para joderlo vivo cuando quieras.

—Pero... ¿qué dices? ¡¿Te crees que se va a dejar hacer unas fotos así porque sí?!

—No, así porque sí, no. Pero resulta que no le vamos a pedir permiso, chaval. Tú encárgate de que esté de espaldas a la ventana y yo me ocupo de lo demás. Más fácil imposible. Entro en el cuarto a los diez minutos, salgo por la ventana, estiro un poco el brazo y le hago un publirreportaje. Te recuerdo que la cámara es digital, así que puedo hacer las fotos que me dé la gana. Revelamos solo las que nos interesen y en la siguiente tutoría se las tiras a la puta cara. Verás cómo se le quitan las ganas de volver a tocarte. Y, por supuesto, te aseguras el sobresaliente al final de curso —bromeó.

Era una locura, pero, dicho por él, parecía coser y cantar. Y aunque yo en ese momento estaba poco dispuesto a coser, necesitaba, y mucho, cantar. Terminé accediendo, y por la módica cantidad de quinientas pesetas —que tuve que poner yo de mi bolsillo—, el Joker le alquiló la dichosa cámara de fotos: la causante de mi actual desgracia y mediante la cual pretendía terminar con ella.

Con el estómago completamente revuelto y las palmas de las manos encharcadas en sudor, me presenté a la hora acordada frente a la puerta del despacho de don Teófilo y, después de inspirar y respirar como si fuera una parturienta —ojalá—, golpeé tres veces y esperé a que me diera su permiso para entrar. Era su expresión una más que evidente declaración de intenciones: risueño, podría decirse que incluso se apreciaban trazas de veterano seductor. Nada tenía que ver con el rictus circunspecto y amargado que mantenía durante las clases. La actitud también era diferente: afable por defecto, obsequiosa por exceso.

Nauseabunda.

Su proceder contemplaba un breve preámbulo que, intuyo, tenía la pretensión de atemperar la atmósfera. Acto seguido me regaló unas palabras dirigidas a fortalecer los cimientos de nuestro carnal acuerdo, recordándome, cómo no, quién seguía manteniendo la sartén por el mango y quién debía achicharrarse en ella. Finalmente tomó la iniciativa y sin mostrar prisa alguna ni ansiedad, se acercó a mí para degustarme a placer, nunca mejor dicho. Era antes de llegar a esta parte donde yo, según el plan, debía modificar mi rol y pasar de la pasividad total a la actividad parcial.

Y eso hice.

Esperé con suma impaciencia a que él se incorporara para levantarme de la silla y rodear la mesa con el propósito de colocarme frente al ventanal. Al principio se sorprendió, pero enseguida me dejó actuar, curioso y expectante, igual que se comportaría una anaconda en su terrario ante los movimientos del simpático conejito blanco. Yo hice como si me acomodara sobre el escritorio para disfrutar de las vistas confiando en que Álvaro cumpliera con su parte. El Sapo, no pudiendo contener sus ferales impulsos de anfibio reptiliano, se situó frente a mí y tras toquetearme con torpe brevedad se arrodilló para estar a la altura del botín. Ahí solía entretenerse lo justo, lo que tardaba en desabrocharme el cinturón y bajarme pantalones y calzoncillos en un solo movimiento. Era yo poco de rezos y credos, pero en aquel instante, expuesto como estaba, creo que me encomendé a todos los santos del cielo para ver alguna señal que me hiciera creer que el plan estaba surtiendo efecto.

Y, casi de manera milagrosa, sucedió.

Una mano celestial.

Una mano celestial que sostenía una cámara.

Una mano celestial que sostenía una cámara y que enfocaba hacia el interior del despacho. No tardé en deducir que Álvaro no había salido al exterior, sino que le había bastado con sacar el brazo por la ventana. Yo sonreía, pero enseguida rectifiqué la pose no siendo que las pruebas pudieran malinterpretarse y pasara yo de víctima a verdugo en un par de fotogramas. Modifiqué por tanto la línea que conformaban mis labios de cóncava a convexa y apreté con fuerza los párpados para dramatizar un poco la escena. Luego me concentré para no dilatar el proceso más de lo estrictamente necesario dando por hecho que había tenido tiempo más que de sobra para captar lo que tenía que ser mi certificado de libertad.

Cuando abrí los ojos no vi más que el mismo estático paisaje de siempre, pero me pareció entonces que había cambiado: era todo más bello, más puro. Y, como si estuviera aspirando la brisa que a buen seguro circulaba por aquellas cumbres, me dejé invadir por una corriente de esperanza muy viva, real.

Al igual que las veces anteriores, no hubo despedida, lo cual agradecía en el alma solo por el hecho de ahorrarme el bochorno que sentía al marcharme de allí. Lo último que registró mi memoria fue una sensación de alivio que iba creciendo con cada paso que me alejaba de aquel maldito despacho.

Alivio de pensar que jamás tendría que volver a pasar por aquello.

Alivio espiritual.

Alivio pleno.

21. HORIZONTAL (CUATRO LETRAS): ONOMATOPEYA DE LA PULSACIÓN DE UN TECLADO

Comandancia de la Guardia Civil, Valladolid
Lunes, 2 de diciembre de 2019, a las 12.46

El teléfono sigue sonando en el despacho del teniente Balenziaga, quien, absorto en una fotografía, es inmune al ruido incesante.

Un parpadeo.

Un clic.

Le toca revisar de nuevo las de la bodega. No es que se las conozca de memoria, pero casi. Además, le recuerdan mucho al *txoko* al que solía ir con la cuadrilla en Algorta, su pueblo natal. Diría que tienen la misma distribución y parecidos metros cuadrados, pero el mobiliario y la decoración son diferentes. Esta es de corte más clásico: madera oscura, con predominancia de la línea curva y los colores pastel y, cómo no, abundancia de objetos decorativos inservibles. Aunque si algo predomina en esa bodega son los rastros de sangre. En la imagen que está examinando se muestra el detalle de la herida cortopunzante que la víctima presenta bajo el maxilar inferior y que tiene una sola trayectoria de abajo arriba. Si tuviera que apostar diría que, por las proyecciones de sangre, enérgicas y distantes, es la primera que recibió y la que le provocó la muerte; sin embargo, como sucede con todas las demás hipótesis que se cocinan en su sesera, para corroborarlo aún tendrá que esperar a que le entreguen el informe del forense y el de criminalística. Bittor es un tipo paciente, cualidad inherente del buen investigador, según preconizaba uno de los formadores que más le marcaron en la academia. Y él está de acuerdo, pero ello no obsta para que esté realmente ansioso por recibirlos. De hecho, a primera hora de esa mañana se ha personado en el despacho de su inmediato superior, el comandante Viciosa, y le ha argumentado que las especiales circunstancias del caso exigen premura máxima en la parte técnica, reconociendo en eso de «especiales circunstancias» un «no tengo ni la menor idea de por dónde meterle mano al asunto».

Un parpadeo.

Un clic.

La siguiente muestra el tórax de la víctima. La costra de sangre que recubre la epidermis no permite discernir cuántas puñaladas recibió, por lo menos cuatro. Puede que cinco. Por la trayectoria podrán dilucidar si la víctima estaba sobre sus pies y así estimar la altura del agresor, aunque él piensa que ya se encontraba tumbado en el suelo cuando ocurrió. Las imágenes inmediatamente posteriores se alejan del cuerpo y las que se siguen se aproximan al rostro de la víctima.

A pesar de que es un completo desconocido, Bittor no puede evitar empatizar con él. En posición decúbito supino y con la cabeza algo inclinada hacia su izquierda, presenta los ojos entreabiertos y la boca torcida como si la muerte le hubiera sobrevenido cuando estaba a punto de decir algo. Si lo viera su abuela Remi, diría que es un espíritu condenado a vagar como alma en pena por toda la eternidad. Un espectro atormentado que se niega a entrar en el más allá y que deambulará por siempre sin traspasar los muros del lugar donde fue asesinado hasta que se haga justicia; como le sucedió a su primer marido, con quien aseguraba comunicarse en el granero donde le dio muerte un vecino a quien debía cuatro fanegas de trigo y que logró huir a Francia.

Cosas de viejas. O no, quién sabe.

El timbre no ceja en su empeño.

El teniente Balenziaga tampoco.

Un parpadeo.

Un clic.

Doce segundos.

22. HORIZONTAL (SIETE LETRAS): APETITO SEXUAL INCONTROLABLE

El agua que se estrella contra mi cara me saca del estado de somnolencia del que no soy capaz de salir por mi propio pie. De inmediato noto un pinchazo en el cuello como consecuencia de haberme erguido de golpe en la silla a la que sigo atado. No encuentro mejor forma para liberar ese dolor que soltarlo por la boca acompañado de insultos y blasfemias. También siento molestias en la espalda y los hombros, así como en los tobillos y las muñecas, donde las cuerdas de montaña me aprietan más de la cuenta.

Mateo, que sostiene un vaso vacío en la mano, parece divertirse, aunque en la expresión de su cara aprecio otros matices. Detalles que me hacen sentir intimidado y, por qué no decirlo, atemorizado.

—Venga, despierta de una puta vez, que ya se me están hinchando las pelotas de esperar. Despierta —insiste.

Con cada sílaba me regala un bofetón que produce un sonido nada natural al estar amortiguado por los guantes de vinilo que lleva puestos. Yo me limito a pestañear una y otra vez cual si pretendiera arrancar un motor que se ha quedado sin batería. En la esperpéntica tesitura en la que me encuentro sé pocas cosas, pero una de las pocas cosas que sé es que Mateo ha cruzado una frontera que no admite el arrepentimiento como pasaporte de vuelta.

—¿Qué me has hecho? —consigo balbucear.

—¿Yo? Yo nada. Lo que te dije antes: he añadido al vino un popurrí de sustancias que terminan en «zolam» y «zepam» y que dan mucho sueño e incluso pueden causar ligeras lagunas mentales en el sujeto que las ingiere. Cuestión que no debería preocuparte demasiado porque lo más probable es que acompañes a don Teófilo —se aparta para señalarlo— al segundo círculo del infierno que, según Dante, es donde debe de encontrarse ahora.

Es entonces cuando intento enfocar el bulto que está sentado frente a mí y me viene a la cabeza la escena en la que Mateo le clava repetidamente un cuchillo en el estómago a ese mismo bulto.

Mateo se adelanta a la conclusión que estaba a punto de extraer.

—Sigue muy muerto. Pero, vamos a lo importante: ¿cómo dirías que es posible que sepa eso si jamás he leído la *Divina Comedia*? Pues muy sencillo: porque para elaborar crucigramas el secreto está en cómo formulas las pistas; y me ha venido a la cabeza esta, escucha: siete letras, círculo del infierno de Dante en el que vagan los lujuriosos. O, mejor aún, de siete letras también, pecado capital que cometen quienes vagan por el segundo círculo del infierno de Dante. Todo tiene que ver con la lujuria. La lujuria ha sido su pecado. Ahora bien, ¿el tuyo? ¿Sabes cuál es el tuyo?

No son sus palabras lo que capta mi atención, sino discernir si eso que asoma a la altura del ombligo de don Teófilo es un pedazo de intestino. Las náuseas que me invaden lo confirman. No es esta la primera vez que me enfrento a un cadáver, pero quizá sí sea la más comprometedora. Ser consciente de ello hace que se me agite el estómago.

—Voy a vomitar —anuncio.

Inclino el tronco hacia la derecha todo lo que puedo al tiempo que ladeo la cabeza para cumplir con mi palabra y vaciarme contra el suelo.

—¡Joder, qué ascazo, cabrón!

Segunda arcada.

Mismo procedimiento, idéntico resultado.

Los trozos de lechazo y pedazos de los ingredientes que hace no mucho componían una ensalada conforman ahora un *collage* licuado en vino que compromete varias baldosas. Las partículas odoríferas propias de los jugos gástricos se alían con las que emanan de los alimentos en fase de descomposición para conquistar esa atmósfera ya de por sí enrarecida.

—¡Menuda mierda! —protesta Mateo antes de prender un cigarro y dar varias caladas cortas para combatir el hedor.

—Lo has asesinado a sangre fría —consigo articular.

—Bueeeeno —contesta él alargando infinitamente la «e»—. No vamos a llorar por don Teófilo, ¿no?

Mateo sujeta el cigarro entre los dientes y da una fuerte palmada.

—¡Venga! ¡Vamos a lo nuestro! ¿Has pensado en lo que te dije antes? Me refiero al día que me propusiste fotografiar *in fraganti* a este bastardo mientras disfrutaba de mi... De mí.

Hago el intento de recuperar esos recuerdos, pero mis archivos permanecen cerrados por los psicotrópicos que me ha suministrado.

—No sé tú —prosigue Mateo—, pero yo me acuerdo como si hubiera sucedido ayer. Recuerdo que salí del despacho del Sapo y te fui a buscar a la habitación. Estaba eufórico porque había visto cómo sacabas el brazo por la ventana y hacías las fotos. El caso es que al no encontrarte pensé que ya estarías con el Joker para revelarlas. Yo no tenía ni idea de cómo funcionaba una cámara digital, así que di por hecho que estarías en ello. Recuerdo que llegó la hora de cenar y que no te vi en el comedor. Me extrañó. Mucho. Entonces empecé a ponerme nervioso por si te había pasado algo y, fíjate si estaba preocupado por ti, que hasta reuní el coraje suficiente para acercarme a Darío y preguntarle si te había visto.

—Mateo carraspea con la intención de impostar la voz—. «¿Yo? ¿A ese gilipollas? Ni zorra idea. Y date el piro cagando virutas, cateto, tengo cosas que hacer». —Ahora se da media vuelta y aprieta los puños con fuerza—. Yo insistí, y fue entonces cuando al mencionarle la cámara me agarró por el cuello y me puso contra la pared. Luego me llamó maricona de mierda y me dio una patada en el culo delante de todo el mundo. Me pasé toda la puta noche llorando contra la almohada para que Ricky no se diera cuenta. Sospechaba que algo raro pasaba, pero la incertidumbre y la ansiedad me mataban.

Mateo da una calada y coloca el cigarro sobre mi cabeza antes de darle unos golpecitos con el índice para que me caiga la ceniza en el pelo. Sé lo que me va a contar, pero prefiero mantenerme al margen por si aún hubiera alguna remota posibilidad de que estas aguas regresen a un cauce que ya no existe.

—Al día siguiente estaba yo caminando por el patio como un zombi y te acercaste para explicarme en menos de un minuto que las fotos no habían salido por algo relacionado con el reflejo del cristal. Me esperaba algo así, pero lo que de verdad me dejó helado fue que ni siquiera me miraste a los ojos. Te juro que ahora mismo estoy viendo cómo me lo cuentas en un tono de voz frío y seco. Cortante. Neutral, como si tal cosa —define—. ¡Ah, pero por lo menos tuviste la decencia de devolverme las quinientas putas pesetas!

Mateo se ríe. Es una risa cargada de amargura y resentimiento.

—Me diste el billete doblado, te marchaste y yo me quedé mirando el rostro de Rosalía de Castro sin saber qué decir. Estaba desolado. Todo eso lo recuerdo, como ves, a la perfección. Lo que no sé, y tú me vas a contar ahora, es lo que pasó desde que saliste del cuartucho de limpieza hasta ese momento. Y no me preguntes por qué estoy tan obsesionado con saberlo, pero el caso es que lo estoy. ¿Qué hiciste, Álvaro? ¿A qué acuerdo llegaste con Darío?

Mateo se acuclilla frente a mí y me abofetea de nuevo. Es considerablemente mayor el daño que provoca en mi orgullo que el dolor físico.

—Vamos, suéltalo, cabronazo, ¿a qué acuerdo llegaste con Darío?

En ese instante maldigo al Joker con todas mis fuerzas. Tengo que valorar varias opciones antes de crear un relato que termine enterrándome. En plenitud de condiciones sería tarea sencilla, pero sumido como estoy en esta ciénaga mental necesito algo de tiempo.

—Dame un poco de agua, por favor.

—Agua —repite él—. Claro, te sabrá la boca a estercolero.

Con calma, Mateo llena el vaso de agua y me lo acerca al labio inferior. Cuando va a verterlo, lo aleja y lo deja caer sobre mi regazo.

—No mereces ni agua.

Luego arroja el vaso contra la pared haciéndolo estallar en mil pedazos y a continuación agarra el cuchillo con el que ha destripado al Sapo y se acerca a mí.

—¡Empieza a hablar o te rajo el puto cuello ahora mismo! Y ya puedes afinar, porque cada vez que me digas una mentira te lo pienso hundir en el estómago como a ese cerdo.

—Han pasado muchos años... Demasiados.

—Habla.

Me cuesta encontrar las palabras, pero tengo que tratar por todos los medios de no sobrepasar ese límite en el que ya no exista posibilidad de retorno.

—Déjame ayudarte. Todavía podemos arreglar esto juntos, pero tenemos que...

—¿Arreglar qué? ¿Lo vas a resucitar? ¿Qué te crees, que estamos dentro de una de tus novelas? ¡Déjate de historias para no dormir y cuéntame lo que necesito saber!

—Está bien, Mateo, está bien —claudico por conveniencia—. A ver... Cuando salí del cuarto y vi las fotos... En fin, la mayoría no valían para nada: estaban mal enfocadas, se veía el reflejo de la ventana o directamente no se veía una mierda. Pero...

—Pero ¡qué! —me apremia, impaciente.

—Había un par o tres que sí —reconozco—. Y me causaron mucha impresión, la verdad.

Al escucharlo la crispación desaparece del rostro de Mateo. Da una última calada y aplasta la colilla contra el cenicero donde yacen sus otras hermanas ya consumidas.

—¿Qué se veía?

—Mateo: yo no creo que lo mejor sea que...

—¡Te he preguntado qué coño se veía en las fotos!

—A él arrodillado de espaldas y a ti apoyado sobre la mesa con los pantalones por los tobillos y los ojos cerrados.

—Continúa.

—Cuando salí del cuarto fui a buscar a Darío a su habitación y se las enseñé. Flipó. Al principio empezó a meterse contigo, a llamarte de todo, pero yo le paré los pies. Le expliqué que el único culpable era don Teófilo y que te estaba chantajeando. Fue entonces cuando se le ocurrió —añado antes de esconder la cabeza entre los hombros simulando un arrepentimiento que no siento, no por ser más o menos frívolo, sino por cuestión de estar o no capacitado para ello.

Tengo que encontrar la manera de edulcorar la verdad.

—Te juro por lo más sagrado que no me dejó opción. Era eso o nada.

—Explícate.

Ahora me muerdo el labio inferior como si quisiera impedir que las siguientes palabras que voy a pronunciar salgan de mi boca.

—El muy cabrón me dijo que iba a utilizar esas fotos para sacarle dinero al Sapo. Que le iba a apretar amenazándole con enseñárselas a la policía. Luego me empezó a contar una historia acerca de un cura de su barrio que les hacía cosas a los niños que se preparaban para la Comunión. Que todo el mundo lo sabía y que nadie se atrevió a hacer nada. Cuando por fin salió a la luz, el religioso se defendió aduciendo que eran invenciones de los críos. Al final al hombre lo enviaron a no sé qué rincón de África y asunto arreglado.

—Ah, muy interesante. Estoy conmovido.

—¡Tú me has dicho que te lo cuente todo! —protesto enérgicamente aprovechando para aparentar una reciedumbre que no tengo.

—Sí, sí. Adelante, adelante.

—Pues eso. En resumidas cuentas: que cuando se lo conté, él vio un posible negocio al asunto de las fotos, y aunque intenté hacerle cambiar de opinión, me resultó imposible.

—Imposible, claro —repite él con marcado aire irónico.

Incremento mi nivel de cabreo. Es lo que corresponde.

—¡La cámara era suya! ¡Y te recuerdo que el puto Joker era el matón del internado y nos tenía a todos acojonaditos! ¡A todos! —grito—. Al margen, confieso que yo acumulaba una deuda bastante importante con los hermanos Larreta. De apuestas en los partidos de fútbol. Y los Larreta no eran unos cualquiera. Haz memoria: esos dos cabrones iban diciendo por ahí que su viejo pertenecía a ETA y, aunque luego supimos que era mentira, en esos años solo oír hablar de ello acojonaba. Y a todo eso se sumaba que era dinero fácil y yo no me tenía que pringar. Él se iba a encargar de todo, de enseñárselas al Sapo y de apretarle las tuercas. Yo solo tenía que poner la mano.

—¿Cuánto?

Desvío la mirada para hacerle ver que estoy rebuscando en mi memoria.

—Creo que le pidió cinco mil al mes.

Mateo da un paso atrás como si la cifra hubiera impactado contra él.

—¿Ese era el precio de mi libertad? ¿Cinco mil al mes? Es decir, dos mil quinientas por barba. ¡Menuda miseria! Yo mismo os habría dado el doble. ¡Qué malnacidos hijos de puta! Lo suyo puedo entenderlo, pero tú... ¡Tú eras mi amigo! ¡Se suponía que ibas a ayudarme a salir de esa! ¡Ese maldito degenerado me estaba jodiendo la vida y tú me cambiaste por dos mil quinientas pesetas!

Lo siguiente que diga tiene que sonar muy creíble.

—Te vuelvo a repetir que no tuve opción. Entre eso y nada, elegí eso.

—Dos mil quinientas pesetas... —repite en bucle—. ¿Y qué hiciste con ese dinero?

—Para empezar, el Joker solo me lo dio tres meses o cuatro, no recuerdo bien cuánto tardó el muy cabrón en darse cuenta de que si no me daba mi parte ganaba el doble. En cuanto a lo mío..., pasó de mi bolsillo al de los Larreta, así que no saqué nada de beneficio. Las apuestas nunca se me han dado bien —agrego por agregar.

Mateo niega con la cabeza.

—¿Y cómo reaccionó don Teófilo cuando le enseñasteis las fotos?

—Dame agua, joder, me estoy muriendo de sed.

Tras valorarlo durante unos instantes, accede.

—¿Cómo reaccionó? —repite mientras trago todo lo que puedo.

—Ya te he dicho que se encargó Darío de hacerlo. Me contó que le había resultado muy sencillo.

—¿Y en ningún momento se os ocurrió incluirme a mí en el paquete de medidas? Algo así: «Mire esta foto, don Teófilo: este de aquí es usted chupándole la polla bien chupada a un alumno suyo que, vaya por Dios, es menor de edad. Si estas fotos acaban en manos de la policía, va a pasar una buena temporada en la cárcel y allí no suelen tratar con mucha delicadeza a los violadores, pederastas y demás depravados de mierda. Entonces, si no quiere que eso ocurra, va a darnos cinco mil pesetas al mes, nos va a regalar el sobresaliente en todas las evaluaciones y va a olvidarse de Mateo Cabrera y de cualquier otro alumno al que le esté haciendo lo mismo». ¡¿No se os ocurrió algo así, cabrones de mierda?!

Me pilla por sorpresa. No tengo otra alternativa que encogerme de hombros.

—¡Es más! —prosigue casi entusiasmado—. ¡Podríais haberle dicho incluso que robamos la cámara precisamente para poder tener pruebas de que estaba abusando de mí y presentárselas al padre Garabito! ¡Estoy convencido de que hubiera tragado con todo! Vosotros tendríais la pasta y yo..., yo no hubiera seguido sufriendo el resto del curso. ¡¿Sabes cuántas veces más tuve que pasar por aquella tortura?! ¿Sabes cuántas veces estuve a punto de suicidarme? ¡Tres cojones te importaba! Eso sí, ni una sola vez volviste a sacar el tema. ¡Ni una sola! Sabías a la perfección por lo que estaba pasando y ni siquiera me preguntaste cómo lo llevaba. ¡¿De verdad pensabas que no hablando de ello el problema desaparecía? ¡No, amigo, no; se hacía más grande! Pero a ti te la sudaba.

—Teníamos trece putos años —me defiendo—. Me equivoqué. Fui un egoísta o un cobarde. O las dos cosas. Sí, seguramente fui un egoísta y un cobarde, pero no me puedes juzgar hoy por algo que sucedió hace veintiséis años siendo yo, además, un niño.

—O sea: que el delito prescribe, claro, pero el daño no. Porque te aseguro que a mí todavía me avergüenza recordar lo que este malnacido —lo señala y endurece el tono como si don Teófilo pudiera oírlo— me hizo durante meses. Años sufriendo migrañas y eso no es lo peor, ¿sabes? ¡Lo peor es el dolor que se me quedó aquí para siempre! —grita golpeándose en el pecho—. ¡Y no trates de justificarte diciendo que eras un niñato! Eras consciente de lo que me estaba sucediendo y, en lugar de intentar salvarme, elegiste sacar partido de ello. A costa de hipotecar mi infancia y mis futuras relaciones, y no me refiero solo a las sexuales...

No encuentro más argumentos que enconarme en mi actual posición defensiva: la inmadurez de la preadolescencia.

—¡Tenía solo trece años!

—¡Y yo! ¡Yo también tenía solo trece años, maldito cabrón! —contesta agarrando con fuerza el mango del cuchillo y colocándomelo en el cuello.

Su mirada, estática y furibunda, vaciada de emociones, me hace pensar que Mateo es muy capaz de matarme como ha hecho con el Sapo y, qué ridículo, me siento como un león amenazado por una gacela. Una paradoja imposible: yo, que me considero un superdepredador en la cima de la cadena alimenticia, a punto de convertirme en presa de un débil herbívoro.

Es tan absurdo que algo en mi cerebro se niega a valorarlo como una posibilidad y quizá por ello no termino de sentir eso que tantas veces he descrito y que llamamos miedo.

—No pienso matarte —me avanza justo antes de retirar el cuchillo y volver a ganar distancia, lo cual, aunque solo sea por evitar una muerte accidental, agradezco. Luego me da la espalda y cuchichea como si estuviera hablando con otra persona—. No es ese el final que tengo pensado para ti. No. No señor, no. Tú no te mereces un crucigrama tan simple, amigo mío. De hecho, el tuyo lo he ido elaborando desde que has llegado a Urueña, aunque no te hayas dado cuenta. Te va a encantar. A ver si soy capaz de ir resolviendo todos los enigmas sin que se me olvide ninguno.

Se acomoda en la silla, saca muy despacio otro cigarro del paquete de tabaco y lo prende maximizando el placer de fumar como si pretendiera darme envidia con la nicotina. Es evidente que Mateo ha perdido el control por completo.

—Te va a parecer un argumento sacado de una de tus maravillosas novelas, verás —se mofa—. Voy a empezar por el final: a don Teófilo te lo has cargado tú.

Oír eso me hace gracia y supongo que Mateo detecta cierta incredulidad en mi expresión.

—Ya, ya sé: dicho así, suena difícil de creer. Puede resultar hasta gracioso, pero si me regalas unos minutos de tu valioso tiempo te lo explico al detalle. Tampoco disponemos de mucho más, porque, no tardando demasiado, vas a caer fulminado de nuevo por el efecto de las benzodiazepinas que has vuelto a ingerir con el agua que te acabas de tomar con tanta ansia. Lo tenía preparado.

—Mira, Mateo, de verdad que ya no soporto más esta mierda. Me voy a terminar cabreando y te aseguro que no te conviene en absoluto que yo pise ese terreno —le advierto procurando resultar, sobre todo, creíble.

No tardo en darme cuenta de que si lo he conseguido, no ha causado mucho efecto en él porque sigue con la mirada inmóvil en la botella de agua.

—Eso que te has bebido calculo que te dejará fuera de combate durante algo más de una hora, puede que más. Lo más probable es que cuando despiertes ya esté aquí la Guardia Civil. Sí, porque desde el puesto de Medina de Rioseco, que es el más cercano con atención veinticuatro horas, se tardan veintitrés minutos según san Google. Qué casualidad que sea tu pueblo, ¿eh? ¡Lo mismo hasta los picoletos son colegas tuyos de la infancia!

Decido no intervenir. Me genera curiosidad saber con qué tiene pensado sorprenderme ahora.

—Los he comprobado todos. Desde el puesto más lejano, que es el que está en Zaratán, se tardan casi tres cuartos de hora. Bueno, el caso es que cuando vuelvas a perder la conciencia y yo haya limpiado cualquier vestigio de mi paso por aquí, agarraré ese teléfono de ahí —lo indica señalando uno de góndola que está en la pared de enfrente— y llamaré pidiendo auxilio haciéndome pasar por el dueño de la vivienda, claro. Algo así.

Mateo carraspea de nuevo, esta vez para imitar la voz de don Teófilo, mientras se acerca al teléfono y despega el auricular.

—¡Por favor, necesito ayuda! Aquí hay un hombre que me está amenazando con matarme. Es el escritor Vázquez de Aro. Está borracho y se ha vuelto loco. Por favor, vengan cuanto antes. ¡Por favor! ¡No, para, para, para! ¡Ahhh! —grita—. Bueno, seguro que me saldrá mejor cuando haga la llamada de verdad. Al forense se lo vamos a poner muy fácil porque va a establecer la hora de la muerte justo después de la llamada. No llevará ni cuarenta minutos muerto así que ni se lo va a pensar. A ti te van a encontrar inconsciente, más o menos por ahí —señala dibujando un círculo en el aire—, tirado en el suelo, borracho, para lo cual me viene de lujo que hayas vomitado. Gracias. Antes de que te quedes dormidito vas a soplarte lo que queda de la botella de Dyc. Lo harás contra tu voluntad, sí, pero es parte de la magia de los psicotrópicos, que cuando estás bajo sus efectos te vuelves una persona muy manipulable. Una marioneta. Eso, sumado a lo que ya has bebido, te va a dar un índice de alcoholemia bastante alto. Preocupante.

—¿En serio crees que la Guardia Civil se va a tragar tus engaños? Tú has visto muchas series de policías... O has leído novelas negras muy malas.

—Por ejemplo las tuyas, porque la parte de investigación cojea mucho. La del criminal es perfecta. Suso engancha, lo reconozco, pero la criminológica... Cogida con alfileres —define—. A los polis los dejas a la altura del betún, y eso no se corresponde con la realidad, querido.

Eso me molesta.

—¿Ahora eres experto en criminología? ¡Vete a cagar! Sigue, sigue, que me estoy divirtiendo.

—¡Sigo, sigo! ¿Te has fijado con qué mano he acuchillado a ese cerdo cabrón?

Me cuesta recuperar esas imágenes, pero cuando por fin lo consigo algo me hace fruncir el ceño.

—¡Ahí lo tienes! Con la izquierda, tu mano diestra. Tu única mano diestra. Yo soy diestro, por si no te has fijado. No es mala esa, ¿eh? Lo que sí te habrá llamado la atención es que llevo guantes, ¿verdad? ¡Precaución máxima! Te puedo asegurar que desde que he llegado a esta casa no he tocado nada más que los cubiertos y el plato, pero nada de eso lo van a encontrar, ¿tú crees que los echarán en falta? No, claro que no. El vaso tampoco sirve, porque se lo van a encontrar hecho añicos junto con más cosas que voy a romper antes de irme. Evidencias de lucha, ya sabes. También desaparecerán las colillas del cenicero y, aunque ganas no me faltan, ya no fumaré más para que no huela a humo cuando lleguen. Y si has pensado que van a hallar alguna colilla mía por el pueblo, ya te puedes dar por jodido porque las he guardado todas aquí, ¿ves? —Me enseña el plástico del paquete y compone una mueca cómica harto irritante—. Mi obsesión por meter aquí todas las colillas no tiene que ver con el civismo, sino con mi intención de borrar mi paso por Urueña, pero de eso te hablaré luego. Más cosas, más cosas: seguramente no te hayas dado cuenta, pero en las muñecas y tobillos ambos lleváis protectores de poliestireno para evitar que las cuerdas os dejen marcas y que te puedan servir para probar esa ridícula historia que le vas a contar al cabo de la Guardia Civil. ¿Y qué más? —se pregunta para sí. Me cuesta procesar toda esa información con normalidad, pero he de admitir que hasta el momento todo suena muy coherente—. ¡Ah, claro, coño! ¡Esto te va a encantar! —prosigue emocionado—: también van a encontrar sangre de la víctima en tus manos y en la ropa que llevas. Eso, más las trayectorias de las puñaladas... ¡Qué mal! Y encima solo hallarán tus huellas en la casa. Déjame que haga memoria: en el timbre de entrada que tú accionaste porque yo te lo pedí, en la mesa, en las sillas, en los cubiertos... y, por supuesto, en el arma homicida, que no se me olvide. ¡Mira qué sencillo! Esto es un mango limpio de huellas —señala cual vendedor de productos de teletienda.

Mateo rodea la silla y me lo coloca en la palma de la mano izquierda sin que yo pueda hacer nada por impedirlo. Luego me fuerza a cerrar los dedos para dejar mi impronta digital.

—¡Y esto es un mango con tus huellas! —Me lo muestra antes de arrojarlo al suelo cerca de la silla que ocupa el Sapo—.

Van a tenerlo tan claro que cuando tu abogado insista en que te hagan una analítica para comprobar la historia esa que te vas a inventar de que te han drogado, tu hígado ya lo habrá eliminado de tu organismo y habrás meado desde la primera zeta hasta la última eme de los «zolam» y los «zepam».

La frustración ha secado por completo mi depósito de palabras. Empiezo a notar que me vuelven a picar los globos oculares por su cara interna.

—Ya no te diviertes tanto, ¿eh? Pero espera, espera, que todavía falta por resolver lo mejor del crucigrama. Cuando revisen la grabación de las cámaras de la librería..., ¿a quién van a ver allí? ¡Al famoso novelista Vázquez de Aro! A mí no. Porque yo no entré, ¿recuerdas el papelón que me marqué fuera? Es más, te voy a contar un secreto —prosigue bajando el tono de voz—: no he entrado jamás. De hecho, y esto seguro que te va a dejar un poco frío, te tengo que confesar que no llevo aquí diez días. Ni diez, ni dos. Y tampoco me alojo en ningún sitio. ¿Cómo te quedas? He llegado hoy. Sí, hoy mismo. En taxi. Treinta pavos. Y puedes estar seguro de que no me ha visto nadie. Nadie —insiste separando las sílabas—. De mi ruta de huida no te voy a hablar por si acaso te da por contársela a la Guardia Civil.

Mateo compone una mueca ridícula que alimenta las ganas que tengo de romperle todos y cada uno de los dientes que ahora me muestra al sonreír.

—Reconozco que he tenido que venir a Urueña un par de veces antes para hacer labor de campo, pero siempre en fin de semana para pasar desapercibido entre el resto de turistas. Otro detallito que no quiero que se me pase: Carmen, la camarera de Los Lagares, solo existe aquí —dice señalándose la cabeza—, en mi imaginación. Pero sí que sabía que en invierno abren exclusivamente los sábados y domingos, que es cuando vienen los turistas. Viernes no, ya ves.

No sé qué me cabrea más, si reconocer los mismos efectos que antes me dejaron fuera de combate o admitir que el cabrón parece tenerlo todo muy bien atado. Ello me hace agotar las últimas balas que me quedan en el cargador para intentar revertir la situación.

—Si no quieres perder la vida, nunca hagas negocios con la muerte —le digo.

—Precioso. ¿Es de alguna de tus maravillosas novelas? Estallo.

—¡No tienes ni puta idea del lío en el que estás metido, pero, sobre todo, no tienes ni puta idea de a quién se la estás tratando de jugar!

—Claro que lo sé. Eres un tipo aborrecible de esos que están dispuestos a todo para alcanzar el éxito. Tu orgullo desmedido te lleva a menospreciar a la gente que te rodea, pero conmigo has pinchado en hueso. Permitiste que me jodieran la vida por un puñado de monedas y mantuviste el secreto hasta que el destino quiso que me encontrara con Darío y él decidiera limpiar su sucia conciencia. Ya me encargaré de él a su debido tiempo, que no te quepa duda. Pero hoy los protagonistas erais vosotros dos. Dos seres despreciables —define.

—Mateo, aún estás a tiempo de evitar la debacle —insisto. Mi pronunciación se vuelve deficiente, mi tiempo se está agotando—. Entiendo que estés cabreado conmigo, pero de verdad que no sabes dónde te estás metiendo. Suéltame y me iré sin más. Si continúas con esta mierda, te vas a arrepentir, te lo juro.

Mateo, que sonríe con aire condescendiente, no parece acusar mi amenaza.

—Llevo mucho tiempo preparándolo y te aseguro que todas y cada una de las letras de este crucigrama encajan a la perfección. Si estás pensando en mi coartada, también la tengo prevista, pero esa carta no la voy a poner boca arriba hasta que llegue el momento. Estás jodido, asúmelo de una vez. En cuanto relacionen a la víctima contigo, porque no creo que tarden en averiguar que fue tu profesor, un profesor con algún que otro borrón en su historial —aclara— y procesen el escenario del crimen, no te va a servir de nada que te inventes una de tus historias. La Guardia Civil va a pensar que, como novelista, eres un mentiroso profesional acostumbrado a crear ficción. No podrás presentar ningún testigo que certifique que ese tal Mateo Cabrera estuvo en Urueña la noche de autos, ni encontrarán ninguna prueba que evidencie que ese señor pasó por aquí tal y como tú dices.

—No te va a salir bien —balbuceo.

—Cuando me pregunten, porque sé que me van a preguntar, admitiré que te conozco del internado, por supuesto. Verá, agente, él quiso llevarlo en secreto, Álvaro sufrió abusos por parte de don Teófilo, pero yo pensaba..., en fin, creí que lo había superado. Un día, hace ya tiempo, se presentó en mi casa para contarme que había averiguado el paradero de ese malnacido y me juró que le iba a dar su merecido, pero no le di mayor importancia. Sin embargo, hace poco volvió a la carga con el asunto de las narices y lo noté muy alterado, por lo que he estado llamándolo de vez en cuando, incluso diría que el mismo día que decidió irse a Urueña para... ¡Dios, es que me cuesta tanto creer que lo haya matado, así, sin más!

La interpretación es lamentable.

—¿Quieres decir algo? —me incita con sorna.

—Puede que... Puede que creas que lo tienes todo atado. Pero no te quepa duda de que...

Las palabras me patinan en la boca y suenan como las de un borracho. De repente siento la necesidad de parpadear muchas veces antes de continuar con lo que le quiero decir.

—Nos volveremos a cruzar... Y cuando eso suceda, lo vas a pasar... mal. Vas a echar de menos... las caricias del Sapo —me vacío.

—Lo que tú digas, colega. No parece que te quede mucho tiempo. Suerte con la investigación porque la vas a necesitar. Solo espero que cuando estés en la cárcel y algún día recibas mi solicitud de visita, la aceptes. Hay que saber ganar y hay que saber perder, y hoy a ti te ha tocado perder. Cuanto antes lo asumas, mejor.

La relajación muscular me impide mantener el cuello erguido y noto como si en breve me fuera a devorar un bostezo gigante. Tomo aire para tratar de fabricar alguna frase, pero mi cerebro ya no está facultado para ello. La figura de Mateo se difumina aunque todavía soy capaz de advertir cómo se aproxima y se arrodilla a mis pies.

—Siempre te consideré mi mejor amigo —me susurra—. Cuando me enteré de lo que hiciste, se me partió el corazón. Que tengas dulces sueños, porque al despertar vas a creer estar viviendo una pesadilla.

Luego se yergue y se apoya en la mesa mientras espera pacientemente a que me rinda de una vez.

Un parpadeo más.

Solo uno más.

23. HORIZONTAL (CINCO LETRAS): HERRAMIENTA METÁLICA Y PUNTIAGUDA EN UN EXTREMO

Colegio San Nicolás de Bari
Diciembre de 1993

La evolución del pensamiento no siempre es sinónimo de crecimiento o mejora —expuso don Teófilo, contenido, pausado—. En ocasiones, lo que consideramos certezas absolutas no son más que prejuicios disfrazados de moralidad. ¿Comprendes lo que quiero decir?

Asentí fingiendo un vívido interés con la esperanza de que se creciera en su exposición, que se gustara, y de esa manera se consumiera la hora de la tutoría sin que se percatara de ello. Sin embargo, la táctica nunca me había dado resultado y aquella no era, ni mucho menos, la primera vez que lo intentaba. Pero esa no era la mala noticia. La mala, malísima noticia, era que la tecnología nos había dado la espalda y las fotos que había hecho Álvaro no servían. Creo que ni siquiera me sentí decepcionado. Es más, diría que no llegué a sentir nada cuando me lo comunicó con la distancia y asepsia del presentador de un informativo. Tardé unas horas en darme cuenta de que el único modo que existía de alejarme del sufrimiento era apropiarme de él como si fuera parte de mí.

Entenderlo como parte de mi proceso vital.

Un mero trámite existencial.

Otra cosa era el odio que sentía hacia mí mismo. Con eso todavía no había aprendido a lidiar, pero de vez en cuando lo canalizaba hacia el exterior, obviamente, extendiéndolo a todo lo que me rodeaba.

—En la Antigua Grecia, cuna de la filosofía occidental, el amor tenía una concepción muy distinta de lo que hoy entendemos cuando usamos y abusamos de este término. Un ejemplo muy claro de ello lo encontramos en cómo se valoraba antaño y cómo se valoran hoy las relaciones afectivas entre un hombre adulto y un adolescente. En Grecia se denominaba a los partícipes *erastés* y *erómeno,* y no solo eran consentidas, sino que estaban bien vistas como parte del proceso formativo de un varón. Era muy habitual que un hombre adulto, un *erastés,* se sintiera atraído por la belleza que habita en un adolescente, un *erómeno,* y que ello, de forma natural, desembocara en el deseo. Así, al *erastés* se le consideraba un mentor, un guía que conducía al joven por el tortuoso sendero del amor. Pero, fíjate qué curioso, estas relaciones no tenían que ser correspondidas. De hecho, si el *erómeno* se sentía atraído por el *erastés,* se interpretaba como una señal de falta de masculinidad. ¿Me sigues?

—Sí —contesté con sinceridad.

—Bien. Entonces, ¿dónde residía el secreto del éxito de estas relaciones? —Don Teófilo hizo una pausa como si esperara a que yo contestara—. En el equilibrio y el respeto. Equilibrio entre lo que obtenían las partes: el crecimiento intelectual por parte del *erómeno* y la satisfacción del deseo sexual del *erastés*. Pero, ojo, no entendido como satisfacción física, sino más bien espiritual. Porque aunque el hombre adulto siempre adoptara un papel activo, no implicaba que fuera él quien alcanzara el clímax. De hecho, era muy raro el caso en el que el *erastés* penetraba analmente al *erómeno*, porque ello implicaba el reconocimiento de inferioridad por parte del sujeto pasivo. Y ahí, justo ahí, reside el respeto.

Justo en ese punto residía mi gran miedo. Temblaba solo con pensar que algún día el Sapo me ordenara darme la vuelta. Escuchar que en la Antigua Grecia, modelo de vida ideal para don Teófilo, no era así, me tranquilizó bastante.

—¿Ves el paralelismo con lo que hacemos nosotros?

—Ajá —me atreví a decir.

—En lo nuestro existe el equilibrio porque cada una de las partes obtiene un beneficio: yo satisfacción espiritual y tú mi tutela.

En ese momento podría haber rebatido ese argumento sobre lo que yo obtenía, porque muy tutelado no me sentía cuando me tenía que correr en su boca pensando en que me lo estaba montando con alguna de esas mujeres de tetas gigantes que venían en esas revistas que guardaba en el último cajón de la cómoda.

—Y el respeto —prosiguió—. Porque yo jamás me he aprovechado de tu situación de inferioridad. Jamás —recalcó levantando el dedo índice—. Por eso, como te decía al principio, que el amor entre adultos y adolescentes hoy no esté bien visto no significa que haya dejado de existir ni que vaya contra natura. Es más: podría decirse que es el más puro y verdadero de cuantos tipos de amor existan, ya que no se justifica en la reproducción de la especie ni en la burda necesidad física de alcanzar el orgasmo. Pero nuestra sociedad, que solo piensa en lo material como dictan las normas del capitalismo, se atreve a condenar lo que es puro y verdadero porque conviene educar a borregos, no a mentes capaces de sublevarse contra lo establecido. Tú y yo transgredimos esas leyes morales porque estamos preparados para ello. Lo hacemos conscientemente y de forma voluntaria, porque obtenemos un beneficio mutuo. ¿Qué hay de malo en ello?

Reconozco que tuve que pellizcarme los muslos para no saltar a la mesa y reventarle la cara a patadas, que era lo que me pedía el cuerpo.

—Responda, señor Cabrera. ¡¿Qué hay de malo en ello?!

—Nada.

—Exacto. Sin embargo, siempre ha habido y siempre habrá quienes intenten corromper la pureza, quienes pretendan sacar provecho de esta sociedad enferma, cautiva por el vil metal, dorada por fuera y putrefacta por dentro. Esos, desgraciados ellos, que no conocen ni conocerán el amor. Pero son esos, a los que tanto les cuesta amar, los que más necesitan el amor.

Sin yo entender por qué, el tono de don Teófilo se había ido endureciendo de manera progresiva y su rostro, ahora hinchado y enrojecido, parecía que fuera a estallar de un momento a otro.

—Pero ¡no nos van a amedrentar! ¡Si los tiranos creen que los puros vamos a ceder ante el chantaje, están muy equivocados! Si incluso Sócrates fue juzgado y condenado a muerte por corromper a los jóvenes... Los oligarcas le obligaron a suicidarse y, aunque él bien podría haberse librado aprovechando sus influyentes contactos, lo asumió con honor y cumplió la condena ingiriendo cicuta. ¡Condenaron a Sócrates, maestro de Platón, de cuya sabiduría mamaría años después Aristóteles! ¡A Sócrates, padre de la ética, señalado por su inapropiado comportamiento! ¿Quién puede entenderlo? ¡¿Dónde está la frontera que separa lo correcto y lo incorrecto?! ¡¿Qué está bien y qué está mal?! ¡¿Hasta dónde llega la sombra de la necedad humana?! ¡Malditos hipócritas! Lo que los necios no saben es que el alma es inmortal y que, por tanto, la muerte solo es el paso intermedio hacia la eternidad.

Supongo que mi expresión de desconcierto le invitó a relajar el tono.

—No nos van a amedrentar —insistió, concluyente.

Yo, por aquel entonces, no tenía muy claro el significado del término «amedrentar», pero si don Teófilo estaba tan seguro de ello, ¿quién era yo para ponerlo en duda?

—Y ahora dígame, señor Cabrera, según su opinión..., ¿qué es más poderoso, el odio o la belleza?

Estaba yo valorando los peligros de elegir una u otra alternativa cuando sonó el timbre del teléfono que tenía sobre la mesa. Antes de levantarlo se estiró la chaqueta como si un ojo invisible estuviera observándolo.

—Dígame —contestó con aire severo. Un extraño rictus se fue acrecentando en su rostro mientras asentía—. De acuerdo, padre.

El Sapo chasqueó su repugnante lengua, permaneció unos segundos sentado, pensativo, y luego se levantó exteriorizando su malestar.

—Vuelvo enseguida, piense en lo que le he preguntado.

Fuera cual fuera el tiempo que implicara ese «enseguida» para mí era un tesoro. Y, si se alargaba lo suficiente, cabía la posibilidad de que ese jueves me librara de su amor puro. No quería hacerme ilusiones, pero quizá llevado por el optimismo me tomé la libertad de incorporarme y acercarme al ventanal. Odiaba a muerte ese paisaje montañoso tan idílico, seguramente porque solo se podía ver desde su despacho y cuando estaba allí nada en absoluto podía llegar a relacionarse con la belleza. Allí todo era odio. Odiaba cada centímetro cuadrado de ese despacho, cada molécula de oxígeno que respiraba allí dentro. Deseaba estar fuera y no tener que volver jamás. Y, contradicciones de la vida, ese deseo inalcanzable convertido en repentina necesidad se hizo posible con solo estirar el brazo y accionar la manija de la ventana. El aire del exterior, frío, limpio, me acarició la cara sugiriéndome una alternativa rápida para terminar con el sufrimiento y el odio que convivían en anormal armonía dentro de mí.

Estrellándolos contra el suelo.

Porque los dos o tres segundos que invertiría en recorrer la distancia que me separaba del asfalto no parecían demasiado tiempo como para descartarlos por ser dolorosos o agónicos. Dos o tres segundos era mucho menos tiempo que compartir el resto de mis días con el odio y el sufrimiento, esos dos inquilinos que tanta angustia me provocaban. Dos o tres segundos me separaban de la plena libertad.

Cerré entonces los ojos, inspiré muy despacio y me trasladé a ese otro lugar donde, despojado del cuerpo, solo existía la nada absoluta. Y allí, convertido en un ente gaseoso, permanecí un tiempo indefinido recorriendo mis nuevos dominios, colonizando espacios desconocidos de mi mente donde ni el odio ni el sufrimiento tenían cabida. Dispuesto a dar el paso, me dejé invadir por una placentera corriente, una emoción que no me era ajena pero que ya no estaba capacitado ni legitimado para reconocer. Mucho menos para disfrutar.

Felicidad.

Hacia allí me dirigía de no haber sido obligado a regresar a mi cruda y amarga realidad. Una ligera presión sobre mi hombro funcionó de preludio a sus palabras.

—Y, dígame, señor Mateo, ¿ha encontrado ya la respuesta?

La desilusión fue tan intensa que en ese preciso instante la sentí por primera vez.

Una aguja.

Una aguja muy fina.

Una aguja muy fina atravesándome el cerebro de parte a parte.

Y enseguida el dolor: pulsátil, localizado en la parte derecha de la cabeza, de intensidad creciente y perennes intenciones. Un tormento que precedía a otro peor que incluía náuseas, hormigueo en el brazo y, por fin, los delirantes fe-

nómenos visuales: puntos brillantes, reflejos irisados, destellos, áreas ciegas.

—Señor Cabrera, ¿se encuentra usted bien?

Me giré como pude tratando de mantenerme en pie
y fue entonces cuando me percaté de que mi capacidad para
comunicarme con el exterior estaba completamente anulada.

Fundida.

24. HORIZONTAL (SIETE LETRAS): ESTADO QUE SE DERIVA DE UNA AFLICCIÓN EXTREMA

Urueña, Valladolid
Sábado, 30 de noviembre de 2019 a las 0.44

L o único que veo es un débil y solitario fulgor que surge en medio de una oscuridad. Apenas ilumina el vacío que me rodea, pero, contra todo pronóstico, otro idéntico aparece en la lejanía. Ambos haces luminosos parecen tener la insana intención de comunicarse. No sé por qué extraño motivo soy consciente de que para lograrlo necesitan la ayuda de sus hermanas, que, como si llevaran décadas, siglos o milenios esperando esa llamada, acuden presurosas haciendo lo que mejor saben hacer: transmitir información. Así, una tras otra van apareciendo para regar esa negrura con su exigua pero infinita luminiscencia. Cuando esa red compuesta por cien mil millones de entes individuales está desplegada, un estímulo eléctrico se origina en un punto y viaja a gran velocidad hasta otro. Allí se decodifica el mensaje y se replica de nuevo con un destino diferente.

Desde mi estática posición asisto a ese proceso mientras se produce una y otra vez. Una y otra vez hasta cincuenta mil veces por cada ente individual. Ocurre muy rápido, pero, por suerte para mí, el contenido del mensaje es siempre el mismo: «Despierta».

En condiciones normales, el tejido neuronal de mi cerebro ya habría alcanzado su objetivo, pero de normales no tienen nada las condiciones en las que se encuentra mi sistema nervioso central, todavía bajo los nocivos efectos de las benzodiacepinas como agentes depresores que son. El combate es desigual, pero mis neuronas tienen un elemento a favor que es el tiempo. Están predestinadas a imponerse, sí, la cuestión es cuándo.

El mensaje ha ido ganando en intensidad conforme han ido transcurriendo los minutos. Tanto como para que me anime a intentar activar los sentidos que me conectan con el exterior. El oído es el primero en activarse y el último en ser anulado. Sin embargo, aunque trato de captar algo, no percibo ningún sonido que acelere mi reacción. Contra todo pronóstico, es el olfato el primero en ofrecerme alguna información al recoger un olor acre que me recuerda a algo. De inmediato ordeno una búsqueda en mi archivo de memoria y no tardo en encontrarlo: es similar al hedor matutino que despedía un callejón cercano a una discoteca que solía frecuentar en mi etapa universitaria. Un lugar infecto donde meaban y vomitaban decenas de clientes los fines de semana y que, con el aumento de la temperatura, hacía que emanaran efluvios que bien podrían aromatizar el mismo infierno. Asqueado, me propongo recoger información más valiosa a través de la vista, pero para ello lo primero que tengo que hacer es conseguir que los párpados me obedezcan. La tarea no es sencilla, pero la insistencia siempre tiene premio. Como si el proceso fuera una réplica de mi interior, lo único que soy capaz de distinguir es una débil y solitaria luz que se yergue timorata en medio de la oscuridad. De hecho diría que está temblando. Enseguida —o eso creo yo— comprendo que se trata de la llama de una vela que está sobre una superficie horizontal relativamente cercana. Al mover la cabeza y ampliar el rango de visión, me percato de que no es la única. En concreto, cuento un total de seis lenguas de fuego diminutas repartidas por ese espacio en el que me encuentro. Eso me lleva a interesarme por averiguar dónde estoy y, sobre todo, cómo he llegado hasta aquí. Las respuestas que busco están almacenadas en la corteza prefrontal, que es donde se localiza la memoria a corto plazo, pero siento como si algo me impidiera dar con la cerradura donde tengo que introducir una llave y poder entrar a rebuscar en ese archivo. Decido, por tanto, tirar la puerta abajo y poco a poco empiezo a recuperar recuerdos que voy encajando con otros que, a su vez, están ligados a más imágenes que me ayudan a completar secuencias por ahora inconexas. Algunas, incluso, no me dan la impresión de que hayan sido protagonizadas por mí, sino que, más bien, diría que las he vivido como un espectador de primera fila. No tardo mucho en asumir que se trata de un mecanismo de defensa y que, para mi desgracia, la tesitura en la que me encuentro es tan desfavorable como parece.

Calamitosa.

Minutos más tarde —ya mencioné antes que el tiempo era mi aliado— corroboro que sigo amarrado a una silla y que hay varias partes de mi organismo que están pagando las consecuencias de haber estado sometidas a la inmovilidad. Intento inútilmente liberarme, pero, golpeado por el cansancio y también por la sed, ceso en el empeño. El entorno lo reconozco como el lugar donde se han producido los acontecimientos más recientes, muchos de ellos relacionados con mi amigo Mateo. Hasta ahí todo bien, pero hay algo que me escama: cada vez que surge su imagen salta una alarma en mi interior. ¿Por qué? Para comprenderlo me veo obligado a realizar un rebobinado mental empezando por las más recientes. El proceso que debería ser capaz de completar en solo unos instantes me exige un esfuerzo mental nada desdeñable. Me ofusco al no lograr comprender el motivo por el que se me encasquilla. Doy por hecho que se debe a que el cerebro no está bien engrasado. Poco a poco voy seleccionando secuencias y en la mayor parte de ellas veo a Mateo aleccionándome, o, más bien, dándome explicaciones. Explicaciones que no me están gustando. No. Para nada. Pero sigo sin poder identificar las razones. Eso me frustra. Debo profundizar más en mis recuerdos. Me concentro antes de zambullirme en mi memoria y de improviso un escalofrío me recorre la espalda en sentido ascendente. Un fuerte espasmo me ha obligado a envararme en la silla. Ha sido como un fogonazo sobre el que se ha proyectado un fotograma macabro: Mateo acuchillando a otra persona. Otra persona que, igual que yo, está atada a una silla. Una silla idéntica a la mía. El desconcierto me hace producir sonidos guturales. Gruñidos. Gruñidos que vienen acompañados de un exceso de sudoración. Sudor frío, premonitorio. Tengo la sensación de que estoy a punto de descubrir algo que no me va a gustar nada en absoluto. Premonición que confirmo tan pronto como logro distinguir los rasgos faciales de la otra persona que, como yo, está atada a una silla idéntica a la mía.

Mi ritmo cardiaco se acelera.

—¡Mierda! ¡Joder! —consigo verbalizar al reconocer la cara de don Teófilo.

Todavía transcurren unos cuantos minutos hasta que el orden empieza a ganar espacio a codazos en mi mente y todo cobra sentido cronológico. Y es justo cuando por fin consigo clasificar los acontecimientos cuando se me entrecorta la respiración y, de un modo involuntario y a la vez irrevocable, ordeno que toda mi capacidad intelectual se concentre con el propósito de interpretar la información que poseo. Necesito verificar que esas imágenes que he recuperado de mi memoria son ciertas, por lo que enfoco mi mirada hacia el espacio en el que confío encontrar respuestas. La penumbra domina todo el lugar. Solo las áreas que están bañadas por la pobre luz de cinco velas repartidas a mi alrededor presentan una débil resistencia a la tiranía de la oscuridad. Para mi desgracia, el sitio donde confiaba vislumbrar una silueta humana inmóvil no se encuentra dentro del rango de actuación de ninguna. El corazón me golpea con fuerza en el pecho al tiempo que voy enlazando la información que poseo, antes inconexa, hasta reconstruir la realidad: Mateo ha asesinado a don Teófilo y lo ha preparado todo para que me culpen a mí: cámaras de la librería, huellas en la casa y en el arma homicida, un móvil más que razonable y, sobre todo, lo que me roba el aire es la imposibilidad de que yo pueda probar lo contrario.

Me cuesta respirar.

El desconcierto que me azota se acrecienta con cada segundo que se consume, y de repente me doy cuenta de que el tiempo ha cambiado de bando. Ello me fuerza a acelerar el proceso de análisis para poder evaluar correctamente la tesitura en la que me encuentro. No tardo en hallar una anomalía que no me cuadra. En teoría, según me anunció Mateo que pasaría, yo debería haber despertado después de que se presentara allí la Guardia Civil. Está claro que algo no ha sucedido como él esperaba aunque todavía esté lejos de discernir si eso es bueno o malo. Me encantaría poder pensar con claridad, lo necesito, pero aún noto que estoy bajo la influencia de los psicotrópicos que ese cabrón me ha suministrado. Dos veces. Hay algo que me invita a creer que la historia que ha montado Mateo debería tener fallas importantes, pero lo cierto y preocupante es que en ese momento no soy capaz de encontrar ningún error, por muy insignificante que sea, al que poder agarrarme.

Un ruido leve pero de naturaleza desconocida me hace contener el aliento como si la apnea fuera a mejorar mi capacidad auditiva.

—¡Mateo, ¿sigues aquí?! —grito, tras unos segundos de silencio, hacia el lugar donde creo localizar su procedencia.

Instantes después lo vuelvo a oír bajo la mesa del comedor que tengo a mi derecha. La incertidumbre me eriza la piel antes de inclinar el tronco lo que me permiten mis ataduras y, manteniendo esa posición, fuerzo el cuello para tratar de ver si hay algo.

Algo hay, aunque no alcanzo a distinguir qué.

El desasosiego me lleva a enfocar fuera del rango de actuación de las velas, haciendo que mis pupilas se dilaten para permitir una mayor entrada de luz al iris. Es entonces cuando reconozco el logotipo de la marca de zapatillas que llevaba Mateo. El resto de la composición la completa mi cerebro: el muy cabrón está tumbado boca arriba bajo la mesa.

—¡Sal de ahí! —le exijo, alterado—. ¡¿A qué estás jugando?! ¡Te estoy viendo!

Pero Mateo no se mueve.

Otro ruido que proviene de mi izquierda y que por lo tanto no ha podido ser causado por Mateo, me hace mover de nuevo el cuello con brusquedad.

—¡¿Quién anda ahí?!

Yo mismo aprecio en mi voz matices que ya no tienen que ver con la irritación, sino con el miedo. Y es precisamente el miedo quien habla a través de mí.

—¡¿Quién anda ahí...?!

De repente, una de las dos velas que permanecían encendidas sobre la encimera se apaga. Pero no se ha apagado sola, no. Alguien la ha apagado de un soplido. Algo después ocurre lo mismo con otra.

—¡Suéltame de una vez, por favor! ¡Suéltame! —insisto revolviéndome en la silla.

Me avergüenza escuchar mi resquebrajada voz mostrando debilidad. Fijo entonces la atención en las velas que siguen encendidas a mi alrededor. Las llamas, erguidas e impertérritas, no parecen advertir ninguna presencia cercana y, sin embargo, tengo la certeza de que hay alguien más en esta maldita bodega. Las zapatillas de Mateo tampoco registran movimiento alguno. Mi ritmo cardiaco es frenético, pero aun así todavía es capaz de alcanzar niveles de infarto cuando asisto perplejo al momento en el que una de las velas que está encima de la mesa se mueve hacia la derecha con inquietante parsimonia.

—¡Para ya! —me desgañito—. ¡¿Me oyes?! ¡Para de una vez seas quien seas!

La luz de la vela se sigue desplazando hasta que alcanza la silla que debería ocupar don Teófilo. Un hormigueo me recorre todos y cada uno de los poros de la piel al comprobar que está vacía. Me retuerzo como si mi cuerpo estuviera siendo atravesado por una corriente de alto voltaje, pero no es la electricidad, sino el terror extremo lo que me hace convulsionar hasta que la silla se pone sobre dos patas y, cumpliendo con la ley de la gravedad, caigo de lado. El golpe lo recibo con el hombro, pero no acuso ningún efecto, sumido como estoy en un estado de pánico extremo. Mi parte racional me dice que lo que estoy viviendo no puede ser real, que tiene que ser fruto de mi mente por la exposición a las benzodiacepinas, que también causan alucinaciones. O no, quién sabe. Así, en esa posición tan comprometida, me concentro con el propósito de intentar controlar mi alterado estado de nervios, pero al notar que el corazón me va a salir por la garganta no paso de la tentativa.

Me invade la sensación de que lo peor está aún por llegar.

No tardo en comprobar que estoy en lo cierto.

Sucede en el instante en que percibo que hay algo que se arrastra en mi dirección. Lo oigo jadear, bufar y resollar en su agónico avance.

Me gustaría poder decir algo, me conformaría con gritar, pero mis cuerdas vocales ya no responden. No veo nada que esté a más de medio metro y el cálculo que me ofrece mi cerebro es que eso que se está aproximando no puede estar muy lejos. Algo en mi interior me dice que tengo que huir, pero mi sistema motor está del todo agarrotado y, aunque pudiera, sigo amarrado a esta silla que ya forma parte de mí.

Inmóvil y al borde del colapso nervioso, decido abrir mucho los ojos con la intención de prepararme para lo que sea, pero, cuando por fin distingo unas manos huesudas que tratan de aferrarse al suelo para avanzar, aprieto con fuerza los párpados y abro la boca como si quisiera liberar la tensión que se ha apoderado de mí. De otra boca —de esa que puedo sentir a escasos centímetros de mi nariz— se escapa el calor de un aliento que se entrecorta con histérica frecuencia. Necesito ver qué demonios tengo delante, pero un mecanismo de defensa me lo impide para evitar que me reviente el corazón.

Los segundos pasan y no ocurre nada.

Quizá sea eso lo que me anima a hacer acopio de coraje y, como actúan los sentenciados a muerte conscientes de que no tienen nada que perder, me enfrento a lo inevitable y ordeno a las pestañas que dejen de abrazarse.

Lo que ven mis ojos el cerebro lo niega.

No puede ser y, sin embargo, es.

Un resucitado.

Y, esta vez sí, grito.

Grito con el ímpetu que nace de mi desesperación.

25. VERTICAL (OCHO LETRAS): PEQUEÑOS FRAGMENTOS DE MADERA

Colegio San Nicolás de Bari
Mayo de 1994

Como el fluir del agua en el curso medio de un río, las semanas transcurrían sin demasiados sobresaltos. Incluso las tutorías de los jueves se habían convertido en meandros poco pronunciados para el modo de vida que había resuelto seguir: sin ser demasiado consciente de ello, de corte relativista. Quizá se tratara de un mecanismo de autodefensa, pero me había convencido de que la verdad como concepto global dependía del sujeto que la experimentara y, por tanto, no existían verdades superlativas que comprometieran a todos por igual. Las verdades irrefutables universalmente aceptadas ya no tenían validez en mi mundo. De estos postulados derivaba lo que para mí se convirtió en el pilar fundamental que sujetaba mi existencia: los conceptos «bueno» y «malo» ya no los interpretaba de la manera en la que son considerados por los demás, sino que dependían de las circunstancias que rodearan a cada individuo. Y si algo tenía claro por aquel entonces, cimbreaba en la sospecha de que esas circunstancias individuales eran, son y serán la variable más determinante en el desarrollo de las personas. En otras palabras: que la vida te podía ir bien o mal dependiendo de lo bien o mal que te fuera la vida.

El relativismo lo abracé cierto día que nos llevaron de excursión al campo y nos cruzamos con un rebaño de ovejas bien protegidas por varios hermosos y temibles ejemplares de perros pastores. No tener ninguna distracción ni compañía me invitó a profundizar en los distintos roles que ejercen ovejas, lobos y perros, así como las diferentes interpretaciones que conllevan sus actos. ¿Quién representa el peligro para cada uno de los integrantes de este terceto animal? Está claro que para el perro pastor es el lobo, y viceversa, dado que el éxito de uno implica el fracaso del otro. Y llevado al extremo supone la muerte, ya que, si el lobo merma el rebaño, al perro pastor lo terminará matando su amo por no ser útil. Por el contrario, si el lobo no consigue su objetivo, acabará muriendo de inanición. Lo curioso y paradójico es que desde el punto de vista de las ovejas, no es el lobo sino el perro pastor quien representa el peligro porque este, en su afán protector, no hace otra cosa que ladrarles y morderlas para que obedezcan. Lo hace por el bien del rebaño, sí, pero eso la oveja lo desconoce porque, si aparece el lobo y el perro pastor consigue ahuyentarlo, la oveja no llega a percibir la sensación de peligro. Si la suerte cambia de bando, la opinión de la oveja ya no importará porque estará en el estómago del lobo.

La naturaleza es cruel, sí, pero no complicada.

Resolví yo, por tanto, adoptar el rol de oveja negra descarriada, y sin un perro pastor que me protegiera ni me coartara, no me quedó otra alternativa que lidiar directamente con el lobo. En mi caso, un Sapo asqueroso con cara de profesor de Lengua española y literatura.

Así las cosas, la relación que mantenía con don Teófilo no era ni buena ni mala, era la que era: un acuerdo temporal que implicaba un intercambio de placeres, físicos para él, intelectuales para mí, aunque se produjera contra mi voluntad. Digamos que le dejaba aprovecharse de mi leche y mi lana, y yo, a cambio, asumía y aceptaba —en un ejercicio de pura ataraxia— el hecho de sobrevivir en ese entorno tan hostil. La mejora sustancial de mi rendimiento académico era la prueba irrefutable de la influencia que don Teófilo ejercía sobre mí. Esto no significaba, ni mucho menos, que yo estuviera de acuerdo con el hecho de tener que bajarme los pantalones y dejar que el Sapo me masturbara o me hiciera una mamada, no; pero considerarlo un acto inevitable me servía para aceptar la situación como algo transitorio y evitar pensar en el suicidio continuamente.

Las ovejas tampoco eligen serlo ni pueden cambiar su estúpida idiosincrasia.

En definitiva, el relativismo moral me había ayudado a sobrellevar mi vida y a llegar al mes de mayo con una coraza que me hacía inmune a posibles ataques de otros lobos con piel de cordero. O eso creía en ese momento, porque el daño que me estaba causando no lo acusaría hasta pasados varios años.

Paradójicamente, desembarqué en otros autores existencialistas como Kierkegaard y Nietzsche gracias a las recomendaciones que me hacía don Teófilo. He de reconocer que mi capacidad intelectual no alcanzaba para comprender muchos de los renglones, párrafos y capítulos enteros que leía, pero de todo ello fue quedando un poso que podría resumirse en una frase: solo yo debía ser el epicentro de mi existencia. Yo como punto de partida y punto final. Yo como centro de gravedad. Yo como ser libre y único responsable de mis actos. Yo por encima de todas las cosas. La existencia, lo que soy, por delante de la esencia, es decir, lo que otros consideran que soy basándose en estereotipos éticos. Ese convencimiento me fue ayudando a entenderme a mí mismo, o, mejor dicho, a sobrellevarme, pero me había aislado del exterior y prácticamente no me relacionaba con nadie más allá del saludo matutino. Con Ricky, mi chismoso compañero de cuarto, ni eso. Con Álvaro hacía bastante tiempo que no mantenía una conversación que sobrepasara los dos minutos, pero en alguna parte de mi ser lo seguía considerando mi amigo —seguramente porque era la única persona del internado que alcanzaba esa categoría y yo me negaba a que terminara convirtiéndose en un conjunto vacío—. Aséptica y cordial podrían ser los adjetivos que mejor definían nuestra relación, lo cual encajaba como anillo al dedo en mi inflexible postulado vital.

Otro gran descubrimiento de aquellos días fueron los crucigramas, afición en la que caí por pura casualidad un día que me dio por intentar resolver uno que venía en un periódico que algún profesor había abandonado en un banco. Y subrayo lo de intentar porque no creo que lograra acertar más de tres respuestas. Perseverar fue el camino hacia el descubrimiento de los trucos más básicos, como empezar leyendo todas las definiciones; que las palabras incompletas solían ser las más sencillas de resolver; que las acabadas en interrogación indican un juego de palabras y cosas así. Pero lo principal fue afrontar cada crucigrama con paciencia. Ser coherente con la clave que daba sentido a la existencia de un pasatiempo: entretenerse mientras el tiempo pasaba. Sin embargo, para mí, al margen de cumplir con su función primaria, el hecho de ir rellenando las cuadrículas con palabras y que todo terminara encajando a la perfección acrecentó mi autoconfianza hasta el punto de que, en los casos en los que estaba cerca de rendirme ante la dificultad del crucigrama, me sentía como Champollion descifrando los jeroglíficos de la piedra de Rosetta. Además, me percaté de lo mucho que aprendía, como, por ejemplo, qué demonios era eso de la piedra de Rosetta y que el tipo que había conseguido descifrarla se apellidaba Champollion. Mi riqueza de vocabulario creció hasta el infinito, lo cual, lejos de favorecerme, alimentó la leyenda negra que se cernía sobre mí y que básicamente se fundamentaba en que Mateo Cabrera era un rarito poco de fiar con marcada querencia hacia los penes ajenos. Una *persona non grata* en toda regla, lo cual, a esas alturas, habiéndome convertido en el *erómeno de facto* de un batracio, me la traía bien al pairo.

Porque yo sabía utilizar términos como «*de facto*» y el resto de mis muy varoniles compañeros de internado no.

Una de aquellas aburridas tardes, me encontraba yo pastando en la biblioteca con la intención de masticar más hierbajos existencialistas cuando lo vi frente a la estantería de «Clásicos de aventuras». Dudé unos instantes en ir a saludarlo o no, pero se conoce que ese día debía de encontrarme en la cima de mi capacidad para socializar y me acerqué, es incluso posible, con una sonrisa en los labios.

—¿Qué pasa, hombre, ya te has cansado de tanta novela policial? —le saludé adornándome con una palmada en el hombro.

No era esa mi intención, pero Álvaro se sobresaltó.

—¡Joder, la hostia! —vociferó al tiempo que se estrujaba el escudo de la institución que llevábamos bordado en el pecho como si se estuviera agarrando el corazón. Acto seguido me empujó con ambas manos y me desplazó un par de metros hacia atrás.

—¡Perdona, hombre, perdona! No quería asustarte —me disculpé sorprendido por su reacción.

El padre Remigio nos llamó al orden desde su puesto de mando tras el mostrador. Álvaro, aún afectado, trataba de recuperarse inspirando lentamente por la nariz y soltando el aire por la boca.

—¡Casi se me para la patata!

—Solo quería decirte hola.

—La madre que te cagó, qué a gusto se quedó —dijo del tirón—. Es que no soporto que me den sustos. Una vez, con ocho o nueve años, a mi primo Miguel...

—Y le clavaste un lápiz en la cabeza, ya sé —completé.

—¿Ya te lo he contado?

—¿Tú qué crees?

—Ah, pues vale. Perdona, macho, pero yo reacciono así.

—Y yo siento haberte asustado, pero quizá no sea culpa del resto de los seres humanos que tú te asustes con tanta facilidad, ¿no crees?

—Pues no. O sí. Me da igual, no lo soporto.

—Pues vale.

—Pues eso.

—Y bueno, ¿qué haces tú por aquí? —quiso saber en tono inquisitivo como si estuviera violando su espacio aéreo.

—Últimamente vengo mucho.

—¿Sí? ¿Y qué estás leyendo?

Le mostré la portada de *Más allá del bien y del mal*, de Nietzsche, que, dicho sea de paso, era muy poco atractiva.

—No sabía yo que te gustaban esas cosas.

—Esas cosas —parafraseé— me molan bastante, la verdad, aunque hay muchos temas que no pillo, me ha dado por leer filosofía y hacer crucigramas, que también me ocupan la cabeza. Hace dos domingos me compré un libro que tenía trescientos y tan solo me quedan sesenta por resolver.

—Mira que eres raro, tío. Ahora entiendo que sea tan difícil verte el pelo.

—Lo mismo digo.

—Bueno, a mí si me quieres encontrar me encuentras.

—Y a mí.

—Ya. Es que tengo que apretar con los estudios porque en la última evaluación me han quedado tres y como no lo apruebe todo me espera un verano de mierda gigantesco. ¿Tú qué tal lo llevas?

—Bien —contesté, escueto—, pero el verano de mierda lo voy a tener igual, creo yo. Como no me vaya con Tío

Carlos a Laredo, me parece a mí que me voy a aburrir como una ostra.

—¿Tu padre no te lleva por ahí de vacaciones?

—Mi padre odia la playa a muerte y detesta la montaña. Eso o lo que no quiere es llevarme de vacaciones, lo cual, sinceramente, me la trae floja. Casi prefiero quedarme en casa a mi bola.

—Yo quiero ir al mismo campamento en el que estuve el año pasado en Las Palmas, pero lo voy a tener complicado, sobre todo con las mates. Los malditos problemas de funciones los tengo atragantados.

—¿Por?

—Porque no los entiendo.

—A mí se me dan bastante bien. Si quieres, un día te explico algún truco que me sé.

Álvaro me miró con devoción como si estuviera delante de una aparición mariana.

—¿En serio? Tío, no sabes cuánto te lo agradezco. ¿Ahora cómo te viene?

—¿Ahora?

—Sí, ya sabes: «No dejes para mañana lo que puedas hacer hoy».

Planes mejores no tenía.

Ni peores.

—Venga, pues vamos a mi cuarto y nos ponemos a ello. Pero tienes que tener paciencia, ¿vale?

No habíamos terminado de bajar las escaleras cuando a ambos nos llamó la atención el revuelo que se había montado. Álvaro, movido por un afán casi atávico de enterarse de todo lo que sucedía, se acercó a un grupo de chavales para averiguar qué estaba pasando. Yo, más pasota que prudente, me quedé esperando a unos metros de distancia.

Álvaro regresó agitando la mano.

—Vas a flipar en colores, chaval —me anticipó.

—Prueba.

—Lo han puesto de patitas en la calle.

—Ajá —contesté con forzada indiferencia—. ¿Y se puede saber a quién?

—¡Al Sapo! Los de segundo de BUP dicen que les tocaba clase con él pero que ha entrado el padre Garabito y les ha dicho que hasta final de curso les va a dar él la asignatura.

Helado. Anulado. Sin capacidad para evaluar la noticia y menos aún para reaccionar. Solo pestañeaba.

—No les ha dicho por qué, pero está claro que le están dando la patada. Uno de los chicos decía que había pasado por su despacho y lo había visto recoger sus cosas, así que con un poco de suerte no te vuelves a cruzar con ese cabrón en la puta vida. Bueno, ¿qué? ¿No te alegras? ¡Es como si te acabaran de quitar unas cuantas astillas clavadas en el culo, ¿no te parece?!

Tardé en reaccionar más de la cuenta.

—Sí, supongo que sí.

—¿Supones?

La comparación no podía ser más desafortunada, pero en mi fuero interno sentía cierta liberación. En realidad me sentía como si algo parasitario con lo que me había acostumbrado a convivir me hubiera abandonado y era esa sensación, la de abandono, la predominante. No podía aceptar el hecho de no volver a ver a don Teófilo, así, sin más, por lo que me di media vuelta y empecé a caminar como una oveja por el desierto.

—¿Dónde coño vas? —le oí preguntarme—. ¡Mateo!

En cuanto doblé la esquina empecé a correr. Me sentía ridículo, cual amante despechado, y al mismo tiempo no podía asumir que se esfumara para siempre y no pudiera saldar una deuda contraída con él. Al enfilar el pasillo que tantas veces había recorrido aguantándome las ganas de llorar, cambié el paso y empecé a caminar. La puerta del despacho estaba abierta, así pues, sin pensármelo demasiado, entré.

Estaba vacío.

Y el despacho también.

Eché en falta algunos objetos que formaban parte de mi cotidianidad semanal y que en mi mente decoraban mi infierno particular. No podía comprender por qué me sentía de esa manera, como el perro famélico de un ciego que de la noche a la mañana se encuentra tirado en un callejón.

Libre al fin, pero desamparado.

Frente a mí, el perfil de la sierra se recortaba sobre un cielo azul intenso libre de nubes. Limpio. Puro. Completamente esperanzador y, sin embargo, nunca lo había percibido de un modo tan siniestro. Fue entonces cuando noté que la cabeza me daba vueltas y tuve la necesidad de agarrarme a algo. La sensación de vértigo era inédita para mí y no estaba preparado para enfrentarme a ella, por lo que me dejé caer de rodillas. Abrazado a mí mismo, con los ojos anegados de lágrimas, me acaricié los brazos intentando encontrar alguna emoción a la que agarrarme más allá del dolor que me desgarraba por dentro. Fue así como descubrí ese escozor que me iba a acompañar el resto de mi vida.

Y, de nuevo, la aguja.

Una aguja muy fina.

Una aguja muy fina atravesándome el cerebro de parte a parte.

26. VERTICAL (DIEZ LETRAS): SUSTANCIA SOPORÍFERA QUE SE ADMINISTRA A ALGUIEN CON FINES PERVERSOS

Urueña, Valladolid
Sábado, 30 de noviembre de 2019, a las 01.05

Si lo hubiéramos ensayado un millón de veces no nos habría quedado tan bien —comenta don Teófilo—. El final ha sido apoteósico. Apoteósico. Te prometo que he pensado un par de veces que se nos moría aquí mismo.

Mateo apaga el cigarro en el cenicero y asiente con media sonrisa en los labios.

—Cuando te has quitado las gafas con el pulso tembloroso y me has reconocido... ¡Dios! Solo esa escena ya era merecedora del Óscar: «Señor Cabrera, ¿es usted?» —rememora imitando la voz del Sapo. Y ya cuando se ha caído y te he visto arrastrándote por el suelo haciendo esos ruidos con la garganta... pensé que me meaba encima. Me ha costado mucho aguantar la risa. Muchísimo.

—¡Pura improvisación! Lo he hecho por aprovechar las circunstancias al máximo. Tú tampoco has estado nada mal cuando me has estampado contra la pared. Un poco más y me conviertes en calcomanía.

—Sí, me he dado cuenta, pero, ya sabes, en el fragor de la batalla...

—Todavía me duele la espalda.

—De verdad que lo siento.

Hablan como si yo no estuviera delante, aunque, a decir verdad, es como si no estuviera. Supongo que la huella que ha dejado el cincel del pánico en mi semblante es más que patente, más si cabe ahora que la luz artificial vuelve a reinar en la bodega. En este momento no soy capaz de encontrar una palabra que defina mi estado de ánimo. No sé cuánto tiempo ha transcurrido desde que reconocí el rostro de don Teófilo arrastrándose como un muerto viviente hasta donde me encontraba yo tirado, indefenso y desvalido, sin poder dar crédito a lo que estaba viviendo; pero lo cierto es que sigo notando mi cuerpo atenazado. No soporto los sustos. Me ocurre desde que puedo recordar y este, sin duda, encabezaría una hipotética tabla de registro de todo mi histórico vital.

No son conscientes de lo que han hecho. Mucho menos de las consecuencias que ello acarreará. Tampoco alcanzo a adivinar sus próximas intenciones, pero doy por hecho que no han dado por terminada la sesión ya que todavía estoy maniatado a esta silla. No da la impresión, además, de que estos dos malnacidos —que ahora siguen disfrutando de lo lindo rememorando la moviola— tengan ninguna prisa por aclarar la situación. Siento tanta rabia burbujeando dentro de mí que ni siquiera me atrevo a mirarlos a la cara. Prefiero fijar la vista en un punto concreto de la pared que tengo enfrente y esperar acontecimientos.

Aguardar el momento adecuado para actuar es una de mis mayores virtudes.

Solo tengo que esperar.

Esperar a que llegue el momento. Mi momento.

Y, entonces sí, actuar.

La decisión está tomada y es inexorable.

—Lo que ha funcionado de lujo ha sido lo de las velas —continúa Mateo, entusiasta y vivo como nunca antes lo he visto—. Cuando ha despertado supongo que le ha costado hacerse una composición de lugar. Entre los fármacos, la oscuridad y...

—Fabián Ballesteros —le interrumpe don Teófilo—, un escenógrafo con el que he trabajado media vida siempre ha dicho que lo que no entra por los ojos no termina entrando jamás. Por eso te insistí en que necesitábamos generar la atmósfera adecuada para lograr que el pánico lo consumiera poco a poco.

—Lo que tú digas, pero la clave del éxito ha estado en tu interpretación.

—Son unos cuantos años de experiencia a las espaldas. Ahora bien, hacía mucho tiempo que no me mentalizaba tanto para meterme en un papel tan comprometido como este. Eso sí, déjame decirte que si nuestro público —prosigue señalándome a mí— no llega a estar tan colocado, no se traga el apuñalamiento ni de coña, porque peor no lo podías haber hecho. Y mira que te dije que fueran movimientos rápidos para que no se diera cuenta de que la hoja era retráctil pero, sobre todo, que no llevaras el cuchillo tan atrás y has hecho justo lo contrario.

—Ya, ya —reconoce Mateo entre risas—. Es que con la izquierda no es tan fácil para mí. Menos mal que se estaba fijando más en tu cara que en el movimiento de mi mano.

—Seguro. Dicho esto, para ser un novato, el arco dramático del personaje lo has cuadrado a la perfección. ¡Bravo, bravo, bravo! —califica aplaudiendo con forzada distinción.

Mateo hace una reverencia cortesana del todo ridícula. Se lo están pasando en grande y a mí me burbujea la sangre. Es evidente que se han tomado muchas molestias para llegar adonde han llegado, pero todavía no logro despejar una incógnita: ¿cómo es posible que Mateo y don Teófilo tengan una relación tan estrecha?

—Gracias, gracias, gracias. Y dime, ¿cuánto crees que va a tardar su hígado en terminar de asimilar los medicamentos?

—Menos que su estómago cuando le cuentes todo —bromea don Teófilo—. Pedro dijo que, una vez despierto, a los diez o quince minutos ya dejaba de ser tan vulnerable, así que creo que ya le queda poco.

—Pues nadie lo diría, porque mira qué careto se le ha quedado —se mofa Mateo—. Pedro, para que te vayas enterando un poco de todo —me dice a mí—, es un buen amigo suyo que, mira tú por dónde, es una eminencia en bioquímica y da clases en la Universidad del País Vasco. Es el que se ha encargado de elaborar el cóctel y nos ha informado de la cantidad exacta que te debíamos administrar, tiempos, etcétera, etcétera. Has estado en todo momento en muy buenas manos, no queríamos que te diera un jamacuco ni nada por el estilo.

—Lo mismo se ha quedado tonto para los restos —comenta el otro.

—Como ya habrás deducido, solo había burundanga, por llamarlo de alguna forma, en el Jumilla. Él hizo como si lo bebiera y a mí se me quitaron las ganas de probarlo, no me preguntes por qué —añade con sorna—. Lo teníamos todo previsto, pero he de reconocer que empecé a dudar de que fuera a funcionar al ver que el tiempo pasaba y que no te hacía efecto...

—Y yo venga a darle conversación —comenta el Sapo al tiempo que agarra una silla y toma asiento.

—Lo de Joyce fue una gran ocurrencia.

—Bueno, ahí todo el mérito es tuyo, que me chivaste los temas que le hacían engrasar la lengua por si teníamos que estirar la charla. Por cierto —me dice— yo del *Ulises* y de *Finnegans Wake,* ni idea. Todo lo que dije lo saqué de un blog de literatura, pero... ¿a que parecía todo un experto en la materia? ¿Y qué me dices del intestino de cerdo asomando por la camisa? Sabía que le iba a causar impresión, pero de ahí a que vomitara... Oye, mira, al margen del olor, te sirvió para que te pidiera más agua y darle un poquito más de... ¿cómo lo has llamado?

—Burundanga.

—Eeequilicuá...

—¡Equilicuá! —repite Mateo antes de romper a reír.

La vergüenza; el bochorno me invade.

Engañado.

Utilizado.

Manejado.

Aprieto con fuerza los dientes y agito la cabeza de lado a lado como si así pudiera sacudirme el ultraje.

—Vaya, vaya, vaya. Parece que el señor ya está de vuelta con nosotros. A ver si eres capaz de resolver este enigma. Once letras, horizontal: fenómeno de espejismo o ilusión que conduce al engaño.

En su cara puedo leer la definición de la felicidad plena.

—¿Te rindes? Reconozco que esta no es nada sencilla.

No abro la boca.

—Fatamorgana. Me encanta esta palabra. Bueno, querido, sin más dilación, estarás impaciente por entender qué ha pasado aquí, vamos con las presentaciones.

Mateo se aproxima a su compañero de escena, le agarra por el hombro y fuerza la voz como si fuera un locutor de radio.

—A mi derecha, en el papel de don Teófilo, alias «el Sapo», tengo el enorme placer de presentarle al gran Carlos Cabrera, más conocido como Tío Carlos, hermano carnal de mi difunto padre, Francisco José, y actor de teatro con más de treinta años de profesión a sus espaldas. ¡Un fuerte aplauso!

Este hace una reverencia, se besa el anillo y mira a su alrededor como si estuviera emocionado por recibir una gran ovación de un público imaginario. Mateo, a quien se le han saltado las lágrimas de la emoción, no para de aplaudir.

—Caracterización, maquillaje y buenos alimentos —añade el aludido.

Al forzar la vista me percato de que, tal y como apunta, ha dejado de ser barbirrucio y muchas de las arrugas que surcaban su rostro han desaparecido misteriosamente. Ya no lleva las gafas de pasta, lo cual le ha hecho rejuvenecer. Al borde de la vesania, hago un esfuerzo titánico con el único propósito de contener mis impulsos.

Toca esperar.

Esperar a que llegue mi momento.

—Y las lagunas que deja el paso del tiempo en la memoria, por supuesto —prosigue Mateo, todavía emocionado—. Veintiséis años son muchos años y tanto el rango de edad, la morfología y el color de los ojos, ayudado, eso sí, por unas lentillas azules muy especiales, encajaban. Lo de abultar los globos oculares ya era más complicado, pero las gafas y las arrugas lo enmascaran casi todo. Solo era necesario que yo fuera muy convincente para hacer de la duda una creencia. Y lo fui, vaya si lo fui. Has caído en el principio básico del buen enigmista, querido —se regodea apuntándome con el dedo—: conseguir que tu rival tenga un punto de partida erróneo —desvela Mateo con retintín—. Ponte en situación. Un experimentado jugador no empieza un crucigrama hasta que ha leído todas las pistas. Enseguida descartará las más complejas y enrevesadas y luego se irá fijando en las que cree que sabe. De todas ellas tiene que elegir una, que será la más evidente para él y escribirá la respuesta porque la palabra encaja perfectamente en la cuadrícula. Sin embargo, no es esa la correcta, sino un sinónimo no tan evidente. Una alternativa tan válida como la que propone el jugador pero que, te aseguro, no es la primera que le viene a la cabeza. ¡Se siente! A partir de este instante la victoria es del enigmista y el rival estará abocado a pasar la página para consultar las soluciones sin saber muy bien por qué ha fracasado. ¿Quieres saber por qué? ¿Te pica la curiosidad?

Ni lo más mínimo, pero me limito a sostenerle la mirada. Hasta eso me cuesta.

—Porque el jugador irá avanzando con más o menos acierto, pero llegará un momento en el que las letras se le vuelvan en contra. Entonces empezará a revisar el resto de definiciones que no terminan de encajar en las condenadas casillas, pero nunca esa inicial. Para él esa es incuestionable. Porque, amigo mío, cuando nos enfrentamos a un reto necesitamos un punto de partida sólido, un lugar donde agarrarnos. Así funciona la mente humana, incluida la tuya, aunque muy humana no sea.

—Qué hijo de la gran puta.

Acto seguido me arrepiento de haber abierto la boca para soltar algo que no hace sino alimentar su ego.

—Gracias, lo tomaré como un cumplido. Y nuestro punto de partida era hacerte creer sin ningún género de dudas que ese que regentaba la librería era don Teófilo. De ahí mi reacción en el exterior, los informes y demás. He de decir que me esperaba algo más de reticencia por tu parte, pero, oye, cuando las cosas vienen de cara...

—Ya te dije yo que se lo iba a tragar —tercia Tío Carlos—. Como has dicho: veintiséis años son muchos años.

—En cuanto a los efectos especiales, la sangre y todo lo demás... es mérito suyo, que para eso fue director de escena durante no sé cuánto tiempo. Por cierto, por cierto, cuando te hice la equis en el pecho con el cuchillo —rememora Mateo volviéndose hacia Tío Carlos—. ¡Por favor! ¡Qué alarido el tuyo y cómo se te empapó la camisa de bien!

—Ese mecanismo no falla nunca —apostilla el aludido—. Y estando bajo los efectos de los fármacos cualquier cosita parece real.

—Pues que sepas que estuve a punto de estropearlo todo al principio. Perdí los nervios cuando empezamos a hablar del Sapo y le conté lo que me hacía. Me descontrolé por completo y casi se nos pira de rositas, como siempre. Luego creo que hablé de más en alguna que otra ocasión como cuando nos cruzamos con el Loco Eusebio y le hablé de él como si le conociera de toda la vida.

—Porque lo conoces de toda la vida —aporta Tío Carlos.

—Ya, pero él no tenía que darse cuenta de ello. ¡Menos mal que finalmente conseguí convencerte, ¿eh?! Pero, claro, ¡si te lo juré por la cuadrícula! —se burla.

Ambos se funden en un abrazo que se prolonga varios segundos ante mi encolerizada mirada. Tengo que aguantar.

—Del Tío Carlos te he hablado un millón de veces, pero nunca lo habías conocido en persona. Por seguir resolviendo enigmas te diré que la librería es suya y que traspasarla no la traspasa porque es su único medio de vida desde que dejó el mundo del teatro. Y porque, además, está enamorado de ella. Ahora bien, las cámaras que tiene son disuasorias, así que no te preocupes demasiado por ello.

—¿Quién coño va a robar aquí?

—Exacto. ¡¿Qué más?! —se pregunta Mateo frotándose las manos—. Ya habrás supuesto que estamos en su casa. Casa que, por cierto, era de mis abuelos y donde pasé varios veranos durante mi niñez cuando el Comandante quería deshacerse de mí.

—No seas tan cruel con tu padre —le recrimina Tío Carlos.

—Bien sabes tú que lo hacía por eso.

—O simplemente porque cuando no estabas en el colegio no podía hacerse cargo de ti. Te recuerdo que Francisco debía acudir al cuartel. Cuando tenía vacaciones te llevaba a algún sitio de playa: Denia, Cullera, Gandía... Y ya sabes lo poco que le gustaba a él la playa.

—Sí, bueno, te diré que no guardo buenos recuerdos de aquellas vacaciones. Él siempre rebotado con el mundo en general y conmigo en particular. Me pasaba las horas muertas bajo la sombrilla mirando al mar. Bueno, no es un tema del que hoy corresponda hablar —zanja Mateo—. Estábamos hablando de esta casa.

—Casa que algún día será tuya —añade él.

—Sí, pero ya sabes que prisa no tengo en heredarla, así que no tienes permiso para morirte antes de que hagas las reformas de las que hablamos —bromea con impostado dejo sardónico—. Dicho esto, te tengo que confesar que estaría encantado de llevar ese maravilloso anillo tuyo que...

—Ni lo sueñes. Mi anillo se viene conmigo a la tumba. Fue mi...

—¡Que sí! —le corta Mateo—. Que ya me lo has contado treinta veces. Que fue el regalo de despedida que te hicieron tus compañeros de la compañía de teatro. Estás a un paso de convertirte en el abuelo Cebolleta.

—Y ya que lo dices, muchacho, te comunico que este abuelo Cebolleta ya ha hecho algunas de esas reformas. Quería darte una sorpresa, pero me la acabas de chafar.

Su complicidad y gestos de afecto son sal y limón para mis heridas abiertas. Mi creatividad me pide arrancarle la tráquea a Mateo con las manos y hacerme un silbato con ella, aunque solo sea para que deje de hablar. Me veo haciéndola sonar mientras a Tío Carlos le hundo el esternón a patadas y le hago las costillas giratorias.

—Muy bien, os felicito a ambos —les digo dulcificando el tono para ocultar mis intenciones—. Ya os habéis divertido bastante. Ahora, soltadme de una puta vez.

—No tengas tanta prisa, hombre, déjame que te cuente un par de cosas de él. A mi padre le dio el ataque al corazón una mañana antes de ir al cuartel y, estando ya muertos los abuelos, al primero que llamaron fue a su hermano —señala a Tío Carlos—, que, mira que es mala suerte, estaba en Málaga de gira con la compañía de teatro. ¿Y sabes lo que hizo? Alquiló un Fiat Tipo, condujo hasta Madrid para decírmelo en persona, me metió en el coche y le pisó a fondo para llegar a tiempo a la función. En el trayecto prácticamente no hablamos de la muerte de mi padre. Bueno, podría decirse que no hablamos. Él estaba empeñado que yo viera la función y me consiguió un sitio en primera fila. *La vida es sueño,* de Calderón de la Barca. Y él, por supuesto, hacía el papel de Segismundo. ¿Te acuerdas? —le pregunta a Tío Carlos.

Este cierra los ojos y toma aire por la nariz.

—«¿Qué es la vida? Un frenesí. ¿Qué es la vida? Una ilusión, una sombra, una ficción, y el mayor bien es pequeño; que toda la vida es sueño y los sueños, sueños son».

—Sueños son —repite Mateo—. Yo jamás lo había visto actuar porque mi padre consideraba el teatro una mariconada. Solo apto para tristes e idiotas, decía.

—Francisco siempre fue un sentimental —bromea.

—Sí, justo eso. ¿Sabes de qué va la obra? —me pregunta.

Asqueado, declino responder. Pensándolo con frialdad, no me viene mal un poco más de tiempo para recobrar plenamente el control.

—El argumento gira en torno a la privación de la libertad de Segismundo por parte del cabrón de su padre, el rey Basilio de Polonia. Este lo encierra para evitar que se cumpla la predicción de un oráculo que aseguraba que su hijo lo iba a derrotar y humillar en público. ¿Hasta aquí qué te parece? ¿Ves algún paralelismo? El caso es que el rey decide liberar a Segismundo solo por comprobar si la profecía se cumplía y así limpiar su conciencia. Lo drogan y, cuando Segismundo se despierta, se encuentra en el salón del palacio. Confundido y alterado al encontrarse fuera del que ha sido su hábitat natural, se comporta como lo que es: un animal. Trata de violar a Rosaura y mata a un criado que intenta evitarlo. El rey, convencido de que tiene razón, vuelve a encerrarlo, pero el pueblo se entera de que existe un príncipe heredero que podría reinar mejor que el tirano de su padre y se levanta en armas contra él. Segismundo se pone al frente de la revuelta y derrota a su padre, pero en vez de humillarlo como decía la profecía, se postra a sus pies y se declara su vasallo. El rey, flipando en colores, le entrega el trono voluntariamente y colorín colorado. Final feliz.

Mateo se rasca la barba y hace una pausa para encenderse un cigarro.

—En cuanto terminó la representación regresamos a Madrid para que al día siguiente no me perdiera las clases. ¡No paré de hablar durante todo el viaje! ¿Verdad? —le pregunta a Tío Carlos sin esperar respuesta—. Sobre todo hablamos del libre albedrío, algo muy presente en el argumento, que apuntaló lo que ya había aprendido de mis lecturas existencialistas: que yo era el único dueño de mis decisiones, lo cual, tiene una parte buena: solo yo elijo mi destino, y una mala: solo yo soy responsable de mis actos. ¿Me sigues?

—Te sigo, te sigo —corroboro exagerando mi interés por el asunto.

—Eso significaba que no podía ser ajeno al hecho de haberme convertido en el juguete de don Teófilo. De alguna manera podía haberlo evitado y no lo hice. Por tanto, si bien había aprendido a convivir con esos recuerdos, tomar conciencia de que era tan culpable de la situación como el propio Sapo me empezó a pudrir por dentro.

Mateo dio dos caladas seguidas al cigarro.

—Tú esa época ya no la viviste porque fue cuando salí del internado, pero para mí fue un calvario constante. No dormía, no me podía concentrar, y cuando me daban las migrañas me pasaba todo el día encerrado, aislado por completo del mundo. Me quería morir. De hecho, no paraba de pensar en la forma de suicidarme. Tío Carlos, por lógica, dedujo que mi estado era consecuencia de la muerte de mi padre, hasta que un día no pude más y estallé. Se lo conté todo, sin ahorrarle detalles, lo cual... Imagínate.

—Terrible —aporta él.

—Una excelente terapeuta y tres años después conseguí comprender que aunque yo era dueño y responsable de mis decisiones, no podía culparme por no haber sabido eludir un peligro. El odio hacia mí mismo debía revertirlo hacia el Sapo, pero todo el que había ido acumulando en mi interior debía sacarlo. ¿Y cómo? Lo ideal era hacerlo en persona, claro, pero no nos íbamos a poner a investigar dónde coño estaba don Teófilo, ¿no? —le pregunta.

—O sí —responde, divertido.

—Sobre todo porque el muy cabrón ya lo había hecho sin mi conocimiento. Una buena agencia de detectives y... —Mateo emula el sonido de un redoble de tambor—. ¡Tachán! ¡Lo había encontrado!

En ese punto de la conversación empecé a sentirme más relajado y me esforcé para conformar una expresión formal, propia de un oyente interesado, rayano en la curiosidad.

—Talavera de la Reina, Toledo. Ahí había nacido Teófilo Sáez del Amo. Hijo menor de los cuatro que engendraron un maestro de escuela y un ama de casa. Infancia normal que se sepa, cuando cumplió los dieciocho estudió magisterio en Toledo y ejerció en varios colegios de la provincia hasta que fue a parar al San Nicolás. Tras ser expulsado, luego te contaré por qué, regresó a Talavera para, y aquí viene la parte trágica, suicidarse pocos meses después. ¿Sabes cómo?

—No, pero seguro que me lo vas a contar —respondo.

—Emulando a su admirado Sócrates, pero en lugar de ingerir cicuta, por una sobredosis de pastillas.

—Que Dios lo acoja en su seno —comento.

—El diablo —me corrige, taxativo—. Sin embargo, el hecho de estar bajo tierra no frustró la terapia y un sábado por la mañana nos plantamos en el cementerio municipal de Talavera y le dije todo lo que le tenía que decir. Y funcionó, vaya si funcionó. Salí de allí vacío, nuevo, y aunque no podría considerarse que me convirtiera en la alegría de la huerta, lo cierto es que volví a ser un chico normal con las movidas de cualquier chico normal. Con las migrañas, eso sí, que me han quedado como secuelas permanentes. Una putada —califica chasqueando la lengua—. COU, selectividad y a la universidad. Dudé entre Filosofía y Derecho y al final me decanté por las leyes por eso de las salidas, ya sabes tú. Allí tengo la enorme fortuna —califica con ironía— de reencontrarme con mi querido amigo de la etapa en el internado y, aunque Tío Carlos me insistía en que conociera gente distinta, estuvimos otra vez juntos. Y tan ricamente, ¿verdad? No se hablaba del tema y listo. La carrera la saqué más o menos a curso por año y mi afición u obsesión, llámalo como quieras, por los crucigramas marcó mi futuro profesional. Hasta ahí todo en orden.

Mateo apura el cigarrillo de dos caladas y retiene el humo antes de proseguir.

—Y ahora es cuando llega la maldita boda de Felipe —me anticipo.

—Bien visto. ¡Oh sorpresa! Darío entre los invitados. ¡Darío el triunfador, el prohombre! ¡Manda cojones! Todo lo que te dije de él era cierto, y que estaba mamadísimo, también. Ahí fue cuando me contó la historia de la cámara, las fotos y todo el lío, pero con una pequeña variante, un detallito sin importancia...

Mi turno.

—Que fui yo quien le propuse chantajear al Sapo —reconozco con total frialdad—. Es absolutamente cierto. Darío podía ser un abusón de mierda, pero en el fondo no era tan mala persona como para aprovecharse de algo así. Y te digo más, aunque puede que ya lo sepas: fui yo quien se encargó de apretar las tuercas a don Teófilo. El muy cerdo intentó seducirme, pero no te imaginas lo que disfruté achuchando a ese cabrón pretencioso, cómo fue.

—No, pero me lo vas a contar si quieres que te suelte en algún momento. Te juro que soy capaz de largarme y dejarte ahí atado para que te mueras del asco.

—Tranqui, tranqui, que te lo voy a contar todo.

Mateo cruza los brazos a la altura del pecho y adopta una postura cómoda para escuchar de pie.

—A los Larreta les debía casi cuatro mil pelas, un pastizal en aquella época, y ya sabes lo gañanes que eran. Me amenazaron con cortarme los huevos si no les pagaba en una semana o quince días, no recuerdo bien, y... En definitiva, que estaba acojonado perdido. Así que al salir del cuarto de limpieza y ver las fotos me asaltó la idea y ya no me la pude quitar de la cabeza. Fui al cuarto de Darío y cuando se las enseñé se escandalizó. Se le saltaban las lágrimas, te lo juro. La verdad es que me sorprendió su reacción en un tipo tan despiadado como él y desde un principio me propuso ir a enseñárselas al padre Garabito.

—Eso me dijo, sí.

—No te mintió. Me costó un huevo convencerlo de lo contrario aduciendo que se nos iba a caer el pelo por robar la cámara de fotos y no haberlo confesado. Vamos, que nos iban a expulsar del internado seguro.

—Maldito hijo del demonio —comenta Tío Carlos.

—Déjalo que termine —tercia Mateo.

—Le dije a Darío que yo me encargaría de conseguir que te dejara en paz y que, además, sacaríamos un buen dinero. Así que esa misma tarde antes de la cena fui al despacho del Sapo con la cámara y le enseñé las fotos. Sin embargo, lejos de escandalizarse, cabrearse o yo qué sé, el muy cabrón se puso cachondo. Pero ¡no sabes cómo! ¡Qué repugnancia me dio! Yo le dije que nuestro silencio le iba a costar cinco mil pesetas al mes y, ¿sabes qué?

Mateo se muerde los carrillos por dentro para contener eso que lo está pudriendo.

—Me ofreció el doble con la condición de que todo siguiera igual. ¡Diez mil pesetas! ¡Diez talegos al mes! ¡De repente era inmensamente rico! ¿Cómo decir que no? Y, puestos a contarlo todo, déjame que te diga que yo nunca llegué a considerar que te estuviera haciendo tanto daño. ¡No es que te estuviera reventando el culo, hombre! Solo te hacía pajas y mamadas, tampoco era tan horrible la cosa.

Tío Carlos hace el ademán de abalanzarse sobre mí, pero Mateo lo detiene agarrándolo por el brazo.

—¡He dicho que no! —le grita.

—Pues eso: diez mil al mes. Al Joker no le dije nada, por supuesto, así que le daba sus dos mil quinientas y el resto para mí. El tema se jodió cuando Darío se enteró, muchos meses más tarde, no sé cómo, de que el Sapo te seguía haciendo marranadas y, sin decirme nada, fue a ver al padre Garabito y se lo cascó todo. Dos días después largaron a don Teófilo, pero supongo que no contaron nada para evitar el escándalo de la institución y colorín colorado. Final feliz. Final feliz para ti, claro, que yo me quedé sin mi paga semanal.

—Valiente hijo de puta. Rastrero —califica Mateo.

—Sí, un auténtico hijo de puta de trece años —confirmo yo—. Con catorce lo seguía siendo, y con quince, pero conforme fui cumpliendo años y la cabeza se fue asentando empecé a tomar conciencia de lo que había hecho. Fue como si me viniera de golpe, pero tú ya no estabas, te habías largado sin despedirte, sin dejar una dirección a la que escribirte, así que no podía pedirte perdón ni confesarte lo que había hecho. Me odiaba por ello, cada día, cada noche, y me preguntaba qué sería de ti, dónde estarías, si lo habrías superado... Puedes creerme o no, me da igual, pero te aseguro que lo pasé muy mal durante una época.

—Ohhh, qué pena más grande —se burla Tío Carlos.

—Eso hasta el día que Felipe me llamó por teléfono y me contó que habíais coincidido en el negociado de la universidad pillando los papeles para hacer la matrícula de Derecho y que te había notado muy delgado, triste y muy desmejorado. Triste y muy desmejorado —repito—. Te prometo que me dio un vuelco el corazón. ¡Derecho! Yo tenía decidido hacer Hispánicas o Geografía e Historia, pero eso me hizo cambiar de opinión. A Felipe le dije que fue por estar con él, pero no. Fue por coincidir contigo. Por acercarme a ti y cuidarte. ¿Recuerdas el primer día de clase?

—Lo recuerdo.

—Nos dimos un abrazo enorme. No sé cómo lo has guardado en tu memoria, pero yo lo tengo como uno de los mejores momentos de mi vida. Desde ese puto primer día estuve siempre pendiente de ti. De que estuvieras bien y que nadie te tocara los cojones, porque anda que no había hijos de puta en la facultad de Derecho. Íbamos juntos a todos los sitios, nos lo contábamos todo y...

—¡¿Y por qué nunca me confesaste que te habías comportado como un auténtico hijo de puta rastrero? —me corta—. ¿Por qué nunca me pediste perdón?!

—¡Porque, supuestamente, lo habías superado! Tenía miedo de que si tocaba el asunto alimentara tus fantasmas y la jodiera otra vez. Además, lo de pedirte perdón era para quitarme un peso de encima, ¿qué ganarías tú con ello? Nada. ¿Confesarte lo que había hecho hubiera cambiado el pasado? ¡No!, pero nadie me aseguraba que no estuviera abriendo viejas heridas. Así que decidí cargar con mi culpa y no sacar el tema jamás. Si el cabronazo de Darío lo hizo fue para limpiar su conciencia, no porque quisiera ayudarte ni nada parecido. Todo lo contrario. Mira lo que ha provocado. Él es quien debería estar aquí sentado, no yo. O bueno, quizá yo también, pero ese cabronazo redimido es igual de culpable que yo, y algún día te juro por mi santa madre que voy a plantarme en su señor despacho de la calle Santiago número 3 y le voy a borrar para siempre su estúpida sonrisa, por hijo de puta.

—Ya será menos —dice Tío Carlos.

—Contigo, actorazo, que eres un actorazo, me pondré mucho antes, no te preocupes.

—¡Uhhh! Qué miedo —se mofa.

Es en ese instante cuando visualizo cómo voy a acabar con él, pero para ello necesito que me liberen de estas ataduras de una vez.

—Yo, sin embargo —prosigo tratando de no alterarme más de lo que ya estoy—, acudo desde Madrid para ayudarte y me encuentro con esta broma de mal gusto, con esta gran charlotada que casi me cuesta la vida. ¡Bravo! ¡Os felicito a ambos por la preparación y ejecución del plan! ¡Me la he comido entera, enterita, de verdad! ¡Os aplaudiría si pudiera!

Sin darme cuenta, hablar con total libertad y sinceridad provoca una emoción desconocida en mí. Tanto que noto cómo se me humedecen los ojos y al apretar los párpados para esconder mis sentimientos no puedo evitar que broten dos lágrimas que, densas y frías, resbalan por mis mejillas.

Silencio.

Lloro de rabia, no de pena, pero ellos no lo saben.

Tengo que sacar partido a mi llanto y para ello me meto en el papel de Suso con el único propósito de interpretar correctamente el discurso que estoy a punto de pronunciar.

—Lamento mucho, muchísimo, lo que te pasó. Siento que ese maldito cabrón se fijara en ti. Siento que yo te convenciera para robar la cámara de fotos y siento que el Sapo te pillara. Siento que con trece años yo fuera un auténtico rastrero. Y siento en el alma que hayas tenido que revivir aquellos momentos de mierda cuando ya lo habías superado. De verdad que lo siento. Lo siento en el alma y me gustaría poder cambiar el pasado, pero no puedo. Y no quiero pedirte que me perdones porque no me lo he ganado y tampoco va a hacer que me sienta mejor. Así que, si ya habéis terminado de reíros de mí, me gustaría pediros que me desatarais y me dejarais marcharme a mi puta casa porque estoy agotado. Además, necesito ir al baño urgentemente. Ya habéis logrado que potara y puede que incluso me haya cagado. Así que, por favor —ruego exprimiendo el tono dramático del soliloquio—, soltadme de una vez.

Mateo y Tío Carlos se miran durante unos instantes y sincronizan sendos movimientos afirmativos con la cabeza. Mateo se acerca a la encimera y coge el cuchillo fileteador para cortar las ataduras de las muñecas y los tobillos. Cuando lo hace me quita los protectores de poliestireno y los tira al suelo con desprecio. Yo trato de ponerme de pie, pero tengo las piernas agarrotadas y debo apoyarme en la mesa para no caerme. Sin moverme, doblo el espinazo para darme unas friegas y activar la circulación. Con mucha precaución camino hasta el baño bajo su atenta mirada.

No cierro la puerta para poder escuchar lo que dicen.

—No me da ninguna pena —oigo decir a Tío Carlos.

—No, ni a mí, pero yo creo que ya le hemos dado lo suyo.

—Sí, yo también lo creo. Tenías que haberle visto la cara cuando me estaba acercando a él. Era de pánico total.

Mientras, en el espejo, ensayo la expresión de quien acaba de recibir una lección que no olvidará jamás.

—En fin. La cosa está hecha —dice Mateo—. Ahora, si te parece lo acompaño a la puerta y vuelvo enseguida a ayudarte a limpiar toda esta mierda.

—Tranquilo, yo me encargo.

—Gracias por todo, de verdad.

—He disfrutado interpretando el papel más comprometido de mi vida. Me alegro mucho de que haya salido tan bien.

Salgo del baño fingiendo una falta de coordinación muscular en mis movimientos como si aún estuviera afectado por la discinesia que me provocaron los fármacos.

—Qué alivio —digo sin ningún entusiasmo.

—Ya puedes irte —me confirma Mateo.

—Vale, solo espero que esta velada te haya ayudado a... lo que sea —zanjo.

—A quitarme un peso de encima. Eso seguro. Te acompaño —se ofrece Mateo.

—No es necesario, pero lo que sí te voy a pedir es que me des otro vaso de agua, a poder ser sin burundanga —bromeo.

Duda, pero en su mirada reconozco leves vestigios de arrepentimiento que lo invitan a ser condescendiente con aquel a quien han manipulado a placer.

—Claro, claro —acepta.

Mi momento ha llegado.

Un momento que dura, concretamente, dieciocho segundos.

El tiempo empieza a contar desde que agarro el cuchillo fileteador con el que Mateo ha cortado mis ligaduras. Los dos primeros los consumo en recorrer la distancia que me separa de Tío Carlos y, dibujando una trayectoria vertical de abajo hacia arriba, hundirlo en el cuello, justo por debajo del maxilar inferior, los diez o doce centímetros de hoja que calculo que tiene. Y lo hago con tanto ímpetu y determinación que la punta de la herramienta atraviesa la cavidad oral para clavarse en la bóveda palatina, provocando serios daños en la mucosa que recubre la boca, las glándulas salivares y, cómo no, en la lengua. No son estos, sino los que causa a su paso en los vasos sanguíneos, los que a la postre resultarán fatales. Solo el hecho de haber seccionado la arteria carótida externa lo es, pero el azar hace que, al retirar el cuchillo, se desgarre la vena yugular externa, lesiones ambas incompatibles con la vida. De este modo, cada vez que el corazón de Tío Carlos bombea sangre, la pérdida sanguínea es irreversible, y en los cinco segundos que consigue mantenerse en pie, a pesar de que trata de contener la hemorragia con ambas manos, pierde casi un litro de sangre. Es ya en el suelo donde una tras otra se van a ir cumpliendo las fases que culminarán en el inevitable shock hemorrágico con el que terminará su actuación de hoy: sensación de mareo, dolor de cabeza, respiración acelerada, frío y sed. A partir de este punto, toda vez que el individuo asume que va a morir, las reacciones que se producen son muy variopintas. Tío Carlos elige dejarse llevar con bastante dignidad, y solo los gritos desesperados de Mateo logran romper la extraña sensación de calma que reina en la bodega. Así las cosas, parece del todo innecesario —sobre todo bajo el punto de vista de Mateo— que, rodilla en tierra, lo vuelva a apuñalar repetidamente en el pecho, y, sin embargo, es lo que me pide el cuerpo. Siete veces, una por segundo. Mi intención no es otra que lanzarle un mensaje claro y contundente a Mateo: te has equivocado de persona y lo vas a pagar. Él, aunque no se encuentra en las mejores condiciones para procesarlo, lo recibe como la amenaza que es a pesar de que quizá le resulte difícil encajar la expresión risueña que sostengo cuando vuelvo a ponerme en pie cuatro segundos después.

Total dieciocho.

Es justo en ese comprometido instante cuando, como a consecuencia de haber presenciado un acto tan macabro, Mateo empieza a notar que no es capaz de enfocar con nitidez y que le cuesta mantener la verticalidad. Aún no es consciente de ello, pero el flujo sanguíneo que nutre el cerebro se ha reducido de forma notable debido al descenso de la frecuencia cardiaca y, en consecuencia, de la presión arterial. Está a punto de sufrir un síncope neurocardiogénico que, a pesar de tener un nombre tan aparatoso, en términos prácticos no es otra cosa que un simple desmayo.

Un simple desmayo tan poco oportuno para él como conveniente para mis intereses.

27. HORIZONTAL (OCHO LETRAS): DIVISIÓN EN PARTES DE UN TODO

Comandancia de la Guardia Civil, Valladolid
Lunes, 2 de diciembre de 2019, a las 12.52

Es altamente improbable que el teniente Balenziaga atienda esa llamada a pesar de que el timbre vuelve a sonar con insistencia. De hecho, no tiene previsto realizar ninguna tarea que no esté relacionada con la que en ese momento está realizando. Bittor es un tipo organizado y muy disciplinado, cualidades que le han llevado a ocupar el puesto del jefe del Grupo de Homicidios de la Guardia Civil para la demarcación provincial de Valladolid. Por tanto, le restan al menos cuatro minutos para plantearse la conveniencia o no de alargar el brazo izquierdo y apresar el maldito teléfono. Cuatro minutos es el tiempo estimado que invertirá en examinar las veinte fotos que le faltan para completar el reportaje por tercera vez. Sin dejar de ejecutar el movimiento de su dedo índice de la mano derecha y, por supuesto, sin quitar la vista del monitor de diecisiete pulgadas que tiene delante, el de la Benemérita no puede evitar preguntarse quién estará insistiendo tanto en querer hablar con él cuando ha dado orden explícita de que no le pasen llamadas.

El sonido cesa justo en el instante que empieza a recorrer visualmente el pasillo de la primera planta que conecta la entrada principal con las escaleras que llevan al piso superior. Hay múltiples salpicaduras, proyecciones varias y un par de acumulaciones abundantes. Él no se considera un experto en el análisis forense de manchas de sangre, pero, por suerte, el teniente coronel Gámez le ha dado su palabra al comandante Viciosa —su inmediato superior— de que contará con el apoyo de la Unidad Central Operativa. Falta le hace. No hay nada de malo en reconocerlo.

Y menos en la tesitura en la que se encuentra.

Un parpadeo.

Un clic.

Doce segundos.

La cocina parece un campo de batalla. El desorden fue lo primero que le llamó la atención cuando le tocó hacer la inspección ocular del escenario del crimen. No había nada que estuviera en su sitio. Las fotos que vienen a continuación muestran un utensilio encontrado bajo el fregadero —y que la sargento Quiñones identificó con premura como un pasapurés—, en el que se aprecia una abolladura, supuestamente como consecuencia de haber sido utilizado para golpear. Tenía transferencia sanguínea, por lo cual, a falta de la confirmación de los técnicos, es fácil inferir que se usó contra una persona. Lo han enviado al laboratorio con la esperanza de extraer huellas del mango y para analizar la sangre por si esta coincide con la de la víctima o bien, por descarte, pertenece al agresor. De esa misma estancia destacan dos considerables acumulaciones de sangre: una frente a los cajones de utensilios y otra, más grande aún, junto al frigorífico ubicado en la pared de enfrente. Las siguientes imágenes pertenecen ya a la bodega, donde se halló el cuerpo de la víctima, el propietario de la vivienda, Carlos Cabrera Sánchez. Las primeras son de las escaleras, donde, al igual que en el resto de la casa excepto en el baño de la planta principal, hay manchas de sangre. Abajo, el espectáculo es espeluznante. No es este el primer caso de homicidio al que debe enfrentarse el teniente Balenziaga, pero tiene que reconocer que nunca había visto nada igual y, a juzgar por los hechos, tampoco el brigada Martínez, que tuvo que salir corriendo a la calle a vomitar porque, según él, no soportaba el olor que imperaba allí dentro. A él le recordó la sala de despiece de la carnicería de su tío Txomin, pero con otros matices mucho más desagradables. Y menos mal que en esta época del año la temperatura es la que es, porque si los hechos se hubieran producido en verano hasta a él, que está acostumbrado a respirar olores nauseabundos, le habría costado permanecer ahí dentro. No obstante, en cuanto aparecieron los de criminalística se marchó a respirar aire fresco con la excusa de permitirles trabajar a conciencia.

Procesar el escenario lo requería.

Las fotos parecen sacadas de una película gore de bajo presupuesto. Tiene que haber pasado algo por alto porque no logra colocar la primera pieza del puzle. Luego ya irán encajando las demás, pero necesita esa antes de seguir avanzando. ¿Qué demonios ha pasado en esa casa? El comandante Viciosa, que es muy amigo de regalar hipótesis baratas a cualquiera que se las quiera comprar, cree a pies juntillas que se trata de un robo que se ha salido de madre, y por el nivel de violencia se atreve a señalar incluso que ha sido perpetrado por gente del este de Europa. Él no lo tiene tan claro, pero tampoco es cuestión de llevarle la contraria sin contar con argumentos que sostengan otra teoría.

Bittor Balenziaga está a dos clics de llegar al final del reportaje cuando suena de nuevo el teléfono. Esta vez sí, desvía la mirada hacia el persistente aparato y llena los pulmones de santa paciencia antes de atender la llamada.

—Teniente Balenziaga —contesta en un tono nada almibarado.

—Señor, le llaman de la comisaría de policía de Delicias. Parece que es importante porque es la tercera o cuarta vez que intentan comunicarse con usted.

El modo en el que suena eso no le gusta en absoluto. Da a entender como que tuviera la obligación de atender llamadas.

—Es la cuarta —precisa—. Pásemela.

Segundos después, una voz femenina le da los buenos días y se identifica justo en el momento en el que se cambia el aparato de oreja, haciendo que su apellido se pierda en el limbo. Lo siguiente lo oye perfectamente.

—¿Está usted al frente del asunto de Urueña?

—Así es.

—Bien. ¿Está al corriente del homicidio cometido en Valladolid capital este sábado?

Algo sabe. Un varón al que, según decía la prensa, habían torturado y matado en su despacho. Al parecer los de azul han tenido un fin de semana tan ajetreado como el suyo.

—Lo que se ha publicado en los medios y poco más —contesta el de la Guardia Civil. Al otro lado, la inspectora capta las reminiscencias del acento vasco que aún arrastran sus palabras a pesar de llevar trabajando casi quince años fuera de Euskadi.

—Entiendo. ¿Sabe que compartimos forense y juzgado de instrucción?

—Me imagino, sí.

—Estupendo, porque acabo de recibir una llamada del doctor Villamil, con quien guardo una excelente relación, y me ha contado algo *off the record,* ya me entiende.

—Pues me temo que no, lo siento.

—Algo que queda entre él y yo, pero que, como también le afecta a usted y considero que cuanto antes nos conozcamos, mejor, pues he decidido llamarlo para adelantarme a lo que va a ocurrir más pronto que tarde.

El teniente Balenziaga invierte unos segundos en rumiar en silencio las palabras de la inspectora.

—¿Cree que ambos hechos pueden estar relacionados?

—Sí, así lo creo.

—¿Por qué motivo?

El tímpano izquierdo del de la Benemérita registra un largo suspiro que viaja libre a través del espacio cibernético.

—Bueno, en realidad, con aferrarme a la estadística ya tendría una razón de peso, porque solo el hecho de que en un mismo fin de semana estemos a punto de igualar la tasa de homicidios anual en la provincia, me hace sospechar.

—Y yo le diría que con los que tuvieron hace unos meses relacionados con el robo en el Museo Nacional de Escultura ya superaron ustedes con creces esa cifra, ¿no le parece?

—Pues sí, el asunto lo tengo aún muy reciente. Ahora bien, si aislamos este hecho, lo ocurrido este fin de semana, insisto, no deja de ser llamativo. Un homicidio en Urueña y otro en Valladolid cometidos ambos con extrema violencia con un cuchillo de una hoja de doce centímetros y por un zurdo.

—Por un zurdo.

—Eso he dicho, sí.

—¿Y el arma coincide?

—El tamaño de la hoja, según asegura el doctor Villamil y a falta de estudiarlo más a fondo, sí.

—Siendo así, supongo que nuestros superiores no tardarán en ponerse en contacto para cooperar activamente en la investigación.

—Supone bien. Sobre todo porque al subdelegado del Gobierno le van a empezar a entrar picores muy fuertes que no se va a poder rascar.

El teniente Balenziaga tiene que aguantar la carcajada al visualizar al político tratando de rascarse sus partes sin éxito.

—Como le decía —retoma ella, insistente—, el motivo de mi llamada es ganar algo de tiempo por si ustedes disponen de información que pudiera servirnos a nosotros. Y viceversa, por supuesto.

—Entiendo.

—¿Le importa entonces que le haga algunas preguntas? —se lanza la inspectora.

—En absoluto —contesta el de la Guardia Civil tras sopesarlo durante un tiempo prudencial—; ahora bien, le advierto que todavía no disponemos de mucha información contrastada acerca del hecho.

—Me hago cargo. Nosotros estamos igual.

—Adelante.

—¿Han identificado a la víctima?

—Así es. Se trata del propietario de la vivienda. Carlos Cabrera Sánchez, nacido en Valladolid hace sesenta y dos años. Actor retirado. Soltero y sin hijos. Hacía seis años que regentaba una librería en Urueña. Sin antecedentes. Los vecinos hablan de él como una persona muy querida en el pueblo.

—¿Un robo?

—Eso parece, porque la casa está toda revuelta y no queda prácticamente nada en su sitio. Todavía no sabemos qué falta o deja de faltar. Sin embargo, hay múltiples signos de lucha por toda la casa y sangre, mucha sangre. A falta de recibir el informe de la autopsia pensamos que murió desangrado. Presentaba múltiples heridas de arma blanca en el cuello y en el pecho.

—¿Han establecido la data de la muerte?

—Con toda la prudencia del mundo, ya sabe cómo se curan en salud, pero se atreve a decir que entre las diez de la noche y las cuatro de la madrugada.

—Entiendo.

—¿Quién dio el aviso?

Bittor se pasa la mano por la sien. Le incomoda notar que tiene el pelo un par de centímetros más largo de lo que en él es habitual. Hasta los diecisiete lucía castaña melena de bajista de grupo heavy, pero esos años turbios ya pasaron y, aunque el vigor todavía no ha abandonado sus folículos pilosos, preferiría que lo destinaran a tráfico de por vida que dejarlo crecer una semana más.

—Un amigo. Según dice le extrañó mucho que el sábado no abriera la librería porque allí es el día que más gente hay, entonces...

—Disculpe, ¿ha dicho el sábado?

—Sí, eso he dicho.

—¿Por tanto, antes se refería a la madrugada del viernes?

—Eso es. La última vez que lo vieron con vida fue el viernes sobre las cuatro y media de la tarde de camino a la librería. Estamos interrogando a los vecinos, pero hasta ahora no hemos dado con nadie que haya visto u oído algo raro.

—Había dado por hecho, no sé por qué, que había ocurrido el sábado por la noche. El nuestro estamos casi seguros de que ocurrió el sábado entre las diez de la mañana y las dos de la tarde. Ello implicaría que, de tratarse de la misma persona, habría salido de Urueña y conducido hasta Valladolid. No al revés como yo había supuesto... En fin, le he cortado, disculpe.

—Pues eso, que al ver que su amigo no había abierto el negocio lo llamó, pero tenía el teléfono apagado. Pensó que con el frío que había hecho toda la semana habría caído enfermo y no le dio más importancia. El domingo, al no verlo en el bar donde suelen tomar el vermú, se decidió a ir a buscarlo a su casa. Al parecer, este hombre sabía que guardaba una llave en una maceta y al no dar señales de vida, la cogió y entró.

—Y se comió el pastel.

—Podría decirse así, sí, aunque al ver la sangre del pasillo y la cocina no bajó a la bodega, que fue donde encontramos el cuerpo.

—¿Barajan alguna hipótesis sobre lo que pudo ocurrir?

El teniente chasquea la lengua.

—En este momento todo lo que pueda decirle al respecto creo que la perjudicará más de lo que...

Dos golpes en la puerta atraen la atención del teniente interrumpiendo en el acto la fabricación de palabras. La acalambrada expresión de la sargento Quiñones, de naturaleza descontentadiza pero nada alarmista, le hace arrugar el semblante.

—Un segundo, por favor, inspectora —dice antes de apretar el botón de *mute*.

—Bittor, tienes que venir de inmediato.

—¿Es importante?

—Lo es.

—Entendido.

El teniente Balenziaga aprieta de nuevo el botón.

—Oiga, le tengo que pedir disculpas, pero ahora tengo que dejarla, ¿la puedo llamar yo más tarde?

—Sí, sin problema.

—O, mejor aún, ¿qué le parece si a lo largo de esta semana, cuando dispongamos de más información, nos vemos en persona?

—Me parece correcto.

—¿Podría repetirme su nombre, inspectora? Antes no la he entendido con claridad.

—Inspectora Robles, pero puede llamarme Sara si le resulta más cómodo.

—De acuerdo. Estamos al habla, inspectora Robles.

28. HORIZONTAL (CATORCE LETRAS): DESTINO PREESTABLECIDO

Urueña, Valladolid
Sábado, 30 de noviembre de 2019, a la 01.55

Intenté advertírtelo. Vaya si lo intenté —son las primeras palabras que escucha Mateo.

Mareado, como si acabara de bajar de un barco, el cuerpo le pide buscar un lugar donde agarrarse y es en ese momento cuando se da cuenta de que algo le impide separar las manos. Es una cuerda de esas que se utilizan para escalar. Idéntica a la que ha usado no hace mucho para maniatar a Álvaro. Está sentado en una silla. Una silla alta. Altísima. Tan alta que no atisba a distinguir el suelo. Tiene que mantenerse ahí pase lo que pase porque si se cae se precipitará al vacío.

—Te dije que nadie sale indemne después de hacer negocios con la muerte, pero tú, que eres tan inteligente, pensabas que ibas a ser capaz de burlarla, ¿eh? ¡Paleto de los cojones! ¡Pues mira el problema que tenemos ahora! Bueno, espera, espera... Una vez oí que si un problema no tiene solución, deja de ser un problema. Siendo así, este no lo es.

La voz que escucha le resulta familiar, pero no termina de ponerle cara. Es cuestión de segundos.

—Tenías que terminar tu bromita sí o sí. Tenías que resarcirte quedando como el más listo de la clase. No podías haberlo hablado conmigo y ya, no.

Álvaro está sentado junto a él y simula hablar por teléfono utilizando la garra. Es una pose un tanto ridícula, pero resulta que la otra, la buena, la tiene ocupada sosteniendo el cuchillo todavía ensangrentado que ha utilizado para matar a Tío Carlos.

—«Sí, hola Álvaro, ¿cómo estás? Mira, resulta que acabo de hablar con Darío y me ha contado que las fotos salieron perfectamente, pero que cuando fuiste a hablar con el Sapo preferiste chantajearle y sacarte una pasta en vez de evitar que siguiera abusando de mí. ¿Es eso cierto?». Yo te habría pedido disculpas, tú me habrías gritado, insultado y bla, bla, bla. ¡Y aquí paz y después gloria! Lo habríamos resuelto como gente civilizada, pero mira —le dice señalando el cuerpo de Tío Carlos, que yace en el suelo sobre un charco de sangre cuya tonalidad se va oscureciendo a cada minuto que pasa.

Mateo obedece, pero desde esa distancia estratosférica no ve nada que esté en la superficie terrestre. Lo único que le preocupa ahora es no caerse de la silla en la que está flotando. Todo a su alrededor es una nebulosa inestable, arriesgada.

Muy peligrosa.

—Un desastre —califica Álvaro—. Un puto desastre. Todavía tengo que pensar qué mierda hacer contigo —le dice a Tío Carlos—. Encima, ya me puedo olvidar de encontrar el *Zumalacárregui* de Galdós, ¿no? Putada. No va a ser nada sencillo sacarlo de aquí, aunque —duda—. Pero ¡¿seré idiota?! ¿Quién sabe que yo he estado aquí? Espera, espera, déjame pensar...

Álvaro eleva la mirada y recorre el espacio mientras una sonrisa se va agigantando en sus labios.

—Nadie. Nadie en absoluto. Me preocupaban las cámaras de la librería, pero ¿cómo las definiste? Sí, eso: disuasorias. ¿Quién coño va a robar aquí? —rememora con aire burlón usando las palabras de Tío Carlos—. Pues yo, porque te he robado el móvil y te he reventado la SIM, por si acaso. De lo único de lo que me tengo que preocupar es de borrar mis huellas, pero eso no me llevará más de una hora. Bueno, qué, ¿vas a tardar mucho en salir de ese estado? Estás totalmente ido, macho. Estás pasando por una de esas movidas tuyas, ¿no?

Acierta. Mateo levanta la barbilla y trata de enfocar. Es como si estuviera intentando agarrarse a la realidad, pero se lo impiden las anomalías visuales asociadas a la migraña con aura en la que está enfangado. También le cuesta procesar la información que le rodea y mucho más establecer un vínculo de comunicación con esa voz que le habla.

—Qué putada, amigo. Me habría gustado que estuvieras en plenitud de facultades para que no te perdieras detalle de un par de secretos que no le he contado a nadie y que me gustaría compartir contigo, mi amigo del alma. Bueno, en realidad son cinco. Cinco secretos como las cinco muescas de mi revólver. Qué cojones, seis —rectifica— contando con la de Tío Carlos, celebérrimo actor devenido en librero, de cuerpo presente.

Escuchar su nombre hace que uno de los cables que estaban desenchufados dentro de la cabeza de Mateo vuelva a funcionar. Y no es uno cualquiera. Es el cable que le facilita tomar el control de su voluntad. El problema es que sigue sin poder ubicarse en el tiempo y en el espacio. Se siente como si estuviera en el cuerpo de otro. De una persona que no le resulta extraña del todo. Él no lo sabe, pero es su instinto de supervivencia el que está liderando a las fuerzas gubernamentales en su intento por atajar el motín rebelde que se ha hecho con el control de su ser. No va a ser fácil, pero tiene pinta de que están dispuestas a batallar hasta el final.

—¿Crees en la predestinación? —le pregunta Álvaro con aire fatalista—. Yo no sé si es la palabra que mejor lo define, porque no estoy pensando en que el ser humano no sea capaz de escapar de su destino y todas esas mierdas de corte filosófico y religioso. No. De lo que sí estoy convencido es de que existen caminos trazados que no se pueden eludir. Son puntos que parecen inconexos en el histórico vital de una persona pero que, de repente, al unirse, cada uno de ellos cobra relevancia como ente particular al formar parte de un todo. Son como las constelaciones de estrellas. Si tú te fijas de un modo individual en una de esas estrellas, no puedes negar su existencia. Está ahí —señala Álvaro elevando la garra hacia el techo— y refleja la luz del sol como ninguna, y sin embargo, ¿qué razón de ser tiene por sí sola?

Ninguna. Solo cobra sentido cuando es consciente de que, si se apagara, su constelación dejaría de existir como un todo. ¿Puedes visualizar la constelación de Orión? Ya sabes, el Cazador —añade adoptando la pose de un arquero—. Es la más famosa de todas porque se puede ver durante todo el año desde ambos hemisferios. ¡Muy bien, bravo por ti, Orión! No obstante... ¿qué sería de ella si Rigel, que es la más brillante de sus estrellas, se apagara? Tendría que adoptar otra identidad, otro nombre, ¿no? Ya no sería Orión, sería otra cosa. Por consiguiente, nos guste o no, tenemos que asumir que cualquiera de ellas, brille mucho o poco, es indispensable porque forma parte de un conjunto. Me sigues, ¿verdad?

Mateo lo está mirando fijamente, pero no parece que le importen demasiado las estrellas, las constelaciones y los históricos vitales de nadie. Tiene los dientes apretados como signo externo de esa batalla interna que está manteniendo contra sí mismo por contener la migraña.

—¡Por supuesto que sí! Un tío que diseña crucigramas y que es capaz de pensar en una broma tan enrevesada a la par que divertida..., ¿cómo no va a entenderlo? Bien, pues en este camino que nos ha traído a los dos hasta aquí hay varios momentos clave que, como ya hemos dicho, confluyen en la maldita boda de Felipe. Esa estrella la compartimos en nuestras constelaciones vitales. En mi caso se conecta con el accidente que me llevó a perder la movilidad de la mano, lo cual me obligó a un replanteamiento de mi existencia. El odio que sentía hacia Joserra y hacia mí mismo por subirme en aquel Mercedes Clase C de color blanco me iba a consumir, pero hete aquí que una tarde cualquiera, en el centro de rehabilitación en el que llevaba meses intentando recuperar inútilmente algo de movilidad, coincidí con él. ¡Coincidí con él! —repite elevando la voz—. ¿Te lo puedes creer? ¿Cuántas probabilidades había de que eso pasara? Pocas o muy pocas, pero pasó. Joserra cojeaba, así que reuní el coraje suficiente para acercarme a él e interesarme por su estado. ¿Y sabes qué ocurrió? Que en cuanto crucé un par de palabras con él me di cuenta de que el hijo de la gran puta no tenía ni idea de quién era. ¡Flipa! El ser abyecto que me había jodido la vida estaba tan mamado que ni siquiera se había quedado con mi cara. En ese mismo instante sentí que algo oscuro crecía dentro de mí. Si tuviera que establecer un momento concreto en el que Suso vio la luz por primera vez, sería ese. Sí, sin duda, ese sería el día de su alumbramiento.

Durante los segundos siguientes, Álvaro desvía la mirada hacia arriba, pensativo, como si le costara recuperar esos recuerdos.

—Lo esperé a la salida y lo seguí. No tenía ningún propósito claro, te lo prometo, pero supongo que necesitaba saber qué vida llevaba. El muy soplapollas se metió en un bar de mala muerte de Lavapiés y allí estuvo copa tras copa, chupito tras chupito, poniéndose fino. Vamos, que no parecía que Joserra hubiera tomado nota de la que preparó en la boda —observa con notable amargura—. Sería la una y pico cuando salió de allí dando tumbos de un lado al otro de la acera y yo detrás, soltando espuma por la boca, con la sensación de que no podía dejar pasar esa oportunidad que el destino me estaba brindando. Sensación que se convirtió en certeza cuando lo vi caer al suelo como un saco y golpearse en la cabeza con la mala suerte, fíjate tú, de que sucedió en una de esas callejuelas por donde no pasa ni Dios a determinadas horas. Ni lo pensé. Me acerqué, le tapé la nariz y la boca y así estuve hasta que dejó de respirar sin que él pudiera hacer nada por evitarlo. Murió como un auténtico soplapollas.

Y como si estuviera aspirando recuerdos flotantes grácilmente suspendidos en aquella atmósfera funesta, Álvaro toma aire por las fosas nasales, lo retiene en los pulmones y después lo expulsa muy despacio por la boca.

—Lo sentí. Te juro por lo más sagrado que mientras convulsionaba sentí que me apoderaba de su energía. ¡Una energía inagotable y pura, placentera, reparadora! Y lo mejor de todo... ¡No se trataba de una ilusión; era real, tangible! Tanto, que llegué a empalmarme. ¡Dios! Me sentía tan bien que me quedé allí parado unos instantes con el riesgo que ello suponía. Pero lo realmente importante fue lo que experimenté al regresar a casa. Después de masturbarme por pura necesidad, me empecé a agobiar pensando en que esa maravillosa experiencia, esa emoción que sentía, se perdiera para siempre, por lo que decidí inmortalizarla atrapándola en un papel. Pero, claro, no quería que se convirtiera en una confesión que algún día me costara la libertad, así que... ¡Boom! Se me ocurrió envolverlo en una historia de ficción. ¿Te das cuenta de lo que implica eso, Mateo? ¿Entiendes adónde pretendo llegar?

Pero este sigue a lo suyo. Y lo suyo es procurar evitar que le explote la cabeza, cosa que podría suceder en cualquiera de esos intensos latidos que le golpean la parte derecha. Nota, además, que hay algo que se ha roto en su interior y que tiene que ver con ese cuerpo sin vida que yace tirado en el suelo.

—Quiero decir que no mato para tener algo sobre lo que escribir, sino que escribo porque necesito retener esas emociones únicas. Es la única manera de conservar ese poder. En mi primera novela, Suso se cepilla a un ejecutivo de ventas de la competencia en parecidas circunstancias, ¿recuerdas la escena?

Mateo trata de erguir la cabeza y emite una suerte de bufido.

—¡Claro que sí! El hombre llega borracho perdido a su habitación del hotel donde también está hospedado Suso por una convención que paga una multinacional de cosméticos. Este se ha colado dentro y está esperando a que se meta en la cama para inmovilizarlo fácilmente y asfixiarlo, ¿cómo? Exacto: tapándole la nariz y la boca. Fallo respiratorio por coma etílico y a correr, igual que Joserra. Agur. Cada vez que leo ese pasaje es como si reviviera esas mismas sensaciones, ¿entiendes? Pero, claro, una vez que se ha probado ese poder..., es peor que la peor de las drogas. El poder. El verdadero poder. Ni siquiera el éxito está a la altura de lo que se siente cuando acabas de arrebatar una vida. Y lo increíble, créeme, es que nunca se repite la misma sensación. Son experiencias distintas, únicas. Irrepetibles —califica visiblemente conmovido—. Y me arriesgaría a decir que tiene que ver con el vínculo emocional que me une con esa persona. Cuanto más estrecho es, más...

—¡Cállate! ¡Cállate, por lo que más quieras! ¡Cállate de una puta vez! —lo interrumpe Mateo aún con la cabeza gacha.

Álvaro, lejos de sentirse ofendido por el comentario, lo recibe con gusto. Acto seguido se incorpora y le da unas palmaditas en la mejilla emulando lo que Mateo le ha hecho hace no demasiado tiempo.

—Bueno, parece que ya vas recuperando tus funciones primarias, ¿eh? ¡Estupendo, estupendo! Pero todavía te queda. Necesito que cuando llegue el momento seas consciente de todo. Continúo con lo que te iba diciendo. Voy a ponerte un ejemplo del que ya hemos hablado para tratar de demostrarte esto del vínculo. Mira, cuando rocié con gasolina a aquel mendigo asqueroso y le prendí fuego, lo que, dicho sea de paso, no sucedió dentro de un cajero, sino cerca de un polígono industrial a las afueras de Zaragoza, apenas pude sentir más que la molestia que me provocaban sus alaridos. Y eso es porque ni siquiera llegué a cruzar una palabra con él. No sabía ni supe nada de ese despojo humano. Por no saber no sabía ni su nombre. Simplemente estaba ahí y yo me limité a aprovechar la oportunidad. No había establecido ninguna conexión, por lo que fue como si alguien me lo hubiera contado o estuviera viéndolo achicharrarse por televisión. Decepcionante. De esa experiencia también aprendí que para absorber esa energía necesitaba matar con mis manos. El contacto físico es importante para mí, ¿entiendes?

—Hijo de puta —balbucea.

—Sí, lo que quieras, pero escúchame, es importante. Una vez que pasé por Granada, subí a una prostituta al coche y conduje hasta un lugar apartado. Allí estuve un rato largo charlando con ella y aunque al principio se mostró muy reticente a darme información, poco a poco se fue abriendo. Se llamaba Ngozi Uchendu, lo memoricé porque me lo escribió en un papel, la pobre. Treinta años. Había llegado con veintiséis a Europa y había pasado ya por un montón de países. La engañaron en su ciudad prometiéndole un contrato en Francia sin saber que se metía en una red de trata de personas con la que adquieres una deuda para pagar el viaje que nunca consigues saldar. Unos malnacidos. El caso es que hasta que no noté que había conectado con ella no le pedí que me hiciera una mamada. Antes de terminar, no porque Ngozi no lo estuviera haciendo bien, ojo, sino por evitar que mi ADN terminara en su boca, la asfixié así —gesticula doblando el codo y empujando una cabeza invisible con la mano izquierda—. Te juro que me puse tan cachondo que tuve que salir del coche y terminar de cascármela, no era plan de correrme sobre el salpicadero del coche de alquiler, entiéndeme. De alguna forma le hice un favor a Ngozi, porque su vida era una auténtica basura de la que no podría escapar jamás, y yo le regalé la inmortalidad inspirándome en su muerte para escribir la de Francesca en *En el umbral del anochecer*.

—Tío Carlos... ¡Asesino de mierda!

—Bueno, de mierda, de mierda... tampoco. Sería un asesino de mierda si me hubieran trincado a la primera, pero, ya ves, aquí sigo. Lo de estudiar criminología y tener contacto con expertos en varios campos para asesorarme —define con retintín— me ha venido muy pero que muy bien. Sobre todo para no cometer errores. El primero de ellos sería seguir un *modus operandi* concreto, ¿entiendes? Eso de matar morenas con el pelo largo clavándoles un destornillador en el ojo porque te recuerdan a tu madre es una cagada gigante. Mal. Y hacerlo cerca de tu ámbito de actuación, peor todavía. Madrid, Zaragoza, Granada, Vigo y, fíjate, hasta una en México cuando me llevaron a la feria del libro de Guadalajara. Así es imposible que conecten unas muertes con otras. Ahora bien, lo de esta noche..., uff; se me complica bastante, la verdad. Pero, claro, es que no me lo esperaba. Tengo una norma básica que consiste en tratar por todos los medios de que la policía no pueda relacionar a la víctima conmigo. Con el imbécil de Joserra, al ser el primero, pues mira, oye, tuvo que ser así, pero el resto... Con tu tío no habrá problema, en cambio contigo...

Mateo levanta la mirada sin dejar de sujetarse la cabeza con ambas manos.

—Así que vas a matarme a mí también, ¿eh? —musita.

La frase no suena a pregunta que necesite una respuesta; así y todo, Álvaro coloca los brazos en jarra y se hace el sorprendido.

—Joder, colega, ¿en serio pensabas que con lo que ha pasado aquí y con todo lo que te he confesado te iba a dejar con vida?

29. HORIZONTAL (CINCO LETRAS): ENCUENTRO CUYO FIN ES EXPERIMENTAR CON EL PLACER

Comandancia de la Guardia Civil, Valladolid
Lunes, 2 de diciembre de 2019, a las 12.40

No tengo la menor idea, Bittor. Fermoselle no ha querido decirme nada, solo que hiciera el favor de avisarte cuanto antes. Ya sabes cómo es y cuánto le gusta alimentar el misterio.

—Sí, ya sé, ya sé. Y para él su tiempo vale más que el del resto de pobladores del planeta juntos.

Al tiempo que asiente, el teniente Balenziaga se deja invadir por una intensa oleada de vergüenza cuando se percata de que lleva un buen rato siguiendo el trasero de la sargento Quiñones cual asno a zanahoria. La fijación nada tiene que ver con lo sexual, simplemente ha dejado la mirada amarrada en ese punto mientras caminaba por las dependencias de la comandancia sumido en sus pensamientos.

La revelación de la inspectora Robles lo ha dejado un tanto tocado. Si resulta que ambos hechos están relacionados, la presión de los medios va a provocar que los políticos primero y los mandos después les aprieten más de lo habitual; y si hay algo que de verdad odia Bittor Balenziaga es trabajar sintiendo el aliento de la superioridad en el cogote. Hasta el momento, su hoja de servicios no recoge ningún caso de homicidio sin resolver y va a intentar por todos los medios que siga siendo así. Ahora bien, nunca ha tenido que enfrentarse a un caso tan extraño, e intuye que no se trata de un mero detalle porque lleva notando algo fuera de lo habitual revoloteándole en el estómago mucho tiempo.

De repente, el teniente Balenziaga se da cuenta de otro pormenor: la inspectora Robles no le ha dado la oportunidad de preguntar nada sobre el caso de Valladolid y, aunque tenga más que suficiente con lo suyo, quizá le convenga devolverle la llamada antes de que termine la jornada y averiguar si existen más nexos entre ambos sucesos.

—¿Qué tal los niños, Bittor? —quiere saber su compañera.

Este tarda en procesar la pregunta, como si hubiera entrado en cola y tuviera que esperar su turno.

—Ellos bien. La que no está tan bien es su madre. La vuelven loca. Mira que Egoitz salió guerrero, pues al lado de Íñigo te juro que es un querubín. Izaskun está deseando que acabe la baja maternal para volver al trabajo. Deseando —insiste.

—No me extraña. Tengo que pegarle un toque uno de estos días.

—Verónica, si consigues sacarla de casa te propongo para un ascenso —bromea él.

La sargento Quiñones se gira sorprendida. No es muy habitual que la llame por su nombre de pila, pero menos aún es escuchar ese tono jocoso en boca del teniente, con quien lleva trabajando en el Grupo de Homicidios desde que el vasco se hiciera con la jefatura hace cuatro años.

—Me temo que con esto que se nos viene encima vamos a estar para pocos paseos, creo yo —responde apretando los labios y suspendiendo sus recién perfiladas cejas. Bittor no ha hecho ninguna observación al respecto, pero se nota que en algún momento del fin de semana ha encontrado el hueco para parar en la peluquería. Hace tiempo que la oyó comentar con otra compañera que lleva un corte tipo bob porque su rostro es redondo y es el único que le favorece. Bittor no tiene ni idea de cómo definirlo, pero es cierto que le sienta bien.

—Así es. Acabo de estar hablando con la inspectora Robles, de la comisaría de Delicias. Quiere que nos veamos antes de que nuestros jefes se pongan de acuerdo, porque, agárrate, cree que el caso de Urueña podría estar relacionado con el asesinato de la calle Santiago.

—¿El del abogado? ¿Y cómo ha llegado a esa conclusión?

Bittor ladea la cabeza y chasquea los dedos.

—Pues no me ha dado tiempo a indagar en ello, básicamente porque tú me has interrumpido. Pero hemos quedado en volver a hablar a lo largo de la semana...

La conversación se ve cortada por los saludos obligados a los compañeros con los que se cruzan antes de llegar al despacho del capitán Fermoselle, al frente de la Unidad de Criminalística de la provincia desde que el mundo es mundo. De hecho, en la comandancia se decía que él había procesado el escenario del crimen de Abel a manos de Caín.

—Pónganse cómodos. Y buenos días —los recibe.

Su tupido bigote de herradura bajo un apéndice nasal nada prominente es, por narices, su rasgo distintivo más destacable.

—Buenos días, Ricardo —le corresponde amistosamente el de Homicidios.

—¿Qué tal vas?

—Pues, hombre, así, a bote pronto, no sabría qué decirte. Estoy revisando el material fotográfico y a la espera de que otros me cuenten algo que no sepa.

—Los del ECIO salivarían metiendo mano a ese reportaje, así que, si lo necesitas, no dudes en pedírmelo y se lo digo a Rafa, que, a pesar de ser del Atlético, me llevo razonablemente bien con él.

—Gracias, espero no tener que recurrir a tan altas estancias —responde el teniente.

El personal del Equipo Central de Inspección Ocular al que ha aludido Fermoselle se desplazaba para dar soporte a nivel nacional cuando la situación lo requería. Pero, claro, el mero hecho de que la situación lo requiriera ya era en sí mismo una muy mala señal.

—Cómo se nota cuando hay prisa por algo —comenta Fermoselle al tiempo que se deja caer en su silla acolchada con refuerzo lumbar—. En un intervalo de quince minutos me ha llegado el informe de la autopsia y de la analítica forense que ha hecho la gente de León con las muestras de sangre que les enviamos. Y ya, si llego a recibir el de dactilografía, te juro que me caigo de culo. Qué cosas. Luego te lo paso todo, pero el resumen es el siguiente. No, no, espera —compone una sonrisa raposa—; mejor dime tú por dónde prefieres que empiece: autopsia o analítica.

Bittor se masajea el cogote y consulta con la mirada a su compañera, que, indecisa o más bien indiferente, se encoge de hombros.

—Autopsia —decide él.

El de criminalística suelta la onomatopeya del fallo televisivo.

—Bueno, pues por la analítica —rectifica enseguida.

—Se siente. Haber elegido bien.

El teniente Balenziaga y la sargento Quiñones intercambian muecas cargadas de interrogantes a pesar de que ambos saben lo poco o nada protocolario que es Ricardo Fermoselle.

—Autopsia entonces —murmura mientras ordena los folios—. Muerte por parada cardiorrespiratoria provocada por la pérdida masiva de sangre. Como ya comentamos en el lugar de los hechos, la herida del cuello era mortal en sí misma, pero resulta que también presenta otras siete en el tórax, dos de ellas en el corazón, ambas atravesando el ventrículo derecho, las cuales, me temo, habrían resultado igual de mortales. Cosas interesantes que deberíamos tener en cuenta: el arma es un cuchillo o navaja de doce centímetros de hoja y esto lo sabemos porque las heridas del pecho presentan marcas de la guarda de la empuñadura, hecho que nos invita a pensar que lo apuñaló con todas sus fuerzas y, muy probablemente, de este modo. —Escenifica en el aire emulando a Norman Bates en la famosa escena de *Psicosis*—. La primera de ellas fue en el cuello, en trayectoria vertical de abajo arriba, y las otras cuando ya estaba tumbado en posición decúbito supino. Más cositas: podemos asegurar por el ángulo de las trayectorias que la persona a la que buscamos es zurda.

El teniente Balenziaga valora si desvelar o no la llamada que ha recibido de la inspectora Robles y la moneda cae por el lado del no.

—Estáis de suerte —prosigue Fermoselle—, porque si se trata de un varón, como parece por la tipología de la muerte, la búsqueda se reduce al trece por ciento del total de la población española.

El de criminalística guiña el ojo derecho y mira hacia el techo.

—Unos seis millones de habitantes. Chupado.

—Fantástico —califica ella.

—El resto de cosas las podréis leer con calma cuando tengáis un rato. Vamos con la analítica, que es, básicamente, la razón por la cual le he pedido a la sargento que te avisara.

Fermoselle agarra un caramelo de menta de un cestillo de mimbre que tiene sobre la mesa y con inoportuna parsimonia lo despoja del envoltorio, tira este al cubo que hace las funciones de papelera, y se lo mete en la boca. Por suerte, no emite sonidos al chuparlo.

—A los que tuvimos la inmensa fortuna de visitar el escenario del crimen nos llamó la atención la cantidad de sangre. Sangre por doquier. Aquello parecía una orgía. Una orgía vampírica, claro está, ¿verdad? —aclara.

—Verdad —confirma el teniente Balenziaga.

—Vamos a centrarnos, por consiguiente, en esos fluidos, porque de los restos de vómito hallados en la bodega no podemos extraer ninguna lectura más allá de asegurar que no salieron del estómago del finado. En cuanto a la colilla que encontramos en la bodega, han sacado los marcadores y tampoco se corresponden con los de la víctima. Eso es bueno, aunque sería mucho mejor si tuviéramos un sospechoso, claro —especifica con sorna. Bittor declina hacer comentario alguno—. De la orina, ídem de ídem, así que nos queda, por tanto, la sangre. Se han analizado dieciséis muestras de las acumulaciones más significativas, todas ellas bien señaladas en el plano incluido en el informe con la idea de que os ayude en la reconstrucción de los hechos y sepáis bien de dónde se tomó cada una. Para empezar, de Carlos Cabrera, la víctima, que es AB positivo, solo hay rastros en la bodega. Y pensarás, pues vale, el resto corresponden al victimario.

La sargento compone una mueca de extrañeza que no pasa desapercibida para el titular del despacho.

—Ah, claro, que ya no se dice así. En términos criminológicos el victimario es la persona que convierte a un ser vivo en víctima; dicho con otras palabras, al tipo al que os toca poner cara y ojos. Y detener, si es posible —añade continuando con su habitual tono jocoso.

—Sí, sí, eso del victimario ya lo sabía —interviene ella—. No me ha sorprendido eso. Me ha chocado que el resto de la sangre corresponda a una sola persona.

Fermoselle extiende el brazo y la señala con el dedo.

—Esta mujer vale su peso en oro, Balenziaga, llevo una vida diciéndotelo —exagera—. Bien visto. La noticia es esta: se han confirmado otros dos tipos de grupos sanguíneos. B negativo, que, por cierto, es muy poco común, y A positivo.

—Dos tipos —repite Balenziaga.

—Eso he dicho.

—Sin ninguna duda.

—No. Ninguna. A no ser que los técnicos del laboratorio de León hayan olvidado cómo se hace su trabajo, lo cual, estando a las órdenes de quien están, dudo mucho. En esa casa, esa noche sangraron tres personas, si bien, de las dos desconocidas, hay una clara descompensación a favor del A positivo. O, ahora que lo pienso, en contra. Muy en contra, porque de las once muestras analizadas, diez son suyas. Solo hay una del grupo B negativo. Lo gracioso, si es que el término tiene cabida en esta tesitura, es que fue recogida de un pasapurés de acero inoxidable.

—El pasapurés abollado que estaba bajo el mueble del fregadero.

—Ese mismo —corrobora mostrando una foto—. El período de coagulación corresponde con el horizonte temporal de los hechos y no descartamos que pudiera haber más, pero, como digo, las muestras que hemos recogido fueron tomadas de las acumulaciones más... llamativas —definió—. Si tuviéramos que ir gota por gota nos eternizaríamos, pero eso ya no es responsabilidad mía decidirlo.

—Entiendo.

Fermoselle hincha los carrillos.

—Pues es usted un afortunado, porque no parece muy entendible lo que ocurrió en esa casa durante la madrugada del viernes al sábado. Para empezar, ni siquiera sabemos cuántas víctimas hay ni si el muerto fue victimario antes de ser víctima. Porque podría ser que el agresor hubiera muerto a causa de las heridas pero no lo hayamos encontrado. O que hubiera otra víctima. Incluso otras dos, qué sé yo. Cualquier hipótesis tiene cabida en estos momentos.

—¿Entonces? —deja caer la sargento.

—Entonces tenemos que volver a la casa —completa Balenziaga.

El capitán Fermoselle construye una plataforma con ambas manos sobre la que apoya la barbilla.

—No, no, para nada. Tenemos no, tenéis.

30. HORIZONTAL (SEIS LETRAS): NO CONVIENE PERDERLO

Urueña, Valladolid
Sábado, 30 de noviembre de 2019, a las 02.28

A juzgar por la distorsión visual de la que todavía no ha sido capaz de desprenderse, la migraña en la que está sumido Mateo tiene un aura de las chungas: procesar las palabras que Álvaro no deja de fabricar le obliga a realizar un esfuerzo titánico para el que no está capacitado en ese momento.

Estos episodios le han acompañado desde aquel día en el que, estando en el despacho de don Teófilo, sintió por primera vez que una aguja muy fina le atravesaba el cerebro de parte a parte. Muy recientemente, un neurólogo especialista en cefaleas experimentó varios tratamientos que tenían como objetivo final evitar la aparición de la migraña a través de anticuerpos monoclonales. Funcionó durante un tiempo, combinado con una buena alimentación, horas de sueño de calidad y, sobre todo, evitando situaciones de estrés que fueran un detonante. El problema, y no era uno menor, consistía en que una vez que tenía lugar el episodio se hacía muy complicado controlarlo aun disponiendo de los analgésicos.

Imposible sin ellos.

Sin embargo, aunque Mateo daría un riñón y parte del otro por poder tomarse dos de esas pastillas que lleva en la mochila y así lograr mitigar los efectos de la migraña, sabe que ese no es el mayor de sus problemas.

El mayor de sus problemas continúa fabricando frases y más frases que componen un doloroso monólogo que parece no tener fin.

—Se llamaba Karla con «K» y era de Chapalita, el barrio más chido de todo Guadalajara —dice Álvaro con forzado acento mexicano—. Me lo repitió un jodido millón de veces. Era muy pesada, casi insoportable, pero había algo en ella que me provocó cierta curiosidad. La reconocí enseguida en la recepción del hotel. Resulta que en la firma de ejemplares de la tarde anterior tuvieron que llamarle la atención porque no había manera de que dejara de hacerse fotos conmigo. Era chaparrita pero tenía unas facciones muy bonitas. Joder con Karla con «K». El caso es que yo no podía entretenerme porque tenía que acudir a dos actos por la mañana. Pero la tarde, casualidades de la vida, la tenía libre y le había pedido a la tipa de la editorial que, por favor, me dejara un poco tranquilo. Así que permití que se me acercara con la excusa de que le firmara un ejemplar que no me había podido llevar al acto del día anterior y le pedí que me enseñara lo más emblemático de la ciudad. No se lo podía creer, claro, pero yo me las arreglé para salir del hotel sin que nadie se enterara y acudí a la cita.

—Batallitas de mierda... —le interrumpe Mateo, apabullado.

—Bueno, aguanta un poco más, que quiero llegar a un punto importante, ¿vale? Ya estamos terminando. El tema fue que Karla con «K» abandonó su papel de ultra fan loca del coño y yo el de escritor mega crack. Se sinceró conmigo. La pobre había tenido varios fracasos amorosos que la habían llevado a sufrir una depresión de caballo con intentos de suicidio incluidos. No me costó demasiado convencerla de que me llevara a su casa y, por supuesto, me aseguré de que nadie me viera entrar. La chica no estaba nada mal, pero en cuanto nos metimos en harina..., esta cabrona —se señala la entrepierna— no reaccionaba. Solo cuando la agarraba del cuello y apretaba me ponía cachondo, así que seguí apretando y apretando hasta que dejó de respirar. Me corrí como un animal. Después la tiré por una ventana que daba a un patio interior y hasta luego, Karla con «K». Un suicidio más que di por hecho ni siquiera llegaría a investigarse.

—Eres odioso.

Álvaro hace caso omiso del comentario.

—Fue de regreso al hotel en el taxi cuando caí en la cuenta de algo muy importante: iba a ser francamente complicado que algún día me atraparan. Impunidad, patente de corso, llámalo equis, pero es acojonante. Al día siguiente me subí en el vuelo de regreso a España y tal día hizo un año. Solo hay que pensar bien en cómo hacer las cosas antes de hacerlas, ¿entiendes? Pensar bien las cosas antes de hacerlas

—enfatiza—. Es una norma que solo me he saltado en el caso del soplapollas de Joserra, pero ahí intervino la predestinación.

—Un fenómeno...

—Te cuesta hablar, ¿eh? Pues limítate a escuchar.

Álvaro se aclara la garganta.

—En este caso que se nos plantea ahora, tengo bastante claro cómo hacerlo. Mientras tú te recuperabas y te dejabas de recuperar me ha dado tiempo a analizar la situación de forma pormenorizada. Escucha: lo único que podría vincularme con este incidente —define señalando a Tío Carlos— eres tú, pero, como tú mismo has dicho antes y, te creo, has llegado aquí directamente para la función. También estoy seguro de que decías la verdad en eso de que te has empeñado en que no te viera nadie, así que perfecto. Por mi parte, nadie sabe que estoy aquí, así que, querido amigo, lo único en lo que de verdad tengo que esforzarme es... ¿adivinas?

Álvaro mueve el cuchillo a escasos centímetros de su cara y se inclina hacia delante para colocarse a su altura.

—Venga, Mateo, a ver si lo adivinas... ¿Qué es lo que tengo que hacer para salir de rositas de esta situación?

Mateo levanta la vista y hace un esfuerzo por enfocar. A esa distancia lo único que distingue con claridad es la fila de dientes que sonríen bajo una nariz.

—Venga, te doy una pista: tiene que ver con hacer desaparecer algo...

No podría decirse que lo que ocurre a continuación sea fruto de la premeditación. Más bien se trata de un acto reflejo protagonizado por Mateo.

El repente viene motivado por la certeza de que eso que le acaba de decir Álvaro es cierto: lo va a matar y nunca van a encontrar su cuerpo. También cuenta, cómo no, la rabia que siente por lo que le ha hecho a Tío Carlos. La acción tiene muy pocas probabilidades de completarse con éxito, pero, precisamente por ser tan desesperada, pilla a Álvaro desprevenido cuando se impulsa hacia delante e impacta con la cabeza en plena pirámide nasal. El fuerte traumatismo provoca el hundimiento del hueso propio del lado izquierdo, lesión que lo deja conmocionado durante algunos instantes. Cuando consigue reponerse, los lacrimales han anegado sus ojos y apenas si logra ver cómo Mateo, a pesar de estar maniatado, escapa escaleras arriba. De forma intuitiva Álvaro agarra con fuerza el mango del cuchillo y se lanza en su persecución.

—¡Me voy a cagar en tu puta madre! —le grita.

Mateo no parece acusar la advertencia que registra su sistema auditivo a su espalda. Lo único que de verdad le preocupa es no tropezarse. Sin embargo, los efectos de la migraña todavía están muy presentes y tanto su capacidad de enfoque como su sistema de equilibrio están seriamente distorsionados. Así, en el momento que proyecta los brazos para tratar de alcanzar el picaporte con las manos atadas, su pie izquierdo no se apoya por completo sobre el escalón, se trastabilla y se vence hacia delante. Por suerte, apoya las palmas en la huella del peldaño evitando dar con los dientes en el suelo, sí, pero perdiendo la ventaja que había obtenido con el nada deliberado pero oportuno cabezazo. Es entonces cuando siente un aguijonazo en la pantorrilla derecha que le hace gritar de dolor, reacción que repite muy a su pesar cuando nota otro aún más intenso en la parte posterior del muslo de la misma pierna. Al girarse para saber qué está sucediendo ve a su amigo de la infancia —devenido ahora en escritor de éxito en el acmé de su carrera y asesino en serie— con la intención de asestarle una nueva puñalada en la zona lumbar. Esta vez el movimiento sí responde a una orden directa que bien podría haberse larvado en el sistema nervioso de cualquier équido. La coz obtiene el éxito que buscaba alcanzando de lleno en el rostro de su perseguidor; concretamente y aunque pudiera parecer demasiada coincidencia, en la nariz, que, estando ya averiada, colapsa.

No sabe cómo, pero, dada la tesitura en la que se encuentra, tampoco es que a Álvaro le importe demasiado comprender cómo es posible que haya terminado en tan inverosímil postura. Tirado al pie de la escalera parece un muñeco de trapo despreciado por un niño caprichoso. El parte de daños que le envía su cerebro registra contusiones de distinta consideración en la cabeza, en las costillas, en la cadera y en el tobillo izquierdo, además del tabique nasal, que, dicho sea de paso, está fracturado y revirado hacia la derecha. Tocado en su orgullo, gime y farfulla vocablos que parecen extraídos de un antiguo conjuro al tiempo que trata de incorporarse. No puede dejar escapar a Mateo bajo ninguna circunstancia. Está muy mermado por la migraña y le ha herido en la pierna, por lo que no podrá ir muy lejos. Eso lo anima. Comprueba que, a pesar de la coz recibida, no sangra demasiado. Eso y la inquina que circula por sus venas. Un clínex usado que tiene en el bolsillo le sirve para taponar los orificios nasales y, cuando por fin logra ponerse en pie, se fija en algo que le llama la atención. La garra ha adoptado una apariencia diferente. Sigue contraída, sí, pero de manera distinta. Aún invierte un par de segundos en percatarse de que las primeras falanges de los dedos índice y corazón conforman un extraño ángulo con respecto a su posición primigenia. Infiere que es consecuencia de la caída y por una vez se alegra de carecer de sensibilidad en ese brazo para no agravar el parte de daños.

—Me cago en mi puta vida —farfulla.

No se concede más tiempo para lamentaciones y, decidido a terminar de una vez con ese maldito asunto, se agacha para coger de nuevo el cuchillo con su mano buena, todavía enguantada, aprieta los dientes y con ánimos renovados remonta de nuevo la escalera.

Mateo no tiene forma de saber que le ha hecho un corte de varios milímetros que le afecta a la vena safena mayor, pero la sangre que le cubre las manos es de una tonalidad oscura, por lo que confía en no tener dañada ninguna arteria. En el gemelo no sufre afecciones vasculares, pero la perforación de cinco centímetros de profundidad localizada en la cabeza medial le impide desplazarse con normalidad. Arrastra la pierna derecha dejando un suntuoso rastro de sangre en su ruta de escape hacia la puerta principal de la vivienda. Principal y única desde que sus abuelos decidieran cegar la que daba a la parte trasera por cuestiones de seguridad. Si pudiera razonar con normalidad se habría acordado, antes de intentar abrirla, de que Tío Carlos la cerró con llave y que esta, lógicamente, todavía se encuentra en su poder. Tratar de recuperarla ahora no es una opción, pero se lamenta por haber vuelto a perder un tiempo precioso. Sin móvil para pedir auxilio, le encantaría gritar aunque solo fuera por liberar la tensión que agarrota su organismo, pero la afasia asociada a la migraña se lo impide. Además, estando la casa ubicada en esa parte del pueblo y a esa hora de la madrugada sería un acto tan gratificante como estéril. El palpitar de la cabeza se hace más intenso y ello lastra la capacidad de pensar con claridad. Solo sabe que tiene que salir de la casa, pero no encuentra el modo de hacerlo sin toparse con Álvaro. Otra opción es plantarle cara, pero para ello debería armarse con algo más que coraje. Algo, por ejemplo, que le proporcione alguna opción en un posible enfrentamiento. Y si existe ese «algo», sin duda debe de hallarse en la cocina, adonde ahora se dirige dejando sangrienta constancia tanto en el suelo como en las paredes, en las que se ve obligado a apoyarse para compensar la insuficiencia motriz del tren inferior. Desde donde está escucha gruñidos y otros sonidos de áspera naturaleza que provienen de la bodega, un bramar que parece salido de la garganta de alguna criatura empadronada en el infierno. Saber que Álvaro está fuera de sí y que él se encuentra tan mermado físicamente le altera bastante. Quizá por ello y porque tiene las manos atadas invierte algunos segundos de más en encontrar el condenado interruptor de la luz. Tampoco le resulta sencillo abrir y cerrar cajones, alacenas y armarios en busca de un utensilio punzante o similar que no encuentra por ningún sitio. La cubertería que tiene es de desayuno, y no parece que una cucharilla de café esté a la altura del arma que porta su rival. Al borde de la desesperación y algo debilitado por la pérdida de fluido vital, Mateo cree localizar ese algo que buscaba. Es un pasapurés de apariencia robusta dotado con un mango que puede agarrar con ambas manos. Lo apresa justo en el instante en el que se percata de que bajo sus pies hay una mancha de color burdeos cuya extensión es más que preocupante. Al levantar la cabeza comprueba que no existe ninguna superficie que no esté pintada de esa tonalidad, lo cual, a pesar de sus limitaciones para establecer razonamientos lógicos, le hace concluir que debería detener la hemorragia con un torniquete.

Y cuanto antes mejor.

Oír el sonido de la puerta de acceso a la bodega le hace cambiar de planes en el acto.

Álvaro ha logrado completar el ascenso imponiéndose, no sin esfuerzo, a los múltiples focos de dolor palpitantes repartidos por su cuerpo. Es el suyo un semblante crispado por la ira y deformado por los golpes que le ha dado la que ya debería ser su presa. Ser consciente de lo peligroso que es no haber acabado con Mateo cuando tuvo la oportunidad le hace arrepentirse de haber sido tan necio y arrogante como para haberlo subestimado. Le ha podido la vanidad. Tenía que paladear la victoria con la charleta y ahora, como corolario, tiene el cronómetro en contra. El problema es que, en el negocio que debe emprender, la prisa no es buena consejera. Y la soberbia menos. Así que abre la puerta con cautela y lo primero que capta su atención es la luz que viene de la cocina. Esta, rebasando sus límites territoriales, baña el suelo del pasillo, donde distingue groseros brochazos de color rojo. De color rojo sangre. Sonríe. Al final del pasillo se encuentra la puerta de entrada, pero él sí recuerda que el falso don Teófilo comentó que iba a cerrar con llave y Mateo no la tiene.

Eso le da una idea. Absurda, pero puede que por eso mismo funcione.

—Mateo, dejémonos ya de historias —propone elevando la voz—. Estás malherido y al final te vas a desangrar. Ya nos hemos entretenido bastante, ¿no crees? Tú me has gastado una broma y yo otra. Estamos en paz, ¿me oyes?

Álvaro escucha solo silencio mientras avanza tratando de no hacer ruido.

—Todo lo que te he contado era coña. ¿De verdad te has creído que voy por ahí matando gente? Era por devolvértela aprovechando que estabas con una de tus migrañas. Perdóname.

No hay respuesta.

—No sé qué demonios me ha pasado con tu tío. ¡Estaba en estado de shock! Estaba fuera de mí y he reaccionado así, pero en cierto modo es culpa vuestra. Me habéis llevado al límite. Llamaremos a urgencias y contaremos todo lo que ha pasado aquí. Que decida la justicia, ¿vale? Pero lo principal es que te vea un médico. Estás perdiendo mucha sangre. Muchísima. Lo que ha pasado en la escalera ha sido un accidente. Igual que tú, yo también me he tropezado. Siento haberte herido, de verdad. No quería pero... Mateo, colega, ¿me estás oyendo? ¡Tenemos que llamar a una ambulancia! ¿No te das cuenta de que podrías morir?

En cuanto llega a la altura de la puerta de la cocina asoma tímidamente la cabeza. Más brochazos y pinceladas de distinto trazo y grosor pintan un lienzo conformado por muebles que parecen sacados de un catálogo de los ochenta.

—Mateo, deja ya de hacer el idiota, por favor. Me tienes más que preocupado —asegura a la vez que da un par de pasos laterales mirando al suelo para no dejar la impronta de las suelas de sus zapatos.

En ese momento valora la posibilidad de que Mateo haya perdido ya la conciencia y se esté desangrando en el suelo. Una gran acumulación de sangre roba su atención unos instantes. Son décimas de segundo, pero son suficientes para que el movimiento que se origina detrás del frigorífico que está a su izquierda no sea detectado por su visión periférica hasta que resulta demasiado tarde. Un objeto metálico viaja hacia su cabeza a más velocidad de lo que su capacidad de reacción puede esquivar y termina impactando un dedo por encima del arco superciliar.

Suena como si un pasapurés le hubiera abierto una brecha de tres centímetros en la ceja.

Álvaro retrocede un par de pasos al tiempo que eleva la mano izquierda con la que sostiene el cuchillo para tratar de detener el siguiente golpe, dirigido si no exactamente donde el anterior, sí muy cerca. Esta vez el antebrazo se interpone en la trayectoria y, aprovechando su ventajosa posición, desciende con fuerza para cortar el aire. El aire y, de paso, la ropa que viste Mateo y, ya puestos, las cuatro capas que conforman la piel desde el hombro hasta el esternón. Este, lejos de arredrarse, contraataca blandiendo su arma a dos manos por encima de la cabeza con la intención de asestar un mandoble que resulte definitivo. Definitivo no resulta, pero sí podría calificarse de bastante eficaz a juzgar por los efectos que causa en el que lo recibe.

Aturdimiento transitorio.

Varios han sido los hitos que se han superado en el no del todo católico cerebro de Mateo desde que recuperó el oremus. El primero ha sido el miedo al enfrentamiento, obstáculo que saltó en el momento en que asumió que no podría huir de la casa y que, por tanto, era inevitable. Planificó su ataque parapetándose tras el panel lateral del frigorífico con la intención de asaltarlo por sorpresa. Rapidez y contundencia eran las claves. Ha sido una decisión harto arriesgada habida cuenta del mal estado de su visión, y lo normal habría sido que fallara el golpe, pero esta vez la suerte le ha sonreído. En el breve lapso del que ha dispuesto para fijar su objetivo le ha costado reconocer el rostro que tenía delante por la avería que presenta en la nariz, totalmente revirada como un mástil roto por la tempestad. Le cambia la expresión, lo hace menos humano aún, pero ni siquiera eso le genera ya a Mateo algún tipo de reticencia. Sobrevivir es su única meta. El siguiente paso se ha producido al transformar el miedo en rabia con el claro propósito de sacar el máximo partido de ese éxito inicial, perseverando en su intención de machacar el cráneo de su —ya sí definitivamente— examigo de la infancia. No podría hablarse de fracaso en su empeño, porque darle le ha dado a pesar de su merma física; sin embargo, entre un golpe y otro se ha llevado un buen tajo en el pecho, herida por la que ya se le están escapando más hematíes, leucocitos, plaquetas y plasma. Y ahí, justo ahí, reside el mayor de sus problemas. Es, digámoslo así, su talón de Aquiles. En realidad, el de cualquier ser humano. —Tío Carlos podría dar fe de ello—. La exanguinación democratiza a todos los seres vivos por igual: si pierdes fluidos vitales, terminas muriendo. Lo que diferencia a Mateo de la mayoría es que él ya ha esparcido más de medio litro de sangre y, como le sucedería a cualquier depósito agujereado, más fugas no le convienen. Por ello y para ello —evitar más agujeros en su cuerpo— recurre a las glándulas adrenales de un modo no consciente pero igualmente efectivo. Localizadas estas encima de los riñones, su función principal es regular la respuestas del organismo ante situaciones de estrés. Y esa lo es. Vaya si lo es. De este modo, han segregado al torrente sanguíneo un cóctel de hormonas con el propósito de facilitarle la huida. Y no se conoce rabia, por mucho que provenga del miedo, que supere el poder combinado de la adrenalina y la dopamina cuando el propósito es poner los pies en polvorosa.

Mateo se deshace del pasapurés y esquiva a Álvaro por la derecha en su fútil intento de interponerse entre él y la salida. Con lo que no cuenta es con que el aturdimiento de Álvaro es transitorio y eso está asociado a una variable temporal. En el caso que les atañe a ambos, ese lapso concluye justo en el instante en que lo va a sobrepasar y Álvaro sigue teniendo un arma blanca. El pinchazo en el costado le hace aullar de dolor, lo cual impide que Mateo logre su objetivo. En sí misma esta nueva herida no es demasiado importante —tres centímetros de profundidad entre la undécima y duodécima costillas sin llegar a alcanzar el pulmón—, pero no deja de ser otro boquete más y, aunque restar resta poco, nada suma. Y si uno de los dos necesita sumar puntos en este enfrentamiento a muerte, ese es Mateo. En ocasiones se anota de forma casual, y eso es lo que le sucede a Mateo al superar el quicio de la puerta y empujarla violentamente hacia atrás. Oye un golpe seco a su espalda y a pesar de que le pica la curiosidad por saber qué ha pasado, ni se plantea detenerse a comprobarlo. Es entonces cuando, sumido en la desesperación de no saber hacia dónde ir, se le abre un cajón que pertenece a uno de los archivadores donde están acumulados sus recuerdos.

Recuerdos de la infancia.

Recuerdos de la infancia asociados a esa casa.

Mateo ya sabe cómo va a escapar, solo tiene que ocuparse de llegar a un lugar especial.

Su lugar secreto.

A Álvaro le resulta increíble a la par que bochornoso acabar de recibir el tercer topetazo en su ya muy siniestrada nariz.

Se estaba recuperando del mandoble que Mateo le propinó con el pasapurés cuando ha percibido que intentaba escapar. Todavía aturdido, se ha limitado a extender el brazo y ha notado cómo pinchaba en carne, pero al girarse con la idea de perseguirlo se ha topado con un objeto muy sólido —como es una puerta de madera de roble— y que una milésima de segundo antes no estaba ahí. Esta vez no se ha roto nada porque no tiene nada más que romperse, pero el dolor ha sido de los más intensos que ha sufrido en su vida. Es como si le hubieran pellizcado y retorcido la parte del cerebro que reconoce el dolor como tal. Terrible. No le ha quedado otro remedio que acudir al aseo que hay en el pasillo y colocarse el tabique nasal. Ha gritado y renegado, blasfemado y chillado, pero se siente aliviado tras expulsar la frustración de su cuerpo. Álvaro invierte un tiempo precioso en tratar de analizar la situación y tomar decisiones acertadas. La buena, buenísima noticia, sigue siendo que Mateo está perdiendo mucha sangre, por lo cual tampoco es del todo necesario que lo atrape pronto. De lo que de verdad se tiene que preocupar es de que no salga de la casa porque, antes o después, perderá el conocimiento; y entonces sí, disfrutará sacándole las tripas.

Eso lo tiene muy claro: va a sacarle las putas entrañas.

Cuando deja de berrear oye algunos ruidos que provienen del piso superior. No le importa demasiado que el oído le engañe porque con seguir el reguero de color rojo sangre que va dejando llegará hasta él. Más calmado, sustituye el clínex que tiene metido en las fosas nasales por papel higiénico en abundancia y se sirve de una toalla para limpiarse la sangre que le brota de la ceja. Ya habrá tiempo de deshacerse de todo lo que lleve su ADN. Entonces, paradojas de la memoria, le sobreviene el recuerdo del día que conoció a Mateo en el Colegio San Nicolás y estuvo a punto de romperle la nariz con la puerta del baño. No parece, por lo que grita a continuación, que la remembranza le haya ablandado el corazón a Álvaro.

—¡Mateo, te juro por mis santos cojones que te voy a destripar!

La amenaza llega a sus oídos justo en el instante en que entra en el único baño que hay en la planta superior. Hasta ahí ha llegado a pesar de que nota cómo le van abandonando las fuerzas, sacando coraje de donde ni siquiera sabía que tenía. Valentía que necesita para compensar su deteriorado estado físico y mental. En un momento que ha mirado hacia atrás se ha percatado de lo sencillo que le va a resultar a Álvaro seguir su rastro y ha resuelto convertir esa debilidad en una fortaleza, entrando y saliendo de todas las habitaciones de la planta de arriba para confundirlo y ganar algo de tiempo. Mateo es muy consciente de que la única posibilidad que tiene de salir con vida radica en escapar de la casa sin que él averigüe por dónde.

Cuántas veces les hizo la misma jugada a sus abuelos para irse a dar una vuelta por el pueblo cuando debía estar ya en la cama, o cuando el abuelo Paco —militar de toda la vida como lo sería su hijo Francisco José— le castigaba por contestar o decir alguna palabrota, lo que sucedía a menudo.

La operación era sencilla: salía a hurtadillas de su cuarto y se encerraba en ese baño. Entonces se subía en la cisterna para alcanzar una ventana de doble hoja que tenía tres características mágicas: la primera y más importante era que si estaba abierta podía ver las estrellas desde la bañera, donde le encantaba permanecer por tiempo indefinido dejando volar su imaginación. Son las otras dos, sin embargo, las que más le interesan en ese momento. La ventana se abría hacia el exterior y, por tanto, se podía cerrar desde el otro lado con solo empujar las hojas, evitando así llamar la atención. Una pieza de metal fijada a la pared con cemento y cuya función primigenia desconocía hacía las veces de asidero donde poder descolgarse hasta «La cagarraza». Una vez allí, solo debía superar la barandilla y saltar hasta el techo del cobertizo que estaba en el jardín posterior de la casa. Un juego de niños. Para regresar, la cosa se complicaba bastante, sobre todo porque no había forma posible de alcanzar la ventana desde la terraza, pero esa parte no le interesa a Mateo lo más mínimo porque no está pensando en regresar. En cuanto toque suelo va a correr —o lo que sea— lo más rápido que pueda hasta la casa habitada más cercana donde pedir auxilio y con ello poner fin a esta pesadilla de una vez por todas. El problema al que se enfrenta consiste en que algo que antaño realizaba sin ningún esfuerzo se ha convertido ahora en un reto extremo por sus limitaciones físicas. Estar con las manos atadas y una pierna inutilizada es un hándicap que debería tener muy en cuenta.

La voz de Álvaro suena cada vez más cerca, lo cual le espolea para superar el dolor físico y conseguir pasar medio cuerpo a través de la ventana. El frío le golpea el rostro y le persigue la sensación de que va a desmayarse de un momento a otro, pero está dispuesto a lo que sea para salvar el pellejo. Mateo inspira profundamente por la nariz provocando que sus fosas nasales estén a punto de congelarse. Casi no siente ni padece cuando consigue girarse para asir con ambas manos la pieza de metal. A partir de ahí solo tiene que hacer lo mismo con el tren inferior y dejarse caer el metro y medio que lo separa hasta el solado de la terraza. Se dispone a hacerlo cuando eleva la mirada y detecta algo por encima de su cabeza que le hace fruncir el ceño. Algo que no recordaba que estuviera allí. Es una cuerda. ¿Una cuerda? Estira los brazos para agarrarla y comprobar lo tensa que está. Pero lo peor no es eso. Lo peor es que hay otra igual que discurre en paralelo.

—Pero ¿qué coño es...?

No termina la frase. Otra cuerda que se entrecruza con las anteriores —y con todas las demás que ahora ve al forzar la vista— le hacen entender que eso que está agarrando con la mano es solo parte de una malla que cubre toda la superficie de la terraza. ¿Una malla? Su intelecto ata cabos: se trata de la condenada red antipalomas que Tío Carlos llevaba años diciendo que iba a mandar instalar para fastidiarles el chollo a esas odiosas ratas con alas. Sin duda se trata de una de esas reformas que mencionó en la bodega, aunque como grata sorpresa deja mucho que desear.

—¡Mierda! ¡Mierda puta, joder! —califica desesperado al tirar de ella y comprobar que va a ser imposible conseguir que ceda de algún modo. El polietileno de alta densidad es lo que tiene: resistencia.

Mateo suelta la cuerda y regresa al interior del baño. Ser consciente de que no existe forma de escapar como había previsto le provoca una intensa desazón que solo puede combatir con el llanto. Necesita gritar hasta desgarrarse las cuerdas vocales para superar la frustración que lo invade en ese momento. El palpitar de su cabeza se agudiza. Ahora es un martillo pilón lo que le golpea de manera incesante. Le entran ganas de aplastársela contra alguna pared y terminar con esa tremenda agonía por la que está pasando, sin embargo, tras unos instantes, se conjura para calmarse y encontrar una solución.

Segundos después, su creatividad se la sirve en bandeja.

—¡Claro, coño! —murmura dando una sonora e inoportuna palmada.

Álvaro ha revisado a fondo la habitación de matrimonio y otra contigua más pequeña, cuyos metros cuadrados los ocupan una cama individual y un desvencijado armario de solo un cuerpo. No puede evitar seguir diciendo estupideces en alto; ahora bien, su sistema nervioso se encuentra en estado de alarma y todos los músculos los mantiene en tensión para reaccionar en cuanto lo necesite. Cada poco tiempo se detiene por si capta algo con el oído y eso ha pasado: algo le ha hecho pararse frente a una puerta que parece la de un cuarto de baño. ¿Una palmada? Inmóvil —no quiere precipitarse— aguarda el tiempo que considera oportuno antes de irrumpir súbitamente. Ahora son sus ojos los encargados de recoger la información y hay dos detalles que no pasan inadvertidos. El primero es una acumulación de sangre en la cisterna del retrete que tiene frente a él; el segundo es una ventana semiabierta que está justo en la misma vertical. El pánico y la ira se apoderan de él cuando deduce que Mateo ha encontrado una salida de la casa y el corazón empieza a golpearle con ímpetu al pensar en la posibilidad de que haya podido largarse por ahí. Antes de subirse agarra una toalla y limpia la superficie donde va a apoyarse para no dejar la marca de su calzado. Al asomarse distingue una terraza.

—¡Me cago en la puta madre que te parió, Mateo! —le dice entre dientes a la fría oscuridad que ha conquistado el exterior.

A punto de lanzarse en su persecución, saca su móvil y activa la linterna para averiguar cómo bajar hasta ahí. Una pieza de metal que sobresale de la pared le marca el camino.

Sonríe.

Desde la bañera, conteniendo la respiración, Mateo ve a Álvaro subirse al retrete y asomarse por la ventana. A él no puede verlo a no ser que corra la cortina de plástico azul que lo oculta, pero teme que lo delate el olor de la sangre que sigue escapándose de su cuerpo. Su desesperado plan consiste en hacerle creer que ha escapado, que el ansia por perseguirlo le haga no percatarse de que la terraza está cubierta por la maldita malla y salte igualmente. Una vez allí, subir es imposible, por lo que si logra engañarlo va a disponer del tiempo que requiere detener la hemorragia de la pierna, bajar a la bodega a por las llaves de Tío Carlos y salir por la puerta principal para alertar a algún vecino. Así de sencillo: si Álvaro baja a la terraza, habrá ganado. Pero el cabrón no termina de decidirse y cada segundo que pasa es como una losa en su debilitada existencia. La angustia se multiplica cuando lo ve sacar su teléfono y alumbrar el exterior. Se siente muy débil, casi incapaz de moverse, y si pudiera recordar alguna oración de las que aprendió en el maldito internado, sería un momento excelente para ponerse en manos de alguna instancia divina.

Pero no es una voz divina, sino la de Álvaro, la que escucha.

—No cuela, paleto de los cojones.

31. VERTICAL (TRES LETRAS):
SUSTANCIA

Urueña, Valladolid
Lunes, 2 de diciembre de 2019, a las 13.55

Ambos hacen oídos sordos a las preguntas, comentarios y observaciones que les lanzan los vecinos del pueblo que revolotean cerca de la casa. El teniente Balenziaga saluda con castrense formalidad a la pareja de uniformados que custodia la entrada a la vivienda. Uno de ellos le señala una caja de cartón que contiene el material de protección —guantes y calzas— necesario para no contaminar el escenario del crimen.

—¿Hay alguien dentro? —le pregunta al tiempo que se frota las manos para entrar en calor.

—Ahora no.

—Que no entre nadie hasta que salgamos nosotros.

—A la orden —responde con causticidad.

Conforme avanza por el pasillo esquivando los marcadores amarillos que ha sembrado la gente de criminalística, se vuelve a la sargento Quiñones y arruga la nariz.

—Sí, es peor que antes —coincide ella.

Se refiere al olor que parece haber ocupado la vivienda de forma definitiva. Y no hay desahucio que solucione eso.

—Si no tienes ningún inconveniente, nos ahorramos bajar de nuevo a la bodega —propone él antes de abrir la carpeta que lleva bajo el brazo y sacar el folio del informe de la analítica que le ha entregado Fermoselle.

—Apoyo la moción.

—Veamos. Tenemos tres personas en la casa. De la víctima solo hay rastros de sangre en la bodega, así que, aunque no lo podríamos afirmar con total seguridad, vamos a establecer como punto de partida que todo empezó allí abajo. La única entrada a la vivienda es esa puerta —se gira—, y no está forzada, por lo que es muy probable que los asaltantes fueran conocidos o que engañaran al propietario para que les abriera. Sabemos que cenan lechazo por los rescoldos de leña encontrados dentro del horno y por los restos de comida encontrados en la basura, que coinciden con los hallados en el vómito. Algo ocurre, y uno de los dos se carga al dueño de la casa. Luego suben, quizá para encontrar eso que han venido a buscar y se produce una pelea. Uno de ellos termina muy malherido y el otro se come un mazazo con el dichoso pasapurés. El sujeto que se está desangrando pinta toda la casa de rojo. Cocina, pasillo, escaleras, planta superior y...

—Bittor, un segundo —interviene su compañera—. En las escaleras que bajan a la bodega también hay manchas de sangre del A positivo, por lo que podríamos pensar que las discrepancias entre los dos desconocidos empezaron en la bodega.

—Me gusta eso de «discrepancias». Continúa.

—Además, una de las muestras, esta en concreto —señala en el plano—, es bastante importante.

—La que hay cerca de la puerta, sí, la recuerdo.

—Esa.

—Venga, te compro la teoría de las discrepancias. El caso es que el tipo va chorreando sangre, ¿por qué? Yo diría que quería llegar a la puerta de entrada a la vivienda.

—O porque el otro lo persigue.

—O las dos. Uno persigue al que trata de huir.

—De acuerdo.

El teniente estudia el plano de la vivienda durante unos instantes.

—Yo me arriesgaría a decir que intenta ir hacia arriba, pero no entiendo...

—Lo mismo la puerta principal estaba cerrada en ese momento —sugiere ella.

—Podría ser, pero creo que ahora no es relevante el motivo, lo que nos interesa es elaborar una teoría plausible sobre lo que ocurrió aquí. Algo a lo que podamos agarrarnos y que tenga sentido.

—Subamos entonces.

—Más rastros de sangre A positivo en la escalera, pasamanos, el suelo de las habitaciones —observa el teniente mientras suben—. ¿No te resulta extraño esto?

—¿El qué?

—Que en vez de intentar detener la hemorragia se dedicara a recorrer todas las estancias como si nada.

—Supongo que no le daría tiempo si llevaba a un tipo pegado al culo con la sana intención de matarlo. Si tuviera que apostar, diría que había dos personas cenando en la bodega y que un tercero entra en escena. Ding dong. Le abren la puerta, se monta el Cristo, se carga al dueño de la casa y va a por el otro. Este intenta escapar y pone la casa pringada. Tenemos que pensar que lo logra, porque no hay cuerpo, pero no se han encontrado rastros de sangre fuera, así que...

—Así que no sabemos nada —completa él.

Bittor frunce los labios y se oprime el puente de la nariz antes de empujar la puerta del baño. No sabe bien por qué, pero cuando ha revisado esa mañana las fotos ha habido algo que le ha descuadrado. Es como esa pizca de sal que sobra en un buen marmitako. Como esa pizca que le hizo perder la única vez que se presentó al concurso que se celebra todos los veranos en el Puerto Viejo de Algorta. Y era cierto: le sobraba la sal que por miedo a que le quedara algo soso le añadió en el último momento.

Algo sobra ahí.

—Esa ventana da a la única terraza que hay en la fachada posterior —informa la sargento Quiñones.

—Si, ya sé. Pero no hay salida porque está cubierta con una red de esas para evitar que se te llene de cagadas de pájaros.

—Y, según el informe, la ventana estaba cerrada.

—Vale, pero ¿alguien se ha tomado la molestia de bajar o simplemente hemos dado por hecho que no intentó salir por ahí?

Ella se encoge de hombros.

—Si lo hubiera intentado, habría manchas de sangre en la cisterna, ¿no?

El teniente se gira de manera repentina hacia su compañera, examina el entorno y, tras unos instantes en los que permanece congelado, señala con el índice.

—¡Pues claro, la hostia! —se le escapa—. No se trata de la sal que sobra, sino de la que falta.

32. VERTICAL (OCHO LETRAS): HABITANTE DEL CIELO

Urueña, Valladolid
Sábado, 30 de noviembre de 2019, a las 02.46

Tan pronto como ha detectado e identificado la malla, Álvaro ha entendido la jugada. Entonces se da media vuelta y se inclina para descorrer la cortina que aproximadamente tapa dos tercios de la bañera. Tal y como esperaba se encuentra con la hética mirada de Mateo, expectante, casi lastimosa.

—Qué mala cara tienes, chaval —juzga Álvaro a la vez que desciende de la cisterna.

Y es cierto. Su tez ha perdido varias tonalidades y ahora presenta un aspecto nacarado por el efecto brillante de la fina capa de sudor que le cubre el rostro. Sus músculos faciales, laxos, parecen haberse rendido ante la evidencia de un hado inefable. Así las cosas, Mateo toma aire por la boca. Lo necesita para hablar.

—Tú no te has visto en el espejo.

También es cierto. Álvaro se gira para enfrentarse a su abuhado reflejo. La hemorragia nasal interna se le está subiendo a los ojos y dos enormes manchas cárdenas se han instalado en sus párpados inferiores. La nariz, tumefacta y algo torcida, parece de esas que acompañan unas gafas de plástico negro sin graduar.

—¡Hostias! —califica. Después deja escapar una risa al tiempo que destapa por completo la cortina y examina a Mateo durante algunos segundos.

—Yo estaré reventado, pero tú estás jodido. Jodido de verdad —evalúa.

En posición fetal para ocupar menos espacio, solo gracias al movimiento de los ojos se puede pensar que Mateo sigue aún en el mundo de los vivos.

—No te queda mucho, colega.

Sin prisa, se coloca de nuevo frente al espejo para renovar el papel higiénico que le asoma por los orificios nasales. Luego localiza la toalla, la humedece un poco y se frota la cara para eliminar la sangre que le brota de la ceja.

—Aunque te hubiera salido bien la jugada, no creo que llegaras muy lejos —conjetura.

—Antes o después —pausa—. Antes o después... te atraparán —logra decir Mateo.

Álvaro termina de asearse, se sienta en el borde de la bañera y suspira.

—Es probable, sí, pero mi obligación es hacer todo lo que esté en mi mano para que eso se produzca más tarde que pronto. O nunca, a poder ser —sonríe—. Te dije que había astillas que convenía no extraer jamás. ¿Te lo dije o no te lo dije?

—Vete a cagar —musita.

—Escucha: tenía decidido abrirte en canal, pero al verte así de hecho mierda lo voy a reconsiderar. Además, es legítimo por tu parte que hayas intentado hacer lo necesario por salvarte, así que no te lo voy a tener en cuenta a pesar del cromo en el que me has convertido, cabronazo.

Mateo mueve la boca, pero le cuesta verbalizar unos pensamientos que, desestructurados e inconsistentes, se desvanecen sin tomar forma como si no tuvieran la consistencia que requieren para convertirse en palabras.

—Tienes frío, ¿verdad?

Mateo responde con una mueca cargada de pesar y deja que la cabeza descanse sobre su hombro derecho.

—Voy a abrir el grifo de agua caliente. Tranquilo, pronto habrá terminado todo.

Antes de hacerlo examina su mano enguantada para asegurarse de que no está manchada con su sangre y luego coloca el tapón de la bañera.

—Me va a llevar bastante tiempo dejar todo esto en condiciones, pero, bueno, aún es pronto —valora consultando la hora en su reloj—. Menuda nochecita, ¿eh? No sé si voy a poder sacar algo de provecho literario a todo lo que hemos vivido hoy, pero te juro que si se pudiera viajar en el tiempo lo último que haría sería atenderte la llamada de esta mañana. Si no lo hubiera hecho, en este momento no sé si estaría disfrutando de una gratificante conversación de sobremesa con Sonia o preparándome para un segundo asalto en la cama de Susana, pero seguro que no me encontraría buscando la manera de arreglar este desaguisado. Te gustará saber que cuando mueras no voy a mancillar tu cuerpo. Lo de descuartizar y todo lo que implique dejar escapar fluidos del cuerpo no es una buena idea, aunque en tu caso ya vamos un poquito tarde, ¿eh?

Mateo no está para conversaciones. Lo que Álvaro le está contando no le despierta ningún interés y ahora está entretenido con el proceso por el cual el vaho se está adueñando de la reducida atmósfera del baño. Lo interpreta como una alegoría del tránsito que él está experimentando; como si su alma estuviera a punto de alcanzar un estado gaseoso antes de abandonar ese cuerpo que camina de forma irreversible hacia la muerte.

—Trasladarte al lugar donde voy a enterrarte va a ser delicado, pero me la tengo que jugar, no me queda otra. La ventaja es que por aquí cerca hay bastantes pinares y seguro que en el cobertizo tu tío tiene un pico y una pala, ¿verdad? Lo digo para que me cueste menos cavar el hoyo de dos por uno que necesito. En cuanto averigüen que la sangre que has desperdigado por la casa no pertenece al dueño van a pesar que aquí hubo un intento de robo que terminó mal. Lógicamente tendré que llevarme cosas de valor, por despistar y tal, pero, fíjate, estoy convencido de que, aunque este hecho delictivo terminarán vinculándolo con la desaparición de un brillante crucigramista, eso no sucederá antes de que yo construya una coartada sólida e irrebatible. Susana me debe un favor, así que no creo que me cueste mucho convencerla de que me eche una mano para cubrirme esta noche. No le voy a dar detalles, por supuesto, pero tampoco ella me los va a pedir. Todo es más sencillo cuando sabes qué es lo que va a ocurrir con exactitud y haber venido hasta aquí con el coche de mi vecino me ayuda bastante, la verdad. La suerte suele estar del lado de los que menos la necesitan —sentencia Álvaro al tiempo que quita el tapón de la bañera para evitar que el agua se desborde. El grifo, sin embargo, no lo cierra.

Acto seguido comprueba las constantes vitales de Mateo, que hace tiempo que no pestañea. Aún está vivo, pero sabe que es cuestión de minutos.

—Bueno, amigo mío, pues ya nos despedimos. Yo tengo que empezar a hacer mis cositas por aquí. Luego subo a recogerte.

Álvaro se incorpora y lo examina por última vez. Le encantaría poder etiquetar esa emoción que ahora siente y que le está oprimiendo el estómago, pero hace tiempo que no está capacitado para hacerlo y quizá eso sea lo que le ha tallado por dentro.

—Que la tierra te sea leve —se despide.

Mateo no responde. Tiene la mirada puesta en la ventana igual que hacía cuando se daba aquellos baños de agua fría para combatir el sofocante calor estival y dejaba que sus pensamientos viajaran hasta las estrellas. Hoy no ve ninguna, pero sabe que se encuentran tras esa oscura cortina que es el firmamento. Se conjura para recorrer esa distancia, atravesarla y reunirse con ellas como un celícola cualquiera. No hay padecimiento en el proceso. Una extraña sensación de paz interior le arropa mientras lucha contra ese impulso constante que le invita a consentir que sus párpados se cierren por última vez. Pero se niega. No lo permite en su empeño por retener la imagen que están captando sus retinas hasta que esa falsa somnolencia que le envuelve lo venza definitivamente.

El tiempo deja de ser una variable continua.

Mateo exhala antes de avanzar con paso firme hacia la oscuridad que le rodea, aunque, en realidad, es la oscuridad la que avanza con paso firme hacia él.

El tiempo deja de ser una variable.

La oscuridad lo devora todo.

El tiempo deja de ser.

33. VERTICAL (SIETE LETRAS): DE UTILIDAD PARA ORIENTARSE

Urueña, Valladolid
Lunes, 2 de diciembre de 2019, a las 13.57

Por la expresión que tiene Verónica Quiñones nadie diría que ha entendido el símil de la sal. Por suerte —sobre todo para ella— el teniente Balenziaga se percata y decide explicárselo sin más prosopopeya.

—No es lo que veo lo que me escama, es lo que no veo. Lo que falta.

—¿Y qué falta?

Este entorna ligeramente los ojos —castaños con trazas verdes— como si así le resultara más sencillo rebuscar en su memoria.

—El aseo que hay abajo, ¿te fijaste en lo ordenado que estaba?

—Sí, pero yo diría que se debe a que es de los pocos lugares de la casa que no parece que hayan revuelto —especula.

—Por lo que sea, pero ¿viste lo ordenado y limpio que estaba todo?

—Sí. Incluso me quedé con la jabonera opalina que tenía forma de manos y que era idéntica a una que había en casa de mi abuela.

—Una jabonera opalina con forma de manos —repite él—. Muy bien. Pero a lo que me refiero es que había un juego de toallas blanco nuclear colocado donde corresponde de un modo exquisito. Y eso, teniendo en cuenta que se trata de un aseo, es bastante significativo. Ahora examina este. Este, que se supone que es el baño principal..., ¿qué le falta?

—Gusto en la decoración. Y, sí, por supuesto: las toallas.

—Toallas que alguien ha utilizado para limpiar la sangre de donde no quería que nosotros la encontráramos, por ejemplo, de la tapa de la cisterna que, como ves, está extrañamente limpia. O de la bañera si trató de esconderse ahí. Si le decimos a la gente de Fermoselle que hagan magia con el luminol, te juego la paga extra a que encuentran trazas de hemoglobina en el sumidero, cañerías y, por supuesto, aquí —dice acariciando la fría piel de mármol.

—Paso de jugarme nada.

—Echemos un vistazo.

El teniente se apoya en el hombro de su compañera para encaramarse en el retrete y alcanzar las manillas de la ventana. Tras unos segundos examinando la terraza se vuelve.

—Nada raro —evalúa.

—Vale. Permítame que recopile un poco para situarme en el camino porque si no me voy a perder. Tu teoría es que el tipo malherido llega hasta aquí con la intención de huir por la ventana, pero se encuentra la red y entonces no le queda otra que ocultarse en la bañera, donde termina de desangrarse y la palma. El otro, el de la sangre tipo B negativo, se dedica a borrar cualquier rastro suyo de su paso por la casa y se pira con lo que sea que haya venido a buscar y, por supuesto, con el cuerpo del colega para hacerlo desaparecer. Ah, y con las toallas. Sin embargo, el muy idiota se olvida del comprometedor pasapurés. ¿Es eso?

El teniente sonríe. No suele prodigarse mucho en las muecas que dejan sus imperfecciones dentales al desnudo. Ponerle remedio se ha convertido en el sempiterno objetivo de todos los eneros desde que hace más de seis se lo prometió a Izaskun, pero solo pensar en eso de ponerse unos hierros en la boca le hace posponerlo *sine die*. Y posponer no es lo mismo que retractarse.

—Sí, eso pudo pasar. Y te digo más: yo creo que se lleva el cuerpo del otro porque es su socio habitual y si lo encontráramos aquí podríamos llegar fácilmente hasta él.

—Ya, podría ser. Pero también pudo suceder otra cosa. Por ejemplo: pongamos que los tres hombres se conocían porque son tratantes de obras de arte robadas o narcotraficantes, lo mismo me da. El dueño de la casa tiene algo que los otros quieren, pero no llegan a un acuerdo, la cosa se complica y se monta una trifulca cuyo resultado es la muerte del vendedor. En la pelea uno de los compradores resulta herido de gravedad pero no le prestan atención porque lo que quieren es encontrar lo que han ido a buscar.

La sonrisa de Balenziaga empieza a marchitarse.

—De repente el tipo empieza a sentirse mal y se va al baño para hacerse un torniquete con la toalla. El otro encuentra lo que sea en la cocina y aprovechando que el primero está ocupado tratando de detener la hemorragia, se intenta marchar pero el otro reacciona y le mete un «pasapuretazo» que le deja fuera de combate. El hombre malherido se da el piro y el segundo lo hace cuando se despierta. Resultado: un cuerpo en la bodega, mucha sangre por toda la casa y un pasapurés abollado. ¿Podría o no podría haber ocurrido así?

Para entonces, ya no queda ni rastro de la mueca anterior y su semblante se ha vuelto circunspecto.

—Podría —contesta el teniente.

—Vale. No quiero ser aguafiestas, pero si me das media hora y un par de cervezas, te garantizo que sería capaz de elaborar otras cinco teorías basadas en conjeturas que encajaran con las evidencias que tenemos hasta ahora. Y te digo más, creo que incluso podría tejer una en la que el muerto de Valladolid fuera el tipo del torniquete y que después de huir de aquí terminara muriendo en su despacho. Por cierto, ¿qué sabemos de ese caso?

—Nada. Todavía nada —especifica el teniente. Luego resopla y reclina la cabeza, pensativo—. Si no encontramos un segundo cadáver, mi teoría no se sujeta por ningún lado; y si, como creo, el tercer hombre era un profesional, tenemos que dar por hecho que no nos lo va a poner nada fácil.

—Bittor, muy profesional no parece solo por el hecho de haberse olvidado el utensilio con el que le han abierto la cabeza.

—Mira, ahí te doy la razón, porque si se lo hubiera llevado nadie diría que por aquí han pasado tres personas.

Verónica Quiñones examina el entorno por última vez.

—¿Se te ocurre algo más que debamos hacer aquí? Te recuerdo que yo tengo por delante una preciosa tarde de papeleo, y tú, que atender las llamaditas de quienes ya sabemos.

—Y en las que no les voy a poder contar nada consistente...

El teniente se rasca un picor inexistente tras la oreja derecha como si así pudiera activar una parte del cerebro que no está del todo operativa.

—La verdad es que no quiero pasar un solo minuto más en esta casa, pero me da la sensación de que aún estamos muy lejos de donde deberíamos.

—Lo estamos —certifica ella—. Asumirlo no creo que nos perjudique.

—Un profesor que tuve en la academia decía que asumir que te has perdido es el primer paso para volver al camino. El problema es que no sabemos si estamos en medio de un bosque o de un desierto.

—Precioso. Muy poético —califica ella.

—Bien. Vamos a hacer lo siguiente: te voy a dejar en comandancia y voy a hacer una visita exprés a la comisaría de Delicias a ver qué le saco a esa inspectora.

—Date con un canto en los dientes si logras que te preste una brújula para orientarte.

34. VERTICAL (SIETE LETRAS): DESPIERTA INTERÉS POR SER EXCEPCIONAL

Urueña, Valladolid
Sábado, 30 de noviembre de 2019, a las 04.18

Me resulta curioso, casi divertido, comprobar que Mateo tiene puesta su mirada ya inerte en alguno de esos puntos que brillan en la superficie plana y bruna que se pinta más allá de la ventana. No da la sensación de que sea fruto de la casualidad. No. Más bien parece que, intuyendo el final que le aguardaba, su alma hubiera tratado de escapar en un acto de cobardía muy propio de los perdedores. Perdedores como Mateo, de esos que nacen, crecen, no se reproducen y mueren desangrados en alguna bañera para terminar enterrados en un pinar cualquiera. Son perdedores porque no han sido capaces de despojarse de ese estigma tan pernicioso que es la carga emocional. Un lastre terrible. Yo no recuerdo haber tenido ese problema, y si alguna vez me he visto oprimido por los sentimientos, me he encargado de ir eliminándolos uno a uno para poder caminar ligero.

Vaciarse o, mejor dicho, llenarse de vacíos, supone a la larga una gran ventaja competitiva.

Si tuviera eso que otros llaman conciencia, la tendría tranquila. Procuré advertirle, pero él se dejó arrastrar por la necesidad de resarcimiento. Uno no puede pretender jugar a la ruleta rusa con el revólver completamente cargado y salir indemne. Mateo se empeñó en apretar el gatillo sin darse cuenta de que en todo momento era él quien tenía el cañón pegado a la sien.

Paleto de los cojones.

Hace un rato, mientras eliminaba pruebas de mi paso por la casa, intentaba comprender el motivo real que ha empujado a Mateo a montar todo este guirigay teniendo en cuenta el esfuerzo y los años que le costó superar lo del Sapo. Puedo asumir que el hecho de enterarse de que yo podría haber evitado que pasara aquel trago tan amargo lo resquebrajara por dentro, pero intentar cambiar el pasado con acciones en el presente es tan absurdo, tan estéril, que no justifica el efecto que esperara conseguir con ello. Es como si yo pretendiera regresar al instante preciso en el que Joserra me ofreció llevarme al hotel. Es evidente que no me subiría a su maldito Mercedes Clase C, pero como soy del todo consciente de que esa posibilidad no existe ni va a existir, ni siquiera me arrepiento de haberlo hecho. Sucedió así porque tenía que suceder. La debilidad es lo que te hace negar la realidad, la debilidad te obliga a buscar la manera de regresar a esos momentos clave en los que uno cree que el histórico vital se ha torcido. Qué error. La debilidad es inherente a los incautos. Estos se comportan como los que tienen la suerte de vivir un tsunami. Todos sabemos que la ola arrasa con lo que pilla a su paso, por eso corremos en dirección contraria para ponernos a salvo. Sin embargo, lo que la mayoría no tiene en cuenta es que cuando se retiran las aguas y el peligro parece haber desaparecido, llega una segunda ola que, aun siendo mucho menos letal en teoría, en la práctica deja más muertes porque arrastra a los incautos.

Incautos como Mateo.

Lo que sí es un hecho incuestionable es que el detonante que ha conducido a Mateo a tener una muerte tan ominosa como la de David Carradine se produjo durante aquella conversación que mantuvo con Darío Gallardo. En su día el maldito Joker ya intentó joderme al romper el acuerdo que teníamos para extorsionar a don Teófilo, pero nada de lo ocurrido esta noche habría sucedido si no le hubiera confesado la verdad a Mateo con el único propósito de limpiar su conciencia. Por eso y a pesar del riesgo que ello implica, siento la necesidad de borrarle para siempre su jodida sonrisa.

Por Mateo y por mí.

Por la amistad que un día mantuvimos.

Lo miro de nuevo y me gustaría poder dedicarle unas últimas palabras, pero se me quitan las ganas al constatar que sus ojos ya están cubiertos por esa fina capa de barniz mate sobre la que se espeja la muerte y que solo aparece cuando desaparece la vida. Sucede siempre: por muy expresivos que sean, terminan volviéndose anodinos, vulgares. Como si fueran fabricados en serie.

No deja de ser gracioso el hecho de que apenas hayan transcurrido unas pocas horas desde que me reencontré con él en la librería y que en tan corto espacio de tiempo se hayan machihembrado los acontecimientos para que termine de este modo lo que empezó con un abrazo sincero.

Tragicómico.

Ahora que debo afrontar la forma de salir indemne de este lío, me asalta una frase que leí hace un tiempo en alguna novela cuyo autor ni me he molestado en memorizar: «Cuando la vida quiere ser cruel, no hay mayor crueldad que vivir».

Su significado, por admonitorio y pertinente, me resulta curioso.

Casi divertido.

35. HORIZONTAL (SEIS LETRAS): OBJETO DE ESCLARECIMIENTO EN UNA INVESTIGACIÓN CRIMINAL

Bar Rosabel, Valladolid
Lunes, 2 de diciembre de 2019, a las 16.54

Ha llegado, como es su costumbre, con algo de antelación. No mucha, pero sí la suficiente como para no sentirse incómodo con la posibilidad de presentarse tarde. Al teniente Balenziaga le molesta la gente impuntual. Lo ha heredado de su padre, que era tremendamente estricto con la hora, rozando lo paranoico. A su madre no le quedó más remedio que amoldarse a aquella querencia convertida en imposición familiar, y solo Arantxa, su hermana, parece haber salido inmune de la dictadura del ADN. Él lo lleva más o menos bien —más menos que más, eso sí—, sobre todo cuando la otra parte es puntual, lo cual espera de la inspectora Robles, a quien le quedan ocho minutos contando con los cinco de margen que otorga —como hacía su padre— antes de que le empiece a hervir la sangre.

—Mejor fuera de comisaría. Lo último que me conviene es escuchar los dimes y diretes por la presencia de un picoleto en la brigada —le había argumentado ella cuando la llamó por teléfono para proponerle un encuentro en las dependencias policiales—. Y disculpe por lo de picoleto, pero...

—Es igual —zanjó él—. Sitio y hora.

—Hay un bar aquí cerca que se llama Rosabel. Es de confianza. ¿Qué tal sobre las cinco?

—A las cinco —recalcó para evitar que la indefinición justificara un posible retraso—. Hasta ahora.

Cuando ha entrado en el Rosabel se ha fijado en las ocho personas que están repartidas por las mesas que pueblan el local, que encaja dentro de lo que él considera «un bar de barrio de toda la vida». Enseguida deduce que ninguna de ellas es la inspectora Robles, porque la única mujer que hay es una anciana y está acompañada por el que parece ser su hijo, ya encaminado igualmente hacia la vejez. Tras la barra, un hombre —que debe de ser por fuerza el dueño, dada la cercanía con la que trata a sus clientes y la tipología del negocio— le ha dicho que en medio minuto está con él y si no han sido treinta han sido treinta y cinco los segundos que ha tardado en tomarle nota del café largo cortado con leche fría y sacarina que ya humea sobre la mesa.

Eso le gusta.

Durante los cuarenta y cinco minutos que ha durado el viaje de vuelta desde Urueña hasta la comandancia, la sargento Quiñones se ha empeñado en demostrar su teoría y le ha regalado tres reconstrucciones más a partir de los hechos verificados hasta ese momento. Y las tres, para su desgracia, están a la misma distancia de lo disparatado que de lo plausible; como su teoría.

Esclarecer los hechos, esa es la cuestión.

Ello no ha barrenado el criterio del teniente Balenziaga y sigue pensando que el muerto de Valladolid capital está relacionado con el asunto de Urueña, lo cual espera confirmar mediante la conversación con su homóloga de la policía y de este modo tener algo que contar al comandante Viciosa.

Una mujer de pelo castaño oscuro recogido en una coleta entra en el bar a las cinco y tres minutos. Se despoja del plumas rojo con el que combate el frío vallisoletano y otea el horizonte hasta que se topa con sus ojos. Destacan los pómulos, algo marcados; las cejas, muy rectas y bien definidas, configuran un rostro en el que no se aprecia ni rastro de maquillaje. Bittor Balenziaga le sonríe sin mostrar los dientes, pero no por cortesía, sino porque le congratula que la inspectora Robles —no alberga ninguna duda de que se trata de ella— haya sido puntual. Viste ropa cómoda, botas tipo Dr. Martens, vaqueros negros y jersey de cuello vuelto y ajustado que remarca una silueta más sugerente que voluptuosa. La mujer traza una línea recta y, antes de llegar adonde él está sentado, el de la Benemérita se incorpora para ofrecerle la mano.

—Teniente Balenziaga, ¿verdad? —lo saluda ella.

—Buenas tardes, inspectora.

A pesar de que el suyo es un semblante de corte severo, tiene las facciones si no delicadas sí muy bien proporcionadas, en absoluto vulgares, alcanzando sobradamente el rango de «atractiva» según su poco convencional baremo de belleza femenina.

—Deme un minuto, por favor, voy a saludar a Cuqui y ya aprovecho para pedir.

Esta vez sí, de forma intencionada, el teniente Balenziaga desvía la mirada hacia el trasero de Sara Robles durante las décimas de segundo que tarda en arrepentirse de ello. Tiempo suficiente para corroborar que de espaldas no resta puntos a su apreciación anterior. Es evidente que guarda una estrecha relación con el dueño, a quien regala una amistosa colleja antes de regresar con un café solo en vaso.

—¿Del País Vasco? —le pregunta ella sin rodeos tan pronto como toma asiento.

—¿Tanto se me nota?

—No mucho, pero lo suficiente.

—De Algorta.

—En Getxo.

—Exacto, ¿lo conoce?

—Algún amigo tengo por aquellas tierras.

—Allí tengo a mi familia, pero hace tiempo que salí con mi primer destino en Guadalajara. Luego Madrid y ahora Valladolid. Poco a poco me voy acercando.

—Ya veo. ¿Y usted?

—De Jaca. No se lo va a creer, pero mi padre es brigada retirado del Cuerpo Especial de Montaña de la Guardia Civil.

—Vaya, qué casualidad.

Antes de que el poco pertinente silencio fuera a más, Sara Robles se encarga de romperlo.

—Cuando hablamos esta mañana quedamos en volver a hacerlo a lo largo de esta semana. ¿Qué ha cambiado desde entonces?

—Se han producido algunos avances que me gustaría compartir con usted.

—¿Avances? ¡Qué suerte! Nosotros estamos básicamente donde estábamos.

La inspectora entrecruza la piernas y adopta una postura cómoda, de esas que indican que alguien está más predispuesto a escuchar que a hablar.

—El resumen sería el siguiente: por los resultados de la analítica sabemos que en el crimen de Urueña hay implicadas tres personas.

—Bueno, dos estaban garantizadas, ¿no?

La inspectora deja botando el comentario. No es hasta el tercero cuando el de la Guardia Civil corresponde la sonrisa de Sara Robles con un gesto similar.

—Sí, pero en ocasiones uno marca la diferencia —contesta, agudo, sin dejar de remover el café con la cucharilla—. Lo que sabemos hasta ahora es que al propietario de la vivienda lo mataron en la bodega, como ya sabe, con un arma blanca de doce centímetros de hoja y manejada por un zurdo.

—¿Dónde?

El de la Guardia Civil frunce el ceño.

—En la bodega —repite.

—Sí, eso ya lo he pillado. Le pregunto que dónde tiene las puñaladas.

—La primera en el cuello: trayectoria vertical dañando la carótida y la yugular. Mortal. Y otras siete en el plexo solar cuando ya estaba tumbado en el suelo. Dos de ellas le atravesaron el corazón.

—Quiso asegurarse, ¿eh?

—Eso parece.

—¿Qué más?

El teniente Balenziaga se moja los labios con la lengua.

—Nos inclinamos a pensar que algo debió de suceder entre los asaltantes, creemos que en la misma bodega, pero todavía no lo podríamos asegurar. Lo cierto es que uno de ellos terminó herido de gravedad y sufrió una pérdida masiva de sangre que, sin poder certificarlo, pudo resultar fatal.

—Disculpe, pero... ¿cómo puede estar tan seguro de que eran dos asaltantes y no un invitado y un asaltante? Si, como dice, hubo un enfrentamiento, es posible que uno de ellos estuviera en la casa o llegara después y se encontrara con el cisco... O incluso que fueran dos conocidos de la víctima y la cosa se fuera de madre por alguna razón.

El teniente tuerce la boca.

—Mi compañera también piensa así. Bueno, en realidad me ha planteado múltiples posibilidades, pero... A ver, basándome en mi experiencia, este tipo de asaltos casi nunca se perpetran por una sola persona. Lo habitual es que sean al menos dos, y una de ellas suele conocer bien el objetivo. Es decir, van a tiro fijo. Buscan algo en concreto porque saben que en la casa se guarda dinero, joyas o solo lo suponen. Puede ser que uno de ellos tuviera relación directa con la víctima y cuando al otro se le fue de las manos se les torció el asunto.

—Ya —dice la inspectora poco convencida.

—Pero, sí, lo reconozco, hasta el momento todo lo que tenemos son conjeturas.

—¿Y entonces cree que uno de los dos asaltantes o invitados pudo morir desangrado?

—Por la cantidad de sangre que fue dejando por la casa sería un milagro que hubiera sobrevivido. Nos faltaría por comprobar si hay trazas de hemoglobina en el desagüe de la bañera para afianzar mi sospecha, pero eso hasta mañana no lo vamos a saber.

—¿Por qué en la bañera?

En ese punto Bittor Balenziaga se da cuenta de que la conversación no navega por los cauces que él quiere. Aun así, contesta:

—Estaba demasiado limpia para como nos encontramos el baño.

—Bien, pero si no dan con el cuerpo nunca van a poder salir del terreno de la hipótesis.

—A no ser que se trate del suyo.

La inspectora Robles eleva las cejas y toma distancia, sorprendida. El interés de su interlocutor se evidencia en el dilatar de sus pupilas.

—¿Se refiere al del abogado? No, no, para nada. Ya le aseguro yo que ese hombre estaba en perfectas condiciones cuando se levantó esa mañana en su casa y decidió pasar por el despacho para terminar no sé qué historias. Luego, al parecer, el sábado se le fue complicando.

La expresión del teniente Balenziaga, sin llegar al abatimiento, sí roza la decepción.

—Si hay alguna conexión entre ambos casos es a través del tipo que manejaba el cuchillo, nada más.

—Ya.

—No querría yo estropearle el día, teniente, pero si el avance al que se refería antes es que han averiguado que al margen de la víctima hay otras dos personas implicadas, me parece poco significativo, la verdad.

—Salvo que solo fuera una excusa para poder hablar con usted y que me contara algo interesante sobre su caso.

A Sara Robles se le escapa una breve carcajada y niega con la cabeza.

—No le habría hecho falta. Suelo ser muy favorable a colaborar con quien sea si la otra parte juega con las mismas reglas, no sé si me explico.

—Perfectamente. Tomo nota.

—Estupendo. Veamos... En mi caso tengo la enorme fortuna de contar en el grupo con Matesanz, un experimentado subinspector que suele acertar con la reconstrucción de los hechos, pero resulta que en este que nos compete no nos lo han puesto demasiado complicado y ambos coincidimos.

—Igual le hago una OPA hostil por él —bromea Balenziaga.

—Se va a enamorar —comenta en el mismo tono—. A ver si soy capaz de contarlo bien. El abogado llega cerca de las diez de la mañana al despacho donde pensamos que ya lo está esperando. La cerradura no está forzada, por lo que es probable que lo sorprendiera en la escalera o en la misma puerta y lo obligara a dejarlo entrar. La víctima tiene un pequeño corte en el lado derecho del cuello que podría haberle hecho al amenazarlo por la espalda con el cuchillo si lo manejara un zurdo —gesticula—. También presenta un fuerte traumatismo en la parte posterior de la cabeza que, aunque no le produjo lesión cerebral, según el doctor Villamil sí es lo suficientemente severo como para hacerle perder el conocimiento. En ese *impasse* aprovecha para desnudarlo e inmovilizarlo en la silla del despacho usando una cuerda de montañismo.

Sara Robles se aprieta los lacrimales con el índice y el pulgar como si necesitara concederse un respiro.

—Y cuando se despierta comienza el festival de la tortura.

El de la Benemérita prefiere no interrumpir.

—Múltiples heridas punzantes de poca profundidad en las piernas, otras cortantes en la zona abdominal, el pecho, los brazos... Vamos, básicamente por todo el cuerpo, más de veinte de diversa índole. Pensamos que su intención era sacarle información, pero no tenemos forma de saber sobre qué. También estamos seguros de que lo amordazó, así que no sé hasta qué punto quería que hablara. De momento esa parte nos interesa menos. El despacho lo encontramos muy revuelto, pero vamos a necesitar que nos ayude su asistente para saber si el asesino se llevó algo de valor o documentos, o puede que tuviera alguna caja fuerte oculta que no hemos encontrado nosotros, pero resulta que la mujer está de vacaciones fuera de España, por lo que no podremos hablar con ella hasta la semana que viene.

—Suele pasar —comenta Balenziaga.

—El caso es que, como le decía, ninguna de esas heridas resulta mortal, lo cual nos hace pensar que no es casual, porque quien fuera que le hizo todo eso no quería que muriera desangrado.

—¿No?

—No. El cabrón se guardaba lo mejor para el final.

El teniente se mantiene a la expectativa.

Sara levanta dos dedos y los convierte en tijeras.

—Le hizo la sonrisa de Glasgow y luego lo asfixió.

36. HORIZONTAL (NUEVE LETRAS): SACAR GOZOSO PARTIDO DE ALGO

Urueña, Valladolid
Sábado, 30 de noviembre de 2019, a las 04.41

No son pocas las ocasiones en las que el destino juega con nosotros ofreciéndonos grandes oportunidades, oportunidades únicas que no son sino caminos que, al recorrerlos, condicionan por completo nuestro porvenir. Lo cruel es que normalmente ni siquiera llegamos a detectar estos momentos clave, bien porque pasan por delante de nuestros ojos de forma fugaz, bien porque están ocultos detrás de simples detalles que no sabemos distinguir, o bien, como suele suceder, porque no estamos mirando donde tenemos que mirar.

No ha sido este mi caso.

Tras asegurarme de haber eliminado cualquier vestigio de mi paso por la casa, he ido a buscar mi coche para cargar el material «tóxico» del que debo deshacerme; a saber: una maleta con un amigo de la infancia muerto en su interior, su mochila con todas sus pertenencias, su móvil, sus repugnantes colillas y un pasapurés al que, dicho sea de paso, he sometido a una limpieza exhaustiva con el objeto de eliminar cualquier rastro de mi ADN. También tenía muy presente, por supuesto, que debía hacer desaparecer las toallas que he utilizado para limpiar, la cuerda de montaña con los protectores y los utensilios con los que he mantenido algún tipo de contacto durante mi breve pero intenso paso por ese condenado lugar del cual me llevo algunos objetos de valor para engrasar la teoría del robo.

Dolorido, cansado y con unas ganas terribles de marcharme de allí para zanjar —nunca mejor dicho— el asunto, me he acomodado en el asiento del coche pensando en los detalles. Estaba a punto de meter primera cuando me he percatado de que aún tenía las llaves de Tío Carlos en el bolsillo. Al bajarme del coche malhumorado por mi torpeza un objeto en movimiento captado por mi visión periférica me ha hecho desviar la mirada. A pesar de que está a unos ciento cincuenta metros lo he reconocido de inmediato. Su patojo caminar lo ha delatado. Durante unos segundos, pocos pero los suficientes, lo he observado para certificar que está fumando con la mano izquierda.

La mano izquierda.

Ahí está: el detalle tras el que se esconde mi gran oportunidad.

El Loco Eusebio es mi gran oportunidad.

En ese instante el tiempo se ha detenido, pero podía notar los engranajes de mi cabeza funcionando a pleno rendimiento.

Como digo, resulta difícil de entender cómo un detalle puede cambiar el rumbo de los acontecimientos. Hace solo unos minutos tenía por completo asumido que debía renunciar a lo que de verdad me pedía el cuerpo, y que no es otra cosa que pasarme por el despacho de Darío Gallardo y equilibrar la balanza. Él es el desencadenante, es el *casus belli* y no dejo de pensar que si existe un hecho irrefutable es que nada de lo que ha ocurrido esta noche habría sucedido si él no hubiera decidido limpiar su conciencia ensuciando la mía. Si la noche de hoy pudiera concretarse en un resumen ejecutivo como los que me mandaban elaborar en la asesoría, en la última línea escribiría: si Darío no hubiera intoxicado el cerebro de Mateo, yo no habría tenido que matarlo. Precisamente estaba tratando de adaptar su morfología al espacio de la maleta cuando me di cuenta de que si todo salía bien y terminaba con la miserable existencia de ese bocazas, antes o después la policía acabaría conectando ambas muertes con la desaparición de Mateo y al tirar del hilo habría muchas posibilidades de que llegaran hasta mí.

No podía asumir ese riesgo por mucho que deseara hacer sufrir al Joker.

Sin embargo, en este momento, la situación ha cambiado.

Porque un detalle lo cambia todo: el Loco Eusebio es zurdo.

La voz de Mateo hablando de sus *Guernica* resuena en mi cabeza: «A simple vista nada parece tener sentido, pero al colocar la palabra concreta en el lugar determinado, el caos termina conformando un todo indivisible».

Lo mundano y lo divino separados por un vulgar detalle.

«Porque una letra, una maldita e insignificante letra lo cambia todo, amigo». ¡Cuánta razón tenía!

Detalles, detalles, detalles.

El paralelismo artístico entre sus *Guernica* y mi oficio no puede ser distinto que perpetrar el crimen perfecto. Y no me refiero a ese que por el motivo que sea no se resuelve. No, me refiero al que se resuelve de forma equivocada. Y, paradojas de la vida, para lograrlo, lo único que voy a necesitar es cavar una fosa más grande.

Acción.

Sin perder un segundo más en cavilaciones, me pongo en marcha. Tratando de ser sigiloso, me aproximo por la espalda aprovechando que el Loco Eusebio está apoyado con la palma derecha en el muro sobre el que está orinando mientras se agarra el miembro con la izquierda. No necesito más pruebas para asegurarme de que esa es su mano diestra, como tampoco es necesario hacerle un test de alcoholemia para saber que lleva una borrachera indecente. El desgraciado apenas es capaz de mantener la verticalidad. Podría arrastrar cientos de cascabeles y no se daría cuenta de que me estoy acercando. Eso y saber que no tengo que recrearme aligera la tensión que siento. Simplemente debo evitar que arme un escándalo, aunque, por lo apartado del lugar y la hora que es, no creo que sus gritos llegaran a oídos de nadie en este pueblo fantasma. Así, aprovechando mi inercia y el efecto sorpresa, lo agarro por la nuca y sin miramientos ni florituras estampo su cabeza contra la pared. Suena feo pero, contra todo pronóstico, aún se mantiene en pie, por lo que repito el movimiento dos veces más hasta que se desploma. Una vez en el suelo, le aplico la llave cuya eficacia tengo más que comprobada y sin prestarle atención alguna a la erección que me sobreviene durante el proceso, en menos de dos minutos ya tengo al falso culpable perfecto.

Solo tengo que aplicar cemento para que encaje a la perfección en el muro de contención que estoy a punto de levantar.

Lo abandono durante el tiempo que invierto en regresar al coche y estacionar junto al cuerpo. Lo primero que hago es manchar el lado abollado del pasapurés con su sangre y marcar sus huellas, luego recojo la colilla que estaba fumando y lo guardo todo en la bolsa de plástico en la que lo traía. Otra bolsa me sirve para cubrir la cabeza del Loco Eusebio y así evitar que manche el maletero de mi vecino con la sangre que le brota de la frente. Por suerte, el exlegionario está esquelético y no me cuesta demasiado hacerle hueco junto a la maleta en la que descansa Mateo. Lo siguiente que hago es volver a la casa y dejar el pasapurés bajo un mueble con el propósito de hacer creer a los investigadores que, al no estar a la vista, el Loco Eusebio cometió la imprudencia de dejárselo ahí olvidado. La colilla con su saliva la abandono en una esquina de la bodega y, esta vez sí, me acuerdo de dejar las llaves donde las encontré: en el bolsillo del pantalón de Tío Carlos, en el que, al tocarlo, ya aprecio los primeros signos de *rigor mortis*. Grima. Es en la última mirada que le dedico cuando el anillo tipo sello tan hortera que luce en el dedo capta mi atención. Enseguida me percato de lo útil que es por lo que me lo guardo en el bolsillo con cuidado de no mancharme con su sangre. Antes de regresar al coche corro hasta el almacén de donde vi salir al Loco Eusebio y lo arrojo por ahí con la esperanza de que alguien lo encuentre cuando vayan a revisar sus mugrientos aposentos.

Porque antes o despés irán.

Al abandonar Urueña me siento como si acabara de despojarme de una mochila cargada con piedras. Sin cruzarme con un solo vehículo —cosa bastante lógica teniendo en cuenta que son poco más de las cinco de la mañana de un sábado—, conduzco poco más de diez kilómetros siguiendo la ruta que me marca el navegador. Una voz femenina me avisa de que me aproximo a La Santa Espina, donde me tengo que desviar para llegar al pinar que he seleccionado por su extensión y supuesta frondosidad. Es allí donde voy a dar sepultura a mi amigo Mateo y al presunto culpable de su homicidio y del de Tío Carlos, y por supuesto —y esta es la mejor parte— del terrible asesinato de Darío Gallardo. La policía y la Guardia Civil se van a entretener mucho tratando de dar con el Loco Eusebio inútilmente. Resulta cómico pensar que de la noche a la mañana ese desgraciado se vaya a convertir en un asesino múltiple. A la gente le va a extrañar, pero no tanto. Si un vecino cualquiera puede matar a su esposa y sus hijos, ¿qué no podría hacer un exmilitar de la Legión con antecedentes psiquiátricos y que vive de la mendicidad?

Atrocidades, claro que sí. Puto sistema.

Me salgo del camino y sorteando los troncos de los árboles llego a un lugar que me parece del todo adecuado por inaccesible. Mi reloj me dice que dispongo de más de dos horas de oscuridad total, pero me conjuro para cavar la fosa en menos de una, no sea que algún madrugador me vea saliendo del pinar y se quede con mi matrícula. Ahora no puedo cometer ningún error. El pico y la pala son de calidad. Las he tomado prestadas del cobertizo del Tío Carlos, que estaba muy bien dotado de herramientas. No creo que nadie las eche de menos. La garra y el frío no ayudan, pero conforme voy sacando tierra, mi organismo entra en calor y me olvido de mis limitaciones. El principio requiere más esfuerzo por las dichosas raíces que abundan en la capa más superficial del terreno; sin embargo, al ser esencialmente arenoso, pronto deja de presentar resistencia a mi ímpetu. En poco más de una hora el agujero que tengo a mis pies me resulta lo suficientemente amplio y profundo como para albergar con garantías a sus dos nuevos inquilinos. Me dispongo a sacar al Loco Eusebio del maletero cuando me fijo en algo que brilla en su cuello. Es una medalla manchada con la sangre de su dueño. Muy útil también. Sonrío a la vez que se la arranco y la guardo en la bolsa de plástico.

Antes de arrojarlo a la fosa me encargo de limpiar bien el mango del cuchillo con una de las toallas para que sus huellas queden perfectamente impresas. Los investigadores me lo van a agradecer cuando encuentren el arma en algún contenedor o papelera cerca del despacho del abogado Gallardo. Solo me resta añadir los últimos ingredientes que llevo en el maletero a excepción de la cuerda —esa la voy a necesitar— y ya estaría el guiso. En cubrirlos no empleo ni un cuarto de hora, y cuando termino me dejo invadir por una sensación extraña que me acaba oprimiendo el pecho, no recuerdo haber experimentado antes algo similar. Diría que es lo que sienten las personas normales cuando se despiden definitivamente de un ser querido o similar. Sí, algo así. Vuelvo a tener la necesidad de pronunciar unas palabras de despedida, como me sucedió en el baño, pero estas revolotean en la cabeza y no parece que tengan intención alguna de querer posarse.

—Adiós, paleto de los cojones —resumo con cariño.

Invierto algunos minutos más en reunir un montón de pinaza y esparcirla sobre la tierra que acabo de remover y la pisoteo con la idea de que se adhiera lo máximo posible. Luego regreso por donde he venido, pero antes de tomar la carretera me bajo del coche y con una rama borro las marcas de neumáticos para evitar que algún curioso las vea y le dé por averiguar adónde lo llevan. Un poco más adelante y sin detener la marcha arrojo por la ventanilla los cigarrillos que Mateo se fumó en la casa y en la siguiente salida me desvío para deshacerme de las toallas enterrándolas a una profundidad proporcional a lo comprometedoras que resultan para mí. Hay más probabilidades de que alguien encuentre el Oro de Moscú que las condenadas toallas. Las herramientas las oculto entre unos arbustos que levantan casi un metro y es entonces cuando, en medio de esa gélida oscuridad de la Tierra de Campos castellana, noto que mis músculos se relajan y el cansancio acumulado a lo largo de la noche me invita a tomarme un tan merecido como inapropiado respiro. Quiero pensar que en algún momento sabré sacar partido a estas experiencias vitales tan intensas que me han tocado vivir, pero ahora mi cabeza solo piensa en la manera de acometer mi siguiente parada en el despacho de Darío Gallardo con la esperanza de que no estuviera alardeando cuando le contó a Mateo que solo descansaba los domingos. Quizá fuera más conveniente hacerle la visita otro día, pero en una suerte de afán compensatorio, el cuerpo me pide disfrutar al máximo mientras le borro la sonrisa al puto Joker.

De nuevo cobijado dentro del vehículo me concedo unos segundos para cavilar. No puedo evitar meterme en la piel de los investigadores que van a tener que lidiar con dos casos de homicidio relacionados de forma evidente a través de un sospechoso al que no van a ser capaces de encontrar jamás.

¡Qué putada!

Estar acostumbrado a crear ficción me invita a escribir mentalmente el desenlace de este *best seller* que está por venir. Contarlo en voz alta me ayuda a visualizarlo mejor.

—Los acontecimientos se precipitarán cuando a alguien del pueblo le extrañe no ver desde hace días al Loco Eusebio e informe de ello a la Guardia Civil. Interesante. Manos a la obra. Lo primero que harán será revisar la pocilga donde solía dormir, que es un almacén abandonado que está —mire qué casualidad, mi comandante— muy cerca de la casa donde se produjeron los hechos. Allí recogerán alguna muestra de interés forense tal y como se establece en los manuales de criminología: sangre, saliva, semen... Seguro que aquello está repleto de cigarrillos. Lo que sea que sirva para cotejar con las muestras recogidas en ambos escenarios del crimen. ¿Y este anillo? Sí, claro, era de la víctima, pobre, todos en el pueblo saben que se lo regalaron sus compañeros de la compañía de teatro cuando se jubiló. Podría ser, por qué no, que antes de todo eso algún vecino comente a los picoletos que el Loco Eusebio era zurdo. ¿Zurdo, eh? ¡¿Otra casualidad?! O, quién sabe, quizá alguien reconozca la medalla. ¡Lo tenemos! Orden de búsqueda y captura al canto. Con el tiempo algún ser humano denunciará la desaparición de Mateo y el poli avispado de turno lo relacionará con su tío, brutalmente asesinado en Urueña. Al comprobar que su sangre cuadra con la que pintaba toda la casa... ¡Boom! ¡Otra carta boca arriba! El robo como móvil del triple crimen parece lo más evidente, aunque todavía no termine de encajar muy bien lo del abogado y a quién pertenecía toda esa sangre que se recogió en la casa del finado. ¡Qué más da! Ya nos lo dirá ese cabrón cuando lo atrapemos, ¿verdad, comisario? Porque antes o después lo vamos a coger. Eso seguro. Segurísimo.

Por los cojones.

El reflejo del retrovisor me devuelve una imagen sonriente de mi desfigurado careto y la garra sigue contraída en una posición que no es la habitual. No me importa. Todo es cuestión de tiempo. Soy consciente de que cuando llegue a casa tendré que mantenerme una temporada en letargo y alejado de actos públicos. Para mí es muy fácil de justificar cobijándome en las excentricidades que se consienten a los artistas. Además, me vendrá bien un tiempo para la reflexión. Quizá sea el momento de acudir a algún especialista que me ayude a conocerme mejor. En los momentos donde la oscuridad se impone conviene aprender a convivir con uno mismo entre tinieblas. Lo que importa de verdad es elegir bien cuándo hay que volver a subirse al escenario y, entonces sí, vaciarse tan pronto como los focos iluminen de nuevo.

Pero eso será cuando sea.

Lo que importa es que sea.

Ahora lo que toca es reencontrarme con un antiguo compañero de clase. Solo pensar en su reacción cuando le explique qué hago allí me hace estremecer. Pienso exprimir cada minuto, cada instante, aunque solo sea por compensar el sufrimiento por el que he tenido que pasar esta noche, pero, principalmente, por otro motivo del que no pienso avergonzarme nunca más: por disfrutar.

Que poder y placer se fundan.

37. HORIZONTAL (SEIS LETRAS):
LA DEL ENANO

Bar Rosabel, Valladolid
Lunes, 2 de diciembre de 2019, a las 17.21

No ha podido contener la mueca con la que ha exteriorizado su repulsa el teniente Balenziaga al visualizar la información desvelada por Sara Robles.

—Por suerte, lo único que ha trascendido es que el abogado fue torturado y asfixiado, nada más.

—Que siga así. ¿Podría tratarse de un ajuste de cuentas? ¿Un sicario?

La inspectora se encoge de hombros.

—Podría. A estas alturas casi todo tiene cabida. Ese es el gran problema al que nos enfrentamos. Lo razonable es pensar que no era la primera vez que mataba, incluso que había usado antes este método, y de hecho ya estamos buceando en nuestras bases de datos para ver si encontramos coincidencias. De momento solo hemos hallado un caso ocurrido en Madrid. Un ajuste de cuentas a un ciudadano británico en 1987, así que no creemos que por ahí vayamos a avanzar mucho.

—Hay que tener cuajo para hacer algo así.

—Hay que ser muy hijo de puta, sí. Pero es que resulta que una vez muerto le da unas últimas puñaladas en la espalda, quizá para asegurarse o por pura frustración de no haber conseguido lo que había ido a buscar, quién coño sabe. Gracias a eso sabemos que es zurdo y que empleó el arma blanca de doce centímetros de largo que corresponde con la que se encontró en una papelera de la calle Constitución.

El de la Benemérita agita la cabeza.

—¡¿Cómo dice?! ¡¿Tienen el cuchillo?!

—No tenemos forma de certificarlo. Dactilografía ha sacado unas huellas, pero no hemos hallado ninguna coincidencia con la base de datos de fichados.

—¿Y cómo no me lo había dicho antes?

—Se lo estoy contando ahora.

En la expresión acorazada de la inspectora, Bittor no encuentra una sola grieta a la que apuntar sus baterías de reproches.

—De acuerdo. Continúe, por favor.

—No hemos hallado ni una sola huella que no corresponda a la víctima o a la señora de la limpieza y otras que pensamos que corresponden a su asistente, aunque todavía no las hayamos podido cotejar.

—¿Tampoco ningún vecino oyó ni vio nada?

—El edificio es todo de oficinas. Esto ocurrió en el cuarto piso y ese sábado solo fue a trabajar una persona de una empresa de no sé qué leches, que está en la entreplanta. Estamos consultando con la gente de Seguridad Privada a ver si hay cámaras en la zona de las que tirar, pero si es así no creo que tengamos la potra de encontrarnos con una que enfoque directamente al portal.

—Eso sería demasiado pedir... Por cierto, no me ha dicho quién es la víctima. Quién era —rectifica.

—Cierto. Un tal Darío Gallardo. No tengo aquí la ficha. Unos cuarenta, casado y con tres hijas. Nació en Madrid, se licenció en Derecho y empezó a trabajar allí, pero su mujer trabaja en Tordesillas y hace unos años se trasladó a Valladolid capital para montar el despacho. El único antecedente es una retirada de carné por conducir ebrio hace cinco o seis años, ya no recuerdo.

—Tres hijas, joder.

—Tres —repite—. Cuando los de arriba nos autoricen tendremos que investigar posibles vínculos con la víctima de Urueña, pero hasta ahora, así, a bote pronto, no parece que un abogado penalista y un actor retirado reconvertido a librero tengan mucho que ver.

—No, pero algo tiene que haber para explicar que un tipo entre a robar en casa de un librero de Urueña, se lo cargue a él y ya veremos si a otra persona más, y de allí conduzca hasta Valladolid y torture y ejecute a un abogado.

—Eso en el caso de que hablemos de la misma persona.

—¿Tiene dudas?

—Si tuviera que apostar diría que se trata del mismo cabrón, pero cosas más extrañas se han visto —aporta la inspectora Robles.

—Un cabrón muy peligroso o que tenía algo personal contra ellos.

—Todavía es pronto para resolver ese tipo de incógnitas, ¿no cree?

—Necesitamos un golpe de suerte.

En la boca de Sara Robles se dibuja una sonrisa maliciosa, como la de una niña malcriada acostumbrada a no perder nunca.

—Yo hace poco que empecé a creer en la suerte. En la buena, en la mala y en la del enano, pero esa es una historia muy larga y me temo que no disponemos de tanto tiempo.

—No tenemos esa suerte, no.

—No, pero a veces, de forma inesperada, sucede algo que lo cambia todo.

—¿Y se puede hacer algo para que eso que lo cambia todo suceda lo antes posible?

—No tener prisa.

El teniente Balenziaga sonríe, apura el café y levanta la mano para llamar la atención del dueño.

—De esto me ocupo yo —sale al paso ella—. En un rato tenemos comité de empresa en la sala que Cuqui tiene abajo para nosotros.

Bittor Balenziaga frunce el ceño.

—No entiendo.

—Es una tradición que heredé del inspector Sancho, el anterior jefe del Grupo de Homicidios. Se trata de que cada uno diga lo que piensa sobre el caso con la información que tenemos hasta ahora. Es como una tormenta de ideas donde la mayoría de las aportaciones, incluidas las mías, son estupideces, pero otras no. Y con esas nos quedamos como posibles líneas de investigación. Y funciona. A veces —matiza.

—Vaya. No lo pongo en duda, pero no quiero ni imaginarme qué pensaría mi superior si se enterara de que hago yo eso con mi equipo.

—A la superioridad solo le interesan los resultados, no cómo se llega a ellos.

—No en la Guardia Civil, se lo aseguro.

—Puede ser —conviene ella.

—Bueno, lo dicho: estamos en contacto por si surgiera cualquier novedad. Muchas gracias por atenderme.

—Un placer.

El de la Guardia Civil se dispone a ponerse el abrigo cuando ve que la inspectora se golpea en la cabeza con la palma.

—Se me ha pasado comentarle algo que puede que no tenga importancia. O sí.

—La escucho —dice él abortando la operación.

—Cerca del felpudo de la entrada del despacho encontramos una medalla ensangrentada.

—Una medalla.

—De Santiago Apóstol, para más señas. La esposa de la víctima asegura que no le pertenecía a él.

—Bueno, pues a simple vista yo diría que sí tiene importancia. En algún manual leí que la mayoría de las investigaciones se resuelven no por nuestros aciertos sino por sus fallos.

—Puede, pero yo prefiero centrarme en mis aciertos que en encontrar sus fallos. Sigo. Peteira, otro subinspector del grupo, dice que es una medalla que les gusta llevar a los que han pasado por la Legión, pero tendremos que esperar a cotejar la muestra de sangre con las encontradas en la casa de Urueña para ver si suena la flauta.

Pero lo que suena es el móvil del teniente. Es la sargento Quiñones.

—Verónica, dame un segundo, por favor —le pide a su compañera—. Tengo que atenderla. Que le vaya bien con la tormenta de ideas. Estamos al habla.

—De acuerdo. Gracias —se despide ella levantando la mano.

Sara Robles sonríe al ver cómo se marcha sujetando el terminal entre el hombro y la oreja a la vez que busca algo en el bolsillo del pantalón. Sin embargo, antes de salir del bar se detiene en seco como si alguien le hubiera dado una orden. Instantes después se gira súbitamente hacia donde está ella y la taladra con la mirada durante los segundos, eternos, que tarda en colgar. Mientras se aproxima, su semblante se metamorfosea pasando de la sorpresa a la satisfacción.

—¿Y bien? —se anticipa ella.

—Un vecino de Urueña se ha presentado en el cuartel para denunciar la desaparición de un tal Eusebio de Frutos. Se trata de un mendigo con antecedentes psiquiátricos al que conocen en el pueblo como el Loco Eusebio. ¿Y sabe qué más?

Sara eleva los hombros y le lanza una mirada instigadora.

—Pertenecía a la Legión. Ahora vamos a inspeccionar el almacén abandonado donde vivía.

La inspectora eleva una ceja y sonríe.

—A esto me refería yo con algo que lo cambia todo.

NOTA DEL AUTOR

Algo distinto pero reconocible. Eso era lo que pretendía cuando me encontraba yo en la tesitura de decidir la forma en la que quería contar la historia que, a fuego lento, se estaba cocinando en mi cabeza. Dicho de otro modo: quería que los ingredientes fueran otros a los que suelo utilizar, sí, pero que el guiso no defraudara ni a quienes están acostumbrados a comer en mi mesa ni a los que se sentaran a ella por primera vez.

Y que yo me divirtiera en mis fogones, por supuesto.

Tengo que confesarle, además, que originariamente esta receta no la formulé en palabras sino en imágenes. El germen de *Astillas en la piel* era un tratamiento de guion, un borrador de proyecto que tenía escrito con la idea de madurarlo antes de presentarlo a alguna de las productoras con las que trabajo desde hace un tiempo. Una sesión en el Zerocafé me hizo tirar del freno de mano y plantearme la posibilidad de convertirlo en una novela. Benditas canciones.

Dicho esto, y volviendo a las diferencias con respecto al método que suelo seguir cuando me siento frente a este teclado, la primera y más relevante consistía en reducir al máximo el elenco de personajes, por norma bastante nutrido y variopinto. Solo quería dos protagonistas, dos únicas voces. Una para que le arrastrara a usted a un pasado donde pudiera vivir esos instantes que pueden astillar el futuro de cualquiera, y otra para demostrarle que hay presentes muy tóxicos a los que conviene no acercarse. La segunda tenía que ver con la ambientación. Tengo querencia, lo reconozco, a manejar muchas localizaciones —aunque puedan pertenecer a una misma localidad—; sin embargo, para generar la atmósfera que bullía en mi cabeza necesitaba concentrar la acción en una principal. Valoré muchas opciones, casi todas de interiores, y cuando casi me había decantado por una que podría funcionar, una luz se encendió en mi memoria. Una luz que bañaba el recuerdo de una tarde de invierno en la que terminé paseando por las calles de Urueña bajo una cencellada de esas que nunca se olvidan.

Blanca oscuridad, frío extremo, vivo silencio.

Urueña, Villa del Libro, era el lugar, no tenía ninguna duda.

Dos voces, una localización principal.

Pero simplificar no siempre es sinónimo de facilitar. En el ámbito narrativo diría incluso que son antónimos, sobre todo cuando mi obligación consiste en engañarle a usted al tiempo que le ofrezco la posibilidad de descubrirme. En un *thriller* en el cual hay dos voces que se reparten el protagonismo y cuenta con una localización principal, el reto consiste en manejar la dosificación de información. Elegir el momento preciso en el que quiero que usted sepa algo concreto es como acertar con los condimentos. Y la sal en el suspense consiste en plantear el engaño en las primeras páginas y mantenerlo hasta el final. Tensión sostenida. No es fácil, créame. Hay que asumir riesgos, pero si me quedo corto de sal, a usted no le sabría a nada, y si me paso, podría tirar la cuchara en los primeros capítulos.

¿Quién lo prueba?

Usted, claro.

Poco más tengo que contarle a las 6:03 de este lunes en el que cumplo 47 años, confiando, eso sí, en que al leer estas líneas todavía esté paladeando el dulce sabor que queda tras haber sido manipulado como merece y que, ojalá, haya disfrutado del plato.

Toca acordarse ahora de quienes han participado del proceso y que, en mayor o menor medida, también son culpables de que esta, mi duodécima receta, haya terminado en su estómago.

A mis colaboradores recurrentes, Montse Martín, Carlos de Francisco, Gorka Rojo y Urtzi, por no faltar a la cita año tras año, novela tras novela. En esta ocasión he querido rendir homenaje —a mi manera— a uno de ellos. Uno tras cuyo nombre y apellidos, Eusebio de Frutos, se oculta mi estimado Chevi, a quien siempre confío el diseño de la cubierta y el desarrollo del *booktrailer*.

A las personas que integran Suma de Letras, muy especialmente a Gonzalo Albert, Mónica Adán y Mar Molina, por vuestra confianza, respeto y entusiasmo. No quiero olvidarme de Alfre, corrector impenitente, perseguidor de erratas y demás entuertos ortotipográficos.

A Michael Robinson, por ser el primero en ver un escritor bajo este cuerpo de portero de discoteca y abrirme de par en par las puertas del mundo editorial. Te echamos mucho de menos, amigo.

A Paco DVT y Luis, por mantener vivo el Zerocafé, donde un día torturé una idea a golpe de canciones hasta que me confesó que, tal y como yo sospechaba, escondía una novela.

A la lectora anónima que un día cualquiera en la Feria del Libro de Madrid me regaló el secador violeta que me ha acompañado las dos últimas novelas y que ahora mismo me acaricia en el cuello con su templado susurrar.

A mi cuñado Borja, por inspirarme tantas y tantas formas de matar en la ficción.

A Roberto Pérez, amigo, a quien he robado con su consentimiento algunas de sus expresiones para ponerlas en boca de Álvaro con el único propósito de hacer al personaje tan odiosamente atractivo como él.

Al Gordo, lector de Valencia, porque habría que clonar a un tipo de talla mayúscula que se dedica a viajar por toda Europa al volante de su camión acompañado siempre de un libro.

A Fabiola, lectora de Logroño, a quien le sigo debiendo una muerte más o menos honrosa, deuda que sin duda pagaré en alguna de mis futuras novelas.

A mis paisanos, la gente de Valladolid, mi gente, que no han dejado nunca de arroparme, sobre todo ahora que cae una contumaz cencellada sobre el mundo de la cultura.

Y por supuesto a usted, que al comprar esta novela hace que este oficio de aporrear el teclado cobre sentido.

A todos, gracias de corazón.

En Valladolid, a 22 de marzo de 2021

César Pérez Gellida

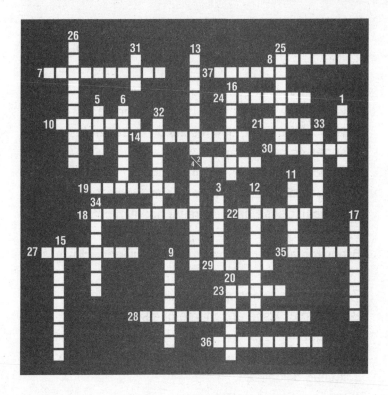

1 vertical. Facultad de hacer algo.

2 horizontal. Obligación moral o material.

3 vertical. Sin habilidad para moverse en ambientes urbanos.

4 vertical. Partes, hechos o circunstancias que conforman un todo.

5 vertical. Personaje antagonista de los cuentos infantiles.

6 vertical. Remedio para ser administrado vía oral.

7 horizontal. Presentimiento.

8 horizontal. Algo irregular o que se sale de lo común.

9 vertical. Principios y hábitos dirigidos a mantener el aseo.

10 horizontal. Cosa soez, de escaso valor.

11 vertical. Señal de afecto hacia otra persona.

12 vertical. Conjunto que resulta de cortarse dos o más series de rectas paralelas.

13 vertical. Función esencial del ojo.

14 horizontal. Resolución de una instancia judicial.

15 vertical. Úsese para expresar asentimiento o conformidad.

16 horizontal. No termina de definir sus actitudes u opiniones.

17 vertical. Resplandor vivo y efímero.

18 horizontal. Esperanza firme que se tiene en alguien o algo.

19 horizontal. Quien quebranta un compromiso de lealtad o fidelidad.

20 vertical. Efecto de mitigar aflicciones.

21 horizontal. Onomatopeya de la pulsación de un teclado.

22 horizontal. Apetito sexual incontrolable.

23 horizontal. Herramienta metálica y puntiaguda en un extremo.

24 horizontal. Estado que se deriva de una aflicción extrema.

25 horizontal. Pequeños fragmentos de madera.

26 vertical. Sustancia soporífera que se administra a alguien con fines perversos.

27 horizontal. División en partes de un todo.

28 horizontal. Destino preestablecido.

29 horizontal. Encuentro cuyo fin es experimentar con el placer.

30 horizontal. La del enano.

31 vertical. Sustancia.

32 vertical. Habitante del cielo.

33 vertical. De utilidad para orientarse.

34 vertical. Despierta interés por ser excepcional.

35 horizontal. No conviene perderlo.

36 horizontal. Sacar gozoso partido de algo.

37 horizontal. Objeto de esclarecimiento en una investigación criminal.

Solución al crucigrama

1. Poder.
2. Deuda.
3. Paleto.
4. Detalles.
5. Lobo.
6. Píldora.
7. Corazonada.
8. Anómalo.
9. Higiene.
10. Bazofia.
11. Abrazo.
12. Cuadrícula.
13. Parpadeo.
14. Sentencia.
15. Equilicuá.
16. Ambiguo.
17. Destello.
18. Confianza.
19. Traidor.
20. Alivio.
21. Clic.
22. Lujuria.
23. Aguja.
24. Agónico.
25. Astillas.
26. Burundanga.
27. Despiece.

ÍNDICE